Cécile

SANS LAISSER DE TRACE

Ancien agent des services secrets, diplômé de russe, journaliste, Joseph Finder écrit des romans d'espionnage, parmi lesquels *La Trahison aux deux visages* (*High Crime*), adapté à l'écran par Carl Franklin, avec Morgan Freeman et Ashley Judd.

Paru dans Le Livre de Poche :

COMPANY MAN

L'INSTINCT DU TUEUR

PARANOÏA

POWER PLAY

JOSEPH FINDER

Sans laisser de trace

ROMAN TRADUIT DE L'ANGLAIS (ÉTATS-UNIS)
PAR MARINA BORASO

ALBIN MICHEL

Titre original :

VANISHED

Publié en accord avec l'auteur C/O Baror International, Inc., Armonk, New York, USA.

ISBN : 978-2-253-16263-6 – 1re publication LGF

À Molly Friedrich, agent, conseillère et amie.

PREMIÈRE PARTIE

Derrière chaque grande fortune se cache un grand crime.

Honoré DE BALZAC

Prologue

Washington, D.C.

La disparition du mari de Lauren Heller eut lieu peu après vingt-deux heures trente.

La soirée était pluvieuse, et le couple rejoignait sa voiture à pied dans le quartier de Georgetown, après avoir dîné dans son restaurant japonais favori. Alors que Roger, en fin connaisseur, ne jurait que par Oji-San, Lauren ne faisait guère la différence : le poisson cru était peut-être un régal pour les yeux, mais elle ne le compterait jamais parmi les denrées comestibles. Roger, véritable despote du sushi, exigeait la meilleure qualité. Comme pour tout. « C'est toi que j'ai choisi d'épouser, non ? » avait-il plaisanté sur le chemin. Que répondre à un tel argument ?

Pour Lauren, la seule chose importante était qu'ils avaient enfin pris le temps de sortir ensemble, pour la première fois depuis trois bons mois. Même si pendant toute la soirée, Roger avait été absorbé par ses propres soucis. C'était un phénomène assez courant chez lui, et ça pouvait même durer plusieurs jours. Sa manière à lui de gérer la tension du travail – une intériorisation que Lauren jugeait typiquement masculine. Les femmes avaient plutôt tendance à se défouler en hurlant ou en piquant des colères, et sur le long terme elles s'en tiraient un peu mieux. Une preuve d'intelligence émotionnelle, assurément.

Lauren avait beau adorer son mari et admirer son intelligence, elle devait reconnaître qu'il abordait le stress comme la moyenne des hommes. De toute manière, il était peu bavard par nature, et son éducation jouait sûrement pour beaucoup là-dedans. Un jour où elle lui avait dit qu'elle souhaitait lui parler, il avait répondu qu'il ne connaissait pas de phrase plus effrayante.

Quoi qu'il en soit, ils s'étaient fixé une règle très stricte : interdiction de discuter boulot. Vu qu'ils travaillaient tous les deux chez Gifford Industries – lui comme cadre au service financier, elle en tant que secrétaire du PDG –, c'était le seul moyen d'empêcher le travail d'envahir leur vie privée.

Au dîner, Roger avait englouti ses nigiri sans prononcer un mot et n'avait pas cessé de consulter son Blackberry. Sur les conseils du serveur, Lauren avait commandé la spécialité de la maison, mais elle avait à peine touché aux lamelles de lieu noir imprégnées de soupe miso. Elle avait vaguement picoré sa salade aux algues tout en abusant du saké.

En sortant, ils avaient coupé par Caddy's Alley, une étroite rue pavée dont les anciens entrepôts abritaient désormais des boutiques de luminaires italiens et des cuisinistes haut de gamme. L'écho de leurs pas se répercutait entre les murs de brique.

— Que dirais-tu d'une glace ? avait proposé Lauren avant de descendre les marches qui menaient à Water Street.

Le rayon oblique d'un réverbère tombait sur le visage de Roger – les dents blanches, le nez fort, les poches qui venaient d'apparaître sous ses yeux.

— Je croyais que tu suivais le régime Miami.

— Ils en font des sans sucre qui sont correctes.

— Il faut aller jusque sur P Street, non ?

— Il y a un Ben & Jerry's sur M Street.

— Je ne voudrais pas laisser Gabe trop longtemps, on ne sait jamais.

— Ne t'inquiète pas pour lui.

À quatorze ans, leur fils avait tout à fait l'âge de rester seul à la maison, mais il ne se sentait pas tranquille en leur absence. Bien sûr, il n'aurait jamais voulu l'avouer. Il était aussi têtu que ses parents.

Sombre et déserte à cette heure de la soirée, Water Street n'avait rien de rassurant. Une rangée de véhicules étaient garés face à un grillage qui les séparait des berges malpropres du Potomac. Roger avait casé sa Mercedes S-Class entre un minivan blanc et une Toyota en bout de course.

Il fouilla une minute dans ses poches avant de se retourner brusquement.

— Merde, j'ai oublié les clés au restaurant.

Lauren fit de son mieux pour cacher son agacement.

— Tu n'as pas pris les tiennes, par hasard ?

— Non, vérifie encore une fois.

Roger était trop maniaque avec sa Mercedes pour qu'elle ait envie de la conduire. Il palpa une dernière fois les poches de son pardessus et de son costume.

— J'ai dû les laisser sur la table quand j'ai sorti mon Blackberry. Désolé. Tu viens avec moi ?

— Non, je préfère attendre ici. Inutile d'y aller tous les deux.

La pétarade d'une moto en contrebas, la rumeur sourde des camions sur l'autoroute au-dessus de leurs têtes.

— Ça m'ennuie que tu restes seule ici.

— C'est bon, ça ira. Fais vite, d'accord ?

Après une hésitation, il fit un pas vers elle et posa rapidement un baiser sur ses lèvres.

— Je t'aime.

La seconde d'après, il était déjà en train de traverser la rue en courant. Elle le regarda s'éloigner, heureuse mais surprise par cette déclaration qui lui ressemblait si peu. S'il était un bon père et un bon mari, Roger Heller n'était pas du genre démonstratif.

Elle entendit un cri dans le lointain, suivi d'une explosion de rires. Sans doute une bande d'étudiants d'un des campus voisins.

Sur le trottoir derrière elle, un raclement lui fit tourner la tête. Il y eut un brusque courant d'air, puis une main se plaqua fermement sur sa bouche.

Lauren se débattit farouchement, essayant en vain de crier. Roger était encore tout près, assez pour voir la scène. Si seulement il se retournait.

Deux bras puissants l'avaient ceinturée.

Elle devait absolument s'arranger pour lui donner l'alerte, mais le grondement de la circulation couvrait le bruit de la lutte.

Bon Dieu, retourne-toi ! S'il te plaît !

Quand elle voulut hurler son nom, elle ne réussit à émettre qu'une plainte pathétique. Des relents d'eau de toilette bon marché et de tabac froid lui entraient dans les narines.

Lauren se contorsionna pour tenter de se libérer, mais elle avait les bras immobilisés le long du corps, et un objet dur et froid s'était collé contre sa tempe. Un déclic, un choc sur un côté de son crâne, puis une douleur fulgurante lui transperça les yeux.

Ses pieds, écrase-lui les pieds. De lointains souvenir d'un cours d'arts martiaux.

Frappe-le au cou-de-pied.

Elle donna un grand coup avec son pied gauche, mais ne rencontra que le vide. Elle le lança alors vers l'arrière et toucha la Mercedes dans un bruit de métal froissé.

Roger fit volte-face, alerté par le bruit.

— Lauren !

Il retraversa en courant et se mit à hurler :

— Mais qu'est-ce que vous foutez ? Pourquoi elle ?

Quelque chose s'abattit derrière sa tête, et elle sentit le goût du sang dans sa bouche.

Elle fit un effort pour comprendre ce qui se passait, mais elle était en train de dégringoler dans le vide, et tout s'obscurcit dans son esprit.

1

Los Angeles

La nuit était sombre et orageuse.

Enfin, pas vraiment orageuse, mais sombre, pluvieuse et maussade, et drôlement fraîche pour Los Angeles. Il était onze heures du soir, et j'étais là, planté sous le crachin, dans la lumière jaune sale des lampes à sodium. Mon pull en laine et mon jean étaient déjà trempés, et mes belles chaussures en cuir ne survivraient pas à la soirée.

Ces chaussures, je les avais fait fabriquer sur mesure à Londres pour un prix exorbitant, et j'étais bien décidé à me faire dédommager par mon employeur, Stoddard Associates. Juste pour le principe.

Je n'avais pas prévu la pluie. Normalement, le perspicace limier que j'étais censé être aurait dû consulter la météo sur Internet.

— C'est celui-ci, a marmonné mon voisin en désignant l'avion stationné un peu plus loin.

Il portait un long ciré jaune à capuche – il ne m'en avait pas prêté un quand j'étais passé à son bureau – et je ne voyais de son visage voilé d'ombres qu'une moustache blanche et hérissée.

Elwood Sawyer était directeur de la sécurité chez Argon Express Cargo, une société de transport de fret concurrente de FedEx – quoique beaucoup plus modeste. Il n'avait pas l'air content de me voir, et je ne pouvais pas le lui reprocher : moi-même, je me serais volontiers dispensé d'être là. Mon boss, Jay Stoddard, m'avait expédié en urgence pour le compte d'un client que je ne connaissais pas.

L'intégralité du chargement d'un avion s'était volatilisée au cours des dernières vingt-quatre heures. Quelqu'un avait vidé un des cargos dans ce petit aéroport régional au sud de Los Angeles. Plusieurs tonnes de boîtes, d'enveloppes et de paquets acheminés la veille depuis Bruxelles. Envolés.

Le dommage atteignait des sommes faramineuses. Des milliers de colis manquants, c'étaient autant de clients furieux et des procès à n'en plus finir. Une partie de la cargaison appartenait au client qui avait fait appel à ma boîte pour localiser le chargement, Traverse Development. L'affaire était très importante pour eux, et ils ne la laisseraient pas aux mains d'un transporteur de seconde zone.

Cependant, Elwood Sawyer se serait bien passé de voir débarquer un membre d'une prestigieuse société d'investigations de Washington, qui se tenait devant lui dans ses chaussures de luxe en l'accusant d'avoir fait une connerie.

L'avion qu'il me montrait, sombre et solitaire, luisait de pluie sous les lumières de l'aéroport. Un Boeing 727 immense et splendide, d'un blanc brillant comme tous les cargos de chez Argon, dont le nom était écrit en lettres orange sur le fuselage.

Vu de près, un avion est un objet magnifique, que l'on apprécie beaucoup moins lorsqu'on est coincé dans son siège. Il y avait une vingtaine d'appareils rangés sur l'aire de stationnement, pour tout le week-end ou seulement pour la nuit, puisque la tour de contrôle fermait à vingt-deux heures. Les roues étaient sur cales et des balises délimitaient tout autour un périmètre de sécurité.

— Allez, Elwood, on va jeter un coup d'œil à l'intérieur.

Il a tourné vers moi des yeux d'épagneul rougis et soulignés de poches flasques.

— On m'appelle Woody, a-t-il répliqué, juste par souci de précision. Il n'y a pas grand-chose à voir, vous savez. Ils ont tout embarqué.

Il tenait à la main un porte-documents métallique.

— Ça vous ennuie si je regarde quand même ? Je ne suis jamais entré dans un cargo.

— Mr Heller, ce n'est pas nous qui vous avons engagé, et j'ai pas le temps de jouer les guides touristiques. Alors, je vous propose de retourner interroger le personnel au sol pendant que j'essaie de comprendre qui a pu faucher trois chargements complets sans se faire pincer.

Je l'ai rappelé alors qu'il s'éloignait vers le terminal :

— Écoutez, Woody. Je n'ai pas l'intention de vous nuire. On a le même intérêt, vous et moi : retrouver le chargement disparu. À nous deux, on a des chances d'avancer plus vite.

— Ouais, a maugréé Woody tout en continuant de marcher, c'est bien aimable à vous, mais j'ai pas que ça à faire.

— Bon… Ça vous dérange pas si je me sers de votre nom ?

— Pour quoi faire ?

Cette fois il s'est arrêté, mais sans se retourner.

— Mon client voudra que je lui fournisse un nom. Chez Traverse Development, on peut tomber sur un connard vindicatif.

En réalité, je ne savais même pas qui nous avait contactés. Woody n'a pas bougé.

— Vous savez comment ça marche, avec ces gens-là. Quand j'expliquerai à mon client qu'Argon a refusé toute assistance externe, il réclamera un nom. Il se peut qu'il admire votre esprit d'indépendance, mais il se peut aussi qu'il soit assez remonté pour cesser de collaborer avec vous. Eux, ils s'en fichent pas mal. Le problème, c'est que des rumeurs vont circuler, comme quoi vous cherchez à protéger quelqu'un. Et puis, ils risquent de vous coller un énorme procès sur le dos. Avec tout ça, Argon va finir par mettre la clé sous la porte. À cause de vous.

Woody n'a pas bronché, mais j'ai vu ses épaules s'affaisser sous le ciré crasseux et taché d'essence.

— Entre nous, Woody, je vous admire d'avoir assez de culot pour envoyer bouler Traverse Development. Je connais pas beaucoup de gens assez couillus pour faire ça.

Woody a pivoté tout doucement en clignant lentement les paupières, le regard empli d'une animosité sans mélange. Il s'est dirigé vers l'avion, et je lui ai emboîté le pas.

La porte a coulissé en bourdonnant, et Woody, pénétrant dans les entrailles de l'appareil, m'a invité à entrer d'un geste las. Il avait dû brancher un groupe électrogène, car l'intérieur était déjà allumé. Cela ressemblait à une grotte. On devinait l'emplacement des rangées de sièges que l'on avait retirés, et le sol noir était marqué de lignes rouges à l'endroit où auraient dû se trouver les conteneurs. Les parois sans hublots étaient habillées d'un revêtement blanc qui ressemblait à du papier.

J'ai laissé échapper un sifflement. Il n'y avait plus rien.

— L'avion était plein quand il a atterri ?

— Ouais. Douze igloos.

— Douze conteneurs, c'est ça ?

La pluie martelait le revêtement en aluminium.

— Voyez vous-même, a fait Woody en retournant vers la porte ouverte.

Juste à côté de nous, une équipe procédait au chargement d'un autre appareil Argon, avec les gestes posés et efficaces de gens expérimentés. Deux bonhommes sortaient d'un camion un gigantesque conteneur pour l'installer sur le plateau d'un chariot élévateur. Deux autres types semblaient avoir pour fonction de tenir des porte-documents en aboyant des ordres. L'appareil suivant, un Boeing qui n'appartenait pas à Argon, se ravitaillait en kérosène.

— Il faut être au moins cinq pour sortir douze conteneurs d'un avion, ai-je fait remarquer. Dites-moi, l'avion est arrivé hier, non ? Pourquoi avoir attendu tout ce temps pour le décharger ?

Il a poussé un soupir excédé.

— Les chargements internationaux doivent être inspectés par la douane américaine avant qu'on puisse y toucher. C'est la loi.

— Ça demande au plus une heure ou deux.

— Normalement, oui. Sauf que le week-end, ils ont pas de personnel disponible. Ils mettent les scellés jusqu'à ce que quelqu'un ait le temps de passer.

— Ce qui veut dire que dans l'intervalle, n'importe qui peut entrer. J'ai l'impression que pendant la nuit, on laisse les avions sans surveillance.

— Ça marche comme ça dans tous les aéroports du monde. Si on vous autorise à vous poser, on suppose que vous êtes censés être là. C'est un contrat de confiance.

— Pas mal. Je m'en resservirai un jour, ai-je dit en rigolant.

J'ai traversé l'appareil, surpris de trouver autant de traces de rouille aux endroits où il n'y avait pas de revêtement.

— Ce zinc date de quand ? ai-je demandé.

Ma voix a rendu un écho. Il faisait encore plus froid que dehors, et on entendait le crépitement monocorde de la pluie.

— Trente ans, facile. Ils produisent plus de Boeing 772 depuis 1984, et la plupart ont été fabriqués dans les années soixante et soixante-dix. C'est des vrais chevaux de labour. Si on les entretient comme il faut, ils durent pour toujours.

— Vous les achetez neufs ou d'occasion ?

— D'occasion, comme tout le monde. Ça coûte moins cher de racheter un vieil avion de ligne et de le réaménager en cargo.

— Et ça revient à combien ?

— Pourquoi ? Vous comptez vous lancer dans la profession, ou quoi ?

— On a tous un rêve.

Il a mis deux ou trois secondes à capter le sarcasme.

— On peut s'en procurer un pour 300 000 dollars. Il y a des centaines de parcs dans le désert, comme pour les voitures d'occase.

Je suis allé observer l'avant de l'appareil. La plaque d'identification en acier était fixée à l'encadrement de la porte. Il y en a une dans chaque avion, et c'est le constructeur qui la pose, un peu comme un acte de naissance. Celle-ci indiquait : SOCIÉTÉ BOEING DIVISION COMMERCIALE 1974, ainsi que le numéro du modèle et le numéro de série.

À la lueur de ma lampe de poche, j'ai découvert ce que je cherchais.

Je suis sorti sur la passerelle, le visage fouetté par la pluie froide, et j'ai tendu la main pour toucher la peinture bien lisse du fuselage. En passant la paume sur le logo d'Argon Express, j'ai détecté une aspérité anormale.

Sous les yeux de Woody, j'ai posé le doigt sur le coin inférieur gauche de la lettre A, qui devait mesurer une cinquantaine de centimètres.

— Le logo n'est pas tracé à la peinture ? ai-je demandé.

— Bien sûr que si. Pourquoi diable…

La lettre s'est soulevée sans problème. J'ai tiré de nouveau, et le logo tout entier a commencé à se décoller – c'était une espèce de vinyle adhésif.

— Vérifiez la plaque d'identification. Elle ne correspond pas au numéro de contrôle de fret.

— C'est… c'est impossible !

— Ils se sont pas contentés de faucher le chargement, Woody. C'est tout l'avion qu'ils ont volé !

2

Washington

— Il me semble qu'elle a battu des paupières.

Une voix de femme, lointaine et vibrante, s'insinuait dans la logique fiévreuse de son rêve.

Tout baignait dans une lumière orange de soleil couchant. Des chuchotements, un bip insistant et suraigu.

Ses paupières refusaient de se soulever, comme si on les avait enduites de colle.

Sur un fond de ciel orange sanglant, des étoiles fusaient dans sa direction. Elle chutait la tête la première à travers les cieux criblés d'étoiles éblouissantes qui s'agrégeaient en nuées aux formes étranges. La lumière devint brutale et intense, et la douleur planta de nouveau ses aiguilles dans ses globes oculaires.

Ses paupières s'ouvrirent en battant comme des ailes d'oiseau.

Encore le son aigu des bips électroniques. Irrégulier, cacophonique.

Une voix d'homme :

— Essayons un dosage du calcium ionique.

Un bruit qui ressemblait à de la vaisselle entrechoquée. Des pas qui s'éloignaient.

De nouveau la voix masculine :

— On a les résultats d'analyses ?

La voix éraillée de la première femme :

— Janet, tu veux bien contacter Yurovsky sur son pager ?

— Pas la peine de crier, dit Lauren.

— Elle a émis un son. Janet, tu te dépêches d'appeler Yurovsky ?

Lauren fit un effort pour parler, puis elle renonça, refermant les yeux, les paupières collées. Les aiguilles s'éloignèrent, tandis qu'elle prenait conscience d'une autre douleur, une palpitation sourde derrière son crâne. Elle pulsait au même rythme que son cœur, diffusant des ondes irrégulières vers un point situé au-dessus de ses yeux.

— Mrs Heller, dit l'homme, si vous m'entendez, dites-moi quelque chose.

— Comment voulez-vous que je crie plus fort ? s'égosilla Lauren.

— On dirait qu'elle essaie de parler, mais je ne comprends rien, dit l'une des femmes.

— Le docteur fait ses visites, annonça une autre, et la femme à la voix enrouée lui rétorqua :

— Je m'en contrefous ! Même s'il est en train de se taper une infirmière dans la réserve, je l'appelle moi-même si tu ne te décides pas !

Lauren esquissa un sourire – ou du moins elle en eut l'intention.

Quelqu'un lui pinça fort le cou.

— Hé ! protesta-t-elle.

Ses yeux s'ouvrirent brusquement. La lumière était d'une douloureuse intensité, mais tout le reste semblait trouble et confus, comme voilé de blanc. Elle se demanda si elle avait redormi quelques heures.

Une imposante silhouette surgit dans son champ de vision, puis recula.

— Bon, elle réagit aux stimuli de douleur, commenta une voix d'homme.

Je vais t'en donner, moi, des stimuli de douleur, pensa Lauren sans pouvoir le dire à voix haute. Elle s'aperçut qu'il y avait en fait deux silhouettes, mais sa vision restait floue, comme la projection d'un vieux film.

— Mrs Heller, je suis le Dr Yurovsky. Est-ce que vous m'entendez ?

Lauren aurait aimé répondre, mais l'effort lui semblait démesuré. Elle n'arrivait pas à articuler.

— Mrs Heller, si vous m'entendez, je vous demande de remuer le pouce de la main droite.

Ça, c'était beaucoup trop lui demander. Elle cligna plusieurs fois des yeux, et sa vue s'éclaircit légèrement. Elle finit par distinguer un homme au front haut et au menton allongé, ce qui lui donnait un visage chevalin. Ses traits gagnaient peu à peu en netteté, comme si quelqu'un était en train de régler l'image. Un nez busqué, un crâne légèrement dégarni. Il se tenait penché au-dessus d'elle, attentif et soucieux.

Elle remua le pouce.

— Mrs Heller, savez-vous où vous vous trouvez ?

Elle tâcha de déglutir, mais sa langue lui fit l'effet d'un morceau de laine épaisse. *Je dois avoir une haleine épouvantable.*

— Dans un hôpital, je suppose, dit-elle d'une voix rauque.

Au-dessus de sa tête, elle vit un faux plafond blanc dont l'auréole couleur rouille était loin de lui inspirer confiance. Un rideau de séparation bleu accroché à une tringle. Elle n'était donc pas dans une chambre individuelle, mais dans une salle plus grande, peut-être un service de soins intensifs. Une poche de liquide transparent pendait à un support métallique, reliée à son bras par un cathéter.

Un énorme bouquet de lis blancs était posé sur la tablette près du lit, dans un vase de fleuriste en verre. Elle tendit le cou juste assez pour s'assurer que c'étaient des callas, ses préférés. Un éclair de douleur fusa dans ses globes oculaires. Une plainte se mêla à son sourire.

— C'est Roger qui les a apportés ?

Un long silence, puis quelqu'un murmura :

— Non, c'est votre patron.

Leland. Ça ne m'étonne pas de lui. Je me demande qui a passé la commande à sa place.

Et elle se demanda aussi qui l'avait prévenu.

— J'ai mal à la tête, fit-elle en rajustant la fine couverture.

Devinant une forme en dessous, juste sur son ventre, elle tira et découvrit une peluche d'enfant Beanie Baby. Une girafe jaune tachetée d'orange, avec d'affreuses pattes vert fluo. Sale et en lambeaux. Les larmes jaillirent aussitôt de ses yeux.

— Votre fils a laissé ça pour vous dans la matinée, lui expliqua une femme avec douceur.

Une infirmière. Elle avait parlé de la matinée, ce qui signifiait qu'elle était finie. Lauren avait perdu la notion du temps.

C'était la peluche préférée de Gabe, Jaffee. Il lui avait donné ce surnom parce qu'il ne savait pas prononcer Giraffiti, le nom marqué sur l'étiquette. Elle non plus d'ailleurs. C'était mignon comme tout.

— Où est-il ?

— Votre fils va bien, Mrs Heller.

— Mais où est-il ?

— Dans son lit, je parie. Il est tard.

— Quelle heure est-il…

— Deux heures du matin.

Elle voulut regarder l'infirmière, mais tourner la tête amenait la douleur à un seuil presque intolérable. Combien de temps s'était-il écoulé ? Elle se rappelait avoir consulté sa montre juste avant que Roger arrive à la voiture. Il était 22 h 28, le vendredi soir. L'agression s'était produite peu de temps après. Elle essaya de faire le calcul. Quatre heures ? Trois heures et demie ?

— Attendez… vous m'avez dit que Gabe était passé ce matin… mais quelle heure est-il, alors ?

— Un peu plus de deux heures du matin, comme je vous l'ai dit.

— Du samedi ?

— Non, du dimanche, en fait.

Ses pensées n'étaient qu'une bouillie informe, mais l'infirmière se trompait forcément.

— Vous voulez dire qu'on est samedi matin ?

Le médecin à la figure chevaline prit alors le relais :

— Vous êtes restée sans connaissance pendant plus de vingt-quatre heures. Si vous pouviez nous donner l'heure approximative de l'agression, ça nous aiderait beaucoup.

— Vingt-quatre heures ? Mais où est Roger ?

— Vous avez reçu un mauvais coup derrière la tête. D'après nos examens, vous n'avez pas d'autre blessure qu'une petite fracture à la base du crâne. Le scanner ne montre ni hématomes ni caillots. Vous avez eu énormément de chance.

Tout est relatif, pensa Lauren. Elle se remémora la panique sur le visage de Roger, les bras qui l'avaient saisie par-derrière. Et son mari qui criait : « Pourquoi elle ? »

— Est-ce que Roger va bien ?

Silence.

— Où est-il ?

Personne ne lui répondit.

Les tentacules glacés de la peur se refermèrent sur ses entrailles.

— Dites-moi où il est ! Il y a un problème ?

— Deux policiers sont venus pour vous interroger, mais vous n'êtes pas obligée de parler si vous vous sentez trop faible.

— La police ? (Ses yeux s'emplirent de larmes.) Mon Dieu, que lui est-il arrivé ?

Un long silence suivit.

— Oh, non, fit Lauren. Dites-moi qu'il va bien.

— Je suis désolé, dit le médecin.

— Quoi ? Je vous en prie, dites-moi qu'il est vivant !

— Je voudrais bien, Mrs Heller, mais personne ne sait où est votre mari.

3

Los Angeles

Woody Sawyer m'a suivi en courant, ses bottes claquant sur la passerelle métallique.

— Qu'est-ce que vous racontez ? (Il hurlait pour couvrir le bruit du chariot et le rugissement d'un réacteur voisin.) Cet avion n'est pas le nôtre ?

Je n'ai pas répondu, trop occupé à explorer les alentours du regard. Je n'ai guère mis plus d'une minute à trouver ce que je cherchais.

Il s'agissait de l'avion qui avait fait le plein un peu plus tôt. Un Boeing 727 blanc, stationné à côté du jet Argon qu'une équipe était en train de charger. Il était identique aux deux appareils de chez Argon, à ceci près que son fuselage portait le nom VALU CHARTERS.

— On va jeter un coup d'œil là-dedans.

— Mais c'est pas notre avion, celui-là !

— Vous pouvez demander qu'on installe un escalier ?

— Mais ça va pas, non ? Puisque je vous dis que cet appareil n'est pas de chez nous !

— C'est la première fois que vous voyez un VALU CHARTERS dans le coin ?

— Qu'est-ce que j'en sais, moi ? Ces petites compagnies pourries, elles apparaissent et disparaissent sans arrêt, elles sous-louent des emplacements.

— Ce nom ne figure nulle part dans le registre de l'aéroport, si ?

Woody a simplement haussé les épaules.

— Allez, on va vérifier.

— Écoutez, je pourrais m'attirer de gros ennuis si je monte sans autorisation dans un des avions d'une autre société. C'est pas légal, ça.

— Ne vous tracassez pas, j'assume toute la responsabilité.

Après une longue hésitation, il s'est dirigé vers l'équipe de manutentionnaires et m'a rejoint au bout de deux minutes avec une passerelle roulante. À contrecœur, il est monté jusqu'à la porte du cockpit. Comme je l'avais soupçonné, le logo de VALU CHARTERS, qui s'était décollé très facilement, dissimulait les lettres orange de ARGON EXPRESS CARGO. Tracées à la peinture. Des vestiges d'adhésif étaient restés collés comme des confettis autour de la porte. Dès qu'elle a été ouverte, j'ai constaté que l'avion était rempli de rangées de conteneurs. Sur chacune figurait un numéro – des chiffres et des lettres autocollants, en fait, de tailles et de types variés, comme dans une lettre de demande de rançon.

— Ces références correspondent à votre manifeste ?

— Je comprends pas, a dit Woody après un silence. Comment ils ont fait pour échanger les avions ?

— Facile. Beaucoup plus simple, en tout cas, que de décharger et de faire sortir la cargaison de l'aéroport. Ça ne nécessite pas plus de deux personnes – un pilote et un copilote.

— Je vous suis pas bien, là.

— Vous venez bien de dire qu'on pouvait acheter un de ces vieux appareils pour trois fois rien, non ? Il suffisait de le repeindre en blanc et de l'amener ici en pleine nuit, quand la tour de contrôle est fermée. Ensuite, ils le stationnaient par ici et posaient des stickers en vinyle, sans risquer de se faire prendre puisque tout le monde était parti. Dix minutes de travail à tout casser. Et dans la mesure où ils étaient dans l'enceinte de l'aéroport, ça voulait bien dire qu'ils avaient l'autorisation. Personne ne serait allé chercher plus loin. Le contrat de confiance, comme vous dites.

— Bon Dieu, sur ce coup ils ont été… *brillants*.

— Pas tout à fait. Je suppose qu'à l'heure où ils ont atterri, la nuit dernière, le personnel de ravitaillement avait fini son service ?

— Et alors ?

— Ça explique qu'ils soient encore là. Sans kérosène, impossible de repartir. Ils viennent juste de refaire le plein. Ils attendaient sans doute qu'il n'y ait plus personne pour décoller.

— Mais… qui a pu faire un truc pareil ?

— Je m'en fiche éperdument, si vous voulez savoir. C'est pas pour ça qu'on m'a engagé.

— Quand même, ils doivent être encore dans les parages…

— À n'en pas douter.

— Mr… je peux vous appeler Nick ?

— Pas de problème.

— Nick, on a le même but, vous et moi, on est bien d'accord ?

— Oui.

— Bon, Traverse Development n'a pas besoin de connaître tous les détails de l'affaire, vous voyez ? Prévenez-les qu'on a retrouvé la cargaison, qu'il y a eu un imbroglio à l'aéroport. Tout rentre dans l'ordre, et on en reste là. Ils seront tellement soulagés qu'ils ne vous bombarderont pas de questions.

— OK, ça marche.

— Super, alors.

— Mais d'abord, j'aimerais bien que vous m'ouvriez ce conteneur-là.

Dans la plupart des igloos, les paquets entassés appartenaient à des destinataires multiples, mais l'étiquette de routage de celui-ci indiquait Bahreïn comme pays d'expédition. L'intégralité de son contenu devait être livré à Traverse Development à ses bureaux d'Arlington, en Virginie. À travers l'ouverture en plexiglas, je distinguais des rangées serrées de boîtes en carton, toutes de même format et frappées du logo de Traverse.

— Désolé, a protesté Woody, je peux pas faire ça, moi.

— Vous avez la clé, pourtant.

— Les douanes ont pas encore fait leur inspection, je risque de me foutre dans le pétrin.

— Pas autant que si vous refusez de m'obéir.

— C'est une menace, ou quoi ?

— En gros, oui. Vous voyez, cette histoire d'emplacement me trotte dans la tête.

— Qu'est-ce que ça veut dire ?

— Chaque fois qu'un de vos appareils se pose ici et stationne pour la nuit, vos employés sont censés noter le numéro de son emplacement. La procédure habituelle, je me trompe ?

— Et après ? Où vous voulez en venir ?

— Si j'ai bien suivi, votre jet Argon est arrivé hier de Bruxelles, et il a occupé la place numéro 36. Ça figure dans vos archives informatiques. Ensuite, nos malfrats se chargent de leur petite permutation à coups de stickers, si bien que l'avion qui semble être le vôtre se retrouve ailleurs, au numéro 34. Le problème, c'est que quelqu'un avait déjà entré le 36 dans l'ordinateur, cinq minutes après l'atterrissage. Pas évident de trafiquer le fichier. Ça risquait de devenir un peu chaud au moment de l'inspection des douanes. « Comment ça, l'avion s'est déplacé dans la nuit par l'opération du Saint-Esprit ? » Quelqu'un a donc inscrit le nouveau numéro, le 34, sur le tableau de votre bureau. Et ce quelqu'un, c'est… vous-même, Woody.

Il s'est mis aussitôt à bafouiller d'un air indigné :

— Vous ne savez absolument pas comment on fonctionne !

— Je vous propose de m'ouvrir ça, ai-je répliqué en tapotant la fenêtre en plexiglas, ensuite on pourra discuter. Je suis très curieux de savoir ce qui vous a poussés, vous et vos deux employés, à vous exposer à une très longue peine de prison. Ça devait carrément valoir le coup.

Il m'a dévisagé un petit moment avant de se mettre à pleurnicher :

— Oh non, si j'ouvre ça, je peux avoir de graves emmerdes.

— Un peu tard pour y penser, je crois.

Le ton devenait suppliant :

— C'est pas possible, je vous assure.

— Comme vous voulez. Je peux quand même vous emprunter votre répertoire téléphonique ? J'aimerais bien contacter quelques parcs d'avions d'occasion. Ils ne sont pas si nombreux que ça – six ou sept pour la Californie, l'Arizona et le Nevada ? Je vais noter le numéro de série de l'avion qui est là-bas et tâcher d'apprendre qui l'a vendu. Et qui l'a acheté. Une société bidon, je présume, mais la piste sera facile à remonter.

— Je croyais que vous vous en fichiez, du responsable, a souligné Woody, sa figure olivâtre virant au cramoisi.

— Ça, c'est moi que ça regarde. Une faiblesse personnelle. Quand je tombe sur quelque chose, je m'y accroche jusqu'au bout. C'est obsessionnel et compulsif chez moi. Bien, on va soulever ce couvercle pour que je jette un coup d'œil, et puis vous pourrez retourner à vos Sudoku.

J'avais beau regarder à travers le plexiglas, il était si trouble et si rayé que je ne voyais que les boîtes. Quand je me suis tourné vers Woody, le sourire aux lèvres, je me suis trouvé nez à nez avec le canon d'un SIG-Sauer P229, un semi-automatique calibre 9 mm.

— Woody, ai-je fait d'un air déçu, et moi qui pensais qu'on jouait dans le même camp.

4

— Les mains en l'air, Heller, et retournez-vous.

Je n'ai pas obtempéré tout de suite.

— Allez, dépêchez-vous, m'a-t-il pressé, un tic nerveux à l'œil gauche.

— Vous ne faites qu'aggraver votre cas, Woody.

— Ici, vous êtes sur une propriété privée, et je vous ai demandé gentiment de quitter les lieux, c'est compris ? Allez, circulez, et gardez les mains en l'air.

Tout doucement, j'ai commencé à lever les mains et puis, sans prévenir, la gauche a empoigné le canon du revolver pour l'abaisser vers le sol, pendant que mon poing droit frappait Woody à la bouche. Un glapissement lui a échappé. Très souvent, les gens qui brandissent une arme n'ont pas les moyens de se défendre sans elle. Tout en essayant de m'arracher le revolver, il a tourné la tête, exposant une oreille que mon poing droit s'est empressé de percuter. J'ai ensuite tiré sur le canon jusqu'à ce que son index, coincé par le cran de sûreté, craque comme une brindille sèche.

Woody s'est effondré à genoux en poussant un hurlement.

J'ai demandé à nouveau, le SIG-Sauer braqué sur lui :

— Alors, vous voulez bien m'ouvrir ce conteneur, maintenant ?

Il avait du mal à se remettre debout, mais je n'ai rien fait pour l'aider.

— Il est scellé, ils vont s'apercevoir que je l'ai ouvert.

— Je me charge du service des douanes.

— Je parlais pas d'eux.

— Qui est-ce qui vous inquiète, alors ?

Il a agité sa main droite en marmonnant :

— Vous m'avez cassé le doigt.

— Je regrette, vraiment, lui ai-je dit sans la moindre conviction.

Sans cesser ses jérémiades, il a contourné l'igloo afin d'insérer la clé dans la serrure d'un cadenas.

— Vous avez un cutter ?

Il en a tiré un du holster attaché autour de sa taille. Le revolver calé dans la ceinture de mon pantalon, j'ai découpé le dessus d'une des boîtes afin d'écarter les rabats.

Lorsque j'ai compris ce qu'elle renfermait, un sourire m'est venu aux lèvres.

— Pas étonnant que mon client ait été un peu tendu.

— Bon Dieu !

La boîte était bourrée jusqu'au bord de liasses de billets de banque encore enveloppées. Des dollars américains flambant neufs.

Des billets de cent dollars, les plus récents, évidemment, à l'effigie d'un Benjamin Franklin à la mine constipée. Chaque paquet rectangulaire – des « briques », comme on les appelle – était tamponné à l'encre noire : VEUILLEZ SIGNALER TOUTE ANOMALIE AU BUREAU LE PLUS PROCHE DE LA RÉSERVE FÉDÉRALE. Un code-barres était imprimé à une extrémité.

J'avais sous les yeux des liasses toutes neuves de billets issus du Bureau de gravure et d'impression de la monnaie, qui, allez savoir comment, avaient échoué au Bahreïn, entre les mains d'une quelconque société de Virginie, Traverse Development, dont je n'avais jamais entendu parler avant le matin.

— J'étais pas au courant, je vous jure, a prétendu Woody.

— Et ceci, ça fait quel volume ? ai-je demandé en tapant sur un côté de l'igloo.

— Je sais pas trop… dans les 25 mètres cubes, je dirais. À peu près.

J'ai réfléchi quelques secondes. Je suis plutôt fort en maths, une des rares choses que m'ait léguées mon père, qui en plus d'être un champion des mathématiques, possédait une fortune colossale avant de finir en prison. J'ai défait une des « briques » et dénombré quarante liasses, dont chacune totalisait cent billets. En d'autres termes, chaque « brique » avait une valeur de 400 000 dollars, et, d'après mon calcul, un mètre cube correspondait environ à 9 millions de dollars. À supposer que chaque boîte soit aussi garnie que celle-ci, le conteneur renfermait près d'un milliard de dollars. Ou même davantage.

Un milliard… Jamais je n'avais contemplé de mes propres yeux une somme pareille. Même en billets de cent, je n'en revenais pas que ça occupe tant d'espace.

— De l'argent de poche, Woody ?

Le souffle coupé, il avait cessé de tenir son index fracturé.

— Mon Dieu… je n'en savais rien, moi…

— Et de quoi pensiez-vous qu'il s'agissait, dans ce cas ?

— Rien de spécial… c'est la vérité ! Franchement, personne ne m'a dit…

— Vraiment, Woody ?

— On m'a pas donné de précisions…, a-t-il achevé en fuyant mon regard.

— Pourtant, quelqu'un était au courant. Il a fallu du temps, de l'argent et de la réflexion pour préparer tout ça. Sans parler du risque encouru en vous mettant dans le coup, vous et vos collègues.

— J'ai rempli mon rôle, c'est tout.

— Qui consistait à veiller à ce que la substitution se déroule sans encombre.

Il a hoché la tête.

— Ils ont dû vous donner un numéro à contacter en cas d'urgence. Si quelque chose venait à foirer.

— Oui.

— Je veux ce numéro, Woody.

Il m'a lancé un bref regard avant de baisser les yeux.

— Vous voyez, Woody, c'est le moment de faire un choix. Soit vous acceptez de coopérer, et les choses tournent à votre avantage. Soit vous refusez, et vous vous enfoncez encore plus. Beaucoup plus.

Silence. Mon téléphone a sonné à ce moment-là, mais je n'ai pas pris l'appel.

— Woody, ne vous vexez pas, mais je doute fort que vous ayez manigancé ça tout seul. Pourquoi vous ne me donnez pas ce numéro ?

— Je pensais que ça vous intéressait pas, de savoir qui était derrière tout ça.

— J'ai changé d'avis, pour tout vous dire.

Tous les vétérans qui ont fait l'Irak connaissent l'histoire du cash américain disparu. Peu après l'invasion du pays, le gouvernement américain a fait secrètement acheminer 12 milliards de dollars en espèces vers Bagdad. Je sais que c'est un peu dur à avaler, et que ça a l'air d'un bobard tout droit sorti du blog d'un de ces gauchistes barrés obsédés par la théorie du complot. Pourtant, les faits sont établis : 12 milliards de dollars en billets ont été convoyés par camion de la Réserve fédérale à East Rutherford, New Jersey, à la base aérienne d'Andrews, près de Washington. Là, l'argent a été déposé sur des palettes et transféré à bord d'avions cargos C-130 en partance pour Bagdad.

Selon moi, ils voyaient là le seul moyen de payer nos contractants sur le terrain et de manœuvrer le gouvernement fantoche. Une pluie de billets tout neufs s'est abattue sur Bagdad, les bureaux ministériels étaient pleins de sacoches de liquide laissées sans surveillance. Soldats et bureaucrates jouaient au foot avec des briques de billets de cent.

Mais j'ai gardé le meilleur pour la fin : sans qu'on sache comment, pas moins de 9 milliards se sont évaporés. Évanouis sans laisser de trace.

J'avais désormais ma petite idée sur l'endroit où une partie au moins avait pu atterrir.

Mon portable s'est remis à sonner, et j'ai consulté non sans irritation l'identité du correspondant. Lauren

Heller, l'épouse de mon frère. Vu qu'il était une heure du matin à Washington, elle n'appelait sûrement pas pour bavarder.

— Lauren, qu'est-ce qui se passe ?

— C'est moi.

Une voix d'adolescent. Gabe, le fils de Lauren, âgé de quatorze ans.

Cela faisait des mois que je n'avais pas échangé un mot avec mon détestable frère, mais ça ne m'empêchait pas d'apprécier Lauren et son fils – Roger n'était que son beau-père. Gabe et moi, nous nous téléphonions une fois par semaine, et je faisais une sortie avec lui dès que je le pouvais. Il représentait le fils que je n'avais pas, et que je n'aurais peut-être jamais, et je remplaçais certainement le père qui lui manquait, puisqu'il n'avait que Roger dans ce rôle.

— Désolé, mon grand, mais je ne peux pas parler. Je suis avec un client. (Coulant un regard vers Woody, j'ai repris le revolver en le brandissant vers lui, puis j'ai lancé, sur le ton d'excuse d'un employé surmené de service après-vente :) Je m'occupe de vous tout de suite.

— Oncle Nick, a insisté Gabe à l'autre bout du fil, il faut que tu viennes immédiatement.

— Je ne suis pas à Washington, Gabe. Quel est le problème ?

— C'est maman. Elle est à l'hôpital.

— Mais qu'est-ce qui lui arrive ? Ce n'est pas trop grave ?

— Je crois qu'elle est dans le coma.

— Le coma ? Mais…

— Personne m'explique quoi que ce soit. Elle a été agressée, apparemment…

— Et ton père, où est-il ? Il est en déplacement professionnel ?

— Je ne sais pas où il est. Ni moi ni personne. Je t'en prie, oncle Nick, tu veux bien rentrer ?

— Gabe, j'ai quelque chose à régler, mais dès que je peux…

— Oncle Nick, j'ai besoin de toi.

5

Elle avait dû sombrer de nouveau dans le sommeil. Un sommeil agité, plein d'angoisse et de rêves bien trop réels. Une visite de Gabe, en larmes, les cheveux ébouriffés. Un médecin avec un grand front et un menton proéminent, qui lui braquait une petite lampe dans les yeux. Elle s'éveilla progressivement, sans trop savoir si toutes ces choses avaient eu lieu pour de bon.

En rouvrant les yeux, elle s'aperçut tout de suite qu'on l'avait déplacée. Elle n'entendait plus rien de la cacophonie frénétique des soins intensifs, les voix brouillées, les pas pressés et les sons discordants des appareils électroniques. Ici, il n'y avait qu'un bip discret et quelques chuchotements paisibles. La lumière avait changé, elle aussi. Le jour était peut-être levé. Il devait y avoir une fenêtre à proximité. Elle avait dormi pendant toute la nuit. Une nuit de plus.

Au pied de son lit, se tenaient deux individus en blazer et cravate. L'un plutôt âgé, l'autre nettement plus jeune. *Les flics*, se dit-elle en les voyant. Au début, elle pensa qu'ils faisaient partie de son rêve. Elle baissa les paupières et se laissa dériver une minute, mais quand elle rouvrit les yeux, ils étaient toujours là et s'entretenaient à voix basse.

Le plus vieux la regarda et s'avança vers elle. La soixantaine, des cheveux blanchis et clairsemés, une barbe mal taillée, qui selon elle cherchait à dissimuler un menton fuyant.

— Mrs Heller, je suis le lieutenant Garvin, des services de police de Washington. (Il avait à la main un énorme gobelet de chez Dunkin' Donuts.) Et voici l'inspecteur Scarpino.

Le bonhomme qui se tenait derrière lui, un brun séduisant qui avait l'air candide d'un gamin et la carrure d'un rugbyman, ne devait même pas avoir trente ans. Quand il lui demanda en souriant si elle allait mieux, elle lui rendit spontanément son sourire. Ils lui présentèrent leur insigne, dont elle ne vit qu'un éclair brillant.

Le dénommé Garvin s'installa avec précaution sur l'unique siège de la chambre, comme s'il souffrait du dos.

— Comment vous sentez-vous, Mrs Heller ?

Son collègue alla chercher un deuxième siège, au-delà des rideaux bleus qui délimitaient l'univers de Lauren.

— Où est mon mari ?

Garvin poursuivit, ignorant sa question :

— Une des infirmières nous a donné l'autorisation de vous parler, mais on peut repasser plus tard si vous ne vous sentez pas bien.

— Quelle heure est-il ?

— Pas loin de neuf heures. Du matin, je veux dire.

— Vous êtes là à cause de mon mari ?

Garvin portait des lunettes à monture métallique, dont les verres épais grossissaient ridiculement ses yeux pâles et larmoyants.

— Mrs Heller, nous souhaiterions vous poser quelques questions sur ce qui s'est passé.

La douloureuse palpitation dans ses yeux revint avec une intensité redoublée.

— Vous êtes rattachés… à la brigade des homicides ? demanda-t-elle d'une voix étranglée.

Il fit non de la tête, un sourire pincé sur les lèvres.

— Non, nous travaillons pour le département des crimes violents.

Ces mots lui tordirent les entrailles. Son cœur battait à tout rompre.

— Inspecteur, où est mon mari en ce moment ? Est-ce que vous l'avez retrouvé, oui ou non ?

— Non, madame, il n'y a rien.

— Comment ça, rien ?

— Nous avons contacté tous les hôpitaux de la ville et des environs. Ainsi que les cabinets médicaux et la prison centrale.

— Pardon ?

— Oui, nous ne voulons exclure aucune éventualité. On a passé une annonce sur le réseau interne des services de police de Washington.

— Et alors ?

— Rien du tout, madame, je regrette. Nous traitons désormais l'affaire comme un cas de disparition.

— Qu'est-ce qui vous assure qu'il n'a pas été… blessé ? ou même pire ?

— Les analystes de scène de crime n'ont retrouvé ni douille ni taches de sang, ni rien qui indique une atteinte physique.

— Il est porté disparu, c'est ça ?

— On parle plutôt de « disparition inquiétante », avoua Garvin après une hésitation.

Scarpino reparut avec une chaise en plastique qu'il traîna à côté de son coéquipier.

— Pourquoi « inquiétante » ?

— On soupçonne quelque chose de louche.

— Mais puisque vous n'avez rien découvert…

— C'est en rapport avec ce qui vous est arrivé.

— Comment êtes-vous sûrs que ce n'était pas un simple braquage ?

— Pour la bonne raison qu'on vous a identifiée grâce au contenu de votre sac à main. Quelqu'un vous a trouvée inanimée dans la rue, et a appelé les secours. Comme vous aviez toujours votre portefeuille, on a su qui vous étiez, et qui prévenir.

Son regard scrutateur avait quelque chose de déstabilisant.

— Et alors ?

— Ça réduit la probabilité d'un braquage, non ? Je vous propose de nous raconter tout ce que vous vous rappelez de l'incident.

Lauren le leur relata de son mieux. Garvin mena l'interrogatoire, tandis que Scarpino, manifestement le moins futé des deux, prenait des notes sans intervenir.

— L'agresseur… est-ce qu'il était seul ?

— Je pense, oui. Quelqu'un m'a empoignée par-derrière, et je suppose qu'il m'a frappée à la tête, bien que je ne m'en souvienne pas. Et… je crois qu'il m'a collé un revolver contre le crâne.

— À quel endroit ?

— Ici, fit-elle en désignant sa tempe.

— C'était avant, ou après le coup sur la tête ?

— Avant.

— Pourquoi êtes-vous certaine qu'il s'agissait d'une arme à feu ?

— Comment dire… j'ai senti la dureté, le côté rond et métallique…, ce pouvait être n'importe quoi, et pourtant…

— Vous ne l'avez pas vue, par contre.

— Non, c'est vrai, mais quand j'y repense, il me semble avoir entendu un clic. Comme un revolver que l'on arme.

— C'est un son qui vous est familier ?

— Mon père gardait un revolver à la maison. Je doute qu'il ait tiré un jour, mais il nous a appris à nous en servir, à ma sœur et à moi.

— Est-ce que l'agresseur a essayé de vous arracher vos vêtements ?

— Non, mais le retour de Roger a pu le mettre en fuite.

— Revenons un peu en arrière. Vous êtes sortie dîner avec votre mari. Seuls tous les deux, c'est bien ça ?

— Tout à fait.

— Un événement particulier ?

Un dîner en amoureux, aurait-elle voulu dire, mais elle se borna à répondre :

— Une sortie au restaurant, rien de plus.

— Qui a lancé l'idée ?

— Quelle importance ?

— On essaie seulement de se faire une idée de la situation.

— C'est Roger qui a proposé la sortie.

— C'était quelque chose de fréquent, ces dîners à deux ?

— Pas tellement. Autrefois, nous sortions toutes les semaines, mais pas ces temps-ci… Ce n'était pas arrivé depuis des mois, en fait.

— Connaissiez-vous des ennemis à votre mari ?

— Des ennemis ? Il travaille dans les affaires.

— Mrs Heller, votre mari et vous, êtes-vous ce qu'on peut appeler des gens riches ?

Lauren ne savait que répondre. Drôle de question. Quel point de référence devait-elle prendre ? Un inspecteur de police ? Elle gagnait un salaire confortable, mais ça restait un salaire de secrétaire. Roger, en tant que cadre supérieur, était largement mieux payé, sans dépasser toutefois un revenu à six chiffres. Seuls quelques dirigeants allaient au-delà du million de dollars. Ils habitaient une agréable demeure dans le quartier de Chevy Chase, un véritable palais comparé à la petite maison rustique qu'elle occupait avec ses parents à Charlottesville. En revanche, si l'on se reportait à l'ancienne fortune de la famille de Roger, ils faisaient figure de nécessiteux.

— Nous sommes à l'aise…, déclara-t-elle enfin. La famille de mon mari était extrêmement fortunée, mais ce n'est plus le cas.

— Je vois. (Le regard de Garvin se vida de toute expression, une réaction assez fréquente quand elle mentionnait Victor Heller. C'était une vraie célébrité, mais sa notoriété n'avait rien de glorieux.) À votre avis, il y a des gens qui s'imaginent qu'ils ont encore de l'argent ?

— Je n'en ai pas la moindre idée. À supposer que ce soit le cas, ils réclameraient une rançon, non ? Et ils m'auraient probablement kidnappée à sa place. Moi ou mon fils. Vous ne pensez pas ?

— Nous prenons en compte toutes les hypothèses, c'est tout. Ces temps-ci, avez-vous remarqué un changement dans l'attitude de votre mari ? Se conduisait-il différemment envers vous ?

— Je ne suis pas sûre de vous comprendre.

— Permettez-moi de vous poser une question – et je vous prie de ne pas vous en formaliser. Entre votre mari et vous… quelles étaient vos relations ?

— Où voulez-vous en venir ?

— Avez-vous déjà envisagé le divorce ? Pensez-vous qu'il ait pu avoir une liaison ?

— Vous vous raccrochez à n'importe quoi, inspecteur.

— Pas du tout, c'est la procédure habituelle. Nous ne voulons négliger aucune piste.

— Notre mariage se portait bien…

— Bien, pas plus ?

— Comme tous les couples mariés, nous avons connu des hauts et des bas. Cela dit, j'affirme qu'il ne me trompait pas. Et nous n'avons jamais évoqué une séparation.

— Mrs Heller, vous a-t-il déjà menacée ?

— Arrêtez, c'est grotesque.

— Écoutez, Mrs Heller, nous avons bien l'intention de comprendre ce qui lui est arrivé, mais pour ça nous avons besoin de votre aide. C'est indispensable. Je sais que vous traversez des moments pénibles, et que vous souffrez beaucoup, mais le temps est un facteur crucial. Plus vite nous réagissons, plus nous avons de chances d'aboutir.

— N'est-il pas possible que mon mari ait été attaqué comme moi, et qu'il soit en train d'errer quelque part, plongé dans l'amnésie ? À moins qu'il n'ait été grièvement blessé. Ou… pire. Et pendant ce temps, vous ne trouvez rien de mieux à faire que de rester sur votre chaise, à inventer des scénarios scabreux. Des peut-être, c'est tout ce que vous avez.

— C'est exact, nous travaillons beaucoup avec des peut-être. Essayer de deviner, je m'en suis fait une spécialité. Il se peut que nous nous raccrochions à n'importe quoi, mais à ce stade nous ne tenons rien de plus solide. Tout ce que nous savons, c'est que quelqu'un vous a agressée, apparemment au hasard, dans une partie de la ville habituellement assez calme. On ne vous a rien volé, et il semble qu'il n'y ait pas eu de tentative de viol. Rien ne nous indique que votre mari ait été assassiné. Il a disparu, c'est tout ce que nous pouvons affirmer. Sans indices et sans mobiles, nous n'arriverons à rien, vous en êtes consciente ?

— Vous n'avez pas l'air très optimiste.

— Je ne veux pas vous donner de faux espoirs, voilà tout.

On entendit quelqu'un se racler la gorge, et tout le monde se retourna.

C'était Gabe, ses boucles brunes décoiffées, fixant sur sa mère un regard anxieux. Il portait un jean foncé et un sweat à capuche noir orné d'un curieux personnage de comics. Invader Zim, Lauren s'en souvenait. Il paraissait plus squelettique que jamais.

— Gabe, appela-t-elle.

— Veuillez nous excuser, messieurs, fit le garçon d'un air sévère, mais ma mère a besoin de repos. Vous feriez mieux de vous retirer.

Le jeune inspecteur sourit, jusqu'à ce qu'il capte la fureur adolescente qui étincelait dans ses yeux bruns. Les deux policiers entreprirent de rassembler leurs affaires.

6

— Salut, fit Lauren d'une voix rauque dès que les policiers furent partis.

— Salut.

Elle vit des larmes dans les yeux de Gabe. Au cours de l'année passée, son tendre petit garçon s'était changé en un adolescent distant et volontiers boudeur. Pourtant, il lui arrivait de retrouver fugacement le fils affectueux qu'elle avait connu, et qu'il serait peut-être de nouveau. Du moins l'espérait-elle. L'amour qu'elle éprouvait pour lui dilata sa poitrine, comme un objet physique poussant contre ses côtes.

— Je te remercie.

— Je suis sérieux, ils n'avaient rien à faire ici.

Elle nota les cernes marqués qui soulignaient ses yeux. Ils apparaissaient dès qu'il était malade, fatigué ou seulement inquiet. Très souvent, en réalité. Il avait quelques boutons sur les joues, qui n'étaient pas là deux mois plus tôt. Il serrait dans sa main droite un cahier défraîchi, sur lequel on pouvait lire lycée SAINT GREGORY. Rien à voir avec les cours, cependant. Lauren n'avait pas la permission de le feuilleter, ce qui attisait sa curiosité – même si elle n'y avait jamais cédé. Elle savait seulement qu'il contenait un roman graphique d'une longueur épique, auquel il se consacrait depuis plus d'un an. Un jour où elle en avait entrevu quelques pages, avant qu'il ne le lui arrache des mains, elle avait été stupéfaite par la qualité des dessins.

— Merci de m'avoir prêté Jaffee, dit-elle en tendant la main pour prendre la sienne.

Il la serra à son tour, seule marque d'affection qu'il s'autorisait à présent envers elle. Il détestait qu'elle l'embrasse et le prenne dans ses bras, et se dérobait à ses caresses comme si elle avait souffert d'une horrible maladie contagieuse.

— Ta tension est très basse, fit-il remarquer.

— Pourquoi dis-tu ça ?

— Cet appareil n'arrête pas de sonner.

— C'est normal, ne te fais pas de souci. Je vais bien.

— À te voir, on ne dirait pas.

— Je me sens mieux que je n'en ai l'air.

— Tu as eu beaucoup de fleurs.

— De la part de Lee.

Elle parlait de Leland Gifford, PDG de Gifford Industries et fils de son fondateur. Bien entendu, il lui avait trouvé une remplaçante – certainement Noreen, sa voisine de bureau, qui, sous-employée par le directeur financier, convoitait son poste. Une vraie catastrophe, cependant : modérément intelligente, assez peu minutieuse et beaucoup moins compétente qu'elle ne l'imaginait. Mais Lauren avait pour l'instant des préoccupations plus urgentes. Leland Gifford avait beau diriger une puissante multinationale, il était tout juste capable d'envoyer un mail.

— Quelqu'un a dû l'avertir, ajouta-t-elle, poursuivant ses pensées.

— C'est moi qui lui ai écrit, sur ton ordinateur à la maison.

— Toi ?

— Pourquoi ? Je suis pas censé écrire à ton boss ?

— Si, si. Je suis impressionnée, c'est tout. Merci. (Elle tâtonna avec sa télécommande et releva son lit pour pouvoir s'asseoir.) Il faut que je me débrouille pour sortir d'ici, murmura-t-elle. Je dois retourner là-bas.

— Maman, tu as eu une grave commotion, et tu es restée sans connaissance pendant vingt-quatre heures. Leland Gifford se passera de toi quelque temps. (Puis il lui demanda à brûle-pourpoint :) Bon, tu me dis où il est ?

— Qui ça ?

— Tu sais bien de qui je parle. Où est papa ?

Elle laissa passer quelques secondes, le temps de peser sa réponse. Son cerveau fonctionnait à vitesse réduite. Le silence se prolongea un peu trop. En général, elle évitait de mentir à Gabe, qui de toute façon était trop malin pour se laisser gruger. Par moments, la vivacité de son fils l'effrayait un peu. De qui pouvait-il tenir ? Certainement pas de son côté à elle. Son premier mari, le père de Gabe, était raisonnablement intelligent, mais il n'avait rien d'un génie. Elle se demandait aussi quelquefois si tant de précocité ne contribuait pas à le marginaliser au sein de l'école privée qu'il fréquentait. C'était forcément délicat à gérer.

— Il est parti en voyage d'affaires, finit-elle par dire. Une urgence, ça s'est décidé au dernier moment.

Gabe se rembrunit aussitôt.

— Arrête, maman. Les flics sont passés hier à la maison, ils étaient à sa recherche.

— Et… tu étais seul, Gabe ?

— Évidemment. Tout va bien, maman, j'ai quatorze ans.

— Oh, mon Dieu…

— Du calme, maman, y a pas de souci.

— Du calme ?

— J'ai juste paniqué à cause de papa, ils n'ont rien voulu me dire, mais…

— Mais tu as surpris ma conversation avec eux.

Gabe fit oui de la tête, et elle se mordit la lèvre avant de répondre :

— Bon, j'ignore où il se trouve.

— Est-ce qu'il est *parti* quelque part ?

Elle porta enfin vers lui un regard aussi farouche que le sien, mais qui exprimait également chagrin et compassion.

— Il se peut qu'il ait été blessé lors de l'agression.

— Tu veux dire qu'il est en train de se vider de son sang on ne sait où ?

— Non, la police m'a certifié qu'il ne se trouvait dans aucun hôpital ni…

— Ni à la morgue.

— C'est un immense soulagement, Gabe. Ça signifie qu'il va probablement bien, sauf que…

— Il est mort, tu le sais très bien.

Il battit des paupières, la gorge serrée, les yeux noyés de larmes.

— Non, Gabe, tu te trompes. Ne te mets pas ça en tête.

— Qu'est-ce que tu peux en savoir, d'abord ?

— Sinon, il y aurait eu…

Elle ne put achever sa phrase.

— Tu crois que ceux qui t'ont frappée ont pris papa ? Qu'ils l'ont enlevé ?

Lauren finit par admettre :

— Je ne sais plus que penser.

— Oncle Nick le retrouvera peut-être.

— Je sais combien tu es attaché à ton oncle. Moi aussi je l'aime beaucoup, mais je doute qu'il fasse mieux que la police. Il enquête surtout dans le milieu de l'entreprise, tu sais.

— Bien, on verra. Je l'ai appelé cette nuit, il est sur le chemin du retour. Il m'a promis qu'il retrouverait papa.

7

Je ne suis pas marié, bien que je me sois dangereusement rapproché du mariage à plusieurs reprises, et je n'ai jamais fondé de famille. Ma famille d'origine, comme diraient les psys, a été fortement ébranlée par l'arrestation très médiatisée de mon père et les événements sordides qui ont suivi. Du coup, je suis très attaché à mon neveu, Gabe, et j'ai tendance à le protéger énormément.

En théorie, ma mission à Los Angeles était terminée, j'avais réussi à localiser la cargaison qu'on m'avait chargé de retouver. Tout en attendant à l'aéroport qu'une place se libère dans un avion pour Washington, j'ai allumé mon Blackberry pour expédier un rapport détaillé à Jay Stoddard. Quelle qu'ait été mon envie de m'attarder ici pour poursuivre les recherches et assouvir ma curiosité, c'était un luxe que je ne pouvais pas m'accorder. Je ne comptais pas laisser tomber pour autant. Je ne lâche jamais rien, en fait. Tout de même, il me fallait bien rentrer à Washington pour prendre des nouvelles de Gabe et de sa mère.

Ce qui était arrivé à mon frère me paraissait de très mauvais augure. Il y avait déjà deux jours qu'il avait disparu.

Pour dire la vérité, Roger et moi avions cessé d'être proches après le procès de notre père. Et encore, c'est un euphémisme. Disons plutôt que nous n'avions aucune sympathie l'un pour l'autre et que nous arrivions tout juste à nous supporter. Malgré tout, il restait mon frère, et plus important encore, le père de Gabe. Je ne pouvais me défendre d'une angoisse sourde et d'une inquiétude croissante.

Comme les vols du matin étaient complets, je n'ai atterri à Washington qu'en fin d'après-midi. J'ai appelé le portable de Lauren depuis le taxi, m'attendant à tomber sur Gabe, mais c'est elle qui a décroché. Les médecins l'autorisaient à sortir de l'hôpital. Elle m'a fait un récit sommaire de ce qui s'était passé. Elle semblait encore un peu choquée, mais pas trop mal en point.

Un soulagement infini m'a envahi. La tension qui m'habitait ces dernières heures, pareille à une migraine légère mais persistante, a commencé à refluer.

Je suis passé d'abord à mon appartement, un loft emménagé dans un ancien entrepôt d'Adam Morgan, à Washington. Je l'avais acheté parce qu'il était vendu meublé et avec un parking. L'agent immobilier avait vanté son style « branché et urbain » et son « esthétique industrielle », mais moi je le voyais tel qu'il était : un vieil entrepôt aux plafonds de béton nu et aux tuyauteries apparentes, aussi plaisant qu'un hangar d'aérodrome. En revanche, Gabe le trouvait « trop cool », naturellement, et l'avait surnommé ma « Forteresse de solitude ».

Quelques heures plus tard, je m'engageais dans l'allée de la maison de mon frère à Chevy Chase, sur

Virgilia Road, une vaste demeure néo-géorgienne située dans une rue arborée et entourée d'autres résidences anciennes. Avec sa façade en briques rouges, ses volets noirs et ses boiseries peintes de blanc, elle en imposait déjà vue de l'extérieur, et bien plus encore à l'intérieur. Six chambres et sept salles de bains, cinq cheminées, et une piscine dans le jardin, qu'ils n'utilisaient jamais.

Un jour, Roger m'avait dit en plaisantant que mon appartement tout entier tenait sûrement dans sa salle de télévision. Ce à quoi j'avais rétorqué que l'ensemble de sa demeure devait entrer dans le jardin d'hiver de la maison de notre enfance, à Bedford. Je lui avais cloué le bec. Avoir beaucoup d'argent, nous avions su l'un et l'autre ce que ça voulait dire, et nous ne prenions même pas la peine d'y penser. Une fois que nous l'avons eu perdu, j'ai éprouvé un authentique soulagement, comme si je retirais enfin des chaussures trop petites.

Roger, au contraire, en a fait une obsession, tel Achab avec sa baleine blanche.

Quand je suis arrivé, Gabe était assis sur les marches du perron, en sweat à capuche noir et tennis éculées, son iPod vissé aux oreilles. Il dessinait dans son mystérieux cahier, celui que personne n'avait le droit de regarder. Il s'est empressé de le refermer en me voyant approcher.

— Salut, a-t-il lancé en arrêtant sa musique. Merci d'être venu.

Comme je me penchais pour lui donner l'accolade, il s'est relevé à demi, et nous nous sommes étreints avec gaucherie. Gabe était petit pour son âge, et j'ai senti les os de ses épaules et de sa cage thoracique.

— Comment va ta mère ?

— Je me demande pourquoi on l'a laissée sortir si vite de l'hôpital. Elle est quand même restée vingt-quatre heures dans le coma.

J'ai haussé les épaules, paumes en l'air pour marquer mon ignorance.

— Elle a été grièvement blessée ?

— Assez pour avoir un traumatisme crânien.

— Tu estimes qu'elle n'aurait pas dû rentrer ?

Lui aussi a haussé les épaules en ouvrant les mains, imitant inconsciemment mes gestes.

— Je suis pas médecin, moi.

— OK. Toujours pas de nouvelles de ton père ?

— La police a demandé à maman s'ils avaient des problèmes conjugaux. Ils se disent que papa a pu filer volontairement.

— Ça ne lui ressemble pas du tout.

Gabe m'a observé avec attention.

— À moins qu'il n'ait été enlevé. C'est pas possible ?

— Un enlèvement ? Ça m'étonnerait. Écoute, on va réfléchir à tout ça. Je ne veux pas que tu t'inquiètes, Gabe.

— D'accord, a-t-il dit sans beaucoup de conviction. (Puis il a ajouté, alors que je me dirigeais vers la porte :) Oncle Nick, tu veux bien m'apprendre à me servir d'un revolver ?

— Il se fait tard, là. Les voisins vont nous engueuler.

— Non, je voulais dire sur un stand de tir, ou dans un club.

— Je ne fréquente pas ce genre d'endroits. Pour tout te dire, je touche rarement à une arme à feu. Je préfère toujours utiliser mes mains.

— Pour tuer les gens ? a fait Gabe en ouvrant de grands yeux.

— Non, plutôt pour explorer les bases de données.

— Je parle sérieusement, oncle Nick, je tiens à savoir manier une arme.

— À mon avis, les ados vêtus de noir ne devraient jamais se servir d'une arme. Ça tourne souvent très mal. Tu ne regardes pas les nouvelles ?

— Ce que je veux, moi, c'est protéger maman. Et pratiquer l'autodéfense, par exemple.

— Désolé, ai-je répondu en ouvrant la porte.

— Oncle Nick ? Merci d'être venu.

8

J'ai toujours estimé que la seule idée judicieuse de Roger avait été son mariage avec Lauren. Elle avait un physique remarquable – des cheveux d'un noir lustré, un teint laiteux et des yeux brun doré, un charmant sourire… Elle était à la fois belle et élégante, mais surtout, elle possédait à mon avis de grandes qualités humaines. Totalement dépourvue d'égocentrisme, elle consacrait sa vie à trois hommes au caractère difficile, son mari, son fils et son patron, Leland Gifford. Une gageure, à n'en pas douter. À lui seul, son poste d'assistante d'un PDG de grosse société était bien plus qu'un métier à plein temps : plutôt une espèce de mariage qui devait éveiller la jalousie de Roger. Quant à son dévouement envers Roger, il rendait peut-être son boss jaloux, de la même façon.

Elle m'a serré dans ses bras dès que je suis entré, et je l'ai dévisagée quelques secondes, abasourdi. J'avais beau être au courant de l'agression, j'étais troublé d'en voir les traces pour de vrai. Elle portait un pansement à la tête, et le côté gauche de son visage était tout égratigné. Des meurtrissures jaunes entouraient ses yeux. Elle m'a remercié d'être venu, et je lui ai demandé si elle allait bien en lui assurant qu'elle avait bonne mine.

— Tu baisses dans mon estime, a-t-elle répliqué d'un air déçu. Moi qui te prenais pour la franchise incarnée.

— J'ai menti, je l'admets. Tu es dans un sale état, et je me fais du souci pour toi.

Lauren s'est mise à rire.

— Merci pour ton honnêteté, mais je me sens mieux que je n'en ai l'air.

J'ai traversé à sa suite le hall dallé de marbre en direction de la gigantesque cuisine, où flottaient des parfums de pain d'épice ou de tarte au potiron. Elle m'a offert une tasse de café noir, comme je l'aime, puis elle a pris un tabouret à un bout de l'îlot central en granit noir, et je me suis installé en face d'elle.

— L'hôpital t'a déjà autorisée à sortir ?

— Le médecin pense que tout ira bien, du moment que je me ménage. Et puis je ne peux pas laisser Gabe tout seul.

— Aucune nouvelle de Roger ?

Elle a secoué lentement la tête.

— Écoute-moi, lui ai-je dit. Pour commencer, je ne veux pas que tu supposes le pire.

Elle avait besoin de me savoir calme et rassuré, et je me suis évertué à simuler les deux.

Les larmes lui sont montées aux yeux.

— Le pire, je ne peux même pas dire ce que c'est.

— Raconte-moi ce qui s'est passé.

9

Je l'ai écoutée tout en posant de nombreuses questions, évitant soigneusement d'alimenter ses pires frayeurs. Plus j'en entendais, plus j'étais perplexe.

Une agression subite et inexpliquée alors qu'ils regagnaient leur voiture ; pas de traces de sang au sol, aucun signe de bagarre ; rien qui puisse suggérer que mon frère avait été blessé ou tué. On avait interrogé les hôpitaux et les morgues, mais on n'avait repéré personne répondant au signalement de Roger.

L'incident s'était produit deux jours plus tôt, et depuis il n'avait donné aucune nouvelle.

Mauvais signe. Je sentais viscéralement qu'il avait peu de chances de reparaître vivant. Je n'avais pas envie de l'avouer à Lauren, mais par ailleurs je répugnais à la tromper.

— Ils étaient combien, tes agresseurs ?

— Je n'en sais rien. Un seul, probablement. Mais il avait une arme.

— Comment tu le sais ?

— Je l'ai sentie.

— De quelle façon ?

— Il m'a plaqué quelque chose sur la tempe, qui ressemblait à un canon. En plus, j'ai entendu ce petit clic caractéristique, que fait le chien d'une arme à feu.

— C'était donc un revolver, pas un semi-automatique.

— On n'arme pas un semi-automatique, Nick.

Je me suis borné à sourire, ne voulant pas étaler ma science. En fait, on peut aussi armer un semi-automatique, mais c'était secondaire : elle avait bel et bien identifié le bruit inimitable du chien (d'une arme à feu).

— Un homme ou une femme ?

— Un homme, je peux le jurer.

— Pour quelle raison ?

— Je ne sais pas… sa force physique, je suppose.

— Tu sais, il existe des femmes vraiment costauds.

— J'ai peut-être senti les poils sur ses bras, alors.

— Ce qui veut dire qu'il avait les bras nus.

— Non… c'était l'odeur d'un homme, tu vois. Une eau de Cologne bon marché, mélangée au tabac.

— Tu as eu l'impression que Roger le connaissait ?

Son regard a erré à travers la pièce.

— Non, je ne crois pas…

— D'après Gabe, les flics se demandaient si vous vous entendiez bien, Roger et toi.

Ma question l'a fait tiquer.

— Il te l'a répété ?

— Oui, plus ou moins.

— Qu'est-ce que je dois en conclure ? Qu'il voulait me liquider ?

— Ça se peut.

— C'est complètement idiot. Si Roger n'avait plus voulu de moi, il m'aurait quittée, tout simplement.

— Vous avez déjà abordé le sujet ?

— Tu ne vas pas t'y mettre, toi aussi !

— Moi, je dirais que Roger n'est pas du genre à divorcer. Il se contenterait plutôt de te laminer.

Elle a froncé les sourcils, mais il n'y avait pas de colère dans ses yeux.

— Je sais bien que vous avez des… différends, tous les deux. Je reconnais qu'il peut être agaçant…

Agaçant ? Le mot était faible. J'aurais qualifié d'agaçants les Blancs qui s'appellent « mec » quand ils parlent ensemble, ou les séchoirs à mains dans les toilettes publiques. Mais, concernant Roger, j'aurais plutôt choisi *sale con*, ou même *connard*. Dans d'autres circonstances, j'aurais pu formuler tout haut mon opinion, mais ce n'était pas le moment. Que je le veuille ou non, Lauren et Gabe l'aimaient, et j'aurais trouvé déplacé de leur imposer mon avis.

Brusquement, Lauren s'est levée en reniflant.

— Mince, mes patates douces !

Elle s'est ruée vers le four posé sur le comptoir, près du réfrigérateur (un Sub-Zero, naturellement, presque aussi volumineux qu'un 4 × 4), et n'a pas tardé à revenir avec des patates douces cuites dans du papier alu.

— Tu veux dîner avec nous ?

— Non, merci. Je mange uniquement quand j'ai faim.

Dans leur maison, la cuisine était habituellement le domaine réservé de Roger. Si j'ai le plus grand respect pour les hommes cuisiniers de mon entourage, je ne supporte pas les dictateurs des fourneaux de l'acabit de mon frère. Il s'est toujours senti obligé d'acheter des équipements dernier cri, des ustensiles coûteux, la meilleure huile d'olive vierge ou le nec plus ultra des vinaigres balsamiques. Quand la nourriture prend une importance aussi énorme, ça dénote un problème vraiment désespéré.

— À l'hôpital, ils ne me servaient que des gelées et du ginger ale, et moi je rêvais de patates douces au four.

— Ton boss va réussir à survivre sans toi ?

— Il a été formidable, a-t-elle répondu avec un sourire affectueux. Il m'a dit de prendre tout mon temps, mais je compte retravailler bientôt.

— Tu te sens assez bien remise ?

— Comme je te le disais, je ressemble à une épave, mais tout va bien. Gabe va à l'école, et je risque de devenir folle si je reste assise toute la journée.

— Je présume que Leland Gifford a été informé de la… disparition de Roger.

— Bien entendu.

— Tu lui en as parlé directement ?

— Juste quelques mots. Je l'ai appelé dans l'après-midi.

— Et alors ?

— Il a proposé de m'aider de son mieux. La police l'a interrogé au sujet de Roger.

— Et il a émis une quelconque hypothèse ?

— Lee est aussi déconcerté que nous.

— Tu sais à peu près sur quoi travaillait Roger, ces temps-ci ?

— Nous discutions rarement boulot. Une espèce de règle entre nous.

— Il n'a fait aucune allusion à quelque chose qui l'aurait spécialement préoccupé ?

— Rien d'intéressant, pour autant que je sache.

Un résumé assez fidèle des fonctions de Roger chez Gifford Industries. Il mettait au point des contrats, montait des financements. Pour supporter une seule de ses matinées de travail sans que l'ennui me plonge dans le coma, il m'aurait fallu ingurgiter des litres de café noir. Toutefois, j'avais toujours eu l'impression que Roger se jugeait trop qualifié pour son emploi et regrettait qu'on ne lui ait jamais confié des responsabilités en rapport avec ses compétences. Si tant est qu'il en existe d'assez hautes dans le monde des affaires…

— Tu crois qu'il y a une relation avec son travail ?

— Pas forcément, j'essaie juste d'envisager toutes les hypothèses. Tout est possible, mais je doute qu'il s'agisse d'une agression au hasard. S'il avait vraiment été attaqué – j'ai bien pris soin d'éviter le mot « tué » –, il y aurait certainement des traces. On aurait déjà trouvé quelque chose.

Un corps, même si je ne l'ai pas dit.

— Qu'est-ce que tu suggères, dans ce cas ?

— On ne peut pas écarter l'hypothèse de l'enlèvement.

— Un enlèvement ? Tu veux rire ? (Sa voix aiguë camouflait sa peur sous les accents du mépris.) Les flics ont dit la même chose. Mais qui aurait pu kidnapper Roger ? Ça ne tient pas debout, nous ne sommes pas si riches.

Mon regard a glissé vers la colossale cuisinière à huit feux, digne d'un restaurant respectable. Je savais qu'ils avaient balancé 250 000 dollars seulement pour réaménager la cuisine selon les exigences maniaques de Roger.

— Bien sûr, ai-je convenu.

— D'accord, nous sommes tout à fait aisés, mais nous travaillons tous les deux pour gagner notre vie.

— Je sais, oui.

Après la saisie des biens considérables de Victor Heller, Roger, ma mère et moi nous étions retrouvés sans un sou. Mais Roger, au moins, avait hérité du génie paternel pour gagner et investir de l'argent. Une des nombreuses différences entre lui et moi.

Au moment de sa rencontre avec Roger, Lauren était déjà la secrétaire de Leland Gifford, divorcée et mère d'un jeune enfant. Il avait été clair dès le départ que son métier lui tenait à cœur, qu'elle adorait travailler pour Leland Gifford et n'y renoncerait pas. Si elle avait conservé son emploi, c'était par choix et non par obligation, puisque Roger gagnait suffisamment pour l'entretenir et savait faire en outre des placements judicieux.

— S'il avait été kidnappé, tu ne crois pas qu'on aurait déjà reçu une demande de rançon ?

— Pas sûr, il arrive que les ravisseurs patientent délibérément, pour exacerber le désespoir. J'admets tout de même que ce n'est pas très vraisemblable.

— Qu'y a-t-il de vraisemblable, alors ?

— C'est juste une théorie, mais il se peut qu'il ait fourré son nez là où il ne fallait pas, et qu'il se soit mis à dos des gens dangereux.

— Qui, par exemple ?

— Ta société participe à des projets immobiliers pharaoniques sur toute la planète. Qui sait s'il n'est pas tombé sur une quelconque organisation criminelle qui croyait s'être assurée d'une affaire, et qui a été finalement supplantée par Gifford Industries. Roger a peut-être contribué à leur éjection. C'est une possibilité.

— À t'entendre, Gifford Industries est au même niveau qu'une compagnie de collecte d'ordures tenue par les mafieux du New Jersey.

Plusieurs boutades me sont venues à l'esprit, mais j'ai préféré m'abstenir.

— Laisse tomber la mafia. Le monde de la pègre s'est globalisé. Les Russes, les pays d'Europe de l'Est, les Asiatiques – ils ont tous beaucoup évolué. Ils se sont mis à investir, ils blanchissent leur argent par le biais d'entreprises en règle. Ils participent à des échanges de marchandises, s'impliquent dans le commerce du pétrole et des métaux précieux, dans le milieu des banques et des assurances. Ça marche comme ça dans tous les pays. Imagine que Roger, en négociant une transaction, ait découvert quelque chose sur une de ces organisations. Quelque chose qu'ils avaient intérêt à cacher.

Elle m'a dévisagé quelques secondes, et puis son regard s'est déplacé à droite et à gauche, comme si elle avait lu sur l'écran d'un prompteur. J'ai eu le sentiment qu'elle déroulait mon hypothèse jusqu'à sa conclusion logique, qui était plutôt fâcheuse.

Elle m'a lancé, non sans une once de dédain :

— Tu ne crois quand même pas que ces choses-là arrivent pour de bon ?

— Pas vraiment, non. Ça reste exceptionnel. Cela dit, le monde est sacrément moche, et tout peut arriver.

— Alors ? Qu'est-ce qui s'est passé, d'après toi ?

— J'aimerais bien pouvoir te répondre… Dis-moi, Lauren, as-tu noté quelque chose sur le visage de Roger, qui aurait pu indiquer qu'il n'était pas complètement pris par surprise ?

Pensive, Lauren a gardé le silence quelques secondes.

— Figure-toi qu'un détail m'est revenu en mémoire.

— Oui ?

— La dernière phrase que je l'ai entendu prononcer lors de l'agression : « Pourquoi elle ? »

— Ce qui peut sous-entendre « Pourquoi pas moi ? »

— On aurait cru qu'il les connaissait, qu'il savait qui ils étaient.

— À mon avis, on peut en déduire un élément capital : Roger s'attendait peut-être à ce que l'incident se produise. Reste à comprendre pour quelle raison.

Elle m'a demandé doucement, un tremblement dans la voix :

— Il *s'attendait* à quoi, au juste ?

— Il avait peut-être reçu un avertissement. Il est possible qu'ils aient cherché à l'intimider.

— Mais dans quel but ? Franchement, Nick, c'est beaucoup trop retors.

— Tu resterais sans voix si je te racontais tout ce qui se passe.

— Essaie, je t'écoute.

— Un jour, je te révélerai pourquoi je me suis fait virer du Pentagone. Les apparences sont souvent trompeuses, il y a beaucoup de secrets derrière.

Elle a secoué la tête, comme pour chasser cette conjecture délirante.

— Tu ne penses pas qu'il est en vie, n'est-ce pas ? a-t-elle demandé après un silence.

— Je suis persuadé qu'il est sain et sauf.

— Je ne te crois pas.

Moi non plus je n'y croyais pas.

— Cesse de t'inquiéter.

— Je vais encore perdre toute estime pour toi.

— Quoi qu'il soit arrivé, je parie qu'il va très bien. Garde confiance. Vous pouvez compter sur moi, tous les deux.

— Je le sais, et c'est très important pour nous. Cependant, je n'ai jamais eu l'intention de t'entraîner là-dedans. L'idée est venue de Gabe, pas de moi.

— M'entraîner là-dedans ?

— D'un point de vue professionnel, tu comprends ? J'ai dit à Gabe que tu ne ferais sûrement pas mieux que les flics.

— Pour être franc, ma société a accès à des ressources dont ne disposent pas les services de police.

— Tu ne me suggères tout de même pas de faire appel à Stoddard Associates ?

— De toute façon, Jay Stoddard n'accepterait pas l'affaire. Il faudrait que je m'en charge à titre personnel. Et en douce.

— Ça ne risquerait pas d'être… compliqué ? Étant donné ta relation avec Roger…

Je n'ai hésité qu'une seconde.

— Il s'agit de mon propre frère. Ton époux et le père de Gabe. Il n'y a rien de compliqué là-dedans.

— Ce serait peut-être plus correct si je… si je t'engageais directement, en te rémunérant de manière officieuse. Si tant est que tu veuilles bien apporter ton concours.

— Il est hors de question que tu me paies.

Lauren, embarrassée, ne savait que dire. Elle a argué avec un sourire gêné :

— Roger a bien réussi, tu sais. Toi, pendant ce temps, tu as fait un passage dans l'armée, et ensuite tu as été employé par le gouvernement...

C'est ça, ai-je pensé, *j'ai servi mon pays, tandis que Roger ne servait que ses intérêts personnels*. C'était le fond de sa pensée, même si elle ne voulait pas l'exprimer tout haut. En réalité, j'avais fait ces choix-là uniquement pour pouvoir m'échapper. En d'autres termes, je n'avais obéi qu'à des motivations purement égoïstes. Mais moi non plus, je n'étais pas disposé à admettre ça ouvertement.

— Tu peux me donner les noms des flics qui t'ont interrogée ? Je vais aller leur parler. Autant commencer par là, non ? Tu pourrais aussi me fournir les noms des amis intimes de Roger, des gens à qui il a pu se confier.

Lauren semblait embarrassée.

— Tu sais, tu connais Roger depuis plus longtemps que moi.

— Tu veux dire qu'il n'avait pas vraiment d'amis proches ?

— C'est ça.

Ça ne m'étonnait pas. Roger avait toujours été un solitaire. Quand on était gamins tous les deux, il sortait parfois avec mon groupe de copains, même si ça l'ennuyait qu'on soit plus jeunes que lui. De toute façon, il n'était pas tellement du genre à traîner en bande.

— Nick, tu es sûr que ça ne te dérange pas ?

— Absolument sûr.

Elle s'est levée d'un bond pour me sauter au cou, et au bout de quelques secondes elle a éclaté en sanglots.

10

Les locaux de Stoddard Associates auraient pu abriter le cabinet d'avocats le plus snob, le plus chic que l'on puisse imaginer : boiseries en acajou foncé, tapis persans anciens, tables de réunion en bois de fruitier poli. Ils exhalaient une ambiance d'élégance feutrée et de fortune solidement établie. Il n'y manquait même pas la réceptionniste anglaise aux façons compassées.

Le fondateur et président de la firme, Abner J. Stoddard IV – plus connu sous le nom de Jay –, prétendait parfois en riant que le décor qu'il avait choisi jusqu'aux moindres détails relevait de ce qu'il appelait avec ses copains de la CIA « la vitrine ».

En fait, il ne plaisantait qu'à moitié. Dans le fond, Stoddard Associates était une puissante agence de renseignement privée, une entreprise spécialisée dans l'espionnage, même si Jay Stoddard n'aurait jamais prononcé ce mot. Une société distinguée et influente, quoique passablement louche. Rien à voir avec ces agences de détectives miteuses aux vitres dépolies et aux relents tenaces de cigare refroidi. Nous occupions 1 200 mètres carrés au neuvième étage d'un élégant immeuble de bureaux à la façade incurvée en verre et acier, situé au 1 900, K Street à Washington, les Champs-Élysées des lobbyistes de la ville.

Quant à Jay, il était beaucoup plus qu'un ancien espion reconverti dans les enquêtes pour le compte des grandes entreprises, du gouvernement ou de particuliers fortunés. Son expérience faisait qu'il était initié à tous les secrets de Washington, qu'il savait où les cadavres étaient enterrés, et il ne rechignait pas à les exhumer si quelqu'un payait le prix. Virtuose de la magouille, il connaissait tous les gens qui comptaient et avait cerné les véritables rouages de la ville – rien à voir avec ce que l'on apprend en cours d'instruction civique ou en lisant la presse. Il avait le cœur assez bien accroché pour affronter toutes les saletés que l'on était sûr de dénicher dès qu'on creusait un peu.

S'il rencontrait un politicien tourmenté par sa conscience à l'idée de lui demander une *oppo research* – déterrer des infos croustillantes pour desservir un adversaire –, Stoddard se faisait un plaisir de citer le gouverneur Willie Stark dans *Les Hommes du président* : « L'homme naît dans le péché et il est conçu dans la corruption ; il passe de la puanteur de la couche-culotte à celle du linceul. Il y a toujours quelque chose à trouver. »

Jay Stoddard savait que tout le monde avait de vilaines choses à cacher.

La petite soixantaine, il avait une haute silhouette dégingandée et portait un peu trop longue son orgueilleuse crinière de cheveux argentés. Ses costumes anglais étaient fabriqués sur mesure, et ses chemises de chez Brooks Brothers avaient toujours le col élimé, comme s'il proclamait à travers ce détail qu'il avait certes du goût et de l'argent de famille, et qu'il savait apprécier les plaisirs raffinés de l'existence, mais qu'il revendiquait aussi une certaine désinvolture. Encore une affaire de « vitrine », à mon avis.

On était en train de plier la réunion d'évaluation des risques du lundi matin, où une commission d'une douzaine de mes collaborateurs installés autour de la grande table de conférence sélectionnait les affaires intéressantes et jetait les autres au panier. Typique d'un lundi matin sans caféine : manque de tonus et bâillements étouffés, raclements de gorge et griffonnages distraits, coups d'œil furtifs aux écrans de Blackberry. À l'exception de Jay qui, incapable de tenir cinq minutes en place, ne cessait d'arpenter la salle.

La majorité des dossiers retenus ce jour-là étaient banals et assommants. Une grosse société de stockage de données cherchait à savoir si son manager en Indonésie détournait des fonds ; le PDG d'une énorme banque d'investissements se demandait si deux de ses cadres haut placés, un homme et une femme, n'entretenaient pas une liaison clandestine. (Je ne comprenais pas pourquoi ce PDG n'avait pas recours à son propre service de sécurité, ni ce qui l'intéressait autant dans cette histoire. Je subodorais une raison beaucoup moins avouable de vouloir virer les deux cadres. Bien entendu, nous avons voté en faveur de cette affaire.)

Tout le monde s'est réveillé en entendant Stoddard annoncer qu'il avait été sollicité par le Metropolitan. L'un de leurs conservateurs devait bientôt comparaître devant les autorités de Turquie pour pillage et trafic d'antiquités, en l'occurrence des pièces d'or anciennes prétendument dérobées dans un des musées nationaux. J'imaginais déjà une mondaine de Manhattan, avec sac Vuitton et foulard Burberry, croupissant dans une sordide prison turque à la *Midnight Express*. Nous avons décidé de prendre des renseignements supplémentaires.

Cependant, la principale affaire du jour concernait une grande compagnie pétrolière, parmi les plus puissantes au monde, qui tâchait d'acquérir une société de services pétroliers, de taille modeste mais fortement rentable. Le rachat se passait mal, et ils voulaient rassembler des informations compromettantes sur le PDG de l'entreprise ciblée.

Comme d'habitude, la voix de la raison était représentée par notre expert en analyse informatique, Dorothy Duval, une Noire ravissante au teint café au lait, aux grands yeux et aux cheveux coupés très court. Elle parlait d'une voix éraillée de fumeuse et ses manières étaient simples et directes. Avant d'être embauchée par Stoddard, elle avait passé neuf ans à l'Agence pour la sécurité nationale, et je parie que tout le monde la détestait. Stoddard était assez malin pour prendre la mesure de son intelligence. À moins qu'il ne l'ait simplement trouvée drôle.

— Écoutez, a dit Dorothy, on peut parler franchement, là ? Ces gens réclament une enquête exhaustive. Relevé des communications téléphoniques, surveillance électronique, le grand jeu. Ils veulent placer la ligne de ce type sur écoute.

— Vous divaguez complètement, ils n'ont jamais rien dit de tel, a coupé Marty Masur, un de nos enquêteurs chevronnés.

Masur, un petit bonhomme dégarni à l'attitude arrogante et cassante, avait travaillé pour les commissions d'enquête du Sénat, jusqu'à ce que les sénateurs ne puissent plus le voir en peinture. À présent, il commençait à gonfler sérieusement tout le personnel de Stoddard Associates.

— Bien sûr, ils ne sont pas assez naïfs pour le réclamer ouvertement.

— Vous conseillez donc un refus pur et simple ? Histoire de ne pas se mouiller, c'est bien ça ?

— Si je ne m'abuse, lui a-t-elle répliqué avec aigreur, vous étiez partant pour prendre le dossier Hewlett-Packard, qui exigeait de placer sur écoute plusieurs représentants du conseil d'administration. Vous savez comment a terminé la firme qu'ils ont fini par engager ?

— C'étaient des amateurs, a allégué Masur. Ils se sont fait pincer.

— Et n'oubliez pas ce petit détail : ils étaient dans l'illégalité, comme nous le serons si nous acceptons cette mission. Moi je suis contre.

Irrité et cramoisi, Masur aurait volontiers lancé une remarque acerbe si Stoddard n'était pas intervenu :

— Et vous, Nick, quel est votre avis ?

— Je suis d'accord avec Dorothy, le danger est bien réel. Au final, nos frais d'avocat risqueraient de dépasser les honoraires perçus pour le travail. Pardon ? ai-je ajouté en entendant bougonner Masur.

Il s'est borné à secouer la tête.

— Non, Marty, je suis curieux de savoir ce que vous avez à dire.

Il m'a jeté un regard circonspect. J'avais toujours pensé que je l'impressionnais : je mesure 1,85 mètre, j'ai servi en Irak et je suis encore en bonne forme physique. De plus, je traînais dans mon sillage des rumeurs concernant des compétences plus occultes, des choses que j'aurais faites en Irak et en Bosnie. Il n'y avait rien de fondé là-dedans, mais je n'avais pas pris la peine de dissiper le malentendu. Cette image intimidante n'était pas pour me déranger. Masur craignait sans doute qu'en cas de litige entre nous, je n'aille le guetter dans quelque sombre ruelle pour lui trancher une oreille. Je me gardais bien de le détromper.

— Pour citer Nehru, a-t-il fini par répondre, il n'y a pas de pire danger que la prudence.

— Si nous ne réussissons pas, nous risquons un échec, ai-je renchéri d'un air sentencieux face à un Masur perplexe. C'est Dan Quayle qui a dit ça.

Dorothy m'a gratifié d'un sourire éclatant, tandis que Stoddard s'éclaircissait la voix pour prendre la parole :

— Mesdames et messieurs, je ne tolérerai jamais que l'on mette en péril cette société. Si tentantes que soient les sommes en jeu, il serait malavisé d'accepter cette affaire.

La réunion terminée, Stoddard m'a pris par le coude.

— Vous voulez bien venir dans mon bureau une minute ?

En remontant le couloir, nous sommes passés devant un ensemble de photos encadrées de noir, qui montraient Stoddard en compagnie de politiciens, de dirigeants internationaux et de célébrités. Celle où il posait avec Nixon était ma préférée. Nixon, en complet bleu clair, lui serrait la main d'un air emprunté. À l'époque, Stoddard était encore plus longiligne, avec des cheveux bruns et un physique d'acteur de cinéma. Il avait fait partie de la CIA jusqu'à ce que l'équipe de Nixon, cherchant à déterrer des scandales en toute discrétion, l'engage pour de l'*oppo research* pendant la campagne de réélection. D'après ce que je savais, Stoddard avait été chargé de réunir des dossiers sur plusieurs sénateurs démocrates de premier plan, afin de les dissuader de réclamer la démission de Nixon. Mais Stoddard était bien trop discret pour poser des questions. Son travail était légendaire, et il a profité de l'occasion pour fonder sa propre agence juste après l'élection.

— Félicitations pour votre boulot sur Traverse Development. Vous êtes fort, vous savez. Il m'arrive parfois d'oublier à quel point.

— Ce n'était pas très dur, en fait.

— C'est vous qui le dites, Nick. Vous avez la *sprezzatura*. Vous savez ce que c'est ?

— Je me soigne au Zithromax.

— C'est un mot italien, a-t-il expliqué en riant. Ça désigne l'art de rendre faciles les choses difficiles.

Comme nous entrions dans son bureau, j'ai évoqué la compagnie pétrolière dont nous avions parlé en réunion :

— C'est un contrat faramineux que vous avez décidé d'écarter. Je suis épaté, Jay.

— Allons, mon vieux, vous imaginez que je vais laisser filer un truc pareil ? Ce serait mauvais pour les affaires. Ma maison de Nantucket a besoin d'une toiture neuve. (Il m'a adressé un clin d'œil.) Il faut toujours assurer ses arrières, Nick. Bon, asseyez-vous, on a à discuter.

11

Les visiteurs de Stoddard étaient toujours surpris en arrivant, pensant trouver un étalage narcissique de photos de lui en compagnie de tout le gratin. Celles-là mêmes qu'il avait reléguées dans le couloir par calcul ou par modestie, ou simplement par envie de poser son empreinte sur l'ensemble des locaux.

En revanche, les murs de son bureau étaient garnis du sol au plafond de rayonnages de livres. Il y avait quelques éditions originales de romans classiques, mais il possédait surtout des beaux livres sur l'architecture, un sujet qui le passionnait. Sur la table basse en verre, une sélection de revues spécialisées était disposée près d'une monographie de Richard Meier.

Un jour, dans un luxueux hôtel de Buenos Aires, Stoddard m'avait confié après son quatrième whisky qu'il rêvait dans sa jeunesse de suivre un cursus d'architecture à Yale. Son père, OSS pendant la Seconde Guerre mondiale, l'avait obligé à l'époque à rallier la CIA, mais avec le recul il n'avait aucun regret : « Mon père avait raison sur toute la ligne ! J'aurais crevé de faim. Je pensais à tort que tous les architectes faisaient fortune ! »

Il s'est débarrassé de sa veste et l'a posée sur le

valet en acajou installé dans un angle. Sur sa chemise bleue tout usée, il portait des bretelles rouges ornées de petites silhouettes de golfeurs.

— Vous auriez besoin d'une bonne dose de caféine, il me semble. Vous traînez une gueule de bois ?

— Laissez tomber le café, je n'avale jamais une goutte d'alcool en avion.

Je ne mentais pas : éviter de boire et ne se déplacer qu'en première classe, c'étaient les secrets d'un voyage d'affaires réussi. Stoddard, lui, ne prenait jamais de café, affirmant qu'il s'en passait très bien. Personnellement, je ne dors pas beaucoup, mais ce type était doté d'une énergie invraisemblable. Une espèce d'androïde, qui avait la réputation de jouer au squash comme un gladiateur sous amphètes.

Le menton dans les mains, Jay regardait droit devant lui d'un œil ennuyé et absent. Il se donnait volontiers des airs nonchalants et décontractés, mais son bureau impeccable, en acajou ciré, en disait long sur sa personnalité : il avait l'obsession de l'ordre. Et s'il aimait plaisanter et adopter une attitude détachée, voire un peu brouillonne, il avait en réalité un cerveau acéré comme un piège en acier : quand il vous attrapait entre ses mâchoires, il fallait se ronger un membre pour pouvoir lui échapper.

— Vous êtes arrivé de bonne heure, aujourd'hui. Pour approfondir l'affaire Traverse, c'est ça ?

Son regard bleu s'était assombri.

— Je fais toujours en sorte d'être bien renseigné sur les clients.

Je n'avais rien trouvé en interrogeant la base de données d'enregistrement des entreprises, et je n'avais pas eu plus de chance avec le numéro d'urgence que Woody m'avait donné à Los Angeles.

Quelqu'un avait-il fait part de ma démarche à Stoddard, ou mes recherches avaient-elles déclenché un avertissement automatique ?

— Je crois que vous perdez votre temps.

— Rassurez-vous, je n'ai pas fait ça sur mes heures de travail.

— Et alors ?

— Cette société n'existe pas.

— Bizarre, le chèque a été encaissé sans problème.

Il était évident qu'il jouait avec moi.

— Aucune entreprise de ce nom n'a été inscrite au registre de la ville d'Arlington, ni dans le comté. L'adresse du destinataire est bidon – elle correspond à une boîte aux lettres dans un endroit qui s'appelle EasyOffice. Vous savez, un de ces bureaux que l'on peut louer à l'heure ou à la semaine. Le loyer a été réglé en espèces. Il s'agit visiblement d'une société écran.

— Je vous en prie, ne soyez pas aussi suspicieux. Beaucoup de compagnies utilisent des sociétés écrans pour des raisons tout à fait légitimes. Esquiver les impôts, par exemple.

— Vous savez ce qu'il renfermait, ce conteneur en provenance de Bahreïn ?

— Je n'ai pas posé de questions.

Jay était trop fin pour donner des réponses vagues.

— Mais vous êtes quand même au courant.

— Je ne veux pas savoir, a-t-il insisté en riant.

Un entretien avec lui pouvait s'apparenter à un combat d'escrime.

— Vous savez pertinemment ce que contenaient ces boîtes, ai-je répondu d'un ton débonnaire, en évitant soigneusement la confrontation.

En principe, on n'obtenait rien de lui quand on cherchait le conflit. Il s'est mordillé l'intérieur de la joue, signe qu'il hésitait à mentir. C'était un peu comme le « tell » des joueurs de poker. Stoddard avait beau être rompu à l'art de la dissimulation, j'étais encore plus doué pour percer les gens à jour. Tout le mérite en revenait à mon père, qui s'adonnait au mensonge comme d'autres à la boisson. Toute sa personne, toute son existence exsudaient la malhonnêteté. Une éducation très profitable pour un gamin.

— Nick, quand on a ouvert un colis scellé, on n'a pas intérêt à s'en vanter. C'est toute la firme que vous risquez de compromettre. Quitte à enfreindre la loi, que ce soit au moins au bénéfice du client, et pas à son détriment.

— La récupération a été mouvementée, et deux ou trois boîtes se sont ouvertes par accident.

— Je ne sais pas pourquoi, mais je n'en crois pas un mot. Le fond de l'affaire, c'est que tout ça dépasse le cadre de nos assignations. On nous a engagés pour une mission bien précise, et pas davantage. Et je vous rappelle en outre que toute découverte préjudiciable au client faite au cours d'une enquête doit rester secrète. Sinon, nous ne tarderons pas à fermer boutique. Vous en êtes parfaitement conscient.

Voilà un des aspects de mon métier qui ne me plaisait guère. Il n'était pas rare qu'un client nous charge de réunir les preuves d'une quelconque malversation dans l'entreprise – détournements de fonds ou pots-de-vin – et que l'on s'aperçoive ensuite qu'il voulait seulement vérifier si ce genre de pratique était ou non détectable. Si nous faisions chou blanc, ils en déduisaient que la justice ne trouverait rien non plus. Ils insistaient immanquablement pour que nous enterrions nos trouvailles et que nous nous fassions discrets une fois les dégâts réparés. Si on ne se soumettait pas à leurs exigences, ils pouvaient refuser de payer. Là-dessus, ils répandaient le bruit que vous étiez un peu trop pointilleux – des chieurs, quoi, pas le genre d'agence qui vous facilitait la vie.

Ces problèmes-là se répétaient plus fréquemment que nous ne voulions l'admettre, ce qui nous rendait extrêmement prudents sur le choix de notre clientèle. On n'avait pas la moindre envie de se retrouver complices d'un délit.

— Cette histoire risque fort de nous exploser à la figure. Il y avait près d'un milliard en liquide là-dedans, ai-je précisé un ton plus bas. Sous forme de « briques » scellées par le Trésor américain.

— Et après ?

— Il existe quand même une petite loi assez gênante : celle de 2001, sur le contrôle des mouvements d'argent liquide. Si l'on envoie une somme supérieure à 10 000 dollars en cash, on est censé remplir un formulaire pour le déclarer.

— Le gouvernement n'est pas concerné, voyons !

— Sauf qu'il ne s'agissait pas d'un avion appartenant à l'État. Il a été affrété par une compagnie privée.

— Actuellement, le gouvernement fait sans arrêt appel à des transporteurs privés. Vous le savez comme moi.

— Pour convoyer un milliard en liquide ? Ça m'étonnerait.

— Oui, mais ça ne nous regarde pas, Nick. Vous n'êtes plus un enfant, cessez d'être aussi naïf.

Stoddard venait de sortir l'artillerie lourde. Selon ses critères à lui, il n'y avait rien de plus grave que de se montrer naïf face au véritable fonctionnement de la société. C'était une faute qu'il ne pardonnait pas.

— Jay, je ne porte en aucune manière un jugement moral. Je disais simplement que ce genre d'histoires finit toujours par s'étaler à la une du *Washington Post*, et du jour au lendemain on se retrouve impliqué. D'abord un petit entrefilet, et puis on fait nous aussi les gros titres.

— Pour cela, il faut être franchement hors la loi – ce qui n'est pas prouvé en l'occurrence –, et il faut aussi que quelqu'un ait jasé. Cela mis à part, nous n'avons rien à craindre.

— Vous avez une foi indéfectible en la bonté de l'humanité, je me trompe ?

La seule arme efficace contre Jay, c'était de le battre au jeu du cynisme. Il a éclaté de rire, révélant dans la lumière un paquet de plombages dorés.

— Écoutez, Nick, ce monde est sacrément moche. Je parie que votre père saurait vous en dire plus long que moi à ce propos. Téléphonez-lui et posez-lui la question.

Il a arqué un sourcil, un seul, une mimique que j'aurais bien aimé maîtriser. Je ne pense pas qu'il ait voulu se montrer sarcastique : il cherchait juste à me porter le coup de grâce, le KO final.

— Je crois que les détenus n'ont pas le droit de recevoir des appels, ai-je répliqué. Bien que je n'aie jamais essayé, je l'avoue.

Si l'on prenait la peine d'observer de près quelques-uns des scandales les plus retentissants des trois dernières décennies, on découvrirait chaque fois Jay Stoddard embusqué en coulisses, jouant un rôle d'enquêteur, d'intermédiaire ou de conseiller. L'Irangate sous la présidence de Reagan, un nabab des médias canadien jugé pour délits financiers, les multiples affaires de mœurs impliquant des élus du Congrès, et une foule d'autres affaires qui, sans les compétences de Stoddard, auraient déclenché de sordides tempêtes médiatiques. Mais pour cela, il faudrait savoir où chercher, car Jay évitait toujours de laisser des traces. Et il choisissait à tous les coups de se ranger dans le camp des vainqueurs.

Au cours de sa carrière, sa seule erreur d'appréciation a été sa collaboration avec mon père. Victor Heller, arrêté et accusé de faux documents comptables, détournement de fonds et délit d'initié, a fait jouer habilement ses relations pour confier sa défense à la meilleure agence d'investigations au monde. Malheureusement pour lui, et pour Jay, la réalité des faits s'est mise en travers de leur route, et mon paternel a écopé d'une peine de trente ans de prison.

Je suis persuadé que, dans le fond, c'est sa mauvaise conscience par rapport à mon père qui a incité Jay à m'offrir un poste – moi le mouton noir de la famille, qui avais plaqué l'université pour rallier les Forces spéciales, et préféré l'armée à Goldman Sachs.

Plus tard, cependant, Stoddard s'était félicité de son initiative. « Il y a quelque chose dans les gènes des Heller », disait-il quelquefois, ce à quoi j'aimais rétorquer : « Oui, le goût de l'escroquerie. » Il secouait alors la tête d'un air peiné. « Votre père est quelqu'un de brillant. Quel dommage, bon sang… »

— Bien, a-t-il conclu, il n'y a que les probabilités qui soient vraiment innocentes.

— Si je lançais une recherche sur les numéros de série, je me demande si je tomberais sur le cash qui s'est évaporé à Bagdad il y a quelques années.

— C'est possible, mais quel intérêt ?

— Simple curiosité.

Je sentais croître son exaspération.

— Nick, tout le monde est très occupé ici. On va passer à autre chose, d'accord ?

Je n'ai pas insisté, n'ayant pas la moindre envie de m'embarquer dans un combat perdu d'avance. Il avait peut-être raison, tout bien pesé.

— Laisse tomber, Jake, on est à Chinatown ici.

Cette réplique d'un de ses films préférés a paru l'amadouer, et il a ri de bon cœur.

— Ça va, a-t-il dit. En ce qui me concerne, il ne s'est rien passé.

Il était en train de m'absoudre, comme si j'avais insulté son épouse par mégarde. Quand il en avait envie, Jay possédait un talent particulier pour se montrer affable.

— Ne vous en faites pas.

J'aurais été bien inspiré de m'en tenir là.

12

Lorsque j'ai regagné mon bureau, qui devait mesurer à peu près le quart de celui de Jay, j'ai constaté que le voyant de ma boîte vocale clignotait. En général, les appels passaient par le standard, pris en charge par Elizabeth, notre réceptionniste anglaise. La plupart des correspondants lui laissaient leur nom et leur numéro, qu'elle me communiquait par e-mail, mais si le sujet était confidentiel, ou si la personne ne souhaitait pas se présenter, il lui arrivait de basculer directement l'appel vers mon répondeur.

Après avoir orienté mon fauteuil vers la vitre pour profiter de K Street, j'ai branché les hauts-parleurs afin de consulter ma boîte. Dehors, une jolie fille avec un chemisier orange est sortie d'un restaurant pour écrire les plats du jour sur le panneau en ardoise du menu, écartant de son visage ses longs cheveux bruns. J'avais un message d'un vieux copain de l'armée concernant notre match de basket hebdomadaire, et un autre d'une femme avec qui j'entretenais une liaison des plus désinvoltes. Rien, en revanche, du lieutenant Garvin de la police de Washington, que j'avais déjà essayé de joindre à deux reprises. J'ai retenté ma chance sur-le-champ, et comme il ne décrochait toujours pas, je lui ai laissé un troisième message.

En attendant, j'avais d'autres coups de fil à passer. Jay Stoddard m'avait demandé sans ambages d'oublier Traverse Development, mais autant agiter une cape écarlate sous le nez d'un taureau. J'ai toujours eu du mal à obéir aux ordres, ce qui explique que j'aie démissionné sans regrets de l'armée, et ensuite de la fonction publique. Cela dit, je veux bien admettre que ça ne fait pas de moi un employé modèle.

Tout de même, les informations que je cherchais ne concernaient pas Traverse mais l'argent liquide expédié par leurs soins, ce qui, techniquement, faisait une grosse différence. Je coupe peut-être les cheveux en quatre, mais peu importe. Il était établi que le film plastique qui emballait les « briques » d'argent provenait de la Banque fédérale d'East Rutherford, dans le New Jersey, qui abritait la plus grande chambre forte du pays. Ils employaient des gens dont la seule fonction consistait à analyser les mouvements d'argent liquide dans le monde entier, un de ces boulots nettement moins palpitants qu'ils n'en ont l'air. J'ai contacté le centre de contrôle des opérations à East Rutherford en me présentant sous ma véritable identité, expliquant qu'au cours d'une enquête j'avais découvert une petite somme en espèces dans la serviette d'un individu soupçonné de trafic de drogue. J'ai donné à mon interlocutrice un des numéros de série.

Au bout de cinq bonnes minutes, elle a repris la communication en me mitraillant de questions. Quels étaient la localisation précise du trafiquant, le montant exact de l'argent, les premières lettres des numéros de série ? Les numéros se suivaient-ils ?

Je lui ai fait savoir que les numéros des billets de cent commençaient par DB – du moins pour ceux que j'avais sous les yeux.

— Bon. La première lettre, le D, signifie qu'ils ont été émis en 2003, et le B qu'ils proviennent de la New York Fed.

— Très utile, ai-je commenté, mais j'aimerais surtout savoir s'ils ont fait partie d'un important transfert de liquide.

— Je l'ignore, monsieur, a répondu la femme, passant d'un ton ennuyé-mais-cordial à une attitude sévère-et-professionnelle.

— Dommage. Parce que si la Fed refuse d'aider la police à retrouver du cash volé dans un de leurs colis, c'est qu'il y a quelque chose de grave derrière. Et justement, j'ai un bon copain qui est président de la commission de contrôle et de réforme du gouvernement, et il adore épingler ce genre d'affaires. Vous savez comme les gens raffolent de ce type de scandales. Vous pouvez m'épeler votre nom, s'il vous plaît ?

S'il y a une chose qu'un bureaucrate redoute encore plus que de sortir après cinq heures, c'est de devoir témoigner devant le Congrès.

J'ai raccroché, conforté dans mes soupçons. Les billets découverts dans l'avion étaient sans doute une partie des 9 milliards volatilisés à Bagdad quelques années plus tôt. Je n'avais pas élucidé pour autant l'énigme Traverse Development, et j'allais avoir du mal à découvrir leur identité depuis les locaux de l'agence. Surtout avec Stoddard qui me surveillerait sans cesse, et l'interdiction de poser des questions.

Un vieil ami à moi, Walter McGeorge, était expert en techniques de contre-espionnage électronique. En termes plus simples, il nettoyait les virus, et je ne connaissais personne de plus calé dans cette branche.

Officier des communications dans mon équipe des Forces spéciales, Walter avait été formé à toutes les spécialités habituelles, du morse à l'ancienne aux transmissions cryptées par satellite. D'abord affublé du sobriquet « Porcinet », il avait finalement été surnommé Merlin par ses compagnons admiratifs. Il avait été recruté par le Pentagone dans la même cellule de renseignement que moi, mais lui avait tenu plus longtemps. Quand il s'était décidé à démissionner, je lui avais trouvé un job dans une boîte de contre-espionnage électronique du Maryland. Nous collaborions régulièrement depuis que je travaillais chez Stoddard Associates qui, à l'instar de toutes les grosses agences, préférait sous-traiter ces compétences hautement spécialisées.

Je l'ai aussitôt appelé sur son mobile. La communication était mauvaise, et j'ai eu peur de l'avoir dérangé en plein travail.

— C'est ça, a-t-il répondu d'un ton bourru. Un boulot en rapport avec les tassergals.

Féru de pêche, Merlin avait un petit bateau mouillé dans la baie de Chesapeake.

— J'ai besoin d'expédier un colis à quelqu'un. (J'ai poursuivi, sans lui laisser le temps de rétorquer qu'il n'était pas ma secrétaire :) J'ai l'adresse d'une boîte aux lettres, et je veux envoyer un traceur GPS. Tu pourrais faire partir un paquet FedEx avec un Letter Logger à l'intérieur ?

— Tu as besoin d'un historique ?

— Pardon ?

— Si tu parles de ces Letter Loggers qui rentrent dans une enveloppe de format commercial, ils ne font que t'indiquer après-coup par où ils sont passés. Aucune info en temps réel. Il faut d'abord le récupérer pour avoir accès aux données.

— J'ai besoin d'un temps réel. Je suppose que le colis FedEx sera livré à la boîte aux lettres, et transféré ensuite vers un bureau où quelqu'un l'ouvrira.

— Possible, mais pas certain.

— D'accord, mais ça vaut la peine d'essayer. Dès qu'ils auront découvert l'émetteur à l'intérieur, ils le détruiront, mais j'aurai au moins une localisation exacte.

— Tu crois ça ?

— Je l'espère, c'est bien pour ça que je t'appelle.

— Bon, voilà ce que je te propose : si tu veux un traceur GPS qui indique la position en temps réel, il te faut un truc plus sérieux que ton Letter Logger. Il te transmettra les données sous forme de SMS sur ton téléphone portable. Il fonctionne avec une batterie au lithium-ion. Une dizaine de jours d'autonomie.

— Ça t'ennuierait de m'en poster un dans la journée ?

— Dès que je rentre au bureau.

J'ai eu un signal d'appel et, après avoir donné l'adresse à Merlin et l'avoir remercié, j'ai basculé sur ma deuxième ligne.

— Lieutenant Garvin. C'est gentil de me rappeler.

— Je suis ravi que vous m'ayez contacté, Mr Heller, c'est une drôle de coïncidence, je voulais justement vous parler de votre frère.

13

Le département des crimes violents de la police métropolitaine de Washington, où je m'étais rendu après ma journée de travail, se cachait au fond d'un lugubre centre commercial des quartiers sud-est, non loin de Pennsylvania Avenue. J'ai pénétré dans un couloir mal éclairé, où flottait une odeur de vomi que le déodorisant nauséabond n'arrivait pas à masquer. L'entrée d'une salle de réunion était barrée par un cordon de plastique, sûrement pour que les gens n'aillent pas marcher dans les saletés.

Le policier qui s'avançait à ma rencontre ne cadrait pas vraiment avec l'idée que j'avais en tête. Garvin aurait pu passer pour un professeur, avec ses épaisses lunettes à monture d'acier, sa maigre barbiche grise et ses narines au pourtour rougi. En chemin, j'avais appelé le bureau pour que Dorothy me fasse un topo rapide sur le bonhomme. À soixante-quatre ans, dont trente-deux de service au sein de la police, il avait obtenu un report de retraite. Dans les forces de police comme chez les pompiers, l'âge normal de la retraite est de soixante ans, mais on peut obtenir une dérogation dans certains cas. La plupart des flics, je m'en suis aperçu, se retirent dès que possible, et les rares qui jouent les prolongations ont vraiment la passion du métier.

Garvin portait une chemise bleu ciel repassée avec soin, tout juste sortie de la blanchisserie. Pas le genre à porter du polyester. Propre sur lui, si l'on exceptait la tache de gras au beau milieu de la poche de poitrine, qui gâtait un peu l'effet.

Sa paume était moite quand il m'a serré la main.

— Allons dans mon bureau. D'habitude, je reçois les gens dans la salle de réunion, mais on est en train de la nettoyer.

— On dirait que quelqu'un a régurgité son Jack Daniel's.

— Non, a-t-il fait d'un air sombre. Il y a un virus de gastro qui traîne par ici.

Il avait le nez bouché et n'arrêtait pas de renifler. En tant que lieutenant, il disposait d'un bureau personnel, même s'il était exigu et sans fenêtres. Une vilaine moquette au sol, de la frisette sur les murs et une foule de diplômes et de récompenses encadrés. On aurait dit ces bureaux que les gens emménagent dans le sous-sol de leur maison. Assis derrière sa table, Garvin a avalé une lampée de café dans sa mug géante.

— Un café, peut-être ?

— Non, merci, ça ira.

— Alors comme ça, vous êtes un mangeur de serpents ?

Lui aussi s'était renseigné sur mon compte.

— C'est bien le surnom des Bérets verts, non ?

À ma connaissance, personne n'employait ce terme dans les Forces spéciales. On subissait un programme d'entraînement harassant, mais qui ne comprenait pas la consommation de serpent. Plus maintenant, en tout cas. Quant aux Bérets verts, on n'en parlait plus depuis l'époque de John Wayne.

— Vous travaillez depuis trois ans pour Stoddard Associates.

— C'est tout ? J'aurais dit davantage.

— Bien. Je suppose que vous êtes ici pour raisons personnelles, et non professionnelles.

— Tout à fait.

Interrompu par un éternuement, il a tiré de sa poche un mouchoir chiffonné et s'est mouché bruyamment. Il a lorgné le contenu d'un œil suspicieux avant de le rempocher.

— Désolé. J'aurais mieux fait de rester chez moi, je vais vous refiler cette saleté.

— Je n'attrape jamais rien.

— Attention, ça porte malheur. Vous en aurez une version carabinée.

— Je ne suis pas non plus superstitieux. Où est passé votre collègue ? Scorpino ? ou Scardino ?

— Scarpino. Tony a été affecté sur une autre affaire.

Je savais ce que ça signifiait. Le dossier n'était plus prioritaire, un seul policier travaillait dessus.

— Je vous remercie d'avoir pris le temps de me recevoir.

Sachant que les flics sont débordés, sous-rémunérés, hyper-stressés et peu valorisés, je m'arrange toujours pour leur manifester toute mon estime. Par ailleurs, ils ont souvent une dent contre les gens qui remplissent des fonctions à peu près identiques aux leurs, mais touchent un salaire nettement supérieur. Une rancœur bien légitime.

Les éternuements l'ont repris, et il s'est mouché de nouveau.

— Je vous suis reconnaissant de tous vos efforts pour retrouver mon frère. Je me tiens prêt à vous aider dans la mesure du possible.

— Vous êtes très proches, votre frère et vous ? a-t-il demandé en m'observant par-dessus sa tasse.

Derrière ses épaisses lunettes, ses yeux bizarrement agrandis lui donnaient l'aspect d'un extraterrestre. Si j'avais eu quelque chose à me reprocher, je n'en aurais pas mené large. Il devait être redoutable lors d'un interrogatoire.

— Non, ai-je répondu. Pas depuis des années.

— Ça doit être dur, alors, de vivre dans la même ville ?

— Disons que nous évoluons dans des milieux différents.

— Et vos relations avec Mrs Heller ? a-t-il poursuivi en se tournant vers son écran d'ordinateur. Mauvaises également ?

— Non, elle et moi nous sommes les meilleurs amis du monde. Et j'adore son fils.

— Vous avez bien dit *son* fils ?

— Oui, Gabe n'est que le beau-fils de Roger. Mais Roger lui sert de père depuis l'âge de deux ou trois ans.

— Vous êtes donc en contact avec elle ?

— De temps en temps. Mais Gabe et moi nous téléphonons toutes les semaines.

L'idée m'est venue alors qu'il me considérait peut-être comme suspect. Ancien des Forces spéciales, ce qui signifiait que je n'avais pas peur des boulots musclés. Célibataire, et sans relation fixe pour le moment.

Tout naturellement, j'avais dû comploter avec ma belle-sœur pour supprimer son mari et manigancer cette mise en scène retorse. Heureusement, il n'avait pas l'air disposé à creuser ce filon.

— Il lui arrive de vous parler de son mariage ?

— Non, nous n'avons pas vraiment ce genre de relations.

— Je présume que votre frère non plus n'aborde pas ce sujet avec vous.

— En effet.

— Ce qui veut dire qu'il peut exister entre eux de graves problèmes, sans que vous en soyez informé.

— Oui, en théorie. Mais je pense que j'aurais deviné.

— Usage de stupéfiants, éventuellement ?

— Pas que je sache.

Il a tapé sur son clavier et m'a demandé :

— Et les paris ? Votre frère était-il mêlé à ce milieu ?

— Des paris ? Je doute que Roger ait jamais assisté à une course de chevaux. Lieutenant, j'ai l'impression que vous faites fausse route.

— Quelle route dois-je prendre, alors ?

— Mon frère s'occupait de financements alambiqués pour Gifford Industries. Il y a là de très gros enjeux – pensez à ses partenaires en affaires, à la concurrence… Ça ne m'étonnerait pas qu'il se soit fait des ennemis.

— Vous lui en connaissez ?

— Je ne veux pas provoquer un syndrome du canal carpien.

— Il en a tant que ça ?

— Roger sait se montrer extrêmement mordant. Je suis sûr qu'il passait généralement pour un chieur.

— Auprès de gens qu'il valait mieux ménager.

— Possible.

— Des gens qu'il aurait décidé de fuir.

— Pourquoi pas ? (J'ai ajouté au bout d'une minute :) Vous avez certainement examiné ses comptes en banque ?

Il a continué à taper avant de me répondre sur un ton pince-sans-rire qui m'a beaucoup plu :

— Hum… ça ne m'avait pas effleuré l'esprit.

Je n'ai pas relevé le sarcasme.

— J'en conclus que ça n'a rien donné d'intéressant. Vous avez entré son nom dans les principales bases de données ?

— Encore une remarquable suggestion. Ravi que vous soyez passé. Sans vous, je crois que je n'y aurais pas pensé. (Et il m'a lancé après un nouvel éternuement :) Vous en avez d'autres, des tuyaux dans ce genre ?

— Rien non plus du côté des caméras de surveillance ? La ville en est truffée grâce à vous.

— Malheureusement, la police n'en a pas installé dans le quartier de Georgetown.

Voilà une chose que j'ignorais.

— Pas de criminalité dans le coin ?

— Pas de budget, disons. Le quartier n'est pas prioritaire.

— Et les caméras du trafic routier ? Il y en a des tas à Georgetown.

— Elles enregistrent rien du tout. Elles surveillent uniquement les incidents liés à la circulation.

— Quelqu'un qui passe au rouge, par exemple ?

— C'est ça.

— Cela dit, il doit exister des centaines de caméras privées dans cette partie de la ville. Entreprises, ambassades, éventuellement quelques copropriétés… Quelqu'un en a fait le tour ?

Il m'a décoché un de ses regards réfrigérants d'extraterrestre.

— Vous voulez pas aussi qu'on embauche la garde nationale ? Même pour Ben Laden, on est pas allés jusque-là. Vous vous figurez qu'on a tout ce personnel disponible pour une affaire de disparition ?

— Bien sûr que non, ai-je calmement concédé. Mais regardons les choses en face, lieutenant. Il s'agit vraisemblablement d'un homicide.

— Vous croyez ?

— À l'heure qu'il est, il est très improbable que mon frère soit toujours en vie. Vous le savez aussi bien que moi.

— Intéressant, de la part d'un expert aussi prestigieux.

— Lieutenant Garvin, ne pensez pas que je cherche à m'immiscer dans votre travail. J'espérais juste vous aider.

— Dans ce cas, vous allez peut-être m'expliquer quelque chose. Puisque vous êtes tellement convaincu que votre frère a été enlevé, voire assassiné, par de mystérieux « ennemis », comment justifier que trente minutes *après* l'agression, il soit allé retirer du liquide à un distributeur de la Wachovia Bank ?

Je l'ai dévisagé bouche bée.

— Ça augmente sacrément nos chances de le retrouver vivant, hein ?

14

— Vous n'avez pas l'air très surpris.

En réalité, j'étais resté abasourdi pendant quelques secondes, mais je suis assez fort pour donner le change. En tout cas, j'avais la preuve que Garvin avait bel et bien examiné les comptes de mon frère.

— Ce n'était pas lui, voilà tout. Vous pourriez vous procurer les enregistrements des caméras du guichet, ai-je suggéré pour observer sa réaction.

Garvin a failli s'étrangler d'indignation, puis un sourire a éclairé son visage.

— Bien vu. La Wachovia Bank doit nous les transmettre dans les meilleurs délais.

— Celui qui a kidnappé mon frère lui a arraché sa carte et lui a soutiré son code. Il n'a pas fait ce retrait de son plein gré.

— D'accord.

— C'est la seule solution logique. Je parie que mon frère a plusieurs comptes à son nom. Duquel s'agit-il ?

— Le compte courant. En général, c'est sur celui-là qu'il retire du liquide.

— Quelle heure était-il exactement ?

— Vingt-trois heures neuf. Seize minutes après qu'on a reçu un appel du 911, venant de quelqu'un qui avait trouvé son épouse inanimée.

— Alors c'était un braquage, je suppose. Si quelqu'un l'avait enlevé pour une raison que j'ignore, il n'aurait pas pris de si gros risques pour un millier de dollars – le maximum autorisé pour chaque retrait.

— Sans doute que non.

— Un braquage qui a mal tourné.

— Si vous voulez dire par là qu'il a été tué, où est passé le corps ?

— C'est à vous de me l'apprendre.

— Je vois, a fait Garvin d'un air vaguement écœuré.

— Il n'est pas exclu qu'il soit toujours détenu quelque part.

— Encore la brillante théorie de l'enlèvement, c'est ça ?

— Écoutez, lieutenant, je sais bien que vous êtes tous surmenés dans la police. Vous n'avez pas la moitié des moyens dont dispose notre agence. C'est injuste, mais c'est pourtant la vérité. (J'ai poursuivi sans tenir compte de son regard glacial :) Nous avons accès à des banques de données aussi puissantes que coûteuses. Et si je mettais cet arsenal à contribution ? Dans une affaire pareille, vous ne refuserez sûrement pas l'aide qu'on vous offre ?

Déposant ses lunettes sur une pile bien nette de dossiers, Garvin a entrepris de se masser les paupières.

— Quelle que soit votre opinion, Mr Heller, je ne suis pas tombé de la dernière pluie.

— Je faisais simplement allusion à nos outils d'investigation.

— C'est gentil, mais non merci.

— Nous accédons à toutes sortes de bases de données

– comptes en banque, forces de l'ordre, entreprises privées –, dont vous penseriez que l'Agence de sécurité nationale a l'exclusivité. Même la CIA et la NASA nous envient notre accès à certains fichiers internationaux. Ne me dites pas qu'un petit indice ne vous intéresse pas.

— Eh bien, non, je ne suis pas intéressé. Pour la bonne raison que si vous découvrez quelque chose, je ne pourrai pas le faire valoir devant la cour, faute de preuves légales.

— Oubliez les tribunaux. Si j'arrive à reconstituer ce qui est arrivé à Roger, vous n'irez pas jusqu'à négliger mes découvertes.

— Je comprends bien que vous teniez à retrouver votre frère. Mais si vous commencez à fourrer le nez dans mon boulot, c'est le meilleur moyen de tout faire foirer. Vous allez prendre des initiatives avant que nous soyons prêts à vous suivre. Et là, celui que vous visez aura tout le temps de détruire les preuves et de se fabriquer un alibi. Pas question que ça se passe comme ça.

— Moi non plus, je ne suis pas tombé de la dernière pluie.

— Pas vraiment.

— C'est vous le pro, ici. Je ne suis pas là pour vous botter le cul, et je vous garantis que je ne cherche pas à m'attribuer un quelconque mérite. Si jamais une enveloppe pleine d'informations utiles atterrit dans votre boîte, ne faites pas l'erreur de la jeter au panier. Je n'en dis pas plus.

— Je ne vous ai rien demandé.

— Mais non, naturellement.

— Surtout pas quelque chose de contraire à la loi.

— Jamais de la vie.

Après m'avoir observé quelques secondes, il a acquiescé d'un signe de tête.

— Ça marche. Dans la mesure où tout est bien clair entre nous. Je vous interdis de vous mêler de tout ça.

— Loin de moi cette idée, lui ai-je assuré avec un sourire, tout en lui tendant ma carte professionnelle. Vous avez là mon numéro de portable. Prévenez-moi si vous avez du nouveau.

Le véhicule que je conduisais était une vieille Land Rover Defender 90 restaurée. Très loin du luxe d'une Range Rover, c'était juste une boîte métallique montée sur roues, solide, fonctionnelle, indestructible et d'une fiabilité absolue. L'habitacle était des plus spartiates, on descendait les vitres manuellement, et elle pouvait remorquer une voiture ou franchir une rivière. Une authentique tout-terrain, même si depuis mes débuts chez Stoddard, je n'empruntais pas de chemins plus accidentés que les allées gravillonnées de Nantucket. Je devais ma Land Rover à la gratitude d'un trafiquant d'armes jordanien que j'avais conseillé pour la sécurité de sa résidence de Belgravia. J'avais eu la bêtise d'admirer la voiture, si bien qu'il l'avait fait entièrement réparer et repeindre du vert militaire d'origine, avant de me l'expédier. Elle datait de 1997, mais elle paraissait comme neuve.

Mon téléphone a sonné à l'instant où je montais en voiture.

— Nick ? (C'était Lauren, et elle me parlait à mi-voix.) Est-ce que tu peux venir ?

— Qu'est-ce qui se passe ?

— Je viens de recevoir un mail. De Roger.

15

J'ai trouvé Lauren devant son ordinateur, dans la petite alcôve du salon dont elle avait fait son bureau personnel. Elle portait un T-shirt et un pantalon de survêtement, et elle était pieds nus. Quand elle a levé la tête, j'ai constaté qu'elle avait pleuré. Ses yeux étaient tout rouges.

Elle a incliné l'écran pour que je puisse mieux voir. J'ai parcouru les premières lignes. Le message venait de l'adresse Roger.Heller@InCaseOfDeath.net.

— « En cas de décès » ? C'est quoi, au juste ?

— Je me suis renseignée, m'a répondu Lauren après m'avoir longuement dévisagé. Il s'agit d'un service qui se charge de transmettre un message aux proches de quelqu'un. Après sa mort.

Un bref silence s'est installé entre nous.

— Première nouvelle.

— Je reconnais que c'est plutôt morbide, a fait Lauren d'une voix hachée. Mais ça peut s'avérer utile, je suppose. Si jamais on a des choses à communiquer après son décès…

Elle s'est mordu la lèvre pour ne pas pleurer, et j'ai posé un bras sur son épaule. Lauren a ravalé ses larmes en se frottant les yeux du revers de la main.

— Il suffit de s'inscrire pour que ces messages soient automatiquement envoyés. On peut prévenir cinq personnes. Les mails ne partent qu'une fois que l'abonné est décédé.

— Et comment savent-ils que le décès a bien eu lieu ? ai-je demandé avec douceur.

— Je ne sais pas trop… Si j'ai bien compris, ils vous contactent à la fréquence que vous avez choisie – toutes les semaines, tous les mois… ça dépend – et vous disposez de sept jours pour répondre. Si le délai est écoulé…

Je ne l'écoutais plus. Je m'étais approché de l'écran pour lire le mot laissé par Roger.

Lauren, ma chérie,

Cette lettre est sans aucun doute la plus étrange que j'aie jamais écrite. En effet, je serai forcément mort le jour où tu la liras.

Lauren s'était levée.

— Je vais m'assurer que Gabe fait bien ses devoirs, a-t-elle annoncé.

J'ai poursuivi ma lecture :

Quelles seront les circonstances, je l'ignore.

Mais commençons par le principal. Je veux que tu saches à quel point je t'aime. Je ne suis pas le plus facile des maris, et tu n'as peut-être pas eu conscience de mes sentiments : si c'est le cas, je ne peux que te prier de me pardonner. Je n'ai jamais été doué pour exprimer mon affection, mais j'espère tout au moins que tu sais que j'ai fait de mon mieux.

Comment savoir ce qu'ils vont faire ? Essaieront-ils de laisser croire à un suicide ? Toi qui me connais depuis neuf ans, tu sais que je tiens trop à la vie pour vouloir me supprimer. Peut-être leur mise en scène donnera-t-elle à penser que j'ai conduit en état d'ébriété – quoique je boive très rarement, tu le sais bien, et encore moins avant de prendre le volant.

À moins qu'ils ne s'arrangent pour faire disparaître le corps – et les preuves. Impossible de prévoir ce qu'ils tenteront. Mais si cette lettre te parvient, ce sera le signe qu'ils ont atteint leur but.

Mon seul espoir est que tu reçoives ce message. Je crains qu'il n'arrive pas jusqu'à toi. Ceux qui sont après moi ont les moyens d'intercepter le courrier. Connaissant leur pouvoir, c'est bien le moins qu'ils puissent faire. J'adresse donc une copie à ta boîte professionnelle et une autre à ta messagerie personnelle, en espérant que tu en recevras une des deux. J'ai la certitude qu'ils s'arrangeront pour ouvrir ce message.

Quelle que soit l'issue pour ma propre personne, j'ai pris des dispositions pour assurer votre sécurité, à toi et à Gabe, et vous permettre de leur résister. Tu comprends ce que je veux dire.

Quoi qu'il advienne, tu ne dois faire confiance à personne.

J'ai longuement hésité à envoyer à Gabe un message séparé, mais j'ai finalement décidé de te laisser lui parler. Tu t'y prendras mieux que moi. N'oublie pas de lui dire que je l'aime énormément. Que s'il existe une vie dans l'au-delà, je veillerai sur lui, et que je sais qu'il deviendra un homme formidable.

Pour tout le mal que j'ai causé dans ta vie, et pour tous les dégâts que je laisse derrière moi, je te demande pardon.

Je t'aime infiniment,

Roger

P.S. Dis au revoir de ma part à la bibliothécaire.

Quand j'ai eu terminé, j'ai continué à fixer l'écran une bonne minute, plongé dans un état second. La voix de Lauren m'a fait tourner la tête :

— Il voudrait te voir.

Je n'ai pas réalisé tout de suite qu'elle me parlait de Gabe.

16

La chambre de Gabe empestait la sueur et le linge sale et je doute que la cage d'un chimpanzé sente plus mauvais. Des vêtements à laver s'entassaient un peu partout – sur le plancher, le bureau, le lecteur de CD et les baffles. Lauren avait renoncé depuis longtemps à nettoyer la pièce, et la femme de ménage qui venait trois fois par semaine refusait tout simplement d'y mettre les pieds. En me frayant un chemin jusqu'au lit, je n'ai pas repéré d'autre espace dégagé qu'un coin de son bureau, devant l'ordinateur.

Les murs de la chambre, peints d'un orange criard qu'il avait choisi lui-même, étaient décorés d'une curieuse collection de posters. L'affiche de *Dark Knight*, avec un Heath Ledger maquillé comme un vampire. Celle de *Watchmen*, où l'on voyait un homme tomber par la fenêtre parmi des éclats de verre, souligné de la devise NUL N'ÉCHAPPE À LA JUSTICE. Des piles de comics encombraient son bureau, ainsi qu'un ouvrage sur le dessinateur Will Eisner.

Allongé sur son lit, Gabe était en train de lire un album intitulé *Joker*. Sur la couverture, le Joker exhibait d'affreuses dents jaunes dans un sourire carnassier, la bouche barbouillée de rouge. Les écouteurs de son iPod collés aux oreilles, il avait mis le son si fort que j'entendais le son métallique et déformé de son atroce musique.

Je suivais toujours le cours de mes réflexions, tâchant de déchiffrer le sens du mystérieux message de Roger. *Si cette lettre te parvient, c'est qu'ils auront atteint leur but.* Il s'attendait donc à être assassiné. *J'ai pris des dispositions pour assurer votre sécurité, à Gabe et à toi, et vous permettre de leur résister.* De quoi s'agissait-il ? Lauren pourrait-elle l'éclairer ? Et que signifiait ce post-scriptum incongru ? *Dis au revoir de ma part à la bibliothécaire.* Sûrement un langage codé, mais pour dire quoi ?

Gabe a arrêté sa musique dès que j'ai été assis sur son lit.

— Tu écoutais quoi ?

— Slipknot.

— Ah oui, évidemment.

Il ne m'a pas souri, mais une étincelle s'est allumée dans son regard. Ça l'amusait que je ne supporte pas le rock screamo dont il s'était entiché depuis quelque temps.

J'ai donc persévéré dans mon rôle de vieux réac :

— Et tu appelles ça de la musique ?

Je me demande si même le père de Mozart ne disait pas ça à son fils.

— Qu'est-ce que tu aimes, toi ? a répliqué Gabe. Coldplay, je parie.

Exact, mais je me suis contenté d'un regard glacial.

— Et ABBA, aussi ?

— C'est bon, tu as gagné. Où en est ton comic ?

— C'est un roman graphique, a-t-il rectifié, piqué au vif.

— C'est pareil, non ?

— Pas du tout.

— Je pourrai bientôt le voir ?

Il a haussé les épaules en rougissant.

— Il est à usage strictement privé, c'est ça ? J'aimerais pourtant le lire un de ces jours.

— Peut-être. On verra.

— Bon, tu voulais me parler ?

Gabe s'est tortillé pour se mettre en position assise, et j'ai constaté qu'il portait un T-shirt noir sur lequel Homer Simpson scrutait le bout d'une visseuse électrique. ATTENTION TRAVAUX, disait la légende. Gabe gardait à côté de lui une vieille peluche, une girafe toute pelée qu'il avait baptisée Jaffee.

Gabe était un garçon bizarre, aucun doute là-dessus. Il allait sur ses quinze ans, mais il entrait tout juste dans l'adolescence. C'était un excellent dessinateur, complètement autodidacte, et quand il n'était pas occupé à lire, il passait son temps à dessiner des BD au feutre noir ultrafin. D'une intelligence presque inquiétante, brillant en maths et en sciences, il prenait la pose du cynique désabusé, mais lorsqu'une fissure fendait sa fragile coquille, on apercevait derrière le petit garçon qu'il était encore. Apparemment, il n'avait pas d'amis proches, et dans son école, m'avait-il raconté un jour, on le traitait de ringard et de crétin. Il me faisait de la peine : l'adolescence est déjà une période assez dure pour un gamin sans problèmes.

Passer du temps avec lui n'était pas chose facile, ce qui me motivait justement à être encore plus présent. Je l'emmenais au planétarium, au musée d'Histoire naturelle ou au zoo, ou simplement en promenade. À une époque, je lui avais enseigné les rudiments du base-ball et j'étais devenu l'entraîneur de son équipe de benjamins. À la fin d'une saison désastreuse, Gabe avait décrété qu'il n'était pas bâti pour le sport. On avait ensuite essayé la pêche, qui nous avait barbés tous les deux. Ces derniers temps, je l'accompagnais surtout dans les librairies de BD, et l'année précédente, je m'étais laissé entraîner dans une convention de comics située dans un motel paumé de Virginie. De quoi gagner la médaille du mérite.

— Ce mail concernait papa, n'est-ce pas ?

J'ai pesé mes mots pendant quelques secondes.

— Pas la peine de dire quoi que ce soit. J'ai tout deviné.

— Tu as espionné ta mère ?

— Bien sûr que non. C'est pas nécessaire.

— Tu ne lis quand même pas son courrier ?

— Tu plaisantes, ou quoi ?

— D'accord.

— Oncle Nick, il nous a quittés, hein ? Il est parti avec quelqu'un d'autre ?

— Qu'est-ce qui te fait dire une chose pareille ?

— Je peux pas t'expliquer. Je le sais, c'est tout. Il disait quoi, ce message ?

— C'est à ta mère de t'en parler. Mais sache qu'il ne s'est pas enfui. Il s'agit d'autre chose.

— Évite de me mentir, oncle Nick.

— Je ne le fais jamais, pas même en ce moment.

— Toi aussi, tu vas partir ?

— Pardon ?

— Comme papa.

Le ton était cassant et hostile, mais il ne servait qu'à masquer son angoisse et sa vulnérabilité.

— Navré de te décevoir, mais tu ne vas pas te débarrasser de moi aussi vite.

Il n'a pas pu réprimer un sourire. Lauren m'a appelé sur ces entrefaites.

— Bonne nuit, Gabe. Et ne te fais pas de souci. On va découvrir la vérité. On retrouvera ton père.

La voix de Lauren m'est de nouveau parvenue, lointaine et étouffée :

— Nick ?

Gabe a remis ses écouteurs, tandis que je fermais la porte derrière moi.

— Nick ? Tu peux venir, s'il te plaît ?

Le ton de Lauren m'a incité à me presser.

17

Lauren se tenait penchée devant l'ordinateur.

— Jette un coup d'œil, m'a-t-elle dit en tournant l'écran vers moi.

À première vue, je n'ai rien remarqué d'anormal.

— Eh bien quoi ?

— Approche-toi.

Comme je ne voyais toujours rien, elle a fait défiler sa liste de mails sous mes yeux.

— Tu vois, il a disparu.

Je l'ai regardée déplacer le curseur. Lauren avait raison. Le mail de Roger ne figurait plus parmi les messages récents.

— Tu ne l'aurais pas effacé involontairement ?

— Non, je suis formelle. Le mail a carrément disparu. Je n'y comprends rien. (Sa voix grimpait dans les aigus, au bord de l'hystérie.) Il était là, pourtant !

— Il a envoyé une copie sur ta boîte professionnelle. Tu ne peux pas entrer dans ta messagerie depuis ce poste ?

— C'est ce que je suis en train de faire.

Elle tapait sur le clavier à toute vitesse.

— Oh, mon Dieu…

— Il n'y est pas non plus ?

Elle a fait non de la tête.

— Tu ne l'as pas imprimé ?

— Bien sûr que non.

— Tu ne l'as pas sauvegardé non plus ?

— Pourquoi je l'aurais fait ? Nick, j'étais bien loin d'imaginer une chose pareille. Tu l'as vu comme moi.

— Il y a peut-être moyen de le récupérer. On a un génie de la récupération de données chez Stoddard.

— J'ai l'impression que quelqu'un est entré dans ma boîte et l'a tout bonnement supprimé.

Elle a ouvert un navigateur pour aller sur le site de InCaseOfDeath. C'était un peu l'équivalent informatique d'un funérarium, avec des couronnes mortuaires en arrière-plan. Une animation montrait des gens de tous âges, à l'air malheureux, qui apparaissaient et disparaissaient de l'écran, pendant que des citations sur la mort et le deuil se succédaient dans une fenêtre. « Ne laissez pas la place aux non-dits, proclamait l'un des slogans. Les mots que vous vouliez dire, les mots que vous n'avez pas prononcés. »

Il y avait une case pour l'identification des membres inscrits, suivie de la question : « Avez-vous oublié votre mot de passe ? » Nous l'avons repérée au même instant.

— Roger devait avoir un compte.

Sans me laisser poursuivre, Lauren a tapé l'adresse professionnelle de Roger, avant de cliquer sur ENVOYER MOT DE PASSE.

La réponse s'est affichée en rouge. SAISIE ADRESSE E-MAIL INCORRECTE.

— Tente ses coordonnées personnelles.

Lauren a essayé, mais sans obtenir davantage de résultats.

— Il a sûrement utilisé une adresse que je ne connais pas, a-t-elle conclu. Mince. De toute manière, je ne vois pas trop ce que nous espérions trouver.

— Je ne sais pas. La date d'ouverture du compte, éventuellement. Ou rien du tout. C'est peut-être une impasse.

Elle est allée s'asseoir dans un des profonds canapés en cuir noir du salon, et je me suis installé en face d'elle. Le téléviseur à écran géant diffusait un reportage, mais le son était baissé. Paris Hilton ou l'un de ses clones hollywoodiens était en train de fuir les paparazzis.

— Roger ne s'était pas trompé, ai-je observé. « Ils » sont bel et bien capables d'intercepter un message. Il parlait « des gens qui sont après moi ».

— Mais à qui faisait-il allusion ?

— J'espérais plus ou moins que tu aurais une idée.

— Il n'a jamais évoqué…

— Des menaces de mort ?

— Ça a l'air complètement dingue, paranoïaque. Et pourtant son mail paraissait tout à fait sensé, non ?

— Tu crois que c'est lui qui l'a rédigé ?

Elle a froncé les sourcils avec un sourire sceptique.

— Je ne m'étais pas posé la question. En tout cas, ce message lui ressemble. Je suis prête à affirmer qu'il est bien de lui.

— Je suis d'accord avec toi. Encore que je le trouve plus… démonstratif que je ne l'aurais cru.

— Nick, a coupé Lauren d'un air contrarié, tu le connais mal. Son côté affectueux, c'est un aspect de lui dont tu n'as pas fait l'expérience.

— Il le cachait vraiment très bien.

— Peut-être se conduisait-il différemment avec moi.

— Je n'en doute pas.

Elle a ajouté après un bref silence :

— Tu sais, c'est la dernière chose qu'il m'a dite.

— Quoi donc ?

— Qu'il m'aimait.

— Intéressant.

— C'est-à-dire ?

Je n'ai pas donné d'explication et, pendant une minute, la discussion s'est interrompue.

— Je me demande, a repris Lauren, ce qui l'a empêché de raconter franchement ce qu'il avait appris, et de nommer les personnes dont il avait peur.

— Le désir de te protéger, je présume. Il a dû estimer que tu courrais un moindre danger s'il te laissait dans l'ignorance. Il pensait que ses mails allaient être lus.

— Dans ce cas, à quoi bon en envoyer ? Dans quel but a-t-il pris la peine de s'inscrire sur ce site lugubre, InCaseOfDeath, si c'est pour que je reçoive un message qui ne m'apprenne quasiment rien ? J'aimerais bien le savoir.

— Je crois au contraire qu'il dit beaucoup de choses, sous une forme incompréhensible pour des étrangers. Par exemple, cette référence à la bibliothécaire. De qui s'agit-il, selon toi ?

— Je n'en ai pas la moindre idée. Je ne sais même pas à quand remonte sa dernière visite à une bibliothèque.

— Il ne parle pas de bibliothèque, mais de bibliothécaire.

— Tu as raison.

— C'est un code entre vous ?

— Pas que je sache, non.

— Et le mot « bibliothèque » ?

— Honnêtement, ça ne me rappelle rien.

— Quoi qu'il en soit, ce ne peut être qu'un signal.

— Et la police ? Tu as rencontré quelqu'un ?

— Oui.

— Ils ont quelques pistes ?

— Pour le moment, une seule, ai-je dit après un instant de réflexion.

Je lui ai fait part du retrait d'argent liquide survenu *après* la disparition de Roger.

— Je ne comprends pas. Si sa carte a été volée, il faut quand même le code secret pour retirer de l'argent, non ?

— En effet.

— Tu crois qu'ils ont pu le lui soutirer de force ? Sous la menace d'une arme, par exemple ? Ce qui implique qu'il est peut-être en vie.

L'espoir que j'ai lu sur son visage m'a fait mal au cœur.

— C'est possible.

L'autre possibilité évidente, c'était qu'une fois qu'ils s'étaient approprié l'argent, ils n'avaient plus eu besoin de lui, mais Lauren était trop ébranlée pour que j'évoque cette hypothèse devant elle. Elle venait peut-être de perdre son mari, et le beau-père de son enfant. Je ne voulais pas aggraver la situation.

— Où Roger range-t-il son ordinateur portable ?

— Dans son bureau. Il est tard, a-t-elle fait remarquer en consultant sa montre. Demain, je commence de bonne heure.

— Tu es vraiment en état d'y aller ?

— Je crois, oui. Leland a besoin que je reprenne, même s'il prétend le contraire.

— Tu sais, tu auras peut-être ton rôle à jouer.

— Comment ça ?

— En découvrant ce que faisait Roger avant… avant cette histoire. Sur quoi portait son travail.

— Tu veux que je pose des questions ici et là ?

— Reste discrète, surtout. Ça nous apportera peut-être quelques éclaircissements.

— Ce n'est pas certain.

— C'est vrai, mais à ce stade, on doit ratisser large. On avisera plus tard. Tu es d'accord ?

— Il faut que je sois prudente. Vu que je suis la secrétaire du PDG…

— Bien entendu.

— Je ferai mon possible, Nick.

— Bon. Ça ne t'ennuie pas si je vais fureter dans le bureau de Roger ?

— Mais non, bien sûr que non. En fait… j'allais te proposer de dormir ici, dans la chambre d'amis.

— Merci, mais ce n'est pas la peine.

— Tu n'as pas bien compris. Je te demandais si ça te dérangeait de passer la nuit avec nous. Je t'avoue que je suis morte de peur. Cet horrible message de Roger, et puis la façon dont il a disparu, comme si quelqu'un était entré dans mon ordinateur pour l'effacer. Ça me terrorise, Nick. J'ai peur de ce qui arrive à Roger, peur pour Gabe… Mon Dieu, Nick, je suis tellement effrayée que je ne peux même plus réfléchir. Accepte, s'il te plaît.

— C'est d'accord, naturellement. Il faudra juste que je me lève tôt pour avoir le temps de passer me changer chez moi.

— Je partirai probablement avant toi.

— Et Gabe ?

— Quelqu'un vient le chercher en voiture. Ne t'inquiète pas, il se débrouillera. Il a l'habitude d'être seul le matin.

— Roger aussi démarrait aux aurores ?

— Oui. Il nous arrive de faire le trajet ensemble, les fois où Roger n'a pas besoin de commencer avant moi.

J'ai réalisé que, sans m'en rendre compte, j'avais parlé de Roger au passé, comme s'il était mort, et que Lauren n'avait pas relevé.

— Pauvre Gabe, ai-je plaisanté. Abandonné à la maison.

Lauren a déposé un baiser sur ma joue et s'est emparée des télécommandes pour éteindre la télé et le boîtier du câble.

Au moment de quitter la pièce, elle s'est arrêtée pour me dire :

— Je suis désolée, Nick. Tu me connais suffisamment pour savoir que je ne suis pas une froussarde. Je ne suis pas du genre à paniquer, mais après ces deux jours, quand je pense à Gabe et à…

— Tu n'as pas à te justifier.

— Je suis malade de peur, tu comprends ? Ça me démolit complètement.

Elle s'est détournée brusquement, comme si elle se sentait gênée par ces confidences, et s'est dirigée vers la porte.

— Lauren ? Je ne permettrai jamais qu'on vous fasse du mal, à vous deux.

Lauren a fait volte-face et s'est précipitée vers moi pour jeter ses bras autour de mon cou.

— Merci, a-t-elle murmuré. (Elle s'est écartée tout aussi rapidement.) Je vais préparer ta chambre.

18

En matière de bureaux grandioses, je ne pensais pas que l'on puisse surpasser celui de notre père. Jusqu'à ce que je découvre celui que mon frère occupait à son domicile.

À sa manière pompeuse, la bibliothèque de papa n'était pas vraiment déplacée, puisqu'elle s'intégrait à un manoir de trente pièces datant de 1919, bâti sur une propriété d'une vingtaine d'arpents. La résidence était située à New Bedford, le fief des amateurs d'équitation, où les gens se promènent toute la journée en bottes et culotte de cheval.

Roger avait créé la sienne dans un environnement beaucoup plus modeste. Dans sa maison de banlieue, il avait abattu des cloisons au deuxième étage pour aménager un espace sur deux niveaux auquel ne manquaient ni l'estrade, ni les rayonnages garnis de volumes à reliure de cuir. Je suppose qu'il n'en avait pas lu un seul et qu'il les avait achetés au poids. Dans ce cadre-là, mon frère devait se sentir investi de la royale importance dont il était privé sur son lieu de travail, où on le considérait simplement comme un emmerdeur.

L'ordinateur était à l'endroit prévu, sur le bureau

en acajou sculpté. À côté, se trouvait un exemplaire ouvert du *Guide des oiseaux d'Amérique du Nord*. Roger avait la passion de l'ornithologie, un passe-temps dont l'intérêt m'échappait – comme presque tout ce qui concernait mon frère aîné. Même si je n'ai pas de hobby, je conçois que l'on puisse aimer restaurer des voitures de sport, brasser sa bière maison ou chasser les collectors sportifs. Je connais des comptables mordus de bricolage et des cardio-pédiatres distingués qui se déchaînent sur leur guitare électrique après leur journée de travail. Mais j'avoue que le plaisir de sortir en pleine nuit pour recevoir une fiente de gobemoucheron à queue noire me dépasse totalement.

J'ai commencé par rallumer l'ordinateur, puis j'ai fait un tour rapide de la pièce en attendant qu'il démarre. Plusieurs photos de nos parents étaient encadrées au mur, une prise à la maison, une autre sur la banquette d'un night-club. Papa était aussi photographié dans son bureau au dernier étage du Graystone Building de New York, vêtu d'un costume trois-pièces, avec en arrière-plan la silhouette des tours de Manhattan.

Les classeurs en merisier étaient clairement étiquetés – factures, impôts, investissements… En ouvrant quelques tiroirs, je me suis aperçu que Roger conservait des copies sur papier de ses factures de téléphone, ce qui allait grandement me faciliter la tâche.

J'ai testé ensuite les portes-fenêtres qui donnaient sur la pelouse, et j'ai constaté avec soulagement qu'elles étaient solidement fermées. Quand je me suis agenouillé, j'ai remarqué toutefois que le système de sécurité était des plus sommaires. Les panneaux de commande magnétique étaient simplement reliés à une alarme, qui se déclenchait si quelqu'un essayait de forcer les portes.

Quelque chose me gênait, malgré tout. Je n'ai pas eu le temps de l'observer de plus près, car un bip suraigu m'a rappelé vers l'ordinateur de Roger.

Mauvais signe. L'écran bleu foncé était couvert d'un texte inintelligible, un salmigondis de chiffres et de lettres dont je n'ai pu saisir qu'une seule phrase :

Un problème a été détecté et Windows a dû fermer pour que le disque dur ne soit pas endommagé.

Les geeks appellent ça l'Écran bleu de la mort.

L'ordinateur de Roger était fichu. Soit il s'était planté, soit quelqu'un l'avait volontairement bousillé.

Ayant déjà ma petite idée sur les circonstances, je suis retourné examiner les fenêtres. Je ne me trompais pas : sur le cadre d'une des portes, un des panneaux de commande semblait avoir été démonté et hâtivement remis en place. Comme si quelqu'un avait enlevé le cache pour retirer les fils de connexion, avant de tout revisser n'importe comment. En d'autres termes, on avait neutralisé le système d'alarme afin qu'il ne sonne pas au moment où on ouvrait les fenêtres.

Une intrusion discrète avait sans doute déjà eu lieu. Quelqu'un s'était introduit au domicile de Roger et Lauren, pour y chercher quelque chose, éventuellement, ou pour un autre motif.

Et il se pouvait qu'il projette de récidiver.

19

À la lueur d'une lampe-stylo publicitaire dénichée dans la cuisine, j'ai passé trois quarts d'heure à inspecter le périmètre de la maison, en quête d'autres signes d'effraction : traces suspectes sur le sol, arbustes abîmés, serrures cassées. Je n'ai guère été surpris de rentrer bredouille. Celui qui avait pénétré chez Roger en passant par le bureau n'avait pas besoin d'une autre entrée. Ce qui m'étonnait, par contre, c'était le caractère rudimentaire des installations de sécurité. Il faudrait y remédier au plus vite.

J'ai préféré ne pas informer Lauren de l'effraction. Inutile de l'angoisser davantage.

Je suis donc monté me coucher dans la chambre qu'elle m'avait attribuée, entre la sienne et celle de Gabe. La pièce était décorée à l'ancienne, dans le plus pur style Nouvelle-Angleterre. Couvre-lit en chenille blanche, tablettes de chevet avec leurs minuscules lampes de lecture, tapis tressé ovale, gravures sur bois dans des cadres dorés représentant des oiseaux. La salle de bains attenante contenait un nécessaire de toilette individuel dans un panier en osier. Après m'être brossé les dents, je me suis déshabillé et j'ai rangé mes vêtements sur le valet en acajou.

Allongé dans le plus simple appareil, je me suis surpris à observer les singuliers spécimens qui ornaient les murs – l'outarde houbara, la grue couronnée et l'ibis sacré – en me demandant s'il s'agissait d'espèces disparues ou si on ne les trouvait qu'au fin fond de Madagascar ou de la jungle amazonienne.

Je n'arrivais pas à trouver le sommeil. Peut-être parce que je n'étais pas chez moi et que les bruits ne m'étaient pas familiers ; ou à cause des draps en espèce de coton ultra-fin, bien trop glissants à mon goût. Plus sérieusement, je crois que je restais aux aguets dans la crainte d'une nouvelle intrusion.

Mes pensées se sont tournées vers mon frère, vers les chambres que nous occupions dans notre enfance. Vu la taille impressionnante de la maison, nous avions insisté pour avoir deux chambres côte à côte.

Enfants, Roger et moi étions les meilleurs amis du monde. Nous partagions presque tout, unis par l'étrange isolement que nous imposait la fortune paternelle, ou, plus exactement, par le mode de vie que mon père avait adopté. Les gens riches veillent parfois à assurer à leurs enfants une existence normale : ils les inscrivent dans des écoles publiques, camouflent leur argent autant que possible et se contentent de voitures ordinaires et de résidences sans prétentions.

Victor Heller n'était pas de ceux-là. Brillant arriviste aux origines modestes, il s'était élevé jusqu'aux plus hautes sphères de Wall Street et entendait bien le proclamer à la face du monde. D'où la propriété de Bedford, avec ses écuries, son court de tennis en terre battue, et ses roadsters de collection. Pendant des années, il s'était déplacé entre ses bureaux et son domicile à bord d'un hélicoptère, qui se posait sur la piste aménagée sur la pelouse jusqu'à ce que la municipalité lui intente un procès.

Dans sa jeunesse, maman était la plus jolie fille du lycée. Les photos de l'époque confirment qu'elle n'avait rien à envier à Grace Kelly. Victor Heller l'avait séduite par la force brute de son charisme, sa volonté inflexible et son ambition démesurée.

Pour un regard extérieur, elle faisait figure de mondaine accomplie, même si ce n'était pas le cas. Ma mère était bien trop intelligente pour le rôle auquel la cantonnait son mari : une beauté qui flattait son ego et s'occupait avec le sourire de ses fondations caritatives. Alors qu'elle aimait plus que tout son rôle de mère, Victor s'arrangeait toujours pour la priver de cette joie, l'entraînant sans cesse dans des réceptions, des dîners et des séjours à Verbier, à Majorque ou au lac de Côme qui ne l'intéressaient pas du tout.

En conséquence, Roger et moi passions le plus clair de notre temps en compagnie des nourrices, du jardinier, de l'intendante et du personnel de maison. Ce n'est sûrement pas le secret d'une enfance heureuse, mais elle a eu au moins le mérite de nous rapprocher, mon frère et moi. Nous avions tout juste dix-huit mois d'écart, ce qui aurait pu créer entre nous une farouche rivalité. Au lieu de cela, nous vivions comme des jumeaux inséparables.

Nous avions toutefois des personnalités radicalement différentes. Moi j'étais le rebelle, le trublion et l'athlète, tandis que Roger était l'intellectuel, porté sur les livres et la solitude, ce qui ne l'empêchait pas, à sa manière discrète, de se montrer frondeur. Une des domestiques l'avait surnommé Eddie Haskell, en référence à une série que nous ne connaissions pas, *Leave It To Beaver*. En découvrant les rediffusions, des années plus tard, j'ai compris ce que la comparaison avait de malveillant. Eddie n'était qu'un faux-jeton calculateur aux façons onctueuses, l'hypocrite qui complimentait la mère de Beaver tout en tramant le mauvais coup qui mettrait son fils dans le pétrin.

Mais Roger valait mieux qu'Eddie, et moi je ne ressemblais pas à Beaver. Malgré tout, il se faisait un plaisir de me tourmenter avec ses tours de prestidigitation. Habitué d'une boutique de magie installée en ville, Tannen's Magic, il était aussi doué pour les tours de passe-passe que je l'étais pour les passes au base-ball. Je me souviens encore de l'un d'eux, dont je n'ai jamais compris l'astuce. Roger insérait son pouce dans un trou pratiqué dans deux cartes bleues collées ensemble, entre lesquelles il glissait une carte rouge, feignant de se trancher le doigt. J'ai eu beau le supplier sur tous les tons, il ne m'a jamais donné la solution.

Mon frère était peut-être un bon illusionniste, mais son plus grand talent a toujours consisté à savoir garder ses secrets.

20

Couché dans mon lit, je contemplais les fissures du plafond quand on a frappé doucement à la porte.

— Nick ?

La voix de Lauren, assourdie et hésitante.

— Tu peux entrer.

— Tout va bien ?

— Ça va, lui ai-je assuré en remontant les couvertures.

La porte s'est ouverte en grinçant, et elle a passé la tête à l'intérieur.

— Mon Dieu, toutes mes excuses, a-t-elle dit en voyant mon torse nu.

— Ne t'inquiète pas, je ne sortirai pas du lit.

Lauren est entrée, les cheveux ébouriffés, seulement vêtue d'un long T-shirt que son ampleur rendait tout à fait décent.

— Je n'arrivais pas à dormir.

— Moi non plus.

Elle a pris place près du lit, dans le fauteuil, et m'a demandé d'un air inquiet :

— Le lit te convient ?

— Super. Où est passé ton bandage ?

— Je n'en ai plus besoin. L'estafilade n'est pas

bien méchante, et en plus elle est en train de cicatriser. C'est juste vilain à regarder.

Son regard s'est posé brièvement sur ma poitrine.

— J'ai oublié de te laisser un des pyjamas de Roger.

— Je n'en porte jamais, et puis les siens ne sont pas à ma taille.

— C'est vrai. Dis-moi, comment as-tu trouvé Gabe ?

— Difficile à dire avec un adolescent.

— De quoi voulait-il te parler ?

— Pas question, je ne balance jamais mon neveu.

— Par moments, Gabe me fait peur. Il est trop lucide.

— Tu devrais entendre la musique qu'il aime.

— Il passe tout son temps devant son ordinateur, avec son casque sur les oreilles pour écouter cette musique exécrable.

— Dommage qu'il ait abandonné ces jeux vidéo où on doit dégommer un maximum de personnes. Une saine distraction.

Lauren a eu un sourire pensif.

— Il y a aussi son cahier. Le comic auquel il travaille sans arrêt. Il m'interdit de le regarder.

— Le roman graphique, tu veux dire ?

— C'est ça. Il te l'a montré ?

— Non, pas encore.

— Tu es conscient de l'admiration qu'il a pour toi ?

— Je me demande bien ce qui la justifie.

— Il pense que tu es cool.

— Non, il sait parfaitement que je ne le suis pas.

— En tout cas, il te trouve formidable.

— C'est facile. Je fais un saut chez vous une fois par mois, et je ne le harcèle jamais pour qu'il finisse ses devoirs.

— Non… disons que tu représentes pour lui le père idéal. Il m'a dit un jour… (Gênée, elle a hésité à terminer sa phrase.) Entendons-nous bien, Roger fait de son mieux dans son rôle de beau-père, et il a toujours traité Gabe comme son propre fils. Mais ça n'a pas dû être évident d'épouser une divorcée avec un jeune enfant. Et il n'est pas d'une nature très… chaleureuse…

— Tu sais, notre père ne nous a pas donné un exemple très positif. Le couple que formaient nos parents ne fait pas spécialement envie.

— C'est pour cette raison que tu ne t'es pas marié ?

Je me suis borné à hausser les épaules.

— Tu n'as pas encore rencontré la bonne personne ?

— Au contraire, je l'ai rencontrée une dizaine de fois.

— Et alors ?

— Le mariage est quelque chose de fantastique – mais pas pour tout le monde. Je ne pense pas avoir les compétences requises.

Quelque chose semblait la préoccuper. Elle s'est mordillé la lèvre en contemplant ses mains.

— Lauren, pourquoi Gabe croit-il que Roger a filé avec une autre ?

— Pardon ? C'est son opinion ? Mon Dieu, il t'a vraiment dit ça ?

J'ai fait oui de la tête.

— Ça me brise le cœur.

— D'où lui vient cette idée ?

— Il est doté d'une imagination débordante. Les comics ne sont que la partie visible de l'iceberg.

J'ai souri, mais Lauren parlait sérieusement.

— Il faut que je te pose une question très personnelle.

— Tu veux savoir si Roger avait une liaison ?

— Ça ne me regarde pas, sauf si ça a un rapport avec ce qui s'est passé.

— Je comprends, et la réponse est non.

— Tu en es certaine ?

— Certaine à cent pour cent qu'il ne m'a jamais trompée ? Qui pourrait prétendre une chose pareille ? Tout ce que je peux affirmer, c'est que je pense que non, et que je l'aurais sûrement découvert si c'était le cas.

— Pas forcément. Roger n'a pas son égal pour protéger ses secrets.

— Selon moi, les femmes savent toujours ce genre de choses. De manière consciente ou inconsciente, elles savent, c'est tout.

— Et tu as sondé les profondeurs de son subconscient ?

— Écoute-moi, Nick, je t'ai dit que je savais.

— Bon.

J'avais pourtant la conviction qu'elle ne me disait pas tout.

21

Réveillé à quatre heures et demie par une alarme de voiture, j'ai décidé de me lever et d'éplucher les papiers de mon frère, espérant y trouver un indice. Je suis descendu à pas de loup et, après avoir réussi à trouver l'interrupteur, je suis resté en arrêt devant la cafetière électrique. Je ne suis pas fâché avec la technique, loin de là, mais cette machine nécessitait au moins un doctorat en mécanique. J'ai fini par appuyer sur un bouton qui a allumé une rangée de LED, et la mouture des grains a démarré. Au bout d'une minute, un filet de café a commencé à couler d'un tube en acier – un espresso, visiblement. En allant prendre une tasse sur l'évier, j'ai raté le premier jet, mais j'avais compris le fonctionnement.

J'ai emporté une grande tasse dans le bureau de Roger. Lauren devait être debout, car l'eau circulait dans les canalisations. Elle avait sans doute le sommeil plus léger que Gabe, surtout après la disparition de son mari.

En m'approchant de l'ordinateur, je gardais le faible espoir d'une auto-guérison nocturne, mais c'était toujours l'Écran bleu de la mort, tapissé de ses hiéroglyphes. Les classeurs aux étiquettes les plus prometteuses – relevés bancaires et placements financiers – étaient malheureusement verrouillés. Ils étaient équipés d'une serrure standard, avec un ressort les faisant coulisser dès qu'on les déverrouille. Même un gamin aurait pu en venir à bout – à condition d'être exceptionnellement adroit et de posséder le kit de crochetage adéquat.

Me rabattant sur les tiroirs accessibles, je suis tombé sur une longue rangée de chemises bourrées de relevés bancaires, soigneusement triés par type de carte – American Express platinum, plusieurs Visa et Mastercard. Dans chaque dossier, les papiers étaient classés par date.

Je ne cherchais rien de précis, sinon des constantes et des exceptions : les dépenses régulières, les frais inhabituels, qu'il s'agisse de voyages ou de repas au restaurant. N'importe quoi qui puisse me révéler sur mon frère des choses que j'ignorais.

Très rapidement, j'en ai appris sur son compte beaucoup plus que je ne l'aurais souhaité. Le fait, par exemple, qu'il se colorait les cheveux, attesté par une facture de chez Rite-Aid, qui mentionnait aussi une pommade contre les hémorroïdes. Autant de choses que je me serais volontiers dispensé de savoir. J'aurais pardonné à Roger de se teindre les cheveux s'il ne s'était pas toujours vanté de devoir son allure juvénile à l'exercice physique. J'ai également découvert qu'il se faisait injecter du Botox dans un institut, à 1 500 dollars la séance. Des signes de coquetterie que je n'aurais pas soupçonnés.

Par ailleurs, un de ses relevés Mastercard faisait état de deux prélèvements par l'opérateur Verizon.

L'un concernait une ligne de téléphone fixe et donnait la liste des appels effectués. L'autre facturait un abonnement à VerizonWireless pour trois numéros de mobiles différents. Je me suis donc empressé de chercher ses relevés téléphoniques, rangés dans un autre tiroir. Apparemment, il avait deux lignes fixes à son domicile, dont l'une ne servait quasiment jamais. Elle devait être réservée aux fax, à l'époque où on en passait encore. Quant à l'autre ligne, le relevé correspondant listait toute une série de numéros que je ne connaissais pas. Les deux plus fréquents étaient un numéro à Virginia Beach, où habitait la sœur de Lauren, et un autre à Charlotesville en Virginie, où résidait sa mère.

Je suis passé ensuite à ses abonnements de portable, en commençant par le numéro personnel de Roger. Il avait souscrit à un forfait illimité et se servait du mobile au bureau – beaucoup d'appels vers Alexandria, probablement au siège de Gifford Industries – et pour joindre Lauren à leur domicile ou sur son propre cellulaire. Le deuxième abonnement était celui de Lauren, qui y avait ajouté un compte pour Gabe dans le cadre d'une « offre familiale ».

Quant au troisième numéro, j'ai vainement cherché une trace des factures. Il faudrait que je pense à interroger Lauren. Je me suis mis en quête de la clé des tiroirs verrouillés qui renfermaient les documents financiers de Roger. N'ayant rien trouvé dans les cachettes classiques, j'ai déniché dans un tiroir du bureau un trombone et un petit tournevis, et j'ai entrepris de crocheter la serrure.

Un léger bruit de toux m'a fait lever la tête.

Lauren me regardait depuis le seuil de la pièce, bras croisés sur la poitrine, absolument superbe dans son élégant tailleur marine et son chemisier en soie blanc. Même les derniers vestiges de bleus et d'écorchures n'arrivaient pas à gâcher l'ensemble.

— Tu te lèves tôt, ai-je fait remarquer.

— Leland doit s'envoler pour le Luxembourg.

— Je vois.

— De toute façon, il commence toujours de bonne heure. C'est l'alarme de voiture qui t'a réveillé ?

— Ouais.

— Désolée.

Elle s'est approchée du bureau de Roger et a ouvert le premier tiroir.

— Sans vouloir gâcher ton plaisir, il serait plus simple que tu prennes la clé, a-t-elle lancé en me présentant une enveloppe en papier bulle.

— Tellement évident que je n'ai pas trouvé. Comme dans *La Lettre volée*, d'Edgar Poe.

— Je peux savoir ce que tu cherches ?

— Des retraits d'argent importants, des chèques, des mouvements de fonds.

— Et que pourraient-ils t'indiquer ?

— S'il a encaissé de l'argent d'une provenance inhabituelle, ou s'il en a versé à quelqu'un. Tout spécialement s'il s'agit de grosses sommes. C'est toujours instructif de suivre les opérations bancaires.

— Bon. Je ne sais pas à quelle heure tu travailles, mais on doit venir chercher Gabe vers huit heures moins le quart. Tu voudras bien vérifier qu'il a pris son petit déjeuner ? J'ai l'impression qu'il ne mange rien le matin, et ça m'ennuie.

— Je regrette, mais ça ne fait pas partie de mes attributions.

— OK, fais comme tu peux.

— Je ne promets rien, Lauren. Dis-moi, Roger se servait régulièrement de cet ordinateur ?

— Tous les jours, oui. Pourquoi donc ?

— Quand l'as-tu vu l'utiliser pour la dernière fois ?

Lauren a penché la tête de côté, les yeux plissés.

— Le matin d'avant sa disparition. Pourquoi cette question ?

— L'ordi est fichu. Complètement HS.

— Bizarre.

— Si tu n'y vois pas d'inconvénient, je vais l'embarquer au bureau pour voir si on peut récupérer des données. Est-ce que tu branches l'alarme pendant la nuit ?

— Ça m'arrive. Pourquoi ?

— Dorénavant, je veux que tu le fasses systématiquement quand tu t'absentes. Et quand vous allez vous coucher, Gabe et toi, j'exige que tu passes sur le programme de nuit. De toute manière, je vais faire venir quelqu'un pour qu'il améliore l'installation. La tienne est un peu légère.

— Tu crois que c'est indispensable ?

— Tout ce que je veux, c'est que tu prennes des précautions.

— Tu penses vraiment qu'un meilleur système de sécurité peut empêcher quelqu'un d'entrer ?

— Non, évidemment. Cela dit, je tiens à mettre autant d'obstacles que possible.

Elle a eu beau sourire, j'ai bien vu la crispation de son visage, sa mâchoire serrée, les petits plis autour de ses yeux. Et les ecchymoses qui viraient au jaune.

J'ai ajouté avant qu'elle ne parte :

— Une dernière chose. Il me manque certaines factures de téléphone mobile.

— Normalement, elles sont toutes ensemble. Tu cherches des relevés, c'est ça ?

— Je n'en trouve aucun pour un des abonnements.

Je lui ai lu le numéro en question.

— Ce n'est pas le portable de Roger.

— L'opérateur est VerizonMobile.

— En tout cas, je n'ai jamais entendu ce numéro. Tu ne t'es pas trompé ?

— Non, c'est bien le sien.

— Désolée, Nick, mais je ne peux t'être d'aucun secours. C'est un mystère. Je ne règle jamais les factures, Roger s'occupe de tout.

— Intéressant.

— Pourtant, il ne m'aurait pas dissimulé ce genre de chose. Un numéro secret. Ça ne lui ressemble pas.

Tandis qu'elle quittait la pièce en secouant énergiquement la tête, j'ai conclu en mon for intérieur : *Il se peut que tu ne le connaisses pas si bien.*

22

Au volant de sa Lexus, Lauren fit défiler les messages de sa boîte vocale professionnelle. La plupart provenaient de Leland, qui lui laissait un message chaque fois qu'il avait une consigne à lui donner.

Il lui avait fallu des années pour acquérir le réflexe Internet et ne plus lui dicter ses propres mails. À présent, il se débrouillait tout seul, tâtonnant laborieusement sur le clavier, et il avait fini par adopter le Blackberry, même s'il se plaignait des touches trop petites pour ses doigts larges. Cependant, quand il était en voyage ou simplement en voiture, il lui était plus commode de laisser un message vocal. Les premiers avaient un ton d'excuse : « Je ne voudrais pas vous surcharger de travail le jour de votre reprise… », « Si vous vous sentez fatiguée, ne vous inquiétez pas, je demanderai à Noreen »…

Noreen Purvis, secrétaire du directeur financier, travaillait avec Lauren à l'étage directorial, dans l'open space. Leland était trop courtois pour l'admettre, mais cette femme était un désastre ambulant. Plus âgée que Lauren, elle était également plus ancienne dans l'entreprise. Dix ans plus tôt, quand l'assistante de Leland, Cynthia, avait pris sa retraite après de longues années de service, elle se targuait ouvertement de pouvoir décrocher le poste.

Cependant, Leland n'avait guère d'estime pour elle. Il la jugeait brouillonne et peu organisée, et ne supportait pas qu'elle fume, même si elle n'allumait jamais une cigarette à l'intérieur des locaux. Et comme il n'avait pas non plus envie de piquer la secrétaire d'un autre, c'était sur Lauren qu'il avait porté son choix.

Noreen, bien entendu, ne soupçonnait pas la véritable opinion de Leland sur sa personne. Elle briguait la place de Lauren et ne perdait jamais une occasion de lui signifier avec une agressivité voilée qu'elle était plus apte qu'elle à occuper de telles fonctions auprès du PDG.

À cette heure matinale, le périphérique était aussi encombré que d'habitude. Lauren en profita pour réfléchir. Elle tenait à se présenter au bureau pleinement disponible, sans se laisser happer par les drames de sa vie privée. Leland serait bientôt parti, et elle voulait lui consacrer ces quelques heures.

Elle avait compris depuis bien longtemps que son rôle auprès de lui s'apparentait à celui d'une épouse, le sexe en moins. Quoique sa vie sexuelle avec Roger ait été plus que réduite ces deux dernières années, songea-t-elle avec tristesse. À certains égards, elle connaissait Leland mieux que sa femme ne le connaissait. Pourtant, à l'inverse de nombreux mariages qui se terminent par une haine mutuelle – comme avec son premier conjoint –, sa relation avec Leland n'avait fait que se bonifier avec le temps. Le respect, l'affection, qu'elle éprouvait pour lui étaient de plus en plus profonds, et elle n'avait pas cessé de l'aimer après avoir fait le tour de ses failles. Bien au contraire.

Ses pensées revinrent malgré elle vers Roger. Où pouvait-il être à ce moment précis ? Une angoisse terrible la rongeait.

Non. Il fallait qu'elle chasse ces idées de sa tête, tout au moins pour les quelques heures à venir. Elle devait arriver au bureau l'esprit libre.

Lauren s'engagea dans le parking de Gifford Industries et gara sa Lexus à proximité du bâtiment. Elle n'avait pas d'emplacement réservé – privilège des seuls dirigeants – mais il était encore assez tôt pour trouver une place proche de l'entrée.

La douce lumière matinale ricochait sur le revêtement gris-vert de la tour de vingt-quatre étages qui abritait Gifford Industries, un étrange parallélogramme aux lignes futuristes dont elle ne savait dire s'il était laid ou harmonieux. En tout cas, c'était une construction respectueuse de l'environnement : béton issu du mâchefer, grande autonomie énergétique et vitres isolantes à haute performance. Le toit était équipé d'un réservoir d'eaux pluviales et d'un capteur photovoltaïque d'un mégawatt.

Quelqu'un l'interpella alors qu'elle se dirigeait vers l'entrée principale. C'était Tom Shattuck, un des vice-présidents. Un grand blond à la carrure solide.

— Lauren, lui dit-il avec la lugubre gravité d'un entrepreneur de pompes funèbres, je suis navré de ce qui est arrivé à votre mari.

Elle se demanda comment la nouvelle avait pu circuler aussi vite. Les gens étaient-ils persuadés que Roger était mort ?

— Merci, répondit-elle simplement.

— Si vous avez besoin de quoi que ce soit, sachez que je suis là.

Shattuck lui témoignait invariablement une grande courtoisie, mais sa secrétaire avait confié à Lauren qu'il la tyrannisait toute la journée. Toutes les assistantes bavardaient entre elles, naturellement. Leurs supérieurs n'en avaient donc pas conscience ?

Lauren lui adressa un signe de tête en souriant, avant de passer son chemin. Elle agita son badge devant le lecteur, poussa les portes tournantes et pénétra dans l'atrium caverneux. Au centre trônait un énorme globe en bronze aux continents découpés en relief, abrité dans un écrin de végétation tropicale. Le logo de Gifford Industries, incliné selon un angle élégant, s'affichait devant le globe, légèrement kitsch avec ses lettres profilées et géométriques. L'idée qu'on se faisait de la modernité dans les années trente, à l'époque de sa conception.

Quelques personnes la saluèrent de la main et lui lancèrent de brefs regards de sympathie avant qu'elle se rue dans l'ascenseur qui menait directement au vingt-quatrième étage. Elle inséra sa carte magnétique dans la fente, et la cabine commença à s'élever.

Elle s'étonna de trouver déjà de la lumière à l'étage directorial. Normalement, elle arrivait la première. Elle passa son badge devant le lecteur et poussa les portes vitrées. Quand elle déboucha à l'angle du couloir, elle vit que son bureau était occupé.

Noreen Purvis.

23

Dans la chambre de Gabe, il faisait noir comme dans une grotte. Sa forme se distinguait à peine sous les couvertures. Un lecteur de CD-radioréveil diffusait à moyen volume son infâme musique, équivalent auditif d'une piqûre d'aiguille dans les globes oculaires. Gabe a grommelé quand j'ai allumé les lumières.

— Allez, lève-toi. Ça fait vingt minutes que tu devrais être debout.

Il a tiré la couette sur sa tête et s'est blotti dessous en râlant quand j'ai insisté.

— Tu peux fuir, mais pas te cacher. Ne crois pas que je vais céder aussi facilement. Bouge-toi tout de suite, ou tu apprendras à tes dépens comment j'ai délogé les terroristes d'Al-Qaida de leurs grottes de Bora-Bora.

Il a sorti lentement la tête de sous ses couvertures, telle une tortue émergeant de sa carapace.

— Arrête tes conneries. Vous avez même pas été fichus de pincer Ben Laden.

— Hé, c'est quand même pas ma faute !

Il a bougonné un vague sarcasme, auquel j'ai répliqué :

— On t'a jamais dit que tu faisais trop le malin ? Allez, éteins-moi cette musique.

Gabe a obtempéré.

— Qu'est-ce que tu fiches ici ?

— Je m'assure que tu pars au lycée. Grouille-toi.

— Non, je reste ici, a-t-il protesté en rabattant la couette sur son visage. Je me sens pas en forme.

— Tu gardes ce truc en marche toute la nuit ?

— Non, ça me sert de réveil, a-t-il dit d'une voix étouffée.

— Pas étonnant que tu te sois rendormi. Avec une berceuse pareille. Tu n'as rien de plus agressif ? Céline Dion, peut-être ?

Mais Gabe ne me trouvait pas drôle, et il s'est contenté de maugréer. Quelle que soit mon affection pour lui, je devais admettre que ce n'était pas un gamin facile. Heureusement, quelqu'un d'autre était responsable du problème. L'idée d'avoir des enfants me faisait flipper, et l'éducation d'un ado relevait carrément du cauchemar. Les gens finissaient tous par y arriver, évidemment, mais je me demandais comment ils s'en sortaient. À commencer par ma propre mère. (Mon futé de père avait eu la riche idée de se faire la malle juste après mes treize ans, se privant ainsi d'une bonne partie du plaisir.)

— Dépêche-toi, je t'ai dit de te lever.

— Tu peux pas m'obliger.

— Ah bon ? Tu ne sais pas que j'ai une habilitation d'auxiliaire de police ? Je peux te faire arrêter pour absentéisme.

J'avais presque l'air crédible.

Tout doucement, Gabe a rabattu sa couverture pour jeter un regard vers moi, assorti d'un juron assez explicite.

— Je peux également te faire arrêter pour obscénité.

— C'est ce qui a mené grand-père en prison ?

— Tu réfléchis vite.

— Je sèche, aujourd'hui.

— Quel est le problème, Gabe ?

Tandis qu'il marmonnait une réponse inintelligible, je me suis rapproché pour tirer sur sa couverture.

— J'ai pas très bien entendu.

Il a mis une main sur ses yeux pour s'abriter de la lumière.

— Tout le monde est au courant, à l'école.

— Pardon ?

— Pour mon père.

— Ils sont au courant de quoi ?

Il est descendu du lit pour aller allumer l'écran de son MacBook. Sa page Facebook s'est affichée, avec sa photo en haut de la page. Gabe a tapoté l'écran, m'indiquant la partie de la page qui s'appelait « The Wall ». Une colonne de petites photos qui représentaient manifestement des collégiens. Certains portaient leur casquette de base-ball à l'envers. Chaque portrait était accompagné d'un nom et de commentaires. « Ta fé le 2voir d'anglais ? » Leur manière personnelle de communiquer.

J'ai remarqué qu'une des cases contenait un point d'interrogation bleu au lieu d'une photo. Le commentaire disait : « Salut, Gabe. Alors, espèce de taré, ton père t'a plaqué ? On peut pas lui en vouloir, tu ferais mieux de te flinguer. »

J'ai vu que les yeux de Gabe étaient remplis de larmes.

— Qui a écrit ça ?

— J'en sais rien.

— Il y a un nom, là. Tu n'as qu'à cliquer dessus.

— C'est bidon. Quelqu'un a fabriqué une fausse page Facebook.

— Tu crois que c'est un élève du lycée ?

— Sûrement.

— C'est ce qu'on appelle le harcèlement informatique ?

— Je sais pas.

— Dans le bon vieux temps, si quelqu'un t'insultait, tu le chopais à la sortie pour lui casser la gueule.

— N'importe quoi. Je sais très bien que tu fréquentais une école privée huppée de Westchester County. Et que tu avais une limousine avec chauffeur.

— D'accord, mais ça n'empêchait pas les bagarres.

J'ai failli lui raconter que j'avais souvent frappé les gamins qui se fichaient de mon frère, après l'arrestation de Victor, mais je ne pense pas qu'il aurait aimé savoir que son oncle se posait en défenseur de son père. D'autant moins que Roger était mon aîné.

— « Tu ferais mieux de te flinguer », a-t-il répété d'un ton amer. Je vais y penser.

— Ça leur apprendra, ai-je répliqué, avant de comprendre que l'ironie était certainement malvenue. Laisse tomber, Gabe. Ne te laisse pas impressionner par ces connards. Comme je dis toujours, ne permets jamais à un sale con de t'incruster dans ta tête.

Il s'est rassis au bord de son lit, la tête dans les mains.

— Dépêche-toi.

Il a accepté de s'habiller : il s'est contorsionné pour enfiler un jean moulant, qu'il portait avec un sweat à capuche noir et des Converse Chuck Taylor, et il a bu une lampée de Red Bull à même la canette.

— On passe te prendre dans dix minutes, ai-je annoncé en consultant ma montre. Ta mère veut que tu manges avant de partir.

— Et ça, c'est quoi ? a-t-il rétorqué en brandissant sa boisson.

J'ai abandonné. Je ne voulais surtout pas devenir une figure d'autorité auprès de lui.

— À ton avis, Gabe, qu'est-ce qui pousse les gens de ton école à colporter ce genre de ragots sur ton père ?

— Leur connerie, peut-être ?

— Sans aucun doute. Mais à part ça, pourquoi disent-ils des trucs aussi déments ?

— Qu'est-ce que j'en sais, moi ? a-t-il lancé d'un air maussade.

— Tu ne vois pas où ils ont pêché ces idées ?

— C'est peut-être la vérité.

J'ai insisté avec toute la délicatesse possible :

— Tu as déjà dit ça. Qu'est-ce qui t'amène à le croire ?

Il semblait terriblement mal à l'aise.

— Je t'ai expliqué. Je vois ce qui se passe, moi. Je remarque des tas de trucs.

— Il t'a confié quelque chose ?

— Non, bien sûr que non ! s'est-il récrié avec dédain.

— Qu'as-tu remarqué, alors ?

— Rien… C'est plutôt… une impression.

— Une crainte, peut-être.

— Ça se peut.

— C'est bien compréhensible.

— Il faut que je parte à l'école.

— Tiens, tu fais attention à l'heure, tout à coup ?

Je lui ai demandé pendant qu'on attendait la voiture :

— Gabe, est-ce qu'il t'arrive d'utiliser l'ordi de ton père ?

— Non, pourquoi ? J'en ai un à moi.

— Tu saurais pour quelle raison il est tombé en panne ?

— En panne ?

— L'Écran bleu de la mort.

— Ah, il m'a demandé comment nettoyer le disque dur. Il comptait le remplacer. Peut-être qu'il s'est planté. Ça m'étonnerait pas.

— Il cherchait à effacer des données ?

Ma théorie de l'intrus pénétrant dans la maison pour bousiller l'ordi venait d'en prendre un coup. Une chose demeurait, cependant : quelqu'un avait démonté et replacé à la hâte les fils du système d'alarme sur la fenêtre du bureau. Pour une raison inconnue, on avait visité la maison à l'insu de ses occupants. Pour fouiller, éventuellement, ou pour un autre motif qui m'échappait encore.

— Pourquoi tu t'intéresses à l'ordi de papa ?

— Je pensais qu'il pouvait me livrer un indice pour comprendre ce qui lui est arrivé.

— Pour quelle raison aurait-il laissé un indice dans son ordi ?

Je n'ai pas eu le temps de m'expliquer, car une Land Cruiser Toyota s'est engagée dans l'allée à ce moment précis.

— À plus.

— Gabe, n'oublie pas mes conseils au sujet des sales cons.

— OK. Mais c'est pas si simple de les ignorer complètement.

Son sac sur l'épaule, il s'est dirigé vers la voiture. En le regardant, je ne pouvais pas m'empêcher de penser que lui aussi, comme sa mère, me dissimulait quelque chose.

24

— Regardez la tête que vous avez ! la réprimanda Noreen Purvis en se levant brusquement. Vous auriez dû rester couchée !

— Tout va bien, se défendit Lauren. Je vous assure.

— Je suis sérieuse. Je peux m'occuper de tout tant que vous n'êtes pas parfaitement rétablie.

— C'est très aimable à vous, mais je me sens bien. Vraiment.

Noreen était une grande perche à l'allure chevaline. Ses cheveux d'un blond cendré avaient une coupe courte et sévère, à la lady Di, et elle portait un foulard Chanel et des chaussures Tory Burch à gros médaillons. Sûrement des contrefaçons. Elle dégageait des relents de tabac et d'eau de toilette à la rose.

— La porte est fermée ? s'étonna Lauren en jetant un regard vers le bureau de Leland, tout près de son poste de travail.

— Il est enfermé là-dedans depuis que je suis arrivée, il y a une vingtaine de minutes.

— À qui parle-t-il ?

Elle haussa les épaules en ramassant ses affaires sur le bureau de Lauren.

— Ah, au fait, il faut que je vous mette au courant de l'organisation du voyage de Leland.

— Je reviens dans une minute, je passe d'abord aux toilettes.

Lauren se réfugia dans une cabine, baissa le couvercle des W.-C. et s'assit dessus pour pleurer à son aise. On aurait dit qu'un barrage venait de céder. Cette peste de Noreen installée à son bureau, mentionnant Leland avec des airs de propriétaire.

Et toutes ces incertitudes concernant Roger. Elle avait peur et ne savait plus que penser. L'ignorance était la pire des situations.

Elle arracha quelques feuilles de papier pour essuyer ses larmes. Elle pleura tout son soûl pendant quelques minutes, puis sortit se remaquiller devant le miroir du lavabo. Tout se liguait pour lui taper sur les nerfs : le robinet automatique qui ne coulait pas assez longtemps pour que l'eau puisse chauffer, le distributeur de serviettes où il ne restait qu'un petit rectangle de papier perforé. Le moindre détail de travers arrivait à la contrarier. Elle n'était de retour que depuis une demi-heure, et elle avait déjà besoin de repos.

25

Aussitôt après le départ de Gabe, j'ai appelé Merlin, mon ancien copain de l'armée qui travaillait dans le contre-espionnage électronique. J'avais besoin qu'il me rende un service.

Je lui ai demandé de passer chez Lauren pour m'aider à mettre en place un système de sécurité efficace. C'était un peu comme solliciter Bill Gates pour une assistance sur Word, mais Merlin a eu la gentillesse d'accepter.

Mon portable a sonné alors que je manœuvrais pour sortir de l'allée. C'était le numéro de Garvin.

— Lieutenant ?

— Vous feriez bien de passer me voir, a-t-il dit d'une voix enrouée et nasale.

— Vous avez récupéré les vidéos ?

— En effet. Je serai disponible vers onze heures.

— J'ai une réunion au bureau. Vous ne pourriez pas m'en faire parvenir une copie par porteur ?

Il a rétorqué après une quinte de toux :

— C'est ça. Je vous envoie mon messager personnel sur son fier destrier.

— C'est bon, je vais me débrouiller pour venir.

Le lieutenant Garvin a fait pivoter l'écran de son vieux Dell pour que nous puissions regarder ensemble. Il m'a proposé du café, et cette fois je n'ai pas dit non.

Une image en couleurs assez floue s'affichait sur l'écran. Je ne discernais que deux silhouettes imprécises, dans une rue. Apparemment, le guichet automatique se trouvait à l'extérieur, près d'une station-service. Des voitures se devinaient en arrière-plan. Une série de chiffres figuraient en marge de l'image – date et heure d'enregistrement. Garvin a tripoté la souris sans succès avant de réussir à relancer le film. Deux taches indistinctes se déplaçaient devant la caméra avec de curieux mouvements saccadés.

— Je vous préviens, la résolution est minable.

— Ah oui ?

— Et en plus, je croyais que c'était une vidéo qu'ils allaient envoyer.

— Et ce n'est pas le cas ?

— Non, ce sont juste quelques plans fixes.

— Pardon ?

— La caméra de l'automate a une fréquence d'enregistrement d'une image toutes les dix secondes.

— Pour économiser le disque dur, je suppose ?

— Qu'est-ce que j'en sais, moi ? Ça ou rien, c'est pareil.

C'est quand même assez drôle que les banques investissent des sommes fabuleuses dans leurs systèmes de sécurité, qu'elles installent des caméras numériques dernier cri sur leurs guichets automatiques et transmettent les flux de données à des centres de surveillance, pour ensuite gratter sur le disque dur en programmant les caméras sur le mode le plus lent. Tout ce déploiement de technologie pour recueillir une image par dix secondes, c'était carrément ridicule.

Garvin a fait un zoom sur l'image, et j'ai pu voir un homme en costume se pencher vers l'écran du distributeur de billets. Le visage était bien net.

C'était Roger.

Les verres sans monture, le front large, les cheveux châtain foncé avec une raie sur le côté. Il était décoiffé, et ses lunettes semblaient légèrement tordues. Il portait un costume sombre, une chemise et une cravate blanches, mais le col de la veste rebiquait, et la cravate était de guingois. On aurait dit qu'il avait été blessé. L'expression de son visage n'était pas très lisible, mais j'ai cru y déceler de la peur.

Roger avait survécu à l'agression.

Pour la première fois, j'en avais la certitude. Ce qui ne m'indiquait pas pour autant ce qu'il était devenu. L'énigme dans laquelle je m'étais plongé – ou dans laquelle on m'avait entraîné – prenait soudain un tour franchement déroutant.

Et bien plus dangereux, par la même occasion.

26

— C’est bien lui ? a demandé Garvin.

— Oui, c’est lui.

— Je vous dois des excuses.

— Je veux bien, mais pourquoi ?

— Vous aviez raison, à propos de l’enlèvement.

— Vraiment ?

— Votre frère n’a pas agi de son plein gré, c’est évident.

— Sur quoi est-ce que vous vous fondez ?

— Regardez de plus près. Ah, je crois que ça va marcher, a-t-il dit en double-cliquant, décalant l’image sur la gauche.

Puis il a mis le curseur sur la personne qui accompagnait Roger.

Le type portait un sweat à capuche, et il tournait le dos à la caméra. Du bout de l’index, Garvin a attiré mon attention sur ce qui ressemblait fâcheusement à un revolver.

— On voit la tête du bonhomme ?

— Rien du tout. L’opération a duré une minute et dix secondes. Ce qui nous fait sept plans. Il n’y en a pas un seul où il montre sa figure. Pas même une partie.

— Si ça ne vous ennuie pas, j'aimerais les voir tous.

Garvin a hoché la tête. Je m'étais attendu au moins à un soupir excédé, mais il semblait s'être un peu radouci. J'avais cessé d'être le frère assommant de la victime et l'enquêteur rival trop envahissant pour devenir une espèce de collègue capable de lui apporter son concours.

Il a fait défiler les images les unes après les autres, et cette fois nous en voyions la partie gauche, cachée lors du premier visionnage. L'individu à la capuche se tenait tout près de Roger, dos tourné à la caméra. Il n'a jamais levé son arme, qu'il gardait contre lui, dirigée vers Roger.

— Le service de sécurité de la Wachovia a précisé s'il existait une autre caméra ?

— Non, c'est la seule.

— Où se trouve ce distributeur ?

— À Gorgetown. Sur M Street, près de Key Bridge.

— Pas loin du lieu de l'agression, en fait. Le seul mobile aurait été le vol, dans ce cas ? Désolé, mais je ne suis toujours pas convaincu.

— Ils ont pris 4 900 dollars. Votre frère avait une autorisation de retrait de 5 000 maximum par vingt-quatre heures. Ce qui fait quand même une somme.

— Je vous l'accorde, mais je doute que l'argent soit leur motivation principale.

— 5 000 dollars, je trouve ça assez motivant.

— C'est vrai, pourtant je crois qu'il s'agit d'autre chose.

— Vous avez une théorie plus satisfaisante ?

— Je reconnais que ce n'est pas un kidnapping classique. Il n'y a eu aucune demande de rançon.

— Pour le moment.

— Non, il s'est déjà écoulé pas mal de temps. Vous avez parlé d'enlèvement, et je suis d'accord avec vous.

— Et pourquoi ?

— Roger s'attendait à être agressé.

— Comment vous savez ça ?

— À cause de ce qu'il a dit à sa femme ce soir-là. « Je t'aime. »

— Et alors ?

— Ça ne lui ressemble pas.

— Il est pas du genre à dire ça à sa femme ? Charmant individu.

— Peu importe. Ce qui compte, c'est que l'agression n'était pas une surprise. Il savait qu'il risquait de ne plus la revoir, et il lui disait adieu.

— Peut-être, a fait Garvin d'un air sceptique.

— Ensuite, en voyant qu'ils s'en prenaient à Lauren, il leur a crié : « Pourquoi elle ? »

— Ce qui sous-entend : « Emmenez-moi à sa place. »

— Exactement.

— Ça ne signifie pas pour autant qu'il les connaissait.

— Je ne peux pas dire le contraire.

— Pas de sang, pas de traces, pas de demande de rançon. Votre théorie ne nous mène à rien.

Je me suis accordé une pause. J'ai pour principe de ne jamais révéler plus que le minimum indispensable. Cependant, Garvin et moi faisions plus ou moins équipe, et notre objectif principal était de retrouver mon frère. Mieux Garvin serait renseigné, plus il aurait de chances d'avancer. Je lui ai donc rapporté la tentative d'effraction au domicile de Roger, ainsi que la réception du mail transmis par InCaseOfDeath.

— Il avait reçu des menaces. C'est ce qui l'a incité à avoir recours à ce message. Il redoutait qu'ils ne maquillent sa disparition en suicide.

Garvin a éternué et s'est mouché bruyamment. Pour un simple rhume, ça ressemblait au virus Ebola.

— Je peux voir une copie du message ? a-t-il réclamé.

— Il a disparu.

— Enfin, il doit bien exister un double quelque part.

J'ai fait non de la tête.

— Il doit quand même y avoir un expert de luxe dans votre boîte de luxe qui peut le récupérer.

— Je peux toujours poser la question.

— Vous avez prononcé le mot « menaces ». Sur quoi portaient-elles ?

— Je ne sais pas précisément. On voulait peut-être lui extorquer quelque chose.

— Quoi, par exemple ?

— À mon avis, il détenait des informations que d'autres cherchaient à se procurer. Ou qu'il n'était pas censé posséder. Quelque chose en rapport avec son métier. Un gros projet, peut-être, dont il organisait le financement.

— Ça reste assez vague.

— Comme je vous l'ai dit, c'est une simple hypothèse. Je ne suis pas en mesure d'affirmer quoi que ce soit. Tout ce que je peux dire, c'est qu'il a essayé de nettoyer le disque dur de son ordinateur personnel.

— Il aurait tenté de détruire des preuves ?

— À moins qu'il n'ait cherché à protéger sa famille.

— C'est-à-dire ?

— Il a voulu effacer ses traces. Supposons qu'il ait réuni des informations sur son portable, mais qu'il ait tout fait pour le cacher à ces gens.

— Et vous l'avez toujours, ce portable ?

— Oui, je crois… Je vais voir.

Je suis resté évasif, ayant un autre projet en tête.

— Bon. Je crois que j'y vois plus clair.

Il a entrepris de ranger son bureau, empilant ses dossiers.

— J'ai demandé à la Sécurité intérieure d'examiner tous les vols internationaux et de bloquer le passeport de votre frère. C'était quand je croyais encore à une fuite.

— Et alors ?

— Il en ressort que votre frère figure sur la liste des personnes interdites de vol.

— De quoi s'agit-il ?

— La nouvelle liste établie par la base de données de filtrage antiterroriste.

— Mon frère n'avait rien d'un terroriste.

— Pas plus que la majorité des gens inscrits sur la liste.

Moi qui avais côtoyé les services les plus sensibles du gouvernement américain après le 11 septembre, j'avais vu mon lot d'abus de pouvoir. Le PATRIOT Act, par exemple, légitimait toutes sortes d'atteintes à la vie privée.

— Vous savez ce qu'est une prise involontaire ?

— À peu près, oui. On dit ça quand un chalutier attrape accidentellement un dauphin en pêchant des thons. Mais ce n'est pas « par accident » qu'on se retrouve sur la liste des interdits de vol.

— C'est vrai, a admis Garvin. Vous avez peut-être raison. Il se peut que votre frère se soit fait des ennemis, ou que ses activités l'aient entraîné là où il n'aurait pas dû aller. Des choses en relation avec la Sécurité nationale, par exemple.

— Vous savez, il travaille dans la branche financière d'une compagnie de BTP.

— Ah oui ? Gifford est une compagnie de BTP ? Et vous allez bientôt prétendre que Home Depot est un magasin de bricolage ? Je me demande si vous ne me cachez pas quelque chose.

— Je vous ai raconté tout ce que je sais.

— Alors, c'est peut-être vous qui ignorez certaines choses.

27

En réalité, il y avait une foule de choses que j'ignorais au sujet de mon frère.

Le fonctionnement de son esprit, pour commencer.

Notre statut de frères ne signifiait pas que nous avions plus en commun qu'une éducation particulière et 50 % de notre ADN. En dehors de ça, nous étions le jour et la nuit.

Et pourtant, pendant la plus grande partie de notre enfance, nous avons été les meilleurs amis du monde.

Notre père nous apparaissait à tous les deux comme un personnage distant et impénétrable, d'une stature quasiment surhumaine. Son rire était plus tonitruant, ses colères plus violentes, son intelligence plus aiguë, sa personnalité plus intense que ceux du commun des mortels. Mon frère et moi adorions lui rendre visite dans son bureau de Manhattan. Sa société occupait tout le dernier étage du Graystone Building, une tour Art déco proche de Grand Central, et dont le style évoquait un temple babylonien. Dans l'entrée, une immense fresque signée par un artiste renommé représentait Prométhée volant le feu. Les portes de l'ascenseur étaient en cuivre ouvragé. Le bureau de mon père exhalait toujours des parfums de tabac à pipe, de bois ancien, de détergent pour cuivres et de vieux cuir, et il baignait dans l'atmosphère du pouvoir. De là-haut, on profitait d'une vue époustouflante sur la ville. Quand sa silhouette se découpait sur la *skyline* de Manhattan, Victor Heller semblait plus imposant que les sveltes gratte-ciel qui se dressaient dans le lointain, pareil à un colosse à cheval sur le globe terrestre.

Notre père nous inspirait une véritable terreur. Lorsque la colère s'emparait de lui, nous aurions voulu rentrer sous terre. Un jour où il cherchait quelque chose dans la salle de bains que je partageais avec Roger, il est tombé sur une pochette à moitié vide de tabac à chiquer. De la marque RED MAN – Peau-Rouge. Il a surgi en trombe dans notre salle de jeux, où nous disputions une partie de Risk, en demandant lequel de nous deux avait consommé du tabac. Nous avons nié en bloc : à l'époque, je ne savais même pas qu'il existait du tabac à chiquer. Fou de rage, papa nous a corrigés tous les deux à coups de ceinturon en croco. Dans le fond, je ne pense pas qu'il se soit soucié que nous mâchions ou pas du tabac. Tout ce qui lui importait, c'était d'exercer une autorité absolue.

Roger et moi avons essayé de nous réconforter mutuellement. Le caractère injuste de la sanction nous faisait plus de mal que les coups sur les fesses. Roger a baissé son slip pour me montrer les dégâts : son postérieur était cramoisi, tout comme le mien.

— Salut, Peau-Rouge, m'a-t-il lancé.

Et nous avons éclaté de rire.

Nous avons appris un peu plus tard que le paquet de tabac appartenait à Sal, un des hommes à tout faire, qui l'avait oublié là en réparant une fuite. L'incident nous a aussi laissé un surnom, un code secret : « Peau-Rouge », que nous employions uniquement entre nous.

Quand nous nous téléphonions, ce « Peau-Rouge » était comme un clin d'œil complice, un coup de pied sous la table. Il ressuscitait instantanément tout un univers : nos fouilles archéologiques au fin fond de la propriété, qui faisaient toujours enrager Yoshi, le vieux jardinier japonais ; les farces qui amusaient tant notre cuisinière préférée, Mrs Thomasson ; et toutes les occasions où nous nous couvrions l'un l'autre après avoir fait une bêtise. Nous nous faisions l'effet de deux conspirateurs. C'était un sentiment agréable, qui contribuait à resserrer nos liens.

Jusqu'à ce que nous nous dressions l'un contre l'autre.

28

Les hasards de la génétique ont fait de moi un garçon large et musclé, alors que Roger devenait un grand échalas gauche et dégingandé. Il a eu besoin de lunettes, moi pas. Et tandis qu'il s'affirmait dans les études, je me prenais pour un athlète qui traite l'école par-dessus la jambe. Roger était la tête, et moi les muscles. Il attirait sur lui toutes sortes de brimades, et je prenais sa défense même s'il était l'aîné. Ce qui, d'ailleurs, ne lui plaisait pas du tout.

Dès l'adolescence, il a été très clair que Roger aspirait à ressembler à notre père. Il racontait à tout le monde qu'il opterait pour « la finance ».

J'avais treize ans et Roger presque quinze le jour où nous avons trouvé maman, à la sortie de l'école, seule dans la pénombre de la bibliothèque. Elle attendait notre retour, assise dans un grand fauteuil en cuir, auréolée par la lueur d'une lampe de lecture. Elle a annoncé que nous devions avoir une conversation.

Elle s'est levée pour nous serrer dans ses bras, avant de nous apprendre que papa avait été arrêté le matin même, à son bureau. Sous les yeux de ses propres salariés. Ils lui avaient passé les menottes et lui avaient fait traverser ainsi la salle des marchés.

— Pourquoi ? s'est aussitôt enquis Roger.

— Le ministère de la Justice voulait le mettre dans une situation gênante.

— Non, a repris mon frère, je voulais savoir pourquoi on l'avait arrêté.

Les explications qu'elle nous a données ne m'ont pas vraiment éclairé. Elle a parlé d'abus de marchés et de délit d'initié, et d'une enquête de la commission des valeurs mobilières qui se poursuivait depuis des mois. N'ayant aucune notion précise des activités de mon père, je ne saisissais pas davantage les motifs de son arrestation.

Nous n'avons pas revu papa avant le lendemain. Chose inhabituelle, il était à la maison quand nous sommes rentrés du collège. En règle générale, il ne revenait qu'après le dîner.

Il nous a emmenés dans son bureau et nous a expliqué qu'il avait passé la nuit en cellule, en compagnie d'une bande de dealers. Le matin même, on l'avait conduit devant le juge, qui avait prononcé les chefs d'accusation avant de lui accorder la liberté sous caution.

Il nous a demandé de ne pas nous inquiéter, affirmant qu'il était victime d'un coup monté, que des ennemis influents cherchaient à le traîner dans la boue. Il a ajouté qu'il avait les meilleurs avocats à son service, qu'il allait se tirer d'affaire et que tout rentrerait dans l'ordre. Il a conclu d'un ton farouche :

— Il y a une chose que je veux que vous sachiez, les garçons. Je suis innocent. Ne l'oubliez jamais.

— Je ne comprends pas, a objecté Roger. Comment peut-on arrêter un innocent ?

Papa s'est renversé dans son fauteuil avec un rire guttural.

— Mon Dieu, petit, il te reste beaucoup de choses à apprendre.

Le lendemain matin, alors que nous partions pour l'école, notre chauffeur – eh oui, nous avions un chauffeur – s'est mis à jurer. À travers le pare-brise, nous avons aperçu un attroupement devant les grilles, des caméras, des journalistes armés de micros bulbeux et des curieux qui s'agglutinaient autour de la voiture en nous apostrophant.

Le chauffeur a reculé et nous a fait sortir par l'arrière.

Cette journée d'école n'a pas été de tout repos. Tout le monde avait eu des échos de l'arrestation de Victor Heller. Dans ce lycée de privilégiés, on pouvait s'attendre à ce que les parents aient évoqué le sujet à la table du petit déjeuner, non sans manifester une satisfaction évidente. Notre père avait suscité en effet un ressentiment inavoué et beaucoup de jalousie.

Si nos amis nous ont témoigné leur sympathie, les autres élèves ne se sont pas privés de nous accabler d'injures.

C'est à ce moment-là que j'ai appris à me battre.

Quiconque s'aventurait à débiner mon père avait aussitôt affaire à moi. Et je m'occupais aussi de ceux qui avaient le tort d'insulter mon frère.

Notre famille était en état de siège. Nos deux parents étaient beaucoup trop présents à la maison, sauf quand notre père disparaissait quelques heures dans son bureau pour discuter avec ses avocats. Le téléphone sonnait sans arrêt, mais personne ne répondait. Mes parents ont cessé de sortir.

Maman, qui jusque-là était restée dans l'ombre, a pris énergiquement les choses en main, aidant les juristes à élaborer une ligne de défense. Elle se sentait soudain utile, et même si elle ignorait tout du crime en col blanc, elle avait l'esprit vif et se montrait résolue à soutenir son mari.

Ce premier jour, maman n'a fait aucun commentaire en découvrant mon visage égratigné. Elle avait compris. Elle m'a simplement mis des pansements en m'assurant que tout irait bien.

Quand il émergeait de ses séances de stratégie avec les avocats, papa parcourait bruyamment la maison ou s'entraînait au tennis avec son coach personnel. Il nous parlait beaucoup, répétant qu'il était innocent, que les chefs d'inculpation seraient invalidés les uns après les autres. Le cauchemar s'achèverait bientôt.

Une semaine plus tard, j'ai été réveillé au beau milieu de la nuit par le ronflement d'une voiture qui démarrait. En regardant par la fenêtre, j'ai identifié les phares bien reconnaissables de la Porsche Speedster 1955 de mon père.

Je suis retourné me coucher, et quand je me suis levé le lendemain matin, papa n'était plus là. Il était parti sans même un au revoir. Maman avait les yeux rouges et le visage bouffi, on voyait bien qu'elle venait de pleurer. Elle nous a seulement dit que papa avait dû s'absenter de toute urgence, appelé par un problème professionnel.

Il n'était pas rentré à notre retour de l'école. Ni le lendemain.

Il s'est passé trois jours avant que maman nous avoue que notre père ne reviendrait pas avant bien longtemps. Elle ne savait même pas où il était allé. La seule chose qu'elle savait, à l'entendre, c'était qu'il n'avait rien à se reprocher. Malheureusement, le fait d'être innocent ne garantissait pas toujours un jugement équitable.

Les chefs d'inculpation sont tombés quatre jours après le départ de papa. Il était accusé de transferts bancaires frauduleux, de fraude fiscale, d'abus de marchés et même d'extorsion de fonds. Les journaux ont pris l'habitude de parler de lui comme du « financier en fuite ».

Cependant, je n'ai pas eu à défendre bien longtemps l'honneur de notre père dans notre coûteuse école privée. Le lendemain, nous sommes restés à la maison pour aider maman à remplir des cartons. Un camion de déménagement est passé les chercher peu après.

La justice avait prononcé la saisie de l'ensemble des biens de mon père. La résidence de Bedford, le penthouse en duplex sur la Cinquième Avenue, la maison de Palm Beach que nous avions en horreur, Roger et moi, ainsi que le chalet d'Aspen et le ranch du Montana. Et tous les comptes bancaires, également. Il ne nous restait plus un sou.

Entassés dans le break Subaru que maman aimait conduire dans Bedford Village, nous avons pris le chemin de chez notre grand-mère, au nord de Boston. Sitôt passé la limite du Massachusetts, maman a fait une halte à Sturbridge pour acheter à manger. Nous l'avons vue fondre en larmes devant le guichet automatique. Même son compte personnel avait été gelé.

Nous n'avions plus rien.

Comme tous les adolescents, Roger et moi avions une faim de loup, mais nous n'avons pas fait de remarques.

— Ça va, Peau-Rouge ? m'a demandé mon frère.

— Ça va.

Nous avons foncé d'une traite jusqu'à Malden, où nous attendait la maison banlieusarde de notre grand-mère maternelle, une villa rustique et exiguë peinte de couleur rose. Maman y avait passé sa jeunesse. Les courts de tennis et les écuries n'étaient pas prévus.

Papa non plus n'était pas au programme.

Dix ans devaient s'écouler avant que nous le revoyions.

29

Après cinq années à œuvrer dans les plus sombres officines de Washington, D.C., je pouvais me vanter d'avoir un carnet d'adresses bien rempli. Moins garni que celui de Jay Stoddard, mais honorable quand même. J'avais des contacts dans toutes les agences du gouvernement.

Plutôt que de carnet d'adresses, je parlerais de réseau de services. Vous faites une fleur à quelqu'un, vous le tirez d'un mauvais pas, vous le cooptez, et il y a toutes les chances que celui que vous avez soutenu vous récompense un jour ou l'autre.

Bien sûr, on trouve toujours des salopards qui ne renvoient jamais l'ascenseur, et une faveur ne garantit pas forcément un retour. La banque des pistons et services ne fournit pas d'assurance. D'autant plus qu'on peut agir de manière désintéressée, pour obéir à ses principes et faire progresser son karma.

Mais quelle que soit la motivation, on a toujours envie de se garantir un solde positif. On veut des liquidités, au cas où un retrait d'urgence s'avérerait nécessaire. Plus j'évolue dans ce monde souterrain, plus je pense au bureau de Tony Soprano à l'arrière du club de strip-tease Bada Bing. Washington, et plus largement le monde des affaires, ressemblent étonnamment à la mafia, la tête de cheval en moins. En général.

Toujours est-il que je connaissais une personne bien placée au Conseil national de la sécurité des transports. En d'autres termes, les gens qui vous fouillent à l'aéroport en vous obligeant à retirer vos chaussures et à montrer vos sous-vêtements. Les mêmes qui ont confisqué le biberon d'un bambin au Reagan National Airport et retenu sa mère en prétendant qu'elle voulait embarquer du lait en poudre potentiellement mortel.

L'année dernière, le Conseil des transports a chargé Stoddard de mener une enquête sur une affaire de pots-de-vin pressentie au sein de l'agence et orchestrée par un des membres du Conseil. Nous n'avons pas approfondi la question, mais ils avaient des raisons politiques de s'adresser à nous plutôt qu'au FBI.

Ils nourrissaient des soupçons envers un certain Bill Puccino, responsable des opérations de sécurité. Après une seule entrevue, j'ai eu la conviction qu'il n'était pas coupable, et nous n'avons pas tardé à sympathiser. Moi qui avais vécu de longues années à Malden, chez ma grand-mère, je trouvais son accent de Boston aussi familier et réconfortant qu'une vieille paire de baskets.

J'ai fini par découvrir que le chef de Puccino avait décidé de le fusiller. Une fois que je l'ai eu blanchi, il a été promu au poste de son ancien boss, qui a lui-même hérité d'une position « gratifiante » à la Sécurité nationale. Après avoir reçu une médaille en récompense de sa « loyauté », il a été affecté à Paris en tant qu'« attaché ». Le destin cruel d'un fonctionnaire du gouvernement.

Le Conseil des transports était une branche de la Sécurité nationale, qui s'intégrait elle-même à un vaste dispositif bureaucratique mis en place après le 11 septembre. Washington avait réagi aux attentats de la même façon qu'une entreprise traite un semestre catastrophique : en restructurant l'organigramme. Le Conseil a rapidement établi une liste confidentielle des personnes interdites de vol, qui ont été exclues des vols commerciaux sur le territoire américain. Le nombre des citoyens inscrits n'a pas été divulgué, mais il avoisinerait les 50 000.

Tout en remontant Constitution Avenue en direction de K Street, j'ai appelé Puccino à son travail.

— Puccino, a-t-il aboyé dans l'appareil.

— Pooch, c'est Nick Heller.

— Nico ! Qu'est-ce que tu deviens ?

— Tu vas bien, toi ?

— Oui, oui, ça roule.

— Tu protèges toujours la planète des biberons empoisonnés ?

Il a éclaté de rire dès qu'il a saisi l'allusion.

— J'aurais besoin d'un service urgent.

— Pas de souci, mon vieux. Pour toi c'est avec plaisir.

— Il faudrait que tu consultes une base de données.

— Laquelle ?

— Celle du CNST.

Un long silence a accueilli mes paroles.

— Désolé, Nico. C'est pas possible.

Et il a raccroché.

Je n'ai pas réalisé tout de suite, pensant qu'il y avait un problème de liaison. Il y en a fréquemment à Washington. Cependant, mon portable a sonné au bout de deux minutes. C'était Puccino. La communication n'avait pas la même qualité, comme s'il appelait d'un mobile.

— Excuse-moi, mais je ne pouvais pas parler de ce genre de truc sur ma ligne professionnelle.

— Ils surveillent tes conversations ?

— Tu es naïf, ou quoi ? Je bosse pour Big Brother, tu sais. Dis-moi ce que tu veux.

— J'aimerais savoir comment on peut se retrouver sur la liste des personnes interdites de vol.

— Quand on menace de faire sauter la Maison Blanche ? Ou quand on prend des cours de pilotage en prétendant qu'on n'a pas besoin de savoir atterrir ?

J'ai ri poliment de cette blague médiocre.

— Un certain nom figure sur votre liste, ai-je expliqué. Je suis curieux de savoir comment il est arrivé là.

Il a poussé un grand soupir dans son combiné.

— Nick, est-ce que c'est d'une importance capitale pour toi ?

— Oui.

Nouveau soupir, qui exprimait moins l'exaspération que la nervosité et l'hésitation. Il se trouvait face à un dilemme.

— Vérifier si quelqu'un fait partie de la liste, ce n'est pas sorcier. Dans les forces de l'ordre, beaucoup de gens ont accès aux fichiers de la Sécurité du transport aérien. Mais quand on demande pour quelle raison il y est, c'est une autre paire de manches. Ça implique qu'on entre dans une base de données superultra-secrète, qui s'appelle la TIDE – la base de données de filtrage antiterroriste. Elle indique la nature des faits reprochés à la personne, ce qui justifie qu'elle représente une menace. Et le nom de l'agence qui a décidé de l'inscrire.

— Tu peux accéder à ces fichiers ?

— Bien sûr, mais quand on consulte la TIDE, on laisse forcément une trace. Il y a tout un tas de contrôles de sécurité. Il faut que je fasse gaffe.

— Je comprends. Et je suis très sensible au mal que tu te donnes pour moi.

— Tu peux me fournir une date de naissance ou un numéro d'assuré social ? Au cas où il y aurait des homonymes.

J'ai commencé par lui donner le nom.

— Heller ? Il s'appelle comme toi ?

— C'est mon frère.

— Tu rigoles ?

— Pas du tout, malheureusement.

— Qu'est-ce qu'il a fait ?

— Cherché la merde à qui il fallait pas.

— Je vois.

Il a raccroché pour rappeler un peu plus tard, alors que j'allais m'engager dans le garage de mon immeuble. Je me suis donc garé dans la rue, où la réception serait meilleure, à côté d'une borne à incendie.

— Nico, penses-tu qu'un imposteur se soit fait passer pour ton frère ? Ce genre de chose se produit régulièrement.

— Qu'est-ce que tu as trouvé ?

— Le code de l'agence est DoD. Ce qui signifie que c'est le département de la Défense qui a sollicité sa mise sur la liste.

— Le motif est précisé ?

— C'est bien là le problème. Le champ de la page où devrait figurer la raison – du genre « Mustapha veut faire exploser la Maison Blanche » – ne contient qu'une indication en code. Au niveau hiérarchique où je me trouve, l'information ne m'est pas accessible.

— D'accord. Et merci pour ton aide précieuse.

Il a ajouté, alors que je m'apprêtais à couper :

— Tu sais, Nick, je ne suis qu'un banal bureaucrate. Et j'essaie de me protéger. Tu comprends ?

— Bien entendu, ne t'inquiète pas. Tu n'entendras plus parler de moi.

30

Inscrire mon frère sur une liste de terroristes potentiels, c'était tout bonnement grotesque. Tout ce que ça m'apprenait, c'est qu'il avait des ennemis extrêmement puissants, capables de le placer abusivement parmi les personnes interdites de vol. Et ces ennemis se trouvaient quelque part dans mon ancien repaire, le Pentagone.

Cela dit, je ne voyais pas comment Roger avait pu fâcher quelqu'un au sein du département de la Défense.

Plus je creusais le sujet, plus j'avais l'impression qu'il se passait quelque chose de trouble, d'anormal. Une affaire de corruption dans les hautes sphères, mon frère n'étant qu'un dommage collatéral. En définitive, ma motivation principale était peut-être mon besoin compulsif de fouiller sans relâche jusqu'à ce que j'aie découvert la vérité. Si j'avais interrogé un psy, il m'aurait sans doute expliqué que c'était là l'héritage logique, quoique névrotique, de mon éducation bien spéciale, marquée par les mensonges permanents de Victor Heller. Mais je n'avais jamais consulté de psy, et je n'étais guère porté sur l'introspection, si bien que je ne savais pas d'où venait cette pulsion. L'ignorance me convenait très bien. Ma seule certitude, c'était que je ne lâcherais pas l'affaire avant d'avoir appris ce qu'il était advenu de mon frère.

Posée sur le bureau de Dorothy Duval, une plaque disait : JÉSUS ARRIVE, AYEZ L'AIR AFFAIRÉ. Un bon résumé de sa personnalité. Dorothy avait beau être une fervente pratiquante, elle gardait un solide sens de l'humour. Et elle avait aussi son franc-parler. « Une grande gueule », comme elle se plaisait à le dire, ni timide ni discrète. Une caractéristique inséparable de son tempérament têtu. À la fois brillante, infatigable et méthodique, Dorothy n'abandonnait jamais quand elle avait entrepris quelque chose.

Il lui arrivait de porter des T-shirts à slogan, du genre SATAN CRAINT, mais elle ne le faisait jamais au bureau, où elle arborait des tenues beaucoup plus chic que ne le réclamaient ses fonctions d'expert en informatique. Ce jour-là, elle portait une jupe noire, un chemisier corail et de gigantesques créoles en argent.

Étant technicienne et non enquêtrice, Dorothy ne disposait pas d'un bureau personnel, elle occupait un simple box dans l'open space, en compagnie du reste de l'équipe technique. Son espace était envahi de photos de famille, mais elle n'avait pas d'enfant, et je ne lui connaissais pas de relation stable. Je ne lui posais jamais de questions : malgré ses manières directes, Dorothy ne dévoilait rien de sa vie privée, et je respectais son choix.

S'avisant de ma présence, elle a jeté un regard méfiant à l'ordinateur calé sous mon bras.

— C'est pour moi, ça ?

Je lui ai remis le portable en hochant la tête.

— Je ne vois pas l'étiquette, a-t-elle fait remarquer.

Pour plus de facilités dans les recherches, nous posions un code-barres adhésif sur toutes nos pièces à conviction, avec un numéro de référence correspondant au dossier.

— Ça ne concerne pas une affaire de Stoddard, ai-je précisé, avant de lui exposer la situation.

Elle a retourné l'ordinateur, puis l'a ouvert.

— Il appartient à ton frère ?

— Oui, c'est le sien.

— Il va falloir que tu m'expliques ce que tu cherches, mon grand.

Elle a jeté un regard autour d'elle. Marty Masur, notre collègue psychorigide, nous a salués en passant.

— On va discuter dans ton bureau, a suggéré Dorothy. On a besoin d'être tranquilles.

— C'est vrai qu'il est foutu, a constaté Dorothy en fixant l'écran. Quelqu'un a voulu nettoyer le disque dur, mais il s'est planté. Le système d'exploitation est HS. Qu'est-ce que tu comptes en tirer ?

— Tout ce que tu pourras trouver.

— Il contient des choses si importantes ?

— Je n'en suis pas certain, mais je devine qu'il y avait là-dedans des choses suffisamment précieuses pour que mon frère ait tenté de les supprimer.

— Et pourquoi ?

— Je te l'ai déjà dit.

— Non, tu m'as seulement dit ce que tu cherchais. Tu n'as pas donné la raison.

— Et si tu faisais juste ce que je te demande ? ai-je riposté avec un brin d'humeur.

— Ça marche pas comme ça, mon cœur.

J'avais noté que son langage prenait un tour plus familier chaque fois qu'elle était contrariée, comme pour souligner son propos. Du bout de son ongle verni, elle a tapoté le creux de sa paume.

— Il n'existe pas de gadget magique capable de « déseffacer » un disque, ou de récupérer en un clin d'œil des données supprimées. C'est de la science-fiction, tu comprends ? Tu vois trop de films.

— Pas assez, en fait. Manque de temps.

— Bon. Si quelqu'un a sérieusement l'intention de nettoyer son disque, il existe des programmes ultra-performants pour ça. Ils t'écrasent tout d'un bout à l'autre. Si la personne est compétente, pas moyen de retrouver la moindre trace après. Je peux toujours essayer un logiciel d'extraction de données sur ta machine. J'aurai peut-être de la chance, mais c'est quand même mal barré.

— Fais ton possible, alors. Je n'ai pas capté un seul mot de ce que tu as dit, mais ce n'est pas grave.

— Mec, tu te fais une gloire d'être nul en informatique.

— C'est pas ça, mais on ne peut pas être bon partout.

— Tu as peut-être intérêt à apprendre.

— Ça m'ennuierait que tu perdes ton boulot.

— On en est pas encore là.

— C'est vrai. En économie, on appelle ça la loi des avantages comparatifs. Par exemple, Michael Jordan tondrait sûrement sa pelouse plus vite que n'importe qui, mais est-ce une bonne idée qu'il le fasse lui-même ? Bon, d'accord, j'arrête.

— Voilà tes premiers mots intelligents de la journée. Écoute, Nick. Si tu tiens vraiment à découvrir ce que mijotait ton frère, je pense qu'il te faut une fouille de données très sérieuse. Je me trompe ?

— Tu as tout compris, ai-je répondu en souriant.

— Et je serai rémunérée pour mes services ?

— Tout ce que tu voudras.

— Disons, un virement à six chiffres sur mon compte courant.

— Ça marche.

Dorothy s'est levée, les bras croisés.

— Mon petit Nick, je peux te dire une chose ?

— Tu crois que j'ai les moyens de t'en empêcher ?

— Certainement pas. Ne fais pas ça, Nick, c'est tout ce que j'ai à te dire.

— De quoi est-ce que tu parles ?

— Ne te mêle pas de cette affaire. Cette histoire à propos de ton frère, c'est beaucoup trop personnel. Tu t'investis trop, et ça te perturbe. Tu fais des choses que tu n'aurais pas faites en temps ordinaire. Tu perds ton recul de professionnel.

— Tu m'as déjà vu manquer de professionnalisme ?

— Des tas de fois, a-t-elle répondu après un instant de réflexion.

— Tu sais, je suis capable de gérer ça.

— Je n'en suis pas persuadée. Laisse les flics s'en occuper, c'est leur métier. N'hésite pas à leur donner un coup de main si tu en as envie, mais si tu prends tout sur tes épaules, tu finiras forcément par aller trop loin. Je me permets de te dire ça parce que je t'aime beaucoup.

— J'y suis très sensible.

— Je parle sincèrement, Nick.

— Ne te tracasse pas pour moi.

31

— Tout est réglé, déclara Noreen. La suite habituelle au Royal au Luxembourg, une réservation chez Mosconi pour les top managers du Benelux…

— La Princière.

— Pardon ?

— C'est la suite qu'il occupe au Royal quand il séjourne au Luxembourg.

— Je sais bien, rétorqua Noreen, vexée.

— Avez-vous demandé qu'on approvisionne la kitchenette en San Pellegrino ? Leur eau minérale est trop salée.

— Il n'en a pas parlé.

— Il oublie toujours jusqu'à ce qu'il arrive là-bas, et ensuite il fait un scandale.

Lauren s'aperçut à sa grande gêne qu'elle devait ressembler à une maniaque du contrôle.

— Je vais rappeler la réception, fit-elle d'un ton radouci.

— Leland est en rendez-vous avec le nouveau conseiller financier. Pour ses placements personnels, pas pour la compagnie. Sympathique, mais vilain comme tout. La nature ne lui a pas fait de cadeau.

— OK, au moins je ne serai pas surprise.

Noreen regagna enfin son poste, tandis que Lauren prenait connaissance de ses derniers mails.

Aucune nouvelle de Roger. Pourquoi en aurait-elle reçu, d'ailleurs ? Il y avait juste eu ce message dramatique, et il s'était effacé.

Nick l'avait chargée de se renseigner sur les occupations de Roger, mais elle devait admettre qu'elle redoutait de le faire. Comment pouvait-elle mener des recherches sans déclencher toute une série de sonnettes d'alarme ? La prudence s'imposait.

La porte du bureau de Leland s'ouvrit à ce moment-là, livrant passage à un homme affublé d'un complet gris informe. Il s'éloigna rapidement, et elle ne put que l'apercevoir. Un visage ingrat, des lunettes à monture d'écaille.

Leland eut un grand sourire en la voyant.

— Je ne m'attendais pas à un retour aussi rapide ! claironna-t-il avec son accent du Texas.

Avant de fonder son entreprise familiale, le père de Leland avait travaillé au Texas dans les chemins de fer. À présent, la société dégageait 10 milliards de dollars par an et supervisait des projets immobiliers dans quarante-sept pays, tout en demeurant entre les mains de la famille. Le siège était longtemps resté à Austin, jusqu'à ce que Leland prenne la pénible décision de le transférer à Washington, un centre d'affaires beaucoup plus dynamique. Il s'éloignait des puits de pétrole pour se rapprocher du gouvernement.

Lauren se leva, et Leland s'avança pour la serrer dans ses bras. Il était grand et corpulent, avec des sourcils broussailleux et des bajoues prononcées. Son teint coloré tranchait avec ses cheveux blancs, qu'il portait très courts. Au premier abord, les gens lui trouvaient un physique intimidant, et il arborait en effet une expression d'autorité que la courbe des sourcils rendait presque menaçante.

— Que je suis bête, fit-il en s'écartant brusquement. J'oubliais que vous étiez blessée, et je suis là à vous écrabouiller.

— C'est bon, Leland, je ne suis pas en sucre.

Posant les mains sur ses épaules, il la dévisagea d'un air grave.

— Du nouveau concernant Roger ?

Elle secoua la tête.

— Ils ne savent même pas s'il est vivant ?

— Non.

Il ferma les yeux un instant et lui dit avec douceur :

— Vous n'auriez pas dû venir.

— Si, j'en ai besoin.

— Vous savez que vous pouvez prendre tout le temps nécessaire, hein ? Des semaines, des mois, peu importe.

— Ça me fait du bien d'être ici.

— Je ne comprends pas le quart du boulot de Roger, mais c'est un employé précieux. Et surtout, c'est votre mari. Si je peux faire quoi que ce soit, n'hésitez pas à me le demander.

Lauren acquiesça.

— Vous partez dans une demi-heure, lui signala-t-elle. Dans vingt-cinq minutes, plus exactement.

Dans la pile de revues posées sur son bureau, elle prit les derniers numéros de *Business Week* et de

Forbes et les lui tendit. Elle ouvrit ensuite un tiroir et lui remit quelques boîtes de Métamucil.

— Vous pensez vraiment à tout, Lauren. Vous êtes adorable.

32

Des rires déchaînés résonnaient dans le bureau de Jay Stoddard. En entrant, je m'attendais à le trouver en pleine discussion avec un ancien collègue de la CIA, mais il était seul, assis devant son ordinateur. Il ne m'a lancé qu'un bref coup d'œil avant de retourner à son écran, tendant le bras gauche pour me faire signe.

— Nick, vous tombez à point nommé.

Stoddard avait revêtu un de ses plus beaux costumes sur mesure, un complet en tweed à veste croisée avec de vrais boutons aux manches, dont le dernier n'était pas attaché. Il aurait tout aussi bien pu rentrer d'un week-end avec la reine d'Angleterre. Mon père aussi portait ce genre de vêtements, dans le temps. Avant de les troquer contre le survêt orange des détenus.

— Mon Dieu, a fait Stoddard en s'étranglant de rire. Regardez-moi ça !

Je me suis avancé pour pencher la tête par-dessus le bureau. Il regardait une vidéo sur Internet. Du porno, manifestement. Ou quelque chose d'approchant. Une cohorte de femmes à la poitrine opulente, vêtues de latex, fouettaient à coups de cravache le postérieur dénudé d'un bonhomme entre deux âges. L'une d'elles cherchait des poux dans ses cheveux, et elles l'insultaient dans un allemand approximatif. Une orgie sur le thème du nazisme, de toute évidence, qui n'avait rien de bien amusant pour le gars qui se faisait frapper.

— Leur allemand est déplorable, non ? ai-je plaisanté.

— Vous reconnaissez ce type ?

— Non, ces fesses ne me rappellent rien.

Stoddard m'a alors cité le nom d'un politicien britannique très en vue.

— Il veut savoir qui a fait circuler ce film. Il essaie de saisir la justice pour qu'elle retire la vidéo du Web. Sous prétexte que c'est une atteinte à la vie privée.

— Il a été visionné un million quatre cent mille fois..., ai-je observé en me rapprochant de l'écran.

— Je sais, je sais. C'est un ancien élève d'Oxford, vous savez.

— Non. Hal...

— Brophy peut gérer ça les yeux fermés.

Brophy faisait partie des enquêteurs les plus cotés de l'agence.

— Perte de temps, me direz-vous, mais je ne vais pas refuser.

— Brophy peut éventuellement faire un topo sur ce PDG, par la même occasion...

— Non, Nick, c'est vous notre grand spécialiste. Ne me dites pas que vous avez encore des scrupules moraux ? a-t-il ajouté en passant les doigts dans ses cheveux gris.

— Non, à moins que ce ne soit une urgence. J'ai besoin de deux jours de congé.

— Ah oui ?

— Un problème familial.

Il m'a dévisagé, dans l'attente d'une explication que je n'ai pas donnée. Il était intrigué, naturellement, mais je ne lui communiquerais rien de plus que le strict nécessaire. Fixant la surface immaculée de son bureau, il a eu un petit geste de la main.

— Votre famille. D'abord votre père, et maintenant votre frère. Vous êtes sûr de ne pas être un descendant des Atrides ?

— Pardon ?

— Vous devez croire à une malédiction.

— Que savez-vous à propos de mon frère ?

Là-dessus, son téléphone a sonné, et la réceptionniste, Elizabeth, a signalé de son ton pincé qu'un correspondant désirait lui parler sur-le-champ. Je me suis levé, alors que son grand index fuselé allait appuyer sur la touche.

— Ça s'annonce mal, non ? m'a-t-il dit avant de prendre la communication.

33

La dernière remarque de Stoddard m'avait frappé comme un coup de pied dans le plexus solaire. Qu'avait-il voulu dire, exactement ? Que les chances de retrouver Roger étaient réduites, assurément. Mais que pouvait-il en savoir ? Et surtout, qui l'avait averti de sa disparition ?

Stoddard devait posséder une information que je n'avais pas. Évidemment, personne n'était mieux renseigné que lui, et il était toujours aux premières loges quand quelque chose survenait, y compris pour les ragots.

Pour une raison que j'ignorais, il tenait à me faire savoir qu'il était au courant.

Je me suis attardé quelques instants dans le couloir, envisageant de faire irruption dans le bureau, de lui arracher son téléphone et de le plaquer contre le mur en exigeant qu'il crache le morceau. Je suis rapidement revenu à la raison. Il existait des moyens plus sages de se renseigner.

L'un de ces moyens était un ancien du FBI, installé à présent dans une banlieue du Maryland. Frank Montello était un personnage louche, mais il ne manquait pas de ressources. Il se qualifiait lui-même de courtier en informations. C'était à lui que l'on s'adressait quand on avait besoin d'un numéro sur liste rouge et qu'on était trop pressé, ou qu'on manquait d'arguments, pour faire intervenir la justice. Au début, il n'existait qu'une compagnie de téléphone, mais à présent il avait multiplié les contacts chez les opérateurs de mobiles – T-Mobile, AT & T ou Verizon. Je ne le questionnais jamais sur la façon dont il dégotait ses renseignements : je préférais ne pas savoir.

J'avais contacté Frank sitôt rentré de Los Angeles, pour lui demander le nom de l'abonné au numéro fourni par Woody, à l'aéroport. Après m'avoir annoncé des tarifs faramineux, il m'avait averti que la réponse ne viendrait que dans un jour ou deux. Je lui ai repassé un coup de fil.

— Patience, l'ami, a-t-il dit de sa voix profonde et rocailleuse. Ma secrétaire était absente hier.

— Ce n'est pas pour ça que j'appelle. J'ai une autre mission.

— J'écoute.

Je lui ai dicté le numéro de Roger correspondant à l'abonnement dont les relevés étaient manquants, en le priant de me les envoyer par mail aussi vite que possible. J'étais persuadé que si mon frère avait pris la peine de les cacher, ils devaient contenir des choses intéressantes. Ou secrètes, tout au moins.

Frank a encore gonflé ses tarifs.

— Je peux pas avoir un prix de gros ?

Frank a ri de bon cœur, ce qui valait pour un refus.

Je suis sorti chercher un café, et quand j'ai regagné mon bureau, Dorothy Duval était là, carrée dans mon fauteuil, les pieds sur la table. Elle portait des talons aiguilles corail, ouverts au bout.

— Comment on fait pour obtenir un bureau pareil ? a-t-elle demandé.

— En faisant le lèche-cul.

— Dans ce cas, je peux m'estimer heureuse d'avoir un box. Tu sais, c'est ahurissant tout ce qu'on peut découvrir sur les gens, de nos jours. Je sais pas si c'est formidable ou terrifiant. Les deux, si ça se trouve.

— Tu as récupéré le disque dur ?

— Il faudra des heures pour ça, mon grand. Par contre, j'ai fait quelques fouilles de données.

— Raconte.

— Tu sais quelque chose sur les traitements médicaux de ton frère ?

— Tu es sérieuse ?

— Un infarctus, ça te dit quelque chose ?

— Comment tu as appris ça ? ai-je répliqué, épaté.

— C'est crapuleux, a-t-elle dit en riant. Toutes les grosses chaînes de pharmacie vendent leurs fichiers clients à deux ou trois compagnies. On appelle ça des réseaux de prescriptions informatisées. Soi-disant pour la sécurité des malades, mais tu vois le problème. (Elle m'a fait signe qu'il y avait de l'argent à gagner, frottant ses doigts contre son pouce.) Actuellement, tout passe par Internet.

— Excellente protection, hein ?

— Tu l'as dit. Bon, jusqu'à quel point tu veux te renseigner sur ton frère ?

— Qu'est-ce que je dois comprendre ?

— Le Viagra, par exemple.

— Il en a pris ?

Dorothy a croisé les chevilles. Ses ongles étaient peints couleur pêche.

— Je n'en demande pas autant sur la vie sexuelle de Roger et Lauren.

— Lauren n'est pas forcément concernée.

— Qu'est-ce qui te fait dire ça ?

Elle a reposé les pieds par terre avant de se pencher vers moi.

— Il y a sept mois, ton frère a réglé les frais d'un avortement.

Je l'ai regardée bouche bée.

— Je présume qu'il ne s'agissait pas de Lauren.

Dorothy a secoué la tête.

— Mais comment as-tu…

J'étais trop choqué pour en dire davantage. Moi qui me figurais que plus rien ne me surprendrait de la part de mon frère, je restais abasourdi. Mais c'était surtout de la tristesse que je ressentais. Je pensais à Lauren, à l'admiration qu'elle portait à son mari, à son amour pour lui – que je n'avais jamais compris. J'ai aussi pensé à Gabe et à ses soupçons quant à l'infidélité de son père, et je me suis demandé si les gamins étaient plus lucides que les adultes. En tant que fils unique, Gabe devait passer ses parents aux rayons X.

Pensive, Dorothy a soupiré avant de reprendre doucement :

— Tu n'ignores pas que les dossiers médicaux ne sont pas vraiment confidentiels.

— Mais un avortement… Il arrive que les gens paient en liquide pour protéger le secret, non ?

— Il y a eu des complications, apparemment. C'est comme ça que je suis tombée sur le document. La femme a été envoyée au Massachusetts General Hospital de Boston par un centre de planning familial à Brookline, dans le Massachusetts. Le nom enregistré pour l'accompagnant était celui de ton frère.

— Qui est cette femme ?

— Un drôle de nom. Candi quelque chose. Candi Dupont, a-t-elle lu dans ses notes. Le prénom s'écrit avec un i.

— Tu en sais davantage à son sujet ?

— Pas pour le moment.

— C'est son véritable nom, à ton avis ?

— Ça fait pseudo de strip-teaseuse.

— Tu peux continuer tes recherches et voir ce qui ressort des principales bases de données ? Son adresse, sa profession…

— Bien sûr, Nick. Qu'est-ce que tu t'imagines ?

— Je te remercie.

— Tu crois que sa femme est au courant ?

— Ça m'étonnerait.

— Les femmes sont toujours les dernières à l'apprendre, c'est ça ? Tu vas lui raconter ?

— Non, ai-je répondu après une brève hésitation. Je ne vois pas l'intérêt. Ça n'a aucun rapport avec ce qui lui est arrivé.

— Tu en es certain ?

— Lauren est déjà bouleversée. Il se peut qu'elle ait perdu son mari. Alors, je ne vais pas la faire souffrir davantage.

— J'ai peut-être eu tort de te communiquer cette info ?

— Mais pas du tout ! ai-je protesté, surpris de cette hypothèse. J'ai besoin de tout savoir sur mon frère. Même les choses que je me dispenserais bien de connaître.

— Nick, on ne peut jamais faire le tour d'une personne. Quelles que soient tes qualités d'enquêteur et le nombre de bases de données que tu exploreras. Tu peux fouiller tant que tu voudras, il restera toujours une part d'inconnu.

— Tu es trop intelligente pour travailler ici.

34

Quand j'étais étudiant, j'ai fait plusieurs stages d'été chez McKinsey, le grand cabinet de consulting. N'étant pas encore diplômé, je n'aurais jamais dû décrocher la place, réservée normalement aux titulaires d'un mastère en droit et commerce. L'associée qui m'avait recruté s'imaginait peut-être que Victor Heller, le financier en fuite, le fameux Prince noir de Wall Street, pourrait un jour lui être utile. Ce qui ne s'est jamais produit, bien entendu.

L'équipe dans laquelle on m'avait affecté travaillait sur un fabricant de chaussures de sport en difficulté : mon rôle consistait à interroger autant de gens que possible, afin de remettre un rapport à mes supérieurs à la fin de l'été. Ma chef semblait nettement plus intéressée par les « gardiens » et les « décisionnaires » de la boîte que par la piètre qualité de leurs tennis. J'ai même assisté à une réunion où elle s'appuyait sur moi pour démolir le directeur d'un département. J'ai argumenté en faveur de ce dernier, qui n'avait rien à se reprocher.

Au bout du compte, j'ai eu l'explication par une de mes collègues, une jolie brune sortie de Dartmouth qui était ma petite amie cet été-là. Le manager en question faisait en fait de l'obstruction : il était convaincu que les consultants dans notre genre n'étaient qu'une monumentale perte de temps, et ma chef avait résolu de le torpiller.

J'ai donc obéi aux consignes : j'ai concocté un exposé PowerPoint qui mettait en relief toutes ses erreurs, toutes ses mauvaises décisions. Peu de temps après, le bonhomme a été débarqué. Problème réglé.

C'est là que j'ai décidé que le consulting n'était pas pour moi. Cela dit, adopter au besoin les façons et le langage d'un consultant, c'était une compétence dont j'avais plusieurs fois constaté l'utilité.

J'ai appelé Lauren pour qu'un badge visiteur soit préparé à mon intention à l'accueil de Gifford Industries. D'après le formulaire, j'étais envoyé par Bain & Company, consultants en entreprise. Cela suffirait à m'assurer l'accès aux étages, où je pourrais me déplacer librement.

L'après-midi était déjà bien entamé quand je suis arrivé devant l'immeuble tape-à-l'œil qui abritait Gifford Industries. Je comptais être sur place beaucoup plus tôt, mais j'avais eu un tas de contretemps au bureau. Je ne pouvais pas abandonner comme ça les dossiers dont j'avais la charge : il fallait d'abord que je les confie à mes collègues, en les briefant sur mes progrès et sur les questions épineuses. J'avais dû également prévenir les clients concernés que je m'absentais pour quelques jours, pour des raisons familiales sur lesquelles je ne m'étais pas étendu, et leur assurer que leur dossier serait entre de bonnes mains. Et enfin, j'avais répondu à une flopée de mails, qui sont la malédiction de l'entreprise moderne. À quoi occupait-on ses journées au temps où Internet n'existait pas ?

J'étais toujours sous le coup des révélations de Dorothy. La liaison de Roger avec une autre femme, l'avortement de sa maîtresse dans la clinique où il l'avait conduite. Le fait que mon frère avait trahi son épouse, que je considérais comme la chance de sa vie. Roger n'avait rien d'un George Clooney. Cette histoire me faisait la même impression que les potins sur les stars d'Hollywood, quand j'apprenais qu'un top model avait été trompé par son mari. *Qu'est-ce qu'il te faut, mec ? Tu as épousé une des femmes les plus désirables au monde, et ça ne te suffit pas ?*

En tant que célibataire, je reconnais que je comprenais la pulsion. Quand nous étions gamins, Roger et moi avions une blague sur le magazine *Playboy*. « Tu sais quoi ? *Playboy* a sorti une édition spéciale pour les hommes mariés. La playmate du mois est la même dans tous les numéros. » Cependant, éprouver une attirance et suivre son penchant sont deux choses différentes.

Je crois qu'au fond de moi, je nourrissais l'espoir inconscient de découvrir au fil de mes recherches un aspect de mon frère que je ne connaissais pas, et qui finirait par me le faire apprécier.

Je ne m'attendais pas à exhumer des choses qui me le rendraient encore plus antipathique.

Roger faisait partie du groupe chargé des « projets spéciaux » au sein de la section développement de Gifford Industries. Ce groupe comprenait trois juristes, qui se partageaient une secrétaire. À la seule vue de leurs bureaux, on comprenait que le service des « projets spéciaux » faisait figure de ghetto à l'intérieur de la société, dissimulé au fin fond du service juridique au quatrième étage, dans une ruche de bureaux identiques dont la décoration se limitait aux notices idiotes que l'on trouve dans toutes les entreprises. Des circulaires sur les congés en retard, sur l'énergie collective et l'entretien de la kitchenette commune. Ma cravate commençait à m'étrangler.

La secrétaire, Kim Harding, était une femme timide et sérieuse, la petite cinquantaine, avec des yeux globuleux derrière d'immenses lunettes à verres teintés. Elle avait de courtes boucles châtain, et sa petite bouche pincée était soulignée d'un rouge foncé. Elle m'a fait penser à un lapin apeuré.

— Bonjour, Kim, je suis John Murray, de chez Security Compliance, ai-je annoncé en lui remettant une carte.

C'était l'une des couvertures que Stoddard fournissait à ses enquêteurs, et elle fonctionnait toujours. Il y était indiqué que le cabinet de consulting Security Compliance Partners se spécialisait dans les audits de sécurité auprès des très grosses entreprises. La carte donnait l'adresse de Stoddard, ainsi qu'un contact téléphonique que notre réceptionniste saurait traiter de manière adéquate.

Comme toutes les sociétés en affaires avec le Pentagone, Gifford Industries était tenue de subir des audits de sécurité externes ; les intervenants arpentaient les couloirs pour rencontrer les employés et vérifier si les équipements et le réseau étaient bien conformes à toutes les normes ridicules et paranoïdes que le gouvernement, dans les collaborations classées secret-défense, imposait systématiquement à ses partenaires. Kim Harding avait donc l'habitude de se montrer coopérative.

— Oui, John, a-t-elle fait en jetant un coup d'œil à la carte. En quoi puis-je vous être utile ?

— Mr Gifford nous a engagés pour examiner certaines anomalies en rapport avec un de vos collègues, Mr Roger Heller.

Elle a accusé le coup, lèvres serrées, et a levé les yeux vers moi. L'espace d'une minute, j'ai eu peur qu'elle me demande si nous n'étions pas parents, Roger et moi. Nous ne nous ressemblions plus, mais les femmes ont souvent un sens de l'observation plus aigu que les hommes, et celle-ci, qui côtoyait Roger tous les jours, risquait d'être spécialement affûtée. Elle m'a simplement répondu :

— Je me fais beaucoup de souci pour Roger. Y a-t-il du nouveau ?

— Je ne suis pas habilité à vous donner des détails, Kim, mais j'apprécierais énormément votre concours.

— Oui ?

— Bien. Commençons par le plus simple. Conservez-vous une liste des appels téléphoniques que Roger a passés ou reçus ?

Kim s'est redressée en prenant son souffle.

— Vous pouvez me poser cent fois la question, ma réponse ne variera pas.

— Quelqu'un vous a déjà sollicitée ?

— Ce matin même. Le bureau de Mr Gifford. J'ai comme l'impression qu'il n'y a aucune communication dans cette entreprise.

— Qui était la personne envoyée par Mr Gifford ?

Elle m'a scruté d'un regard perçant. Ses dents étaient tachées de rouge à lèvres.

— Noreen Purvis. La remplaçante de Lauren Heller.

— Je vois.

— Je lui ai fait la même réponse qu'à vous. (Kim m'a montré un bloc-notes.) Vous voyez, j'inscris les messages là-dessus, et je les remets aux juristes, ou bien je les dépose sur leur bureau. Je ne garde jamais de doubles. Si vous cherchez des relevés téléphoniques, adressez-vous à la compta.

— Bon, c'est un début. Désolé d'avoir abusé de votre temps. Auriez-vous l'obligeance de me conduire au bureau de Roger ? Il faut que j'examine son ordinateur.

— Vous ne vous concertez jamais, c'est ça ?

— Vous voulez dire que Noreen s'en est déjà occupée ?

— Non. Elle a juste posé la question, et je lui ai expliqué que l'ordinateur n'était plus là. Le service de sécurité l'a emporté, sur ordre direct de Mr Gifford.

À ce moment-là, est passée une femme en tailleur gris, très quelconque, avec de grosses lunettes à monture métallique. Kim lui a tendu un feuillet rose, qu'elle a pris en la remerciant. Après avoir parcouru le message, elle a froissé le papier pour le jeter à la corbeille.

— Vous vous renseignez sur Roger ? m'a-t-elle demandé avec un regard appuyé.

— En effet.

— De quoi s'agit-il ?

Je lui ai remis ma carte en lui expliquant mes fonctions, et elle m'a gratifié d'une vigoureuse poignée de main, tout à fait masculine.

— Il me semble vous connaître.

— On me dit ça très souvent, ai-je répliqué.

— Si vous voulez savoir quelque chose sur Roger, interrogez Marjorie, a lancé Kim Harding en retournant à son clavier. Marjorie sait tout à son sujet.

La dénommée Marjorie a souri en rougissant.

— Ce n'est pas vrai. À vous entendre, on croirait que nous avions une liaison.

— Je n'ai jamais dit ça, moi ! s'est récriée Kim Harding, me prenant à témoin. Mais Roger me disait toujours, si vous cherchez un renseignement sur un de mes dossiers en mon absence, allez tout droit voir Marjorie.

— Il ne faut pas exagérer, a protesté l'intéressée malgré son sourire ravi et ses joues empourprées.

— Pas de fausse modestie, a fait Kim. Comme dit toujours Roger, si Marjorie ne sait pas, elle va trouver. Ce n'est pas pour rien qu'il vous surnomme la bibliothécaire.

35

Comme Marjorie ne disposait que d'un box, nous nous sommes installés dans le bureau de Roger.

— Pourquoi tenez-vous tant à savoir sur quoi travaillait Roger ?

— C'est mon métier de me renseigner, voilà tout.

Le bureau ne correspondait pas du tout à mes attentes. J'aurais pensé y retrouver un vague souvenir du décor pompeux qu'il s'était créé à son domicile, avec des copies honorables des tableaux équestres de Stubbs et une gravure ancienne des oiseaux d'Audubon. En fait, ce n'était qu'un vulgaire cube exigu et sinistre, totalement impersonnel. Ici, pas de siège signé par un grand nom du design, juste un fauteuil qui ressemblait à une fin de série de quelque marque bas de gamme.

Il n'y avait pas d'ordinateur sur le bureau.

— Y a-t-il un rapport avec sa disparition ? s'est enquise Marjorie.

— Vous savez quelque chose à ce propos ?

— Je vous ai posé une question.

Je ne marchais pas dans ce genre de confrontation.

— Je ne fais qu'appliquer la procédure. Qu'avez-vous à nous dire, Marge ?

— C'est Marjorie, pas Marge. Si Leland Clifford vous a engagé, vous devez savoir sur quoi portait le travail de Roger.

Je me suis tu quelques instants, embarrassé par ses arguments.

— Mr Heller a signalé par mail à son épouse que si quelque chose lui arrivait, vous sauriez de quoi il s'agit.

— Vraiment ?

— Oui.

— Je peux voir ce mail ?

— Je regrette, mais c'est impossible.

— Que disait-il sur… ce qui risquait de lui arriver ?

— Je suppose qu'il vous en a parlé dans les mêmes termes.

— Vous voulez bien me répéter ce qu'il a dit ?

— C'est bien le problème. Il n'a rien ajouté de plus. Selon vous, à quoi faisait-il allusion ?

Marjorie avait un physique masculin et sans charme, des cheveux châtains coupés court et une frange raide. Pas la moindre trace de maquillage sur son visage. Même son ensemble gris ressemblait à un modèle pour homme. Tout en elle respirait le sérieux et l'intelligence, et elle était extrêmement précise dans ses gestes et dans ses mots. Elle a cligné des yeux derrière ses lunettes.

— Quoi que prétende Kim, il ne me disait pas tout.

— Il vous en a probablement révélé assez pour vous donner des inquiétudes.

Pure spéculation de ma part. Elle tirait visiblement une grande fierté de ses relations privilégiées avec Roger, qui, à voir son physique ostensiblement asexué, n'avaient sûrement rien d'érotique. Il lui accordait toute sa confiance pour la bonne raison qu'elle était diablement compétente.

— Il ne m'a pas raconté grand-chose, vous savez.

— À quel sujet ?

— Sur ce qu'il avait découvert.

Comme elle ne poursuivait pas, je lui ai demandé ce qu'il avait trouvé.

— Mr Murray, avez-vous une vague notion des activités de Mr Heller ?

— Appelez-moi John. Et non, je ne sais pas vraiment ce qu'il faisait.

Marjorie m'a alors débité un jargon d'entreprise truffé d'abrévations et de termes obscurs. Ça faisait un bout de temps que je n'avais pas subi ce genre de langage – depuis mon passage chez McKinsey, en fait.

— En d'autres termes, ai-je résumé après un petit exercice de traduction mentale, vous rachetez des sociétés.

— Dit simplement, c'est bien ça. Moi, je ne suis qu'assistante juridique auprès de Roger, mais je dois avouer que j'ai rarement vu quelqu'un d'aussi brillant. Un génie de la finance. Ici, on ne l'a jamais estimé à sa juste valeur. Quand il y a une promotion, il se fait toujours supplanter par des gens beaucoup moins doués que lui. Il mérite de diriger le service juridique, ou de devenir directeur financier. Ou au moins de se trouver à la tête de l'ensemble des fusions-acquisitions. Au lieu de ça, on croirait qu'il est pétrifié dans l'ambre.

— À quoi attribuez-vous cela ?

— Il est peut-être trop intelligent. Ça intimide les autres.

— Sérieusement ?

Elle a hoché la tête en rajustant ses lunettes.

— Roger ne cache jamais le fond de sa pensée, il ne filtre rien. En général, les gens s'entendent assez mal avec lui, ils lui reprochent de manquer d'humour. Entre nous par contre, ça fonctionne à merveille. Il attend le meilleur de la part de ses collaborateurs, et c'est ce que je lui offre. Il aspire tout simplement à la perfection, et moi…

— Et vous la lui donnez.

— Je commets rarement des erreurs. Il sait qu'il peut se reposer sur moi, a-t-elle déclaré en souriant. J'enregistre tout. Au début il me surnommait l'archiviste, et puis c'est devenu la bibliothécaire. On a toujours formé une excellente équipe.

— Vous aviez toute sa confiance.

— Je le pense, en effet.

— Que vous a-t-il dit, alors ?

Je voyais bien qu'elle se sentait plus à l'aise.

— Il m'a raconté qu'il avait découvert quelque chose dans les comptes d'une des sociétés que nous rachetons. À l'occasion de l'audit préalable. Quelque chose qu'il a qualifié de « perturbant ».

— Quoi donc ?

— Il ne l'a pas précisé, mais de son propre aveu il aurait préféré ne rien savoir. Il m'a confié qu'il craignait pour sa vie. Il était terrorisé.

— Je ne vous suis pas très bien. En quoi la découverte d'un élément « perturbant » pouvait-elle le mettre en danger ?

— Eh bien… il est évident qu'il m'a dissimulé certains épisodes. Je vous le répète, il ne me disait pas tout. Cependant, il m'a laissé comprendre qu'il leur avait signalé qu'il venait de trouver quelque chose.

— À qui ?

— À cette compagnie. Celle qui pratiquait…

— Oui ?

— Une forme de corruption, je présume.

— Mais qu'est-ce qui l'a incité à entrer en contact avec eux ?

— Roger était contrarié, incontestablement. C'est son caractère, vous savez. Il ne supporte pas de négliger les détails. Je suppose que c'est le secret de notre entente.

J'ai été tenté de répliquer, mais je me suis fait violence pour ravaler mes commentaires.

— Vous comprenez, il est le fils de Victor Heller. Le financier en fuite, ça vous dit quelque chose ? Je ne sais plus s'il est toujours en prison, ou s'il est décédé. J'ai la nette impression que les délits commis par son père influaient fortement sur la conduite de Roger. C'est juste mon point de vue, puisque Roger n'abordait jamais ce sujet. Un jour où nous nous rendions à Dulles, j'ai pris mon courage à deux mains et j'ai orienté la discussion sur son père. J'estimais qu'après tout ce temps passé à travailler avec lui, je pouvais me permettre d'en parler. Il m'a répondu que son père était un individu remarquable et incompris, qui n'aurait jamais dû finir derrière les barreaux. Le ton de sa voix m'a dissuadée d'insister, et j'ai préféré changer de conversation. Plus tard, j'ai réalisé que je n'avais pas bien saisi le sens de ses propos. Que voulait-il dire exactement ? Que son père avait eu tort d'enfreindre la loi ? Ou qu'on n'aurait pas dû l'incarcérer, quoi qu'il ait fait ? J'ai toujours eu un doute, mais je n'ai pas osé l'interroger.

Je ne savais plus quoi ajouter.

— Une autre fois, il a repéré sur le bilan d'une société des entités à détenteurs de droits variables, quelque chose de très retors… Il a déclaré sur le ton de la boutade qu'en période de croissance, on appelait ça « ingénierie financière », alors que ça devenait de la fraude en cas de récession. Je n'ai jamais su comment interpréter la remarque.

Moi-même, j'étais désorienté.

— Vous vous demandez si c'était une critique ou une approbation ?

— Je ne suis même pas sûre de mes propres paroles, a-t-elle admis après un long silence.

— Quoi qu'il en soit, il a eu une réaction très morale face à ce qu'il a découvert. Comment s'appelait cette compagnie, déjà ?

Le silence de Marjorie s'est prolongé.

— Il m'est impossible de vous répondre.

— C'est d'une importance capitale.

— Je comprends, mais il y a des noms de sociétés que je ne suis pas en droit de divulguer.

— Elle a donc fait récemment l'objet d'un rachat de la part de Gifford Industries.

— Je ne peux pas vous le dire.

— Ça ne m'avance pas tellement.

— Je le sais bien. Veuillez m'excuser, mais je suis bien obligée de me plier au règlement.

Il arrive que le silence soit l'arme la plus efficace dans l'arsenal d'un enquêteur. C'est en tout cas celle que j'ai choisie en la circonstance, mais j'ai vite constaté qu'elle avait manqué sa cible. Marjorie a regardé autour d'elle, puis elle a conclu à mi-voix :

— Tout ce que je peux vous dire, c'est que Roger était terrifié.

— Je vois.

— Vous savez, vous me rappelez vraiment quelqu'un.

36

Je ne suis arrivé à Georgetown qu'en milieu d'après-midi. J'ai fait un créneau pour me garer sur Water Street, le long d'une barrière métallique. L'intersection avec K Street se trouvait un peu plus bas. À cet endroit, les rives de la Potomac n'avaient vraiment rien d'idyllique. Ni cerisiers en fleur ni monument rutilant à la gloire de Jefferson, mais de gros monticules de terre et des toilettes de chantier. La municipalité œuvrait depuis des années à remplacer par des espaces verts la friche industrielle qui gâchait les berges du fleuve. L'ancien incinérateur avait cédé la place à un hôtel Ritz-Carlton, et un parc serait peut-être aménagé un jour. Pour l'instant, ce n'était qu'un chaos envahi d'ordures et de mauvaises herbes dans l'ombre de la Whitehurst Freeway. Un des grands désastres de l'urbanisme.

Mon portable m'a signalé un message par quatre bips aigus. C'était une notification du traceur GPS que Merlin avait envoyé par FedEx à EasyOffice, la boîte aux lettres de Traverse à Arlington. L'émetteur venait d'arriver à destination. Le message me renvoyait sur une carte de Google Earth, où un point rouge clignotait pour m'indiquer la position. Ça ne m'aidait pas beaucoup, puisque j'avais déjà cette adresse.

J'ai emprunté la passerelle qui menait à Cady's Alley, et je me suis dirigé vers le restaurant où Lauren et Roger avaient dîné ensemble pour la dernière fois. Un japonais du nom d'Oji-San, sur la 33e rue. J'ai ensuite refait le chemin en sens inverse. Cady's Alley, la passerelle, puis Water Street, où leur voiture était garée ce soir-là.

Je me suis accordé quelques minutes de réflexion. Un Humvee noir est passé près de moi. En Irak, nous utilisions comme véhicules tactiques des Humvee équipés pour le combat, mais je n'ai jamais compris l'intérêt d'en conduire un en pleine ville. Les tirs de roquettes sont plutôt exceptionnels à Georgetown.

Lauren m'avait raconté que la soirée était pluvieuse, les places de stationnement devaient donc être rares. Le restaurant ne disposait pas d'un service voiturier, mais il y avait un parking à proximité. Dans ce cas, pourquoi Roger s'était-il embêté à descendre au pied de la colline ?

Roger n'était pas près de ses sous. On ne peut pas avoir grandi dans notre demeure de Bedford et courir après les ristournes. On risque tout au plus de traiter l'argent avec désinvolture, ayant fait l'expérience de ses pouvoirs et de ses limites. Contrairement à moi, Roger partageait cependant avec Victor une obsession malsaine de la richesse. Il aimait parader, conduire des voitures hors de prix, exhiber une cuisine luxueuse. Sûrement pas le genre à laisser tranquillement sa Mercedes Classe A dans une rue sordide comme Water Street, sous les entrailles de l'autoroute, au milieu des sans-abri et des bouteilles cassées, ni à s'imposer une longue marche sous la pluie.

Quelque chose m'échappait.

J'ai repensé aux paroles qu'il avait prononcées le soir de l'agression : « Pourquoi elle ? » Et pas « Pourquoi ? », ou « Laissez-la ! » Comme s'il sous-entendait : « Pourquoi vous en prendre à elle, alors que c'est à moi que vous en voulez ? »

J'ai consulté ma montre avant de prendre la direction de Key Bridge, toujours absorbé dans mes réflexions. J'aimais bien ce pont, le rythme de ses cinq arches de pierre. Par une ironie du sort, ils lui avaient donné le nom de Francis Scott Key, l'auteur de l'hymne *Star Spangled Banner*, mais on avait dû démolir la maison de ce dernier pour construire le pont.

Il m'a fallu six minutes pour atteindre le distributeur où Roger avait effectué son retrait. C'était une de ces machines qui fonctionnent vingt-quatre heures sur vingt-quatre, encastrées dans un mur près d'une station-service. À l'extérieur, donc, et exposée aux regards. Quelqu'un était en train de retirer de l'argent, une femme corpulente vêtue de noir, dont les cheveux blond platine se dressaient comme une crête. À voir ses mèches orange et bleues, on se demandait si elle la jouait punk ou se rendait à un bal masqué. Inquiète de me voir si près, elle m'a décoché un regard furibond.

Reculant légèrement, j'ai patienté en observant les alentours. La station-service était un de ces établissements anonymes, ouverts sans interruption, qui faisaient de la publicité pour des gâteaux et des boissons fraîches. On y vendait des cigarettes, du papier à rouler et des billets de loterie. Les pompes à essence étaient en libre service.

J'ai revu passer un Humvee. Le même que tout à l'heure ? J'ai noté le numéro d'immatriculation, au cas où quelqu'un me surveillerait.

D'après mes suppositions, Roger avait été poussé dans un véhicule sur les lieux de l'agression et conduit jusqu'au guichet automatique. Pour une raison que j'ignorais. De l'endroit où je me tenais, je distinguais l'accès au Key Bridge, qui traversait le Potomac en direction des différentes autoroutes de la ville. Un point où l'on s'arrêtait facilement quand on quittait le centre.

La bonne femme s'éternisait devant la machine. Tandis que je me rapprochais, mes semelles ont fait crisser ces espèces de gravillons que l'on répand pour absorber les fuites de carburant. La femme s'est retournée avec un regard furieux, et elle s'est emparée de sa carte et de ses billets avant de s'éloigner vivement.

Le mur de briques était recouvert de graffitis. Je pense que c'était l'arrière du Georgetown Car Barn, un bâtiment où l'on parquait au XIXe siècle les voitures des trolleys. On avait dû le reconvertir en bureaux ou en appartements.

La lentille d'une caméra brillait au-dessus du clavier du distributeur. C'était celle qui avait filmé Roger et le type qui l'escortait avec une arme. Me retournant brusquement, j'ai avisé une vieille Honda qui se rangeait contre une pompe à essence. À supposer que le, ou les ravisseurs de Roger aient débouché de

Water Street, ils venaient très probablement de M Street. À partir de là, ils avaient peut-être traversé le pont, mais il se pouvait tout aussi bien qu'ils aient pris la Whitehurst Freeway. Tournant la tête, j'ai repéré quelque chose au-dessus de l'entrée de l'épicerie. Une autre caméra de surveillance. Un de ces modèles intempérisés fixés à la façade au bout d'un bras métallique. L'objectif était braqué sur le distributeur.

37

À l'intérieur de la station-service, le caissier était retranché derrière sa vitre en verre renforcé, occupé à changer le rouleau de papier de sa caisse enregistreuse. C'était un petit brun trapu à la peau sombre, d'une cinquantaine d'années. Sans doute un Indien ou un Pakistanais. Il arborait des lunettes à monture métallique et une expression renfrognée et sérieuse. Notant qu'il portait une cravate, j'en ai déduit qu'il était peut-être le propriétaire, et non un simple employé. Le badge épinglé sur sa chemise blanche indiquait Mr YOUNIS.

Mr Younis. Ce type-là voulait qu'on le traite avec respect.

— Excusez-moi, Mr Younis.

Il m'a fusillé d'un regard suspicieux.

— Oui ?

— J'aurais besoin de votre aide, ai-je dit d'un ton dégagé. Il y a quelques jours, je me suis fait agresser devant ce guichet automatique. Deux voyous m'ont volé mon argent liquide et mon portefeuille.

— Je suis pas au courant, a-t-il marmonné en retournant à sa caisse.

Bon. Il avait peur de se retrouver embringué dans un délit qui ne le concernait pas, sous prétexte qu'il avait eu lieu sur sa propriété. Ce qui n'était peut-être pas exact, d'ailleurs. Le distributeur appartenait à la Wachovia Bank, et le mur de briques faisait partie de l'ancien dépôt de trolleys, qui avait sûrement été racheté par l'université de Georgetown, propriétaire d'un bon paquet d'immeubles dans le secteur. Dans ce cas, pourquoi avait-il orienté sa propre caméra dans cette direction ?

À cause des graffitis, probablement. Des gamins armés de bombes de peinture, qui défiguraient le mur qu'il avait sous les yeux chaque jour. Ce qui le mettait au bord de la crise d'apoplexie.

— Les flics restent les bras croisés, comme ça ils font tout ce qu'ils veulent.

Younis a bougonné tout en bataillant avec son rouleau de papier. J'ai continué sur ma lancée :

— Vous savez ce qu'ils vous répondent, les flics ? De laisser tomber, c'est tout.

— Ils s'en fichent royalement. La criminalité n'arrête pas de grimper dans cette ville, et ils sont pas foutus de bouger leur gros cul.

Il a secoué la tête tout en refermant le boîtier de la caisse enregistreuse, et son visage s'est rembruni.

— C'est une honte, a-t-il déclaré.

Un homme qui installait de lui-même un système de sécurité aussi élaboré ne devait pas avoir grande confiance dans les forces de l'ordre. Et je devinais chez lui une bonne dose de rancœur refoulée. Très facile à manipuler, donc.

— Ces voyous, ils font la loi dans ce quartier, ai-je continué. Ils savent qu'ils risquent rien, alors ils se gênent pas. Regardez ces graffitis, tenez.

Dans le cerveau du bonhomme, un petit rouage de colère s'est enclenché et il a levé les yeux vers moi.

— Ces vandales, ils se prennent pour des artistes, en plus, avec leurs tags. Et la police me raconte qu'ils peuvent rien faire s'ils ont pas de preuves. Du coup, j'ai mis des caméras.

— Mais ça ne suffit pas à les arrêter ?

— Non, rien n'y fait. (Et il a ajouté en croisant les bras :) Un des flics a même prétendu que ces tags, c'était de la liberté d'expression.

— Facile à dire. Ils sont pas obligés de vivre avec.

— C'est un scandale !

— Il m'a l'air formidable, votre système de sécurité. Haute résolution, infrarouges…

— Ouais, mais il me sert à rien. J'ai balancé des milliers de dollars, et j'ai toujours droit aux taggers.

— Bon Dieu, ce serait trop beau si vos caméras avaient pris des images de mon agression. Si ça se trouve, c'est les mêmes types qui font des graffitis sur votre mur. Avec ça, on verra bien si les flics continuent à s'esquiver.

Il m'a observé quelques instants.

— Vous savez vous servir d'un enregistreur numérique ? Moi, je peux pas bouger de la caisse.

Mr Younis entreposait son matériel de sécurité dans un placard à fournitures, à côté de la réserve de bières. Sur une étagère métallique était posé le boîtier rectangulaire d'un enregistreur bon marché à huit canaux. Les vidéos étaient stockées sur le disque dur d'un ordinateur. Un petit écran couleur bas de gamme surmontait la machine. Younis m'a montré comment chercher par date et par heure, avant de regagner sa cage en Plexiglas pour servir deux étudiants qui voulaient des Marlboro et un pack de Budweiser.

Le réduit était trop peu profond pour que je puisse vraiment y entrer. Au bout de cinq minutes, j'avais trouvé le film de la soirée qui m'intéressait. J'ai appuyé sur le bouton de lecture. L'enregistreur était programmé sur une image toutes les deux secondes, jusqu'à ce qu'un mouvement soit détecté. À partir de là, la vitesse d'enregistrement passait à trente images par seconde. Des voitures entraient dans le champ et faisaient leur manœuvre. Des gens s'arrêtaient au distributeur, seuls ou accompagnés, et leurs mouvements saccadés prenaient bientôt un rythme plus normal. J'ai fait avance rapide jusqu'à 23 heures.

À 23 h 06, un minivan blanc est apparu à l'image et s'est arrêté contre le mur à quelques mètres de la machine. Un type baraqué, vêtu d'un sweat à capuche gris, est descendu du siège conducteur en claquant la portière et a contourné le véhicule pour aller côté passager. Je n'aurais pas pu le jurer, mais il me semblait qu'il tenait un revolver dans sa main gauche. Il s'est tourné légèrement, et j'ai pu apercevoir ses traits : la quarantaine, une figure épaisse, une moustache. De la main droite, il a déverrouillé la portière du passager et l'a ouverte après avoir rempoché ses clés et changé son arme de main.

Et Roger est descendu.

Le bonhomme a légèrement levé son arme et l'a brandie vers lui. Roger a hoché la tête avec une expression de panique. Son costume était chiffonné, sa cravate démise. L'homme à la capuche l'a empoigné de la main gauche, et tous deux ont fait le tour du van par l'arrière. Ils se sont arrêtés quelques secondes.

— Hé !

J'ai découvert en levant les yeux un gamin tatoué, avec un piercing dans le nez.

— Le Zig-Zag, a-t-il demandé.

— Quoi ?

Ses oreilles aussi étaient percées de plugs d'un bon centimètre de diamètre, et je me suis demandé ce que ça donnerait quand il serait vieux, ces grands trous distendus dans les lobes et les narines.

— Ben il est passé où, le papier à rouler ?

— Qu'est-ce que j'en sais, moi ? ai-je aboyé d'un air assez féroce pour le faire déguerpir.

Sur l'écran, le costaud en sweat gris s'est avancé pour parler à Roger, et cette fois la caméra l'a pris de face.

Je ne le connaissais pas, mais il avait un physique très typé. Le front néanderthalien, les orbites profondes, les traits simiesques. Des gars comme lui, j'en avais croisé des dizaines quand je m'entraînais pour les Forces spéciales, et ils étaient lessivés avant la fin. Des gros musclés débiles qui surestiment leurs compétences et finissent comme vigiles dans les centres commerciaux.

J'ai fait un arrêt sur image et j'ai zoomé pour obtenir un plan satisfaisant de son visage, avant de tenter un copier-coller. Pas trop mal pour un nul en informatique. J'ai déplacé le curseur pour que l'arrière du minivan se trouve au centre de l'image. Un modèle

Super Duty de chez Ford, relativement récent et extrêmement courant.

J'ai refait un zoom avant et une capture d'image. Le ravisseur prenait bien soin de ne pas exposer sa figure à l'objectif, mais il n'était pas assez futé pour se rendre compte qu'une autre caméra était en train d'enregistrer une image très nette de son visage. Et le numéro de son véhicule, par la même occasion.

38

J'aurais sûrement pu charger un collègue de chez Stoddard de lancer une recherche sur la plaque minéralogique, mais, en vertu d'une loi imbécile, l'État de Virginie ne mettait pas en ligne son fichier d'immatriculation des véhicules à moteur. Je n'avais aucune envie de réclamer un service au bureau, surtout en sachant que Stoddard m'avait à l'œil.

En revanche, Arthur Garvin s'est fait un plaisir de remonter la piste : je venais quand même de réussir une avancée significative dans une affaire qui le déroutait depuis le début. Tout en regagnant ma voiture, je lui ai donné le numéro par téléphone en précisant que, dès mon retour au bureau, je lui transmettrais par mail les images de l'agresseur de Roger. Il a promis de faire le nécessaire, même si ça devait prendre un jour ou deux.

J'avais rejoint ma Defender quand mon portable m'a signalé un autre texto. Une nouvelle localisation du traceur GPS enfermé dans l'enveloppe. Il se trouvait maintenant à Falls Church, en Virginie, à une dizaine de kilomètres de la boîte aux lettres d'Arlington. Quelque part sur Leesburg Pike. Le paquet avait donc été déplacé. Quelqu'un l'avait récupéré pour le transporter ailleurs.

Je jonglais avec mon mobile, mon Blackberry, que je n'aimais pas utiliser comme téléphone, et une copie sur disque des vidéos de Mr Younis, qu'il avait rangée dans un vieux boîtier de CD. J'ai étalé le tout sur le capot de la Defender, qui faisait office de bureau mobile. En cliquant sur Google Earth, je me suis rendu compte que le point rouge sur l'écran du Blackberry désignait un grand immeuble de bureaux en forme de V.

Gagné. Enfin, peut-être… Je savais tout au moins que le paquet livré à Arlington avait été transféré à Falls Church, et c'était déjà un succès. Peut-être que ça ne mènerait nulle part, mais je n'en aurais la certitude qu'en allant vérifier sur place. J'ai rangé mon matériel et pêché mes clés dans ma poche, le DVD dans la main gauche.

La Defender n'a rien d'un véhicule moderne. Aucune fonction n'est automatisée et il faut ouvrir la portière avec sa clé, comme dans le bon vieux temps. J'ai réagi une seconde trop tard en entendant un raclement contre le trottoir. J'ai fait un geste pour me retourner, mais tout à coup mon visage a heurté violemment la vitre de la voiture et quelqu'un m'a arraché le DVD. Déséquilibré par le choc et la douleur, j'ai chancelé quelques instants, mains tendues en avant. Par miracle, la glace ne s'était pas brisée, ce qui n'était pas forcément le cas de mon nez. Fou de rage, je me suis lancé aux trousses de l'assaillant, qui avait déjà pris une bonne avance. Un Humvee noir est arrivé en trombe et a ralenti une seconde, le temps que le type bondisse sur le siège passager.

Un coup d'œil à la plaque m'a confirmé qu'il s'agissait bien du Humvee que j'avais déjà croisé deux fois. Je ne suis pas un champion de course à pied, mais la colère et l'adrénaline aidant, j'ai réussi à me rapprocher suffisamment pour abattre mon poing sur l'aile gauche du véhicule, juste avant qu'il ne disparaisse au bout de la rue.

Mon agresseur était bien plus grand que la moyenne et pourvu d'une carrure de lutteur gavé de stéroïdes. Il était coiffé un peu comme un marine. Ses cheveux étaient rasés, à l'exception d'une crête de Mohawk sur le dessus du crâne, un peu le style de De Niro à la fin de *Taxi Driver*.

J'ai palpé l'arête de mon nez. Il n'était pas fracturé, et malgré ma lèvre fendue, je n'avais pas de dent cassée. J'avais quand même le goût du sang sur la langue.

J'ai sorti mon mobile pour lancer un rappel automatique, et j'ai déclaré lorsque Garvin a décroché :

— J'ai encore une plaque à vous soumettre.

39

Le Dean & Deluca de M Street, à Georgetown, vendait d'excellents cookies aux pépites de chocolat. J'en ai acheté une douzaine et j'ai prié la vendeuse de me les emballer dans une boîte sans étiquette. Le paquet installé sur le siège passager, je me suis dirigé vers le parking du Mémorial George Washington, enveloppé par le délicieux parfum des gâteaux tout juste sortis du four.

Une demi-heure plus tard, je quittais Leesburg Pike pour m'engager dans l'allée en demi-cercle qui menait à un bâtiment moderne d'une dizaine d'étages, en forme de V. Sa façade en verre bleuté reflétait le ciel si fidèlement qu'elle semblait presque impalpable. L'immeuble s'appelait le Centre d'affaires Skyview, et manifestement plusieurs entreprises se le partageaient. Comme beaucoup d'immeubles de bureaux dans la région, il disposait d'un parking souterrain, mais j'ai préféré me garer à quelques blocs de distance, devant l'hôtel Doubletree, et finir le trajet à pied avec ma boîte de cookies.

N'ayant pas eu de notification du traceur GPS depuis un bon moment, j'ai sorti mon téléphone pour ouvrir mon dernier message, puis j'ai cliqué sur la carte. Le point rouge avait disparu, ce qui voulait dire que la transmission avait été interrompue. Selon toute vraisemblance, quelqu'un avait découvert la puce et l'avait désactivée.

Dans le hall d'entrée, je me suis arrêté devant un grand panneau lumineux qui indiquait le plan de l'immeuble en caractères blancs sur fond noir. Les locataires étaient nombreux, il s'agissait principalement de petites et moyennes entreprises – professions paramédicales, conseillers financiers, cabinets d'expertise comptable, une foule d'avocats et quelques satellites d'entités gouvernementales. J'ai aussi noté plusieurs sociétés au nom sibyllin, tels que Aegis Partners ou Orion Strategy, qui devaient être impliquées dans le lobbying ou dans la défense.

Aucune trace, en revanche, de Traverse Development ou de quoi que ce soit qui s'en rapproche. Cela dit, je n'étais pas tellement surpris qu'ils ne figurent pas sur la liste des locataires de l'immeuble. Pourtant, une des sociétés établies ici avait forcément un rapport avec eux.

Le vigile, installé derrière un comptoir de granit en demi-lune au milieu du hall, m'a interpellé en voyant que je consultais le panneau :

— Je peux vous aider, monsieur ?

L'employé approchait de la soixantaine, et il avait des orbites profondes, un front bombé, de grandes oreilles et un crâne chauve et luisant.

— Oui. Est-ce que vous pourriez me remettre une liste de tous les occupants de l'immeuble ?

— Je regrette, monsieur, mais c'est impossible. La direction m'autorise pas à faire ça.

— Et le règlement, c'est le règlement. En fait, ma femme projette d'ouvrir une pâtisserie pour vendre des cookies au chocolat, ai-je expliqué en montrant ma boîte. Et moi, je me charge du marketing, vu qu'elle ne me supporte pas en cuisine.

Nous avons échangé un sourire, et je lui ai servi mon boniment :

— Notre idée, c'est d'offrir une boîte à chaque entreprise, vous voyez ? Pour se faire de la publicité. Tenez, ai-je ajouté en lui tendant le paquet, ceux-ci sont pour vous. Goûtez-en un, et vous m'en donnerez des nouvelles.

Il a marqué une hésitation.

— Allez-y, essayez, vous verrez que vous vous resservirez.

Il a tiré sur les rabats de la boîte pour y prendre un biscuit, dont il a mordu un gros morceau.

— Mmm, a-t-il fait, ils sont à la fois croquants et fondants. Elle y met du chocolat noir ?

— Oui, et que de la meilleure qualité.

— Hé, mais c'est qu'ils sont fameux, ces cookies, a-t-il déclaré en prenant une autre bouchée.

— Merci du compliment.

Il a sorti de son tiroir une liasse de feuillets agrafés.

— Tenez, a-t-il dit en me faisant un clin d'œil. Mais surtout, n'en parlez à personne.

— C'est compris.

Il m'a dévisagé, portant une main à son nez et à sa bouche.

— C'est votre femme qui vous a cogné comme ça ?

Tout d'abord je n'ai pas saisi, puis j'ai réalisé que mon nez tuméfié et ma lèvre fendue ne devaient pas être jolis à voir.

— Ouais, ai-je répondu. Je lui ai suggéré de remplacer le beurre par de la margarine. Je peux vous dire que j'ai retenu la leçon. Depuis, je m'en tiens au marketing.

Au lieu de retourner à l'agence, je me suis arrêté dans un bureau FedEx/Kinko pour faxer à Dorothy la liste des occupants de l'immeuble. Par souci de discrétion, je l'ai dirigée vers sa ligne E-Fax personnelle, où elle pourrait le récupérer sans que quelqu'un de chez Stoddard risque de tomber dessus. J'en ai profité pour consulter mon courrier. Frank Montello, mon courtier en informations, m'avait laissé un message. Que des lettres capitales, comme d'habitude, comme s'il expédiait un télégramme par Western Union.

> CI-JOINTS RELEVÉS TÉLÉPHONIQUES DE VOTRE FRÈRE. FICHIER VOLUMINEUX. CONTINUE MES RECHERCHES SUR AUTRE MOBILE. SÛREMENT DU NOUVEAU D'ICI DEMAIN. FACTURE CI-JOINTE, RÉGLABLE SOUS DIX JOURS.

Il n'avait toujours pas identifié le titulaire du numéro que Woody m'avait donné à l'aéroport de Los Angeles. En revanche, il avait réussi à mettre la main sur les factures manquantes du portable de Roger, dont le relevé détaillé couvrait des dizaines de pages. Pour plus de commodité, j'en ai imprimé une copie au lieu de les lire sur mon Blackberry, et je me suis installé dans ma voiture pour les éplucher. Au milieu de tout ce fatras de chiffres, quelque chose m'a brusquement sauté aux yeux.

Cinq communications en PCV correspondant à un numéro dans l'État de New York, à Altamont. L'indicatif était 518, et l'opérateur GlobalTelLink. Les appels provenaient du centre de détention d'Altamont. Victor Heller, naturellement.

Cela faisait des années que je n'avais pas parlé à mon père, alors que Roger avait eu cinq conversations avec lui au cours du mois écoulé.

Mon père avait toujours eu de bons rapports avec mon frère, bien meilleurs qu'avec moi, et j'avais toujours attribué leur entente à une similitude de caractère. Mais tout de même, comment expliquer ces cinq coups de fil sur une période aussi brève ?

J'ai parcouru attentivement les relevés de l'année passée, et je n'ai trouvé qu'un autre appel de Victor, datant de onze mois en arrière. Sur les six appels effectués au cours de l'année, cinq étaient regroupés sur les quatre dernières semaines. Juste avant la disparition de Roger.

Je ne croyais pas à une coïncidence.

40

Après un crochet par la station-service de Mr Younis pour refaire une copie de la vidéo volée, je suis retourné chez Lauren. Elle était rentrée, et Gabe aussi. La Lexus était garée dans l'allée, et la lumière était allumée dans la chambre de Gabe. Quand j'ai ouvert la porte d'entrée, l'alarme ne s'est pas mise en marche. Ils l'avaient désactivée.

Ça ne me plaisait pas du tout. J'avais bien précisé à Lauren que lorsqu'ils rentraient à la maison, ils devaient brancher le programme de nuit, qui déclencherait une sonnerie en cas d'effraction. Je me suis donc mis à sa recherche pour lui expliquer le fonctionnement du système.

Je ne l'ai trouvée ni à la cuisine, ni devant la télévision. Elle n'était pas non plus devant son ordinateur, dans l'alcôve qui lui servait de bureau. Alerté par des éclats de voix à l'étage, je me suis dirigé vers l'escalier.

La mère et le fils étaient en pleine dispute. Arrêté à mi-escalier, j'ai entendu Gabe crier d'une voix fêlée :

— T'en sais rien ! Rien du tout !

— Écoute-moi, je te dis ! a ordonné Lauren. Il va revenir. Je te le promets ! Ils finiront par le retrouver.

— Au bout de tout ce temps ? Il est mort, t'as pas compris ? Pourquoi tu continues à faire semblant ?

— Non, Gabriel, il n'est pas mort ! Il faut que tu restes optimiste, que tu y croies. Ton père n'est pas mort !

J'ai préféré m'éclipser : cette discussion me faisait trop de peine, et en plus je ne voulais pas m'immiscer dans un moment aussi intime.

Je suis resté quelques minutes devant la télé, zappant de chaîne en chaîne sans m'intéresser à quoi que ce soit. Une porte a claqué, un pas pesant a retenti, et Lauren a fait son entrée.

— Ce gamin, je jure que…

Elle a coupé court en voyant mon visage.

— Nick, qu'est-ce qui t'est arrivé ?

Je me suis borné à hausser les épaules.

— Qui est-ce qui t'a fait ça ?

— C'est moins grave qu'il n'y paraît, ai-je répliqué avec un sourire.

— D'accord, je saisis l'allusion, mais enfin, qu'est-ce qui s'est passé ?

— Lauren, je viens de surprendre ta conversation avec Gabe.

— Tu appelles ça une conversation ? a fait Lauren en s'asseyant au bout du canapé. « Hurlements » serait un mot plus adapté. Il sait très bien comment me faire sortir de mes gonds.

— Pourquoi lui as-tu demandé de garder confiance ? À quoi bon lui assurer que Roger est toujours en vie ?

— Tu veux savoir pourquoi ? a-t-elle répliqué, le regard étincelant. Tu imagines ce qu'on peut ressentir, quand son père disparaît du jour au lendemain ?

Elle a mesuré sa bévue en voyant l'expression de mon visage.

— Oui, j'imagine très bien.

— Comment ai-je pu ne pas faire le rapprochement ?

— Tu trouves que la situation est la même ? Mon père a quitté la maison en pleine nuit, et notre mère nous a expliqué qu'il était en fuite. Nous savions qu'il se cachait quelque part, à l'abri des autorités.

— C'est peut-être aussi le cas de Roger, a suggéré Lauren. J'ai envie de croire qu'il s'est produit quelque chose comme ça.

— Je n'en ai pas l'impression, ai-je objecté, avant de lui décrire le film que j'avais visionné, et qui ressemblait beaucoup à un enlèvement.

Je lui ai parlé de la camionnette, de l'arme à feu. Sous le choc, elle a fermé les yeux quelques instants.

— Je peux le voir ? Tu en as une copie ?

— J'en avais une, mais on me l'a arrachée. C'est comme ça que j'ai récolté ceci, ai-je ajouté en désignant mes meurtrissures. Du coup, j'en ai fait une nouvelle.

Devant les images qui défilaient sur son écran d'ordinateur, Lauren a réagi comme je m'y attendais : la stupéfaction, puis l'incrédulité, suivies d'un immense soulagement. Elle restait tout de même perplexe. Que fallait-il comprendre ? Roger n'avait pas succombé à l'agression, mais on l'avait kidnappé. Qui avait pu faire ça, et dans quel but ?

— On sait au moins qu'il est en vie, a-t-elle conclu.

— Peut-être, ai-je nuancé prudemment. Ce qui est certain, c'est qu'il a survécu à l'attaque. Pour le reste…

— Il est en vie, a insisté Lauren. Ces gens le retiennent en captivité.

— Ça se peut.

— Qui t'a blessé ?

— Sûrement les ravisseurs de Roger.

— Mais qui sont-ils ?

— Tu seras la première avertie quand je l'aurai découvert.

Elle a hoché la tête, les lèvres pincées.

— Nick, tu t'es débrouillé pour t'introduire chez Gifford Industries, non ?

— C'est vrai. Et figure-toi que j'ai rencontré la bibliothécaire.

— La quoi ?

— Rappelle-toi, dans son mail, Roger te demandait de dire au revoir à la bibliothécaire. Il se trouve que c'est le surnom d'une de ses collègues juristes, du nom de…

— Marjorie quelque chose. Tu as raison. Ça m'était sorti de l'esprit. Qu'est-ce qu'elle t'a dit ?

Je lui ai fait part de son attitude protectrice envers Roger, de ses réticences à divulguer des détails, au-delà du fait que Roger était tombé sur un élément « perturbant » dans les registres d'une société qu'ils projetaient de racheter.

— Il sera assez facile d'identifier la société concernée. Le trimestre dernier, nous n'avons fait qu'une seule acquisition, un producteur d'énergie brésilien.

— Elle n'a pas précisé si Gifford avait conclu l'achat, ou s'ils envisageaient simplement de le faire.

— Tu crois qu'elle dissimule quelque chose ?

— Non, il ne m'a pas semblé. (J'ai repris après un bref silence :) Je suis allé faire un tour à Georgetown, et je suis passé par le chemin que vous avez pris le soir de l'agression. Quelque chose me préoccupe.

— Oui ?

— Roger s'était garé sur Water Street, ce qui faisait une sacrée trotte jusqu'au restaurant. Bizarre, non ?

— Qu'est-ce qui te gêne ? Oji-San ne propose pas de service voiturier.

— D'accord, mais il existe des parkings nettement moins éloignés. D'autant plus qu'il pleuvait, ce qui n'incite pas à marcher.

— Je n'y avais jamais réfléchi…

— Ça ne t'a pas semblé curieux ?

— Pas plus que ça. Où veux-tu en venir ?

— Je n'ai pas de théorie, ça me paraît juste illogique.

— Illogique ? Ce n'était pas la première fois que Roger stationnait là-bas. C'est gratuit, et l'accès est facile. Je ne vois pas où est le problème.

— Bon.

— Tu penses qu'il se serait garé là pour quelque sinistre raison ?

— Pas nécessairement.

— Et alors ?

— Je me demande, ai-je répondu en pesant mes mots, à quel point tu le connais.

— Roger ? Mais qu'est-ce que tu insinues ? Si tu as quelque chose en tête, exprime-toi clairement.

J'ai marqué une petite hésitation avant de me jeter à l'eau :

— Est-ce que tu savais que Roger voyait une autre femme ? ai-je demandé doucement.

— Tais-toi.

— Tu le savais ?

— Arrête, je te dis.

— Tu ne t'en doutais pas ?

— Ce n'est pas vrai. Tu prêtes foi aux idées tordues de Gabe, maintenant ?

— Je ne te demande pas si c'est la vérité, mais si tu étais au courant.

— Ça suffit, Nick.

Je me suis levé pour aller fermer les portes du salon.

— Que sais-tu à propos de Candi Dupont ?

— Du pont ? a répété Lauren en clignant les yeux.

— Candi Dupont. C'est le nom d'une femme. Dupont en un seul mot. Il s'agit de la maîtresse de Roger.

Lauren s'est empourprée comme si on venait de la gifler, et elle a de nouveau fermé les yeux.

— Il y a sept mois de ça…

— Je refuse d'en entendre davantage, a coupé Lauren. S'il avait recommencé à la voir, je préfère l'ignorer.

— Donc tu étais au courant.

— Quel rapport avec ce qui lui est arrivé ?

— C'est une piste importante. Elle sait peut-être où il se trouve aujourd'hui.

— Pas sûr.

— En effet.

— Nick… Il y a quelques années, nous avons traversé une crise.

J'ai simplement hoché la tête, soutenant son regard.

— Roger a rencontré une femme pendant un voyage d'affaires à Boston. On s'était violemment disputés avant son départ, et je suppose qu'il m'en voulait. Il m'a raconté qu'il était allé au bar du Four Seasons et que, dans un moment de faiblesse…

— Candi Dupont.

— Je n'ai jamais su son nom. Il a refusé de me le dire. Mais tout ça remonte à trois ou quatre ans, Nick. Il m'a suppliée de le pardonner, en me jurant qu'ils avaient rompu. Il m'a donné sa parole.

— C'était un mensonge, de toute évidence. Il y a sept mois, Roger a payé les frais d'une interruption de grossesse pour une certaine Candi Dupont, à l'hôpital de Boston.

— Mon Dieu…

— Les bases de données habituelles n'ont rien donné à propos d'une Candi Dupont, ce qui me laisse penser qu'elle utilisait un pseudonyme. En tout cas, quel que soit son nom, il s'agit peut-être de la personne dont Roger t'a parlé. Par conséquent, cette liaison ne s'est pas terminée il y a trois ou quatre ans.

Lauren s'est emparée d'un gros livre relié posé sur la table basse et elle l'a balancé à travers la pièce. Ironie du sort, le bouquin s'intitulait *La colère, la sagesse qui éteint les flammes*.

— Ça suffit ! a-t-elle crié. Je ne veux plus rien savoir ! S'il voyait toujours cette… putain, je n'ai pas envie d'en entendre parler. C'est trop difficile à comprendre ?

— Pardonne-moi, Lauren. Je suis navré et je comprends très bien.

Elle est allée ramasser le livre pour le remettre à sa place et s'est rassise sur le canapé, beaucoup plus près de moi cette fois. Nous avons gardé le silence pendant un petit moment.

— Nick ?

— Oui ?

— Je t'ai menti.

41

— D'accord, je t'écoute, ai-je répondu d'un ton délibérément calme et détendu.

— Roger m'a bel et bien parlé de quelque chose.

— À quel propos ?

— Il m'a simplement raconté qu'il avait découvert des trucs qu'il n'était pas censé savoir. Une histoire de corruption, apparemment.

— C'est exactement ce que m'a dit Marjorie Ogonowski. Est-ce qu'il a précisé si Gifford Industries était impliquée là-dedans ?

— Ça, je l'ignore. Il prétendait qu'il y avait de grosses sommes en jeu, mais en dehors de ça il s'est montré extrêmement évasif. Plus je le pressais de questions, plus il s'esquivait. C'était bien dans son caractère de se replier sur lui-même.

— Tu es sûre qu'il ne t'a confié aucun détail ?

— Oui. À part le fait qu'il avait peur qu'il lui arrive quelque chose. Il avait reçu des menaces.

— Ça reste encore trop vague.

— Il a reconnu qu'il avait l'air d'un paranoïaque, d'un obsédé de la théorie du complot. Je lui ai proposé d'en référer à Leland, pour voir s'il pouvait l'aider, mais il m'a strictement interdit de lui raconter quoi que ce soit. Il m'a même fait jurer de me taire.

— Et tu as tenu parole ?

— Bien sûr.

— Il ne t'a jamais révélé qui l'avait menacé ?

— Non, jamais. Si bien que j'ai renoncé à poser des questions. Il cherchait soi-disant à nous protéger, Gabe et moi, et il valait mieux que j'en sache le moins possible.

— Du coup, tu n'es pas vraiment tombée des nues quand tu as reçu ce fameux mail, celui d'InCaseOf-Death ?

— Non, a-t-elle reconnu d'un air penaud.

— Pourquoi m'avoir caché tout ça ?

— Nick… (Elle a serré ses bras contre elle en frissonnant.) Je me suis dit… qu'il s'était peut-être rendu.

— Rendu ? Mais à qui ?

— Livré, je veux dire. On l'avait menacé, lui et sa famille, et il avait bien conscience de ne pas pouvoir revenir en arrière. Il lui était impossible de simuler après coup l'ignorance. Par conséquent, il se peut qu'il ait conclu une espèce d'accord avec eux. Ça expliquerait sa réplique au moment où ces types m'ont agressée : « Pourquoi elle ? C'est moi que vous voulez, alors prenez-moi à sa place.» Il voulait nous mettre à l'abri, Gabe et moi, tu comprends ? Ça te paraît cohérent ?

— À peu près, oui. Mais à ton avis, qu'est-ce qui a pu lui arriver ?

— Il est possible qu'il se soit sacrifié, a-t-elle déclaré très calmement.

Le cou fléchi, elle a posé ses mains sur ses tempes, et j'ai compris qu'elle pleurait. Elle a fini par relever la tête, les joues baignées de larmes.

— Tu comprends mieux pourquoi j'ai si peur ?

— Oui, lui ai-je assuré en serrant contre moi son corps tiède et moite. Mais je ne permettrai pas qu'on vous fasse du mal, à Gabe et à toi.

— Et si la situation échappe à ton contrôle, Nick ?

— Ce n'est pas le cas, ai-je affirmé, honteux de ce piètre mensonge.

Il y avait tant de choses que je ne maîtrisais pas…

— Pour en revenir au soir de l'agression, ton analyse était peut-être juste. Ça s'est passé de manière curieuse, et puis il y a eu le mail et la vidéo… Tout cela cumulé, il se peut que les choses soient très différentes de ce que j'imaginais.

Je l'ai gardée un long moment dans mes bras.

— Lauren, Roger t'a-t-il expliqué pourquoi il discutait si souvent avec Victor ?

— Il a contacté votre père ? Quand ça ?

— Plus précisément, c'est Victor lui-même qui l'appelait. En PCV. Le mois dernier, il lui a téléphoné cinq fois.

— Il ne m'en a jamais parlé. Tu es certain de ce que tu avances ? Je pensais que leur dernière conversation remontait quasiment à un an.

Tandis que Lauren montait se coucher, je suis resté quelques minutes devant la télé, à regarder une rediffusion de série policière. Et là, une idée m'est venue.

Je suis allé dans l'entrée, où j'ai trouvé un double des clés de voiture de Roger – une télécommande, en fait – dans une coupe en céramique japonaise posée sur une console. Sa Mercedes d'un noir brillant était dans le garage. L'habitacle avait une odeur de cuir neuf. J'ai appuyé sur l'écran tactile pour mettre en marche le système de navigation, puis j'ai embrayé sur HISTORIQUE DESTINATIONS, et enfin sur DERNIÈRES DESTINATIONS.

Magnifique, cette Mercedes. Puissante, nerveuse et hors de prix, mais équipée d'un système de navigation dégueulasse qui m'a quand même permis d'apprendre ce que je cherchais.

Au cours du mois précédent, Roger ne s'était pas contenté de discuter avec Victor à cinq reprises, il était également allé le voir en prison. Il s'était rendu en voiture dans le nord de l'État de New York, et une fois au moins, il avait utilisé le système de navigation de la Mercedes.

Restait à comprendre pourquoi.

La seule personne susceptible de m'éclairer sur le sort de mon frère était celle que je souhaitais le plus éviter.

DEUXIÈME PARTIE

Les actions les plus visibles d'un individu
ont toutes leur part de secret.

Joseph CONRAD

42

À l'origine, le centre de détention d'Altamont était réservé aux criminels psychopathes. Construit au milieu du XIXe siècle, l'asile d'aliénés d'Altamont, comme il s'appelait autrefois, était un ensemble de bâtiments dans le style gothique victorien, hérissé de flèches et de tours crénelées. Ses sinistres murs de pierre rouge portaient les traces de suie de tout un siècle de pollution. Quarante ans plus tôt, le centre hospitalier avait été fermé et le site converti en établissement pénitentiaire à sécurité moyenne, mais les lieux évoquaient toujours ces fous dangereux qui s'évadent et vont semer la terreur dans le camp de vacances le plus proche. Par ailleurs, le centre avait un petit air de ressemblance avec le lycée public que j'avais fréquenté à Malden.

Il y avait eu beaucoup de transformations depuis l'époque des camisoles de force et des lobotomies. Le mur d'enceinte de dix mètres de haut était couronné de rouleaux de barbelés, de tours de guet et de projecteurs. À l'intérieur, la vieille prison gothique était entourée d'une épaisse pelouse verdoyante qui n'aurait pas déparé le golf de Pebble Beach.

J'avais voyagé en avion jusqu'à Albany, avant de

louer une voiture pour me rendre à la périphérie de Guilderland. Le système de navigation était un de ces gadgets amovibles que l'on fixe au tableau de bord par une ventouse. La voix féminine enregistrée, pressante et nasale, aurait été à peu près tolérable si elle ne m'avait pas égaré pendant vingt bonnes minutes. Elle m'avait mis légèrement en retard, mais mon père ne risquait pas de s'envoler.

Après avoir rempli un formulaire, présenté mon permis de conduire et être passé devant deux détecteurs – un pour les métaux, un autre pour les stupéfiants –, j'ai été prié de vider mes poches et de laisser mes clés et mon portable dans un sac en papier marqué à mon nom. Le système de contrôle des visiteurs était en partie automatisé : on m'a pris en photo et j'ai obtenu un badge autocollant avec mon portrait imprimé et un code-barres.

Quand j'ai eu franchi un nouveau portique de sécurité, un gardien a passé mon badge au lecteur de code-barres.

— C'est très high-tech chez vous, ai-je commenté. À voir cette citadelle, j'aurais cru qu'ici on se servait encore de plumes et de parchemins.

Le gardien, un Noir obèse à l'air désabusé, est parti d'un gros éclat de rire. Un rien l'amusait, apparemment.

— Je suppose que tous les visiteurs sont enregistrés dans vos ordinateurs.

— C'est ça.

— Alors, on peut savoir que je suis venu ici.

— Oui, du moment qu'on a accès aux fichiers.

— D'accord.

— Vous allez voir Victor Heller ?
— En effet.
— C'est votre frère ?
— Non, mon père.
— Votre père ? Ça fait longtemps qu'il est ici ?
— Un bon bout de temps, oui.
— Et vous, ça vous a fichu la trouille, hein ?
— On peut le dire.

Avec ses sièges en plastique moulé, son lino verdâtre et son faux plafond blanc tout couvert d'auréoles, le parloir m'a rappelé la cafétéria du lycée. Il n'y manquait même pas les relents d'ammoniaque, de transpiration et de désespoir. La salle était coupée en deux par un long comptoir sinueux, qui séparait détenus et visiteurs. Du côté des visiteurs, environ cinq ou six, le mur était orné d'une fresque colorée dans le style naïf, probablement réalisée par les prisonniers. Deux gamins batifolaient, indifférents au lieu où ils se trouvaient.

Les détenus étaient au nombre de trois.

Mon père était installé tout au bout du comptoir.

Pendant les douze années qu'avait duré notre séparation, j'avais beaucoup changé, évidemment. Mais Victor Heller semblait avoir carrément subi un vieillissement accéléré. Le Prince noir de Wall Street était devenu un vieillard. Ses épaules s'étaient affaissées, son épaisse barbe blanche lui donnait une allure de prophète. Ses épais sourcils broussailleux ressemblaient à de la vieille laine d'acier. Sa tenue de prisonnier, pantalon et chemise vert sombre, aurait bien convenu à un concierge.

En me voyant approcher, il a levé vers moi des yeux chassieux, à l'expression hagarde. Depuis que je ne l'avais pas vu, son psoriasis s'était aggravé : les fragments de peau qui cloquaient sur ses joues et sur son front m'ont fait penser à un reptile en pleine mue, comme si les écailles tombaient peu à peu pour révéler sa corruption intérieure.

Il a souri en me reconnaissant, et la lueur familière s'est allumée dans son regard.

Il a attendu en silence pendant que j'approchais mon siège et m'a dit dès que j'ai été installé :

— Ils t'ont prévenu, je suppose ?

— À propos de quoi ?

— Du cancer.

Le cancer. J'ai tout compris à l'instant où je répétais le mot. C'était pour cette raison que Roger lui avait parlé si souvent. Mais, tout de même, pourquoi mon frère n'avait-il rien dit à personne, pas même à Lauren ? Et ma mère, qu'est-ce qui l'avait empêchée de m'avertir ? Notre père était mourant, et j'éprouvais d'un seul coup une impression de vide.

— Mon Dieu, papa…, ai-je bafouillé en baissant les yeux.

Il a eu un rire caverneux, la tête renversée en arrière. Sa barbe lui descendait jusque dans le cou. Peu à peu, le vide qui se creusait en moi a été remplacé par une sensation de froid glacial.

— Sinon, a-t-il repris en riant toujours, je ne vois pas pourquoi tu aurais déposé les armes et décidé de rendre visite à ton pauvre vieux père. Mais non, tu vois, je ne suis pas à l'article de la mort. Tu dois avoir une sacrée bonne raison pour venir ici. Tu sais sûrement quelque chose qu'on ne m'a pas dit.

— Non, papa, rien du tout.

— Jusqu'ici, tu n'étais jamais venu ?

J'ai fait non de la tête.

— Bien sûr que non. Le jour où je suis entré ici, c'est Roger qui m'a amené. Ta mère était malade.

— Elle se sentait trop déprimée pour quitter son lit.

— Tout à fait. Et toi, tu avais un *rapport* à terminer pour McKinsey, c'est bien ça ?

— J'étais déjà dans l'armée.

— Ah oui. Nick Heller, *fier d'appartenir à l'élite*.

— J'étais dans les Forces spéciales, pas dans les Marines.

— Spéciales, a-t-il répété avec une grimace de dédain, faisant rouler le mot en bouche comme une gorgée de château-lafite. Ouah !

Le jour de son entrée en prison, mon père avait remis à Roger son bien le plus précieux : une montre en or Patek Philippe, un cadeau de maman en l'honneur de sa première centaine de millions. Une citation en latin de Virgile était gravée sur l'envers du boîtier. *Audentes fortuna juvat*. « La fortune sourit aux audacieux. » Certes, l'audace ne lui avait jamais fait défaut, mais la fortune n'avait pas suivi.

— Alors, qu'est-ce qui me vaut le privilège de ta visite ?

— Je veux savoir de quoi Roger a discuté avec toi.

Son regard s'est vidé de toute expression.

— Discuté ? Mais de quoi veux-tu que parlent un père et un fils ? (Et il a ajouté avec un sourire sans joie :) Depuis le temps, tu as certainement oublié.

Un peu plus loin, un des détenus se disputait avec sa visiteuse, une jeune Noire qui semblait être la mère des deux petits qui couraient partout. Lui était peut-être le père. Je me suis demandé si les prisonniers avaient droit à des visites conjugales.

— Il t'a contacté fréquemment ces temps derniers.

— Roger téléphone à son père, il se fait du souci pour lui. Il m'envoie des colis, et ta mère aussi. Tout le monde le fait. (Il m'a dévisagé en penchant la tête de côté, les paupières tombantes sous ses sourcils levés.) Il s'agit peut-être d'un problème financier ?

Bien entendu, je savais que Roger n'avait pas téléphoné à papa, puisque les détenus ne sont pas autorisés à recevoir d'appels. C'était Victor qui l'avait appelé en PCV.

— Roger est même venu te voir. Le système de navigation de sa Mercedes me l'a confirmé.

— Les visiteurs sont admis entre sept heures et demie et quinze heures. En réalité, ils encouragent les visites. Elles ont soi-disant un effet bénéfique, les détenus qui en reçoivent se réinséreraient plus facilement après leur libération… Ce qui, dans mon cas, nous mène à dans seize ans. Et à supposer que je sois encore en vie, j'aurai alors…

— Pour quelle raison ?

— La raison de sa visite ? Peut-être qu'il s'inquiète. C'est ridicule, je sais bien. Un vieux bonhomme comme moi enfermé parmi des violeurs, des bourreaux d'enfants et des pervers – que pourrait-il m'arriver ?

— Mais pourquoi si souvent ?

— Souvent ? C'est une notion tout à fait relative, quand on est bouclé ici.

Il a passé la langue sur ses lèvres gercées, dont la couleur rouge faisait un contraste saisissant avec sa barbe blanche de patriarche.

Je suis revenu à la charge :

— Quand l'as-tu vu pour la dernière fois ?

Il s'est incliné en arrière, bras croisés et sourcils froncés.

— Ça doit bien faire un an que je n'ai pas vu ton frère. (Il a levé les yeux et a regardé vers la droite, ce qui chez lui trahissait le mensonge – mais on peut dire qu'il mentait chaque fois qu'il ouvrait la bouche.) Roger a une famille et une situation importante. Ce n'est pas pratique…

— Il est venu pas plus tard que la semaine dernière.

Il a nié d'un signe de tête.

— Je crois quand même que je m'en souviendrais, Nicholas. Ici, les distractions ne sont pas si nombreuses, quand on ne fait pas de musculation et qu'on a revu tous les épisodes de *Law and Order*.

— Son nom figure dans le fichier de contrôle des visiteurs de la prison. Trois fois sur les dix dernières semaines.

Il a hésité une fraction de seconde, se demandant s'il devait y aller au culot. Un sourire s'est lentement dessiné sur ses lèvres, et ses yeux se sont mis à briller.

— Tu me connais trop bien, a-t-il répliqué en riant.

43

L'été qui a précédé son entrée à Harvard, Roger traînait souvent avec moi dans l'atelier de Norman Lang Motors, le magasin de voitures d'occasion. Le propriétaire était un de mes copains.

Timmy Lang observait un type qui peignait à la bombe des flammes en forme de poney jaune et orange sur l'aile d'une Mustang rouge. La peinture diffusait des émanations toxiques, et nous avions toujours pensé que Timmy, qui n'avait pas inventé la poudre, en avait inhalé trop souvent. Pour cette raison, nous nous tenions aussi loin que possible, tandis que je ressassais mes griefs au sujet de papa, de la manière injuste dont on l'avait traité. Il avait été forcé de prendre la fuite et de se réfugier en Suisse, juste parce que des ennemis influents avaient décidé de lui nuire. Notre père était innocent : il nous l'avait affirmé.

Roger a fini par m'interrompre :

— Écoute, Peau-Rouge, tu devrais éviter de parler de ce que tu ne comprends pas.

— Qu'est-ce que tu veux dire ?

— Que les choses sont parfois… compliquées, voilà tout.

— Explique-toi.

— Tu n'as qu'à deviner tout seul.

J'ai fait ce jour-là quelque chose qui ne s'était jamais produit : j'ai frappé Roger d'un coup de poing dans le ventre. Il est resté plié en deux, quelques secondes, avant de se redresser, le visage cramoisi. Pourtant, il n'était pas en colère, il avait même le sourire.

— Dis-moi, Nick, tu es le dernier à garder la foi, hein ? Tu finiras par comprendre.

Si un cynique est par définition un idéaliste déçu, alors Roger n'était pas un vrai cynique. Il n'avait rien d'un idéaliste, il était seulement plus lucide que moi.

Moi, j'avais cru notre père sur parole.

— Tous les appels téléphoniques sont surveillés et enregistrés, ai-je expliqué à mon père. Si tu veux aborder un sujet sensible, il faut que l'interlocuteur vienne ici en personne. De quoi Roger voulait-il parler ?

Les lèvres pincées, il a relevé lentement la tête.

— Qu'est-ce qui pourrait le pousser à faire tous ces kilomètres pour discuter avec un vieux gâteux comme moi ?

— Papa, ai-je insisté, refusant de me laisser démonter par son ressentiment, c'est important. Le sort de Roger en dépend.

Il a continué à hausser le ton, bien décidé à poursuivre sa tirade. Son corps dégageait une odeur de vieux bouc.

— À une époque, tu idolâtrais ton frère. C'était un dieu pour toi. Mais je comprends pourquoi tu n'as plus que du mépris pour lui. Tu ne supportes pas qu'il m'ait soutenu toutes ces années, alors que toi tu choisissais la solution de facilité : tu as cédé aux pressions ambiantes et tu m'as tourné le dos.

— Tu as terminé ? ai-je demandé sans m'énerver.

La mère des deux gamins avait fini de se quereller avec son compagnon. Les deux enfants, fatigués d'explorer cette salle sans attrait, s'étaient assis par terre pour faire du coloriage.

— Sais-tu qu'il y a encore des producteurs de Fox News et de CNN qui contactent la prison et qui m'envoient des courriers pour m'interviewer ? MSNBC voudrait que j'apparaisse dans leur émission *Lock-up*. Et tu sais pourquoi je refuse invariablement ? À cause de toi. À cause de ta mère et de Roger. Et de mon petit-fils. Je ne veux pas réveiller de vieux souvenirs, ni vous mettre dans l'embarras. Je sais ce qu'ils cherchent. Des images croustillantes, un gros plan sur le milliardaire en uniforme de détenu, avili, humilié, et débordant de remords pour les horribles délits qu'il a commis. Ils ont envie d'une scène édifiante, pour que leurs spectateurs se réconcilient à peu près avec la morne désespérance de leur vie.

— Papa…

— Est-ce que tu as bien réalisé que je partage le quartier des meurtriers et des violeurs ? J'ai écopé de *trente ans* de prison, Nicholas. Je connais des bourreaux d'enfants qui seront libres avant moi.

— Tu auras peut-être une réduction de peine pour bonne conduite.

— Si vraiment je me conduis *très* bien, a-t-il répondu avec un sourire amer, on me fera monter dans un bus de la prison pour que j'aille ramasser les ordures au bord de la route. Tu te rends compte qu'il y a quelqu'un ici qui a tué son propre père ? Après l'avoir frappé à coups de batte de base-ball, il l'a éventré avec un couteau de cuisine et il a enterré le corps dans les bois. Figure-toi que ce charmant individu a été condamné pour meurtre au premier degré, et qu'il n'a pris que cinq ans. *Cinq ans*, alors que moi je suis là pour trente ans. Et tu sais pourquoi ?

Des bulles de salive s'étaient collées à la commissure de ses lèvres.

— Oui, pour abus de marchés et délit d'initié.

— Non, a-t-il corrigé en agitant un doigt, c'est l'ambition qui m'a conduit ici.

— C'est une manière de présenter les choses.

— Ce n'est pas ma propre ambition qui est en cause, je te le garantis. Je suis ici parce que de jeunes Turcs aux dents longues au bureau du procureur de Manhattan cherchaient un trophée, dans le seul but de faire progresser leur petite carrière minable. Se dégoter une place de choix dans un cabinet d'avocats prestigieux, ou bien se présenter aux fonctions de maire ou de gouverneur. Tout ça n'est qu'une affaire d'ambition, Nicholas. La leur contre la mienne. Pour eux, je n'ai été qu'un tremplin sur le chemin de la gloire. Puisque la Mafia n'existe plus, ils ont décidé de s'en prendre aux riches. Le crime en col blanc, ils appellent ça. C'est bien comme ça que tu gagnes ta vie, non ? Tu joues au détective privé ? Tu ne crois pas que tu es tombé bien bas, Nicholas ? Que tu t'es déclassé ?

J'ai laissé ostensiblement errer mon regard à travers la salle avant de répondre :

— Il me serait difficile d'égaler tes propres succès. Tu as mis la barre tellement haut ! En tout cas, Stoddard Associates ne t'a pas paru au-dessous de ton standing quand tu essayais de sauver ta peau.

— Quand on a besoin d'un plombier, on en fait venir un. Ça ne nous oblige pas pour autant à devenir plombier.

J'ai haussé les épaules sans rien dire.

— Et tu as l'audace de porter un jugement sur moi.

— Pas du tout. Je n'ai pas besoin de faire ton procès : je t'ai déjà jugé.

Il m'a gratifié de son sourire de rapace.

— Soit dit en passant, ce n'est pas de toi que je comptais parler. Tu as beau être absolument fascinant, c'est Roger qui m'intéresse aujourd'hui.

Il s'est léché les lèvres délicatement, du bout de la langue.

— Ton frère et moi avons eu un entretien confidentiel, et je ne peux rien divulguer. Tu n'as qu'à le questionner directement.

— J'en serais ravi, mais il se trouve qu'il a disparu. Et je me suis dit qu'il y avait un rapport avec votre discussion.

— C'est une affaire entre père et fils, a-t-il insisté non sans une pointe de cruauté, comme pour souligner que ses relations avec moi étaient beaucoup moins privilégiées.

— D'accord, ai-je fait en repoussant ma chaise pour me lever. (Le gardien m'a jeté un coup d'œil depuis sa petite table près de la porte.) Je suis content de t'avoir vu, papa, c'est toujours un plaisir.

— Assieds-toi et cesse de faire l'idiot. Ton frère a le droit de décider de ce qu'il te dit ou pas.

— Ça m'étonnerait. Il y a deux jours, Lauren et lui ont été agressés à Georgetown, et quand elle s'est réveillée à l'hôpital…

— À l'hôpital ? Comment va-t-elle ?

J'ai hoché la tête en reculant de quelques pas. Mon père a soutenu mon regard, puis ses paupières ont cillé.

— Et Roger ?

— On ne l'a pas retrouvé. Personne n'a de ses nouvelles.

Un éclair de panique a traversé son regard, et un grand cri rauque s'est échappé de ses lèvres :

— Non ! Mon Dieu ! Je lui avais pourtant dit de ne pas faire ça !

44

Mon père s'est passé une main sur les yeux et sur le front, arrachant ici et là des petits morceaux de peau morte.

— Comment ça, personne n'a réussi à retrouver sa trace ? Ils n'ont pas découvert…

— Non, papa, pas de corps. Il se peut qu'il soit toujours en vie, qu'il soit sain et sauf. Mais bon… (Je suis revenu m'asseoir sur la chaise en plastique.) Dis-moi de quoi vous avez discuté, Roger et toi.

Son front écailleux enfoui entre ses mains, il s'est frotté les tempes du bout de ses doigts épais. J'ai préféré détourner les yeux. Le psoriasis flambe parfois dans les périodes de stress, et la prison en faisait assurément partie. Bizarrement, sa maladie, au lieu d'inspirer la compassion, le rendait encore plus répugnant et plus reptilien.

— Il m'a dit qu'il avait découvert quelque chose, et qu'il voulait mon avis, a avoué Victor d'une voix étouffée.

— Ton avis.

Il a levé les yeux en soupirant, croisant les bras devant lui sur le comptoir.

— Il y a des choses sur lesquelles je suis bien renseigné, Nicholas, même si tu n'as jamais rien voulu apprendre de moi.

— Pardon ? Mais j'ai appris des tas de choses, au contraire.

— Épargne-moi tes sarcasmes. Roger m'a expliqué qu'il était tombé sur des dépenses suspectes chez un prestataire de services spécialisé dans la sécurité.

— Un sous-traitant ?

— Ils fournissaient un service de sécurité à Gifford Industries. Des vigiles armés pour les centrales électriques et les chantiers, par exemple.

— Qu'entends-tu par « dépenses suspectes » ?

— Roger était convaincu qu'il s'agissait de pots-de-vin versés à un ponte du Pentagone, et il cherchait à réunir des preuves. Mais c'était une mission très ardue, même pour une personne aussi brillante que ton frère. Autant essayer de comprendre l'algèbre combinatoire quand on ne maîtrise pas la division avec retenue.

L'éternelle arrogance de Victor Heller. Même en évoquant le fils qu'il vénérait, il fallait qu'il affirme sa supériorité.

— C'est comme si un bambin voulait disputer le marathon de Boston ?

— N'en rajoute pas, Nicholas. Roger est très compétent dans son domaine, mais pas autant que moi. J'ai de l'expérience.

J'en ai conclu qu'il avait installé une foule de sociétés écrans dans des paradis fiscaux off-shore. Je m'étais souvent demandé s'il s'était débrouillé pour sauver une partie de ses biens, que le gouvernement n'aurait pas réussi à localiser et à saisir. Sinon, comment aurait-il pu financer son existence clandestine pendant toutes ces années ?

— En résumé, ai-je repris d'un ton sceptique, Roger avait l'intention de prouver que cette compagnie de sécurité distribuait des dessous-de-table au Pentagone. (Sa version correspondait plutôt bien aux témoignages de Lauren et de Marjorie Ogonowski.) Dans quel but ? Il envisageait de les dénoncer au gouvernement ? Excuse-moi, mais ça ne cadre pas tellement avec la personnalité de Roger.

Mon père a soupiré avec un geste impatient de la main, comme pour chasser une nuée de moustiques.

— Je t'en prie, fais un petit effort. Roger en avait assez d'être pauvre, voilà tout.

— Pauvre ? Il gagnait un salaire à six chiffres.

— Et alors ? a répliqué Victor avec hauteur. De nos jours, c'est une misère.

— Parce que toi tu es payé combien, à la blanchisserie de la prison ? Dix *cents* par jour ?

Il n'a même pas daigné m'adresser un de ses fameux regards assassins.

— Il n'en pouvait plus d'être mis sur la touche, de voir des médiocres décrocher des promotions alors que lui n'avançait pas. Noyé parmi la centaine de vice-présidents. Il était capable de diriger Gifford Industries, et il en avait bien conscience.

— Quel était son objectif, dans ces conditions ?

— Il voulait tout simplement leur signifier sans équivoque qu'il tenait quelque chose sur eux. Et leur faire savoir combien il demandait.

— Il comptait monnayer son silence.

Il a confirmé d'un signe de tête.

— De l'extorsion de fonds.

— Tu as toujours su choisir tes mots.

Voilà qui se rapprochait davantage du Roger que je connaissais.

— Combien a-t-il réclamé ?

— Dix millions de dollars.

— Pas plus ? ai-je fait, pince-sans-rire.

— En fait, c'était tout à fait raisonnable. Avantageux, même, quand on pense au tollé que ça aurait provoqué si cette affaire de corruption avait transpiré. Ils auraient perdu beaucoup plus que ça en manquant des contrats avec le gouvernement.

— Comment s'appelle cette société ?

— Paladin Worldwide, je suppose que tu en as entendu parler.

— Je vois.

Paladin Worldwide était la plus grosse compagnie de sécurité privée au monde. À l'origine, elle se chargeait de procurer des vigiles armés à des sociétés comme Gifford Industries, mais elle avait évolué au fil du temps pour devenir une véritable armée de mercenaires. Paladin avait très mauvaise réputation et suscitait surtout la polémique et le mépris. De l'avis général, ses soldats ou « contractuels » n'étaient que des cow-boys à la gâchette facile. Une chose, cependant, défrisait spécialement les soldats américains : alors qu'un sergent gagnait en moyenne cent dollars par jour, les gars de chez Paladin en empochaient un bon millier.

À l'époque où je servais en Bosnie et en Afghanistan, les mercenaires de Paladin se battaient aux côtés des troupes américaines. Il s'agissait de vétérans qui venaient de quitter l'armée, ils avaient donc un bon niveau d'entraînement. En revanche, leur statut officiel de « consultants » les plaçait au-dessus de la législation du pays où ils combattaient, et ils n'étaient même pas soumis au code militaire américain. En d'autres termes, ils pouvaient ouvrir impunément le feu sur les populations civiles, et certains ne se gênaient pas pour le faire. Ils étaient libres de toute poursuite, et je n'en ai jamais vu aucun faire l'objet d'une mise en accusation. On se serait cru au Far West. En Irak, les contractuels privés dépassaient même en nombre les effectifs de l'armée américaine. Et Paladin était la société la plus représentée.

— Il a tenté de soutirer dix millions à Paladin ? Ce n'était pas très avisé de sa part. Ces gens-là sont armés et dangereux.

— Je l'avais prévenu que c'était de la folie.

— Vraiment, papa ? Tu ne lui aurais pas plutôt donné des tuyaux pour réussir ?

Il a soupiré de nouveau, de plus en plus exaspéré.

— Je lui ai dit qu'il s'engageait dans un jeu des plus risqués.

J'ai demandé après un court silence :

— Et ces dix millions, est-ce qu'il les a touchés, au moins ?

— Je n'en sais rien, mais j'en doute fort.

J'ai repensé alors au mail transmis par InCaseOf-Death, qui disait que Roger serait mort quand on en prendrait connaissance. Il évoquait un meurtre maquillé en suicide, et les « gens qui sont après moi ». Il était clair à présent que « ceux qui étaient après lui » – pour l'empêcher de leur faire du chantage et de leur extorquer de l'argent – désignait Paladin Worldwide. Roger était tombé par hasard sur des dépenses anormales présentées à Gifford Industries, un pot-de-vin qu'ils avaient tenté de mettre sur leur note. Et Roger étant Roger, il était passé à l'attaque et avait réclamé dix millions en échange de son silence. Et il avait demandé ça à Paladin Worldwide, la plus grosse armée privée de la planète. Il aurait difficilement pu choisir un adversaire plus redoutable.

— D'après toi, que s'est-il passé ? Tu crois que Paladin a enlevé Roger ? Ou qu'il a disparu pour leur échapper ?

Il a posé une main sur ses yeux, détachant une écaille de peau.

— Disparu ? Non, Nicholas. Il est beaucoup plus probable qu'ils se soient… débarrassés de lui. C'est leur méthode.

— Je n'en suis pas sûr. (Je n'ai pas pris la peine d'expliciter mon raisonnement, en soulignant que Lauren avait été frappée et non tuée.) Les escadrons de la mort en entreprise, je n'y crois pas tellement.

— Dans ce cas, tu es soit naïf, soit distrait. Tu as oublié ce vice-président d'Enron qui s'apprêtait à témoigner devant le Congrès et à livrer des noms liés au pire scandale du monde des affaires ? Avant qu'il ne puisse s'envoler pour Washington, on l'a trouvé mort dans sa voiture, tué d'une balle dans la peau. Naturellement, ils ont conclu au suicide. Deux mois plus tard, un consultant de chez Andersen, dont le principal client était Enron, comme par hasard, a été découvert dans une forêt du Colorado avec une balle dans la tête. Ensuite, ç'a été le tour d'un banquier de la Royal Bank of Scotland, qui était sur le point de témoigner contre des collègues mêlés à l'affaire Enron, une fois de plus : on a retrouvé son corps dans les bois, dans la banlieue de Londres. Encore un suicide, apparemment.

— Papa, tu nages en plein délire paranoïaque. Tu vas me dire aussi que les extraterrestres contrôlent nos pensées et que Kennedy a été victime d'un complot ?

— Et cette femme qui travaillait dans une centrale nucléaire de l'Oklahoma, Karen Silkwood. Elle a été empoisonnée au plutonium, et le jour où elle prend sa voiture pour aller dénoncer ses conditions de travail à un reporter du *New York Times*, son véhicule quitte justement la route. Un suicide ?

— Où veux-tu en venir ?

— Je sais pertinemment qu'ils ont tué Roger, a-t-il assené d'un ton plus féroce. Et ils projetaient sûrement d'assassiner Lauren aussi, et pas de s'en tenir à une commotion.

J'ai préféré mettre un terme à cette discussion oiseuse.

— Il me faut des noms. Ceux de ses interlocuteurs chez Paladin, des personnes qui ont pu le menacer.

Papa m'a dévisagé un long moment, l'air de réfléchir à ce qu'il souhaitait ou non me confier.

— Il a essayé de contacter le fondateur et président, Allen Granger, mais il lui a opposé une fin de non-recevoir.

Je possédais quelques informations sur cet Allen Granger, le milliardaire qui avait créé Paladin Worldwide, mais elles se limitaient à ce que j'avais lu ou entendu dire. Originaire du nord du Michigan, ancien des Navy SEALS. Très fortuné et menant une vie de reclus. Adepte du mouvement évangélique, représentant de l'ultra-droite conservatrice.

— Faute de parler à Granger, a-t-il pu discuter avec quelqu'un d'autre chez Paladin ?

— Oui, un dénommé Carl Koblenz, qui dirige le site de Washington. Je pense qu'il s'agit du numéro 2 de la compagnie, juste derrière Granger.

— Carl Koblenz. Est-ce lui en personne qui a menacé Roger ?

— Je n'ai jamais parlé de menaces directes.

— Non, en effet.

— Tu as un plan en tête, je le sais.

— Ça se pourrait.

— Laisse tomber. Tire au moins une leçon des erreurs de ton frère. Je n'ai pas envie de perdre le seul fils qu'il me reste.

— Je suis très touché, mais tu ne risques rien.

— Tu dois connaître les *Trente-six stratagèmes*, l'art de la duplicité dans l'antiquité chinoise.

— Ah, oui. Stoddard adore Sun Tzu, *L'Art de la guerre*.

— Oublie Sun Tzu. C'est d'un commun ! a-t-il lancé en levant un doigt noueux et tavelé. Chu-ko Liang est nettement plus intéressant. C'est peut-être le meilleur stratège militaire de tous les temps. L'une de ses tactiques consistait à détruire l'ennemi de l'intérieur. Infiltrer le camp adverse sous l'apparence de la coopération ou de la reddition. Ensuite, une fois qu'on a découvert la faille, on peut frapper un grand coup.

Je dois avouer que le lieu où nous nous trouvions – le parloir de la prison d'Altamont – ôtait pas mal de crédit aux conseils de mon père. J'ai quitté la salle avec une délicieuse sensation de soulagement. Parce qu'à ce moment-là, j'avais la certitude que mon frère était vivant.

45

La remarque de Victor me trottait dans la tête : *Ils projetaient sûrement d'assassiner Lauren aussi, et pas de s'en tenir à une commotion.*

Cependant, je n'avais fait aucune allusion à sa blessure. Tout ce que je lui avais raconté, c'était qu'elle avait repris connaissance à l'hôpital après une agression. Il disposait forcément d'une autre source d'informations, même s'il avait simulé la surprise devant moi. Et à en juger par la fréquence de ses entretiens avec Roger, c'était sûrement lui la source en question.

Ce qui impliquait que mon frère lui avait parlé *après* sa disparition, et que non seulement il était vivant, mais aussi joignable. Personne ne l'avait enlevé ni ne le séquestrait. Roger se cachait, tout simplement.

Toutefois, il était possible de le contacter : puisque Victor n'avait pas le droit de recevoir de coups de téléphone, c'était lui qui avait appelé son fils. Et le numéro figurait obligatoirement dans le fichier de la prison. Les détenus avaient la permission d'appeler l'extérieur en PCV, en se cantonnant à une liste de quinze numéros approuvés par l'administration pénitentiaire.

Après avoir bavardé un bon quart d'heure avec mon nouveau copain, le gardien en faction à l'entrée du parloir, je lui ai confié mes craintes de voir mon père renouer avec d'anciens partenaires en affaires. Est-ce que ce n'était pas contraire au règlement de l'institution ? Le gardien s'est fait un plaisir d'aller imprimer la liste des numéros autorisés, après quoi je lui ai donné cinquante dollars pour sa collaboration en le remerciant de m'aider à maintenir mon père sur le droit chemin.

En arrivant à l'aéroport d'Albany, j'ai passé un coup de fil à Frank, mon courtier en informations. Il ne m'a même pas laissé le temps de lui dicter le numéro qui m'était inconnu sur la liste de Victor.

— Je vous avais bien dit d'être patient, non ?

— J'appelais pour autre chose, Frank.

— Bon. J'ai trouvé la réponse à propos de ce mobile dont vous m'avez donné le numéro.

Il m'a fallu une seconde pour comprendre qu'il s'agissait de celui que Woody, l'employé de la compagnie de transport de fret, m'avait communiqué à Los Angeles.

— Super, je vous écoute.

— C'est un numéro professionnel, enregistré au nom de Carl Koblenz.

— De Paladin Worldwide, ai-je achevé.

— Vous étiez déjà au courant ?

— Non, mais ce nom m'est familier.

Ainsi, le président de Paladin Worldwide avait soudoyé Woody pour qu'il fauche près d'un milliard à

Traverse Development. Une escroquerie à très, très grande échelle.

Les pièces du puzzle commençaient à s'imbriquer. À supposer que mon père ait dit la vérité – ce qui n'était jamais gagné –, Roger avait la preuve que Paladin distribuait des bakchichs au Pentagone. L'ayant appris, Paladin lui avait fait des menaces, et il savait qu'ils risquaient de l'enlever, voire de l'assassiner.

Et il avait décidé de disparaître avant qu'ils en aient l'occasion.

Mais ce milliard de dollars, alors ? Il se pouvait que Paladin, très impliqué en Irak, ait découvert que le mystérieux Traverse Development rapatriait des fonds importants aux États-Unis, et qu'ils aient eu l'idée de se servir au passage. Avec un milliard, on pouvait balancer un sacré paquet de pots-de-vin.

— Je vous ai envoyé les relevés téléphoniques de votre frère, m'a signalé Frank, rompant le fil de mes pensées. Vous les avez bien reçus ?

— Oui, pas de problème. J'ai encore quelque chose pour vous.

46

Tout au long de la matinée, Lauren se surprit à consulter ses mails plus souvent que nécessaire. Aussi absurde que ce soit, elle espérait un message de Roger. *Abandonne*, se disait-elle pourtant, *il n'en enverra plus, désormais. Cesse de te torturer.*

Elle était arrivée en retard au bureau, ayant dû attendre l'ami de Nick qui devait modifier le système de sécurité de la maison. Ce n'était pas très grave, puisque le rythme se trouvait ralenti par l'absence de Leland.

Juste avant le déjeuner, elle leva les yeux de son ordinateur et eut la surprise de trouver quelqu'un assis en face d'elle. Un individu remarquablement laid, pour dire les choses franchement, et qu'elle se rappelait avoir vu sortir du bureau de Leland. Sa figure était grêlée de cicatrices, traces probables d'une sévère acné juvénile. Lunettes en écaille, cheveux châtains et clairsemés, épaules tombantes et poitrine maigrichonne.

— Bonjour ?

— Je ne voulais pas vous déranger, s'excusa le visiteur en se levant gauchement, laissant tomber sa serviette au sol.

Il se pencha pour la ramasser et se redressa, le visage écarlate. Gêné, il lui tendit la main par-dessus le bureau.

— Je suis Lloyd Kozak, le nouveau conseiller financier de Leland. Je ne sais pas s'il vous a parlé de moi…

Lauren jeta un regard vers Noreen, qui lança un « Bonjour, Lloyd » au nouveau venu. Il alla lui serrer la main.

— Bonjour… Noreen, c'est bien ça ? Pardonnez-moi, je ne vous avais pas vue.

Il semblait pris entre deux feux, son regard se promenant de l'une à l'autre.

— Est-ce que… Leland a laissé des disques pour moi ?

— Non, il ne m'a rien dit, répondit Lauren.

— Si, si, ils sont là, coupa aussitôt Noreen en lui tendant une enveloppe en papier bulle.

— Merci, fit Kozak avant de retourner au bureau de Lauren.

— Désolé de vous avoir dérangée.

— Je vous en prie.

L'homme s'éloigna précipitamment, et Lauren attendit qu'il soit parti pour faire remarquer à Noreen :

— Leland n'a fait aucune allusion à un conseiller financier.

— Je croyais vous en avoir parlé.

— Oui, c'est bien le cas, mais Leland, par contre, ne m'a rien dit.

— Du calme. Leland m'a juste prévenue que ce type passerait aujourd'hui et qu'il fallait que je lui remette quelque chose. Ce n'est pas une affaire d'État.

— Il ne m'en a pas parlé, c'est tout.

— Il ne va quand même pas tout répéter deux fois !

— Non, évidemment.

Lauren se promit d'interroger Leland dès son retour à propos de ce conseiller financier. Malgré elle, elle se sentait un peu blessée qu'il lui ait caché quelque chose. D'habitude, c'était elle qui s'occupait de tout. C'était idiot, mais elle avait l'impression d'être exclue. Et Noreen jubilait, naturellement, toute fière d'avoir mis la main sur un petit bout de la vie privée de Leland.

Honnêtement, Lauren ne pouvait pas la supporter.

En début d'après-midi, elle vérifia ses mails une fois de plus et trouva un message d'une adresse inconnue. Il avait pour objet « À l'attention de Lauren. Personnel. » Elle cliqua dessus, mais il n'y avait pas de texte affiché. Seulement un rectangle gris foncé qu'elle identifia comme un de ces lecteurs vidéo que l'on trouve partout sur le Web : un écran souligné d'une barre d'outils et, au centre, un bouton PLAY gris clair entourant un triangle blanc. Il semblait l'inviter à cliquer.

Pourtant, elle hésita quelques instants. Ce message lui paraissait suspect, voire dangereux. Elle s'aperçut qu'il n'y avait pas d'adresse d'expéditeur. Bizarre. Elle aurait juré qu'il y en avait une quelques secondes plus tôt.

L'adresse venait de disparaître.

Il ne restait plus que la fenêtre du lecteur vidéo, avec son triangle blanc qui la narguait. N'y tenant plus, elle démarra la lecture, et le rectangle gris s'anima. Une vidéo en streaming, des images tellement floues qu'elles en devenaient illisibles.

L'image se fit d'un seul coup plus nette, comme si le brouillard s'était dissipé, et la scène lui parut étrangement familière, sans qu'elle puisse pour autant l'identifier. Une silhouette enveloppée de blanc se mit à bouger lentement, et elle distingua une forme blottie sous des draps froissés. Une personne endormie dans son lit. Le film dégageait une ambiance de voyeurisme, presque de pornographie. D'où venait donc cette impression de déjà-vu ? Elle afficha la vidéo en plein écran, mais la résolution restait médiocre. Les contrastes étaient très accusés, comme si on avait filmé dans le noir avec une lentille à infrarouges.

La silhouette assoupie s'agita et se retourna, et elle reconnut alors les longs cils et les cheveux bouclés. Prise de vertige, elle sentit son cœur s'emballer lorsque la caméra fit un plan fixe sur le visage de Gabe.

Son fils, endormi dans son lit. Le souffle lui manquait.

Le film s'arrêta brusquement, et la fenêtre gris foncé retrouva sa taille initiale, avec le triangle blanc au milieu. De ses doigts tremblants, elle tâtonna pour cliquer à nouveau sur lecture, mais le carré gris n'était plus là, évanoui tel le chat de Chester.

Plus une trace, comme s'il n'avait pas existé.

47

Comme il me restait du temps avant de reprendre l'avion, j'ai gardé ma voiture de location pour faire un tour dans les environs de l'aéroport et réfléchir un peu. Les voies étaient larges et en bon état, et la circulation plus fluide qu'à Washington. Au bout de quelques kilomètres, j'ai croisé les bâtiments de la bibliothèque publique de Colonie, et je m'y suis arrêté sous l'inspiration du moment.

À l'époque d'Internet, on a trop tendance à négliger les ressources des bibliothèques. Pourtant, elles restent parfois le seul moyen d'accéder à certains ouvrages, aux archives des journaux et aux microfilms. Bon nombre de quotidiens locaux ne sont tout simplement pas en ligne, ou bien l'indexation est trop mauvaise pour qu'on en tire parti. Pour faire une découverte intéressante, mieux vaut recourir aux bonnes vieilles méthodes.

Ayant trouvé plusieurs index du *Grand Rapids Press*, un canard du Michigan, je les ai compulsés année par année en cherchant des articles sur Allen Granger, le fondateur reclus de Paladin. Puisque sa famille était originaire du nord du Michigan, je m'attendais à dénicher dans la presse locale des choses que ne mentionnaient ni le *Time* ni *Newsweek*.

Alors que je feuilletais patiemment les catalogues, mon mobile s'est mis à sonner. L'employée responsable des périodiques m'a jeté un coup d'œil, si bien que j'ai coupé sans consulter le numéro du correspondant. Les articles sur Granger étaient assez nombreux, mais il s'agissait principalement de dépêches qui ne m'apprenaient rien de neuf. Elles concernaient surtout Paladin et le rôle controversé qu'ils avaient joué en Irak, et les citations de Granger à témoigner devant le Congrès. La dernière remontait à un an, et apparemment, il n'avait pas accordé d'interview personnelle depuis cette date. On signalait un entretien téléphonique avec l'Associated Press depuis le siège de Paladin dans le sud de la Georgie. Récemment, c'était Carl Koblenz, présenté comme le PDG de Paladin Worldwide, basé à Falls Church en Virginie, qui avait endossé à sa place la fonction de porte-parole. Granger n'avait pas fait d'apparition publique depuis plus d'un an.

Il m'a fallu reculer sérieusement dans le temps pour trouver des interviews de lui dans la presse régionale. Elles dataient d'une quinzaine d'années.

Je me suis présenté au guichet pour demander le microfilm du *Grand Rapids Press*. Dix minutes plus tard, je faisais défiler un vieux rouleau éraillé dont les tressautements me donnaient la nausée. J'ai fini par repérer l'entretien, mené par un journaliste de *Grand Rapids* qui décrivait Granger comme le « séduisant héritier » d'un « empire de traitement des déchets » et un « ancien membre des Navy SEALS ». La photo qui illustrait l'article justifiait tout au moins l'adjectif « séduisant ». Il avait le physique sain, la silhouette bien découplée et le regard bleu d'un bon Américain du Midwest. Il expliquait au reporter qu'il venait d'acquérir 10 000 arpents de forêt de pins au sud de la Georgie, pour en faire la base d'entraînement de ce qui deviendrait selon lui le « FedEx de la Sécurité nationale ». Comprenne qui pourra. « Allen Granger a parcouru un long chemin depuis Traverse City », concluait le journaliste.

Traverse City dans le Michigan était la ville natale de Granger.

Et Traverse Development ? Était-ce une autre de ses sociétés ?

Je nageais en pleine confusion. Pourquoi le président de Paladin Worldwide aurait-il soudoyé un quidam d'une compagnie de fret afin qu'il fauche un milliard en liquide à *une autre* des sociétés de Granger ?

À moins qu'Allen Granger n'ignore tout des agissements de Koblenz.

Je ne voyais aucune logique là-dedans.

Retrouvant la lumière éblouissante du dehors, j'ai consulté ma messagerie. C'était Dorothy Duval. « Heller, rappelle-moi. On a des ennuis. »

48

— Qu'est-ce qui se passe ?

— Moi qui pensais que Stoddard ne connaissait même pas l'emplacement de mon box, il vient de débarquer en m'accusant d'utilisation abusive des ressources de l'agence.

— Tu as pris sur ton temps de travail ?

— Non, ce n'est pas la question, je ne suis pas payée à l'heure.

— Très bien. Réponds-lui que tu occupes ton temps libre comme il te plaît.

— Premièrement, Nick, je n'ai jamais causé sur ce ton à Stoddard, et je ne risque pas de commencer aujourd'hui. Je ne suis pas comme toi, tu sais, on peut très bien se passer de moi.

— Tu es la meilleure, Dorothy, tu t'en rends bien compte. Aucun autre expert n'est invité aux réunions du lundi.

— Aux yeux de Jay Stoddard, je ne suis qu'une analyste informatique parmi des milliers sur le marché, qui seraient presque tous enchantés de travailler pour lui. (Elle a ajouté un ton plus bas :) Et il a probablement raison.

— Il ne va quand même pas te jeter dehors parce que tu m'as aidé à rechercher mon frère.

— Ah bon ? C'est pourtant ce qu'il a laissé entendre. Il m'a dit que si je continuais à me renseigner sur Traverse Development, Roger Heller ou tout autre sujet que les dossiers de Stoddard Associates, je pourrais remettre à jour mon CV.

— Je suis derrière toi, Dorothy.

— Ah, ça doit être pour ça qu'on m'attaque toujours de face, a-t-elle répliqué d'un ton acide. Tu n'as pas le pouvoir de l'empêcher de me virer, Nick.

— Ne sois pas aussi catégorique.

— Bon, j'attends de voir.

— Espérons qu'on n'en arrivera pas là. Et avec les locataires des bureaux, tu as eu plus de succès ?

— Non, je suis désolée.

— Comment tu t'y prends ? Tu passes tous les noms en revue pour savoir si ce sont des filiales d'autres sociétés ?

— Non, ce serait beaucoup trop long. Je concentre mes recherches sur Traverse Development, mais pour l'instant ça n'a rien donné.

— Et le portable de Roger ?

— Surtout des documents personnels, à ce qu'il semblerait. Des e-mails, notamment.

— Tu peux m'envoyer ça ?

— Non, mais je te remettrai tout ce que j'ai quand on se verra.

Un signal d'appel m'est parvenu, en provenance du lieutenant Garvin.

— Dorothy, est-ce que ça t'ennuierait…

— Prends l'appel, Nick.

— Merci, tu es la meilleure.

— Je suis ravie que tu saches l'apprécier, parce que c'est la dernière fois que je travaille pour ton compte. Tu vois, Nick, j'ai besoin de mon salaire.

— Intéressant, a lancé Garvin sans autre préambule.

— Je vous écoute.

— J'ai trouvé la trace de ces deux plaques – le camion Econoline et le Humvee. Et figurez-vous qu'elles nous mènent au même propriétaire.

— Ça me paraît cohérent. De qui s'agit-il ?

— Dans les deux cas, l'immatriculation est au nom d'une holding. A.G. Holdings, elle s'appelle.

— Il y a une adresse ?

— Uniquement une boîte postale.

— Ce sera quand même utile.

J'ai raccroché pour rappeler Dorothy, qui m'a coupé immédiatement :

— Je t'ai prévenu, Nick, il n'est pas question que je retravaille pour toi.

— Il faut juste que je consulte la liste de locataires que je t'ai faxée.

— Juste la regarder ? Je l'ai à côté de moi.

— Est-ce qu'elle mentionne une société du nom de A.G. Holdings ?

Une longue pause, un bruissement de papier.

— Septième étage.

— Super.

— Pardon ?

— A.G. Holdings n'est autre qu'Allen Granger.

— Je ne comprends pas.

— Moi non plus, mais j'ai bien l'intention de trouver.

49

Plus j'avançais dans mon enquête, moins j'avais l'impression de comprendre.

Paladin Worldwide, Traverse Development et A.G. Holdings ne formaient qu'une seule et même société. Ou, plus précisément, elles avaient un propriétaire commun, ce qui ne revenait pas tout à fait au même. Disons que l'une d'elles possédait les autres, mais dans la mesure où toutes nous ramenaient à Allen Granger, les détails n'avaient peut-être pas d'importance.

Pour résumer, l'une des filiales de Paladin, Traverse Development, avait secrètement acheminé vers les États-Unis un milliard de dollars en liquide, et ce milliard avait disparu. De quelle façon ? Tout simplement escamoté par le directeur de la sécurité de la compagnie de transport. Et la personne qui l'avait embauché n'était autre que la société qui venait d'expédier l'argent.

Finalement, Paladin Worldwide se volait elle-même. Plus exactement, Carl Koblenz volait sa propre compagnie, et détournait peut-être des sommes colossales.

Il se pouvait que Carl Koblenz ait tenté de s'approprier un milliard de dollars, et que Roger, l'ayant démasqué, ait voulu monnayer son silence. Et là,

Koblenz s'était dit qu'il avait tout intérêt à enlever Roger, voire à le supprimer.

Et mon frère s'était débrouillé pour échapper à ses griffes.

Bon. Mais dans ces conditions, qu'est-ce qui avait poussé Paladin – sous le nom de Traverse Development – à engager mon agence pour rechercher les fonds disparus ? Je ne voyais qu'une explication plausible : ce n'était pas Carl Koblenz qui avait décidé de faire appel à Stoddard Associates, mais Allen Granger lui-même. Autrement dit, le numéro 1 de Paladin ignorait que son second avait détourné un milliard de dollars.

Et Roger était allé fourrer son nez dans ce micmac.

Moi aussi, par la même occasion.

Sur le chemin de l'aéroport, j'ai contacté quelqu'un que je ne connaissais pas directement, l'ami d'un ami qui travaillait pour Paladin Worldwide. C'était un ancien des Navy SEALS du nom de Neil Burris, employé au service de sécurité privé de Paladin à Falls Church.

Son accueil a été moins qu'amical, mais quand je me suis présenté comme Marty Masur de chez Stoddard Associates, et que j'ai annoncé que Stoddard songeait à l'embaucher pour un salaire deux fois plus élevé que chez Paladin, son ton s'est nettement radouci.

Nous sommes convenus de prendre un verre ensemble.

50

D'une main tremblante, Lauren attrapa le téléphone pour appeler Nick.

Le cœur battant à tout rompre, la gorge sèche, elle éprouvait une sensation de vertige et de nausée. La pièce tournait lentement autour d'elle, et elle avait l'impression de dégringoler dans le vide.

Comment était-il possible qu'on ait filmé Gabe dans son sommeil ? Quelqu'un s'était-il introduit chez eux à la faveur de la nuit ? Y avait-il une caméra dissimulée dans la chambre ? Elle avait du mal à y croire. Qui avait pu faire une chose pareille ?

Au bord du malaise, elle reposa le téléphone, pensant que c'était une mauvaise idée de prévenir Nick. Il avait déjà exhumé des choses sur Roger et sur leur vie de famille qu'elle aurait préféré cacher. Comment s'était-il débrouillé pour découvrir la liaison de Roger, cette histoire horrible et tellement douloureuse qui avait sapé leur mariage ? Gabe avait eu tort de demander de l'aide à Nick.

Elle alla sur le site du lycée – rouge Harvard, caractères élégants, blason de l'école – et releva le numéro du standard au bas de la page d'accueil. Au téléphone, elle reconnut la voix de la secrétaire, Mrs Jordan, et elle lui demanda précipitamment :

— Ruth, je suis Lauren Heller, la maman de Gabe. Auriez-vous l'amabilité de vérifier si Gabe est bien en classe aujourd'hui ?

— Bonjour, Mrs Heller. Il y a un problème ?

— Non, pas du tout, mais je suis partie de bonne heure, et vous savez que les garçons ont du mal à se lever…

Mrs Jordan eut un petit rire, puis Lauren l'entendit pianoter sur son clavier. La devise de l'école était *Mens sana in corpore sano*, et elle se demanda comment on disait en latin « petits connards bourrés de fric ».

Elle arrivait tout juste à respirer.

— Il est bien là, lui annonça enfin Mrs Jordan. Actuellement, il doit être en sciences. Vous désirez lui laisser un message ?

Lauren expira lentement.

— Non, ça ira… Ou plutôt si, pourriez-vous lui dire que je passerai le prendre après les cours ?

Elle chercha ensuite le numéro de téléphone de Kate Vaughan, la mère d'élève chargée de raccompagner les enfants cette semaine-là, et l'appela pour la prévenir qu'elle ramènerait Gabe elle-même.

Lauren pouvait quitter le bureau de bonne heure. Leland était absent, et Noreen se ferait une joie de veiller au grain.

Elle avait besoin de voir son fils et de s'assurer qu'il allait bien.

51

Le mal de tête faisait une nouvelle offensive. La douleur lancinante dans les tempes et le front, l'impression que sa tête était une ampoule électrique sur le point d'exploser, une sensation de piqûres dans les globes oculaires.

Elle avait beaucoup de peine à se concentrer sur la route. Comme elle ne sortait jamais du bureau aussi tôt, elle n'avait pas prévu qu'il y aurait tous ces embouteillages dès le début de l'après-midi. À quatorze heures trente, on était loin de l'heure de pointe, mais le trafic était déjà engorgé.

Et son crâne menaçait d'éclater.

La vidéo de Gabe endormi ne cessait de défiler dans sa tête, obsédante, jusqu'à ce qu'elle ait envie de hurler.

Le lycée Saint Gregory se trouvait sur un campus verdoyant proche de Wisconsin Avenue, à côté de la cathédrale. Il offrait l'aspect d'une école de l'Ivy League, et les frais de scolarité étaient à l'avenant. Lauren passa devant les courts de tennis, devant l'immense terrain d'athlétisme tout neuf, et prit place dans une longue file de luxueux SUV. La voiture qui la précédait était une Range Rover, et elle était suivie par une Porsche Cayenne Turbo.

Cette scène ne lui était pas du tout familière, mais elle ne lui déplaisait pas. Venir attendre son fils à la sortie de l'école lui manquait beaucoup. Elle n'en avait plus l'occasion depuis l'époque du cours préparatoire, alors qu'elle commençait à travailler pour Leland. Il ne lui avait pas été facile de se libérer, mais elle s'était arrangée. Il y avait sept ans qu'elle ne venait plus le chercher, mis à part les fois où il était malade.

Autrefois, Lauren savait qu'elle était capable de protéger son fils. Elle pouvait apaiser ses pleurs en lui donnant le sein ou un biberon, en lui tapotant le dos pour qu'il fasse son rot, ou en le bordant le soir. Mais vient un jour où l'on doit laisser son enfant faire l'expérience du monde, et alors tout peut arriver.

L'aire de ramassage était encombrée de 4 × 4 qui arrivaient ou repartaient en se frôlant, version bourgeoise d'une course de monster trucks.

Un coup de klaxon retentit, et une Land Cruiser Toyota vint se ranger contre la voiture de Lauren. La conductrice baissa la vitre et l'interpella. Kate Vaughan, une jolie blonde à l'allure sportive, avec des cheveux coiffés en queue-de-cheval. Une joueuse de squash émérite. Les Vaughan possédaient même un court privé sur leur propriété. Leurs trois fils étaient tous excellents au squash, l'aîné était même classé au niveau national. Deux des trois fréquentaient Saint Gregory.

Sur les banquettes arrière de la voiture, quatre garçons chahutaient et se chamaillaient. Lauren salua Kate d'un signe de la main.

— J'ai bien eu votre message. Vous allez quelque part avec Gabe ?

— Non, c'est juste que mon patron est absent. Vous n'auriez pas vu mon fils, par hasard ?

— Non, désolée. Tout va bien ? J'ai entendu dire que vous aviez eu un accident.

— Je vais bien, merci beaucoup.

— Et… Roger ? Vous avez des nouvelles ?

Lauren fit non de la tête.

— Mon Dieu, Lauren, vous devez être morte d'inquiétude !

Une énorme Cadillac Escalade noire donna un grand coup d'avertisseur en essayant de doubler Kate.

— Oui, en effet, admit Lauren.

Kip, le fils de Kate, installé à l'avant, lui glissa quelques mots, et elle le fit taire d'une légère tape.

— Calmez-vous, les enfants ! C'est compris ? Vous savez, Lauren, j'ai entendu parler d'un phénomène appelé « amnésie dissociative ». C'est le stress qui déclenche ça. La personne oublie brusquement qui elle est, et elle se met à errer au hasard.

Le conducteur de l'Escalade klaxonna à nouveau et Kate lui adressa un geste grossier.

— Non mais il est incroyable, ce type ! Bon, je ferais mieux de bouger de là. Vous me tenez au courant, d'accord ? Je suis sûre que ça va s'arranger. Mais c'est quand même drôlement stressant…

— Oui, merci beaucoup.

Lauren fut l'une des dernières voitures à se présenter sur l'aire de ramassage. La foule des gamins agités et rigolards était en train de s'éclaircir, et elle ne voyait Gabe nulle part.

Elle avait la poitrine oppressée, une douleur lui martelait le front.

Après tout, Gabe n'avait peut-être pas eu connaissance de son message. C'était peu plausible, cependant. Mrs Jordan était d'une fiabilité absolue, et l'administration du lycée se montrait toujours vigilante quant aux déplacements des élèves. Les enfants inscrits à Saint Gregory avaient des parents riches et influents – sénateurs, juges de la Cour suprême, présidents étrangers – qui tenaient à s'assurer de leur sécurité. D'autre part, Gabe était tête en l'air, et il pouvait tout aussi bien avoir oublié leur rendez-vous. Mais dans ce cas, il aurait rejoint la voiture de Kate Vaughan, qui lui aurait rappelé que sa mère passait le chercher.

Dès que la voiture qui la précédait eut démarré, Lauren se rangea contre le trottoir.

Gabe n'était pas là.

Elle composa le numéro de son portable, qui bascula sur la boîte vocale après cinq ou six sonneries. Elle n'eut pas la patience d'écouter l'atroce musique qui introduisait le message enregistré.

Il était bien possible que Gabe n'ait pas emporté son téléphone. Il s'en servait rarement, et le laissait souvent à la maison ou dans son casier à l'école.

Lauren coupa le contact et sortit de voiture. Le stationnement était interdit à cet endroit, mais elle s'en moquait. Le cœur battant la chamade, elle remonta en courant l'allée bétonnée qui menait au bâtiment administratif.

Dans le hall, elle trouva trois élèves assis par terre, leur sac à dos posé à leurs pieds, en train de regarder le iPod de l'un d'eux.

— Les garçons, demanda-t-elle, vous n'auriez pas vu Gabe Heller ?

Les gamins haussèrent les épaules. Ils n'étaient pas dans sa classe, ils ne le connaissaient même pas. Lauren s'éloigna et gravit l'imposant escalier en pierre qui conduisait au secrétariat. Mrs Jordan, une jolie Noire entre deux âges, était au téléphone lorsqu'elle arriva. Elle mit son correspondant en attente et sourit à Lauren.

— Mrs Heller…

Lauren s'efforça de garder son calme, de ne pas se comporter en mère affolée et névrosée.

— Auriez-vous vu Gabe, récemment ?

Mrs Jordan, qui surveillait depuis son quartier général toutes les absences, retards et sorties exceptionnelles, la regarda d'un air perplexe.

— On est venu le chercher une demi-heure en avance, comme vous me l'aviez indiqué.

— Mais non, protesta Lauren, moi je vous ai demandé de l'avertir que je passerais le prendre. Je n'ai jamais dit que je viendrais plus tôt.

— C'est vrai, mais vous m'avez rappelée ensuite pour signaler que la police souhaitait lui parler.

— La police ?

— Deux policiers se sont présentés comme convenu, et je les ai envoyés à son cours d'anglais…

La pièce tournoyait autour de Lauren.

— Je n'ai jamais rappelé…

Lauren fit volte-face, les jambes flageolantes, et se précipita dehors.

— Je suis désolée, Mrs Heller, mais vous m'avez dit…

Mais Lauren ne l'entendait plus, elle courait déjà vers sa voiture.

52

Dès que l'avion de Delta Airlines a atterri au Reagan National, j'ai rallumé mon téléphone et mon Blackberry. Cinq messages m'attendaient sur mon répondeur, dont trois de Lauren.

Gabe avait disparu.

Avant même de la rappeler, l'idée m'est venue qu'il se cachait volontairement. Il était bouleversé, soumis à un stress important et malade d'inquiétude pour son père, et tout ça venait s'ajouter à ses problèmes à l'école. Et vu sa personnalité…

Cependant, j'ai appris en rappelant Lauren que deux individus en uniforme de policier étaient venus le chercher à l'école et qu'elle n'avait pas réussi à le joindre sur son mobile. Elle était terrifiée. J'ai fait de mon mieux pour la réconforter, lui assurant qu'il s'agissait sans doute de Garvin ou de ses hommes, et qu'il allait bientôt la contacter. Là, elle m'a raconté qu'elle avait reçu un mail anonyme au bureau, une vidéo qui montrait Gabe endormi dans son lit, filmé manifestement par une caméra de surveillance dissimulée dans la chambre.

J'ai compris alors qu'il se passait quelque chose de grave. Je me suis empressé d'appeler Garvin afin de savoir s'il avait envoyé deux policiers à Saint Gregory pour interroger Gabe.

Ce n'était pas le cas. Les deux hommes n'appartenaient pas au département des Crimes violents, sinon il en aurait été informé. Je l'ai prié de vérifier les communications radio, pour voir si deux officiers avaient été expédiés à l'école de Gabe pour une raison ou une autre. La réponse était non.

J'ai donc rallié Chevy Chase en quatrième vitesse.

Lauren est venue m'ouvrir. Elle avait beaucoup pleuré, et son maquillage avait coulé sur son visage rougi.

— On va le retrouver.

Elle a secoué la tête en reniflant, frottant son nez du revers de la main. Elle portait encore ses vêtements de travail et, malgré sa mine dévastée, elle était toujours superbe.

— Il est là, m'a-t-elle répondu.

— Il était là depuis le début ?

— Non, ils l'ont raccompagné. Ils l'ont pris à la sortie de l'école et ils l'ont ramené ici.

— Qui sont-ils ?

— Je l'ignore, mais c'est une histoire invraisemblable. Quelque chose m'échappe… Tu veux bien en discuter avec lui, Nick ?

— Que s'est-il passé au juste ?

— Il acceptera peut-être de te le raconter. Avec moi, il refuse d'en parler.

— Est-ce qu'il va bien ?

— Oui, ça va, mais on ne peut pas continuer à vivre ici. Nous ne sommes pas en sécurité.

— Lauren…

— Je vais l'emmener loin d'ici. J'irai habiter chez ma sœur, éventuellement.

— Attends, je vais lui parler.

53

Avant même d'entrer dans sa chambre, j'ai entendu le son métallique qui s'échappait de son iPod. Vêtu d'un T-shirt noir *L'Étrange Noël de Mr Jack*, Gabe était couché sur son lit, plongé dans un roman en édition de poche. Sûrement une de ces séries d'inspiration fantasy/science-fiction, qu'il dévorait avec autant d'enthousiasme que les BD.

Il n'a même pas levé les yeux.

— Salut, ai-je fait en m'asseyant au bord du lit.

Il n'a pas interrompu sa lecture. C'est peut-être une question de génération, mais je ne conçois pas qu'on puisse lire tout en écoutant ce genre de musique. Personnellement, je n'y arrive pas. Même pour me brosser les dents, je ne tolérerais pas un tel vacarme.

— Je veux savoir ce qui t'est arrivé.

Son regard est resté fixé sur le livre, mais j'ai vu qu'il ne parcourait pas le texte.

— Que s'est-il passé, Gabe ?

Pas de réponse.

J'ai tendu le bras pour lui arracher ses écouteurs.

— Ça va pas, non ?

— Dis-moi ce qu'ils t'ont fait.

Il m'a jeté un coup d'œil furieux.

— Pourquoi tu veux savoir ? Pour tout répéter à maman ? Ça la rend complètement dingue.

— Elle a eu très peur, tu ne peux pas le lui reprocher. Alors, qu'est-ce qu'ils ont fait ?

Il m'a décoché un nouveau regard assassin, typiquement adolescent, tout en posant le livre à plat sur son lit.

— Ils voulaient me poser des questions.

— Du genre ?

— Je sais pas, moi, des tas de trucs.

— Ils t'ont conduit quelque part ?

— Non, on a discuté pendant le trajet.

— Quel trajet ?

— Ils sont venus me chercher à l'école, et puis ils m'ont ramené ici. Ils connaissaient mon adresse et tout. Je n'ai même pas eu besoin de leur indiquer le chemin.

— Sur quoi t'ont-ils interrogé ?

— Plein de choses, en fait.

— Par exemple ?

— Est-ce que papa avait un coffre à son domicile, à quel endroit il rangeait ses clés, des trucs comme ça… Ils voulaient savoir s'il avait des cachettes dans la maison, une pièce de survie, ou une chambre secrète où il aurait pu planquer des affaires. Notre lieu de vacances, aussi, les destinations qui plaisaient à mes parents, les noms des amis de papa et des membres de sa famille. Tout ce qui me revenait en mémoire, quoi.

— Ils t'ont expliqué en quoi ça les intéressait, tout ça ?

— Évidemment. Ils prétendent qu'ils vont le retrouver. D'après eux, il a pu laisser des fichiers, ou des notes, qui nous indiqueraient où il est allé. Il y a peut-être des gens qui savent où il se trouve.

— Et toi, tu as répondu à leurs questions, c'est ça ?

— Oui, bien sûr.

Mon ventre s'est noué.

— Je leur ai dit que papa avait un coffre à la Chevy Chase Bank, mais que je ne savais plus dans quelle agence. Et aussi qu'à mon avis, il se cachait dans notre maison de Cape Cod.

— La maison de Cape Cod ?

— À Wellfleet.

— Je n'en ai jamais entendu parler.

— Pour la bonne raison qu'elle n'existe pas. Pas plus que le coffre à la Chevy Chase Bank, pour autant que je sache. Hé, vieux, tu es détective, oui ou non ?

54

Interloqué, j'ai remarqué le petit sourire qui se dessinait sur les lèvres de Gabe, et je n'ai pas pu m'empêcher de sourire à mon tour.

— Tu leur as menti, alors.

— J'ai brouillé les pistes, a corrigé Gabe. Bon, d'accord, j'ai menti.

— Tu as deviné que c'étaient des imposteurs.

— Tu vois, oncle Nick, ils conduisaient une de ces Crown Vic dont se servent tous les flics en civil, et l'insigne sur leur uniforme disait bien POLICE MÉTROPOLITAINE. Alors au début tout avait l'air normal. Ils m'ont même montré leur accréditation. Mais bon, on peut facilement s'acheter des badges et des tenues de policier sur Internet.

— Qu'est-ce qui t'a donné la preuve qu'ils étaient bidons ?

— Ils n'avaient pas de radio dans la voiture.

— Excellent.

— Et ils n'avaient pas non plus ce machin stroboscopique que les flics mettent sur le toit quand ils poursuivent un type en excès de vitesse.

— Très bien.

— Et ça ne sentait pas les donuts, a achevé Gabe avec un sourire.

— Beau travail, ai-je commenté.

— Dis ça à maman.

— Je vais le faire.

En me penchant vers lui pour lui tapoter l'épaule, je me suis aperçu que son visage était bizarrement crispé et qu'il avait les yeux pleins de larmes. Il a hoqueté, refoulant son envie de pleurer :

— Oncle Nick, j'ai eu la trouille de ma vie.

— Je sais, oui.

J'ai voulu l'attirer contre moi, mais comme il était toujours allongé, ce n'était pas très pratique. C'est lui qui s'est redressé pour me serrer dans ses bras.

— Qui sont ces gens, Gabe ?

— Je ne sais pas.

— Tu ne le sais pas, ou tu n'as pas envie de me le dire ?

— Actuellement, je ne peux faire que des suppositions, et ça m'ennuie.

Il s'est écarté de moi pour s'asseoir au bord du lit, puis il m'a regardé.

— Quel était leur but, finalement ? Nous terroriser, maman et moi ?

— C'est possible.

— Pourquoi ça ?

— Je l'ignore.

— Est-ce qu'on est… en sécurité ?

J'ai hésité beaucoup trop longtemps.

— Je n'en sais rien.

— Tu vas rester chez nous, ou retourner à la Forteresse de solitude ?

— Je t'ai déjà prévenu, Gabe. Tu ne te débarrasseras pas de moi aussi vite.

— Tu voudras bien m'apprendre à me servir d'une arme ?

— Non.

— Pour quelle raison ?

— Fais-moi un peu confiance.

Il a ricané avec mépris.

— Quel est le problème ? Tu n'as pas confiance en moi ?

Gabe s'est contenté de lever les yeux au ciel.

— Écoute-moi. Au XIXe siècle, il y avait un fameux acrobate français qui s'appelait Charles Blondin. Sa spécialité, c'était d'exécuter des numéros impossibles en marchant sur une corde raide. Un jour, il a tendu une corde à travers les chutes du Niagara, à cent mètres au-dessus du sol, et les spectateurs ont applaudi comme des fous.

— Et alors ? a coupé Gabe d'un air sceptique.

— Là, il a demandé au public : « Vous croyez que je suis capable de le refaire ? » Et les gens ont crié : « Oui ! » Et il a réussi. Ensuite, il a demandé : « Vous croyez que je peux faire ça les yeux bandés ? » La foule a pris peur, certains ont dit oui, d'autres non.

— Et là, il est tombé.

— Pas du tout. Il l'a fait, et le public l'acclamait de plus en plus fort. « Cette fois, a-t-il demandé, croyez-vous que je peux y arriver sur des échasses ? » Et les spectateurs ont crié : « Oui, c'est possible ! » Il s'en est tiré encore une fois, et la foule était carrément déchaînée. « Maintenant, pensez-vous que je puisse y arriver en poussant une brouette ? » « Oui,

oui ! » a scandé le public. « Vous le croyez vraiment ? » « Oui, oui ! »

Malgré son cynisme adolescent, Gabe n'a pas pu s'empêcher d'écouter l'histoire, pareil à un bambin à qui on lit un conte avant qu'il s'endorme.

— C'est vraiment arrivé ?

— Oui.

— Et il a réussi ?

— Parfaitement. Quand il est parvenu de l'autre côté, la foule a perdu la tête. « À présent, a demandé Blondin, me croyez-vous capable de refaire ça avec un homme dans ma brouette ? » « Oui, on le croit ! Absolument ! » À ce moment-là, il avait le soutien inconditionnel du public. « Bien, a fait Blondin, qui se porte volontaire pour monter dans la brouette ? » Et là, silence de mort parmi les spectateurs. « Qu'est-ce qui se passe ? Vous avez cessé de me faire confiance ? » Au bout d'un long moment, quelqu'un s'est détaché de la foule et a déclaré : « Si, nous vous faisons confiance, mais pas à ce point-là. »

— Et à la fin, il a trouvé un volontaire ?

J'ai haussé les épaules.

— Comment il est mort, ce mec ?

— Dans son lit, quarante ans plus tard. Il souffrait de diabète.

— Merde.

— Ça vaut mieux qu'une chute mortelle, non ?

— Je peux m'en servir dans mon roman ?

— Je t'en prie.

— Qu'est-ce que tu cherches à démontrer, oncle Nick ? Qu'on finit tous par mourir un jour ?

— Non. Ce que je veux dire, c'est que dans certaines circonstances il faut garder la foi. Bonne nuit, Gabe.

Il m'a rappelé au moment où je sortais et m'a lancé un objet que j'ai rattrapé au vol.

Son carnet. Le roman graphique.

— Tu me donneras ton avis.

Ç'a été mon tour d'être ému.

55

Le visage cramoisi et luisant de sueur, Lauren arpentait fébrilement sa chambre et jetait des vêtements dans les deux valises posées sur le lit.

— Détends-toi, lui ai-je conseillé. Respire bien fort.

— C'est impossible, Nick, on ne peut pas rester ici.

— S'il te plaît, Lauren, assieds-toi un instant.

— Tu veux bien me dire ce qui lui est arrivé cet après-midi ?

— D'accord, à condition que tu t'asseyes.

À contrecœur, Lauren s'est installée sur le grand fauteuil de lecture couvert d'un plaid, dans un angle de la pièce. Je lui ai résumé brièvement les événements, en soulignant l'habileté de Gabe à gérer la situation.

— Alors c'étaient de faux policiers. Des imposteurs. Ils sont à la recherche de Roger, n'est-ce pas ?

— Ça se peut, mais je pense que le but de la manœuvre n'était pas de récolter des informations. Il s'agit plutôt d'une menace, comme la vidéo que tu as reçue aujourd'hui. Ils vous surveillent, ton fils et toi. Vous n'êtes à l'abri nulle part.

Le sang s'est retiré de son visage, et sa voix a grimpé dans les aigus :

— Et tu t'imagines que ça va me calmer d'entendre ça ?

— Je ne suis pas là pour ça, de toute façon.

Lauren s'est mise à parler à un rythme précipité, comme en aparté :

— Ma sœur n'a pas la place de nous héberger, mais on peut habiter quelques jours chez ma mère, le temps que je trouve quelque chose.

— Qu'est-ce qui te garantit que vous serez mieux protégés dans l'appartement de ta mère ? ou dans une quelconque chambre d'hôtel ? Tu t'imagines qu'ils ne pourront pas suivre vos traces ? Je ne pense pas que tu aies un moyen de te cacher.

— Bon Dieu, Nick ! a-t-elle fait en se levant brusquement.

— Est-ce que mon copain Merlin est venu remplacer le système de sécurité ?

— Oui.

— Je veux que tu t'en serves dès maintenant.

— À quoi bon ? a-t-elle riposté hargneusement. On va rester cloîtrés ici toute la journée avec l'alarme branchée, comme dans une forteresse ? Tu crois qu'on ne risque rien ? Et si Gabe retourne à l'école ? Ils ne vont pas l'emmener de nouveau ?

— Si quelqu'un avait l'intention de vous faire du mal, à l'un ou à l'autre, il l'aurait déjà fait. À mon avis, ils ont un autre plan en tête.

— Et de quoi s'agit-il, dans ce cas ?

— Tu veux mon opinion ? C'est une coopération qui les intéresse.

— Une coopération ? Mais laquelle, au juste ?

Je lui ai répondu par une question :

— Qu'est-ce que tu m'as caché jusqu'ici ?

— Je ne te cache rien du tout.

— Lauren, tu possèdes quelque chose qu'ils veulent s'approprier.

— Je ne vois pas du tout ce qu'on pourrait vouloir de moi.

— Écoute, j'ai rencontré mon père dans la matinée.

— Victor ? Tu l'as vu en prison ?

— Évidemment. Et il m'a révélé que Roger avait tenté de soutirer beaucoup d'argent à une compagnie de sécurité privée, Paladin Worldwide.

Lauren a secoué la tête, les yeux agrandis par la stupeur.

— Je n'en crois pas un mot. Roger n'a pas pu faire ça.

— Peu importe ce qu'il a fait ou pas, je suis certain que nous avons affaire à Paladin. Et ils n'agissent pas au hasard. Tu détiens une chose qui les intéresse. Quelque chose que Roger t'aurait laissé, peut-être même à ton insu. Et si tu ne le leur donnes pas, ils te prendront quelque chose à la place. Quelque chose d'extrêmement précieux.

— Arrête, Nick, ne dis pas ça.

— La menace avait une signification très claire, mais elle ne contenait aucune requête explicite. Je te repose la question, que possèdes-tu qu'ils cherchent à récupérer ?

— Mais je n'en ai pas la moindre idée !

— Dans son mail, Roger disait qu'il avait pris des mesures pour vous protéger. Pour que vous puissiez les tenir à distance. Dis-moi ce que tu me caches.

Elle a nié de nouveau, avec davantage de véhémence :

— Je ne sais même pas ce qu'il voulait dire par là. Il n'a jamais fait allusion à une extorsion de fonds, pas plus qu'il n'a mentionné ces gens… Paladin. Il faut que tu me croies, Nick, je te dis tout ce que je sais.

— Oui, tu m'avais affirmé aussi que tout allait bien entre vous.

— Ce n'était pas sur le même plan. Ça concernait… notre vie privée. Je trouvais déplacé d'aborder le sujet avec toi. Ça ne veut pas dire que je te dissimule des informations.

J'avais bien envie de la harceler, mais je me suis borné à dire :

— Tout ce qui m'importe, c'est de vous protéger de mon mieux. Pour cette raison, j'ai besoin que tu réfléchisses à tous les propos de Roger – même les choses qui t'ont semblé anodines sur le moment. Ses paroles, ou un objet qu'il t'aurait remis.

— Je te le répète, Nick, je ne vois pas du tout. Tu crois sincèrement que je ferais des cachotteries alors que la vie de Gabe est en jeu ?

— Non, bien sûr que non. Pas de manière délibérée, en tout cas. Je te demande quand même d'y penser sérieusement.

— Je te promets de le faire.

— Donne-moi une chance de retrouver ces types. La seule solution, c'est de les débusquer et de les neutraliser.

— Ça veut dire quoi, exactement ?

— Je le saurai le moment venu. S'il te plaît, fais-moi un peu confiance.

Elle a gardé le silence une minute, la gorge nouée.

— J'accepte. Mais à la prochaine menace – coup de téléphone, mail ou tout ce qui peut ressembler à l'histoire d'aujourd'hui –, j'emmène Gabe aussi loin que possible.

— Marché conclu.

Nous avons échangé une poignée de main bien ferme, et Lauren a remarqué alors que je tenais le cahier de Gabe.

— C'est lui qui te l'a donné ?

— Il sollicite mon avis d'expert.

— Mais pourquoi toi ?

— Je l'ignore.

— Mince, je suis quand même sa mère, moi !

— C'est peut-être justement pour ça qu'il ne te le montre pas.

Quelqu'un a sonné à la porte, et elle m'a regardé d'un air anxieux.

— Qui ça peut bien être ?

— C'est encore Merlin. Avec Dorothy, une collègue de travail. Ils viennent passer la maison au crible. Ils cherchent des dispositifs électroniques. Caméras et micros cachés, ce genre de choses… Je vais leur dire de commencer par la chambre de Gabe.

— Sa chambre ? Nick, je ne veux pas qu'il soit au courant pour cette vidéo. Ça va le paniquer.

— C'est possible, au début. Mais ne le sous-estime pas, il est capable de faire face.

— Tu ne sais pas du tout ce que c'est, d'avoir un enfant.

— Ça, je ne peux pas dire le contraire.

— Tu es tout-puissant, et un jour tu es l'impuissance même. Tu mets au monde un être que tu désires protéger de tout ton cœur, de toutes tes forces, et tu t'aperçois que c'est irréalisable. Tu es obligé d'admettre qu'à un certain moment, tu n'es plus en mesure de le protéger.

— Tu sais ce que tu peux faire, si tu tiens à vous protéger tous les deux ? Laisse tomber tes défenses et sois franche avec moi. Quoi que tu m'aies caché, il faut absolument que tu te livres à moi.

56

Walter McGeorge, surnommé Merlin, avait cette silhouette ramassée que l'on trouve souvent chez les membres des Forces spéciales. Il était brun, les tempes rasées, avec un nez porcin et une fine moustache. Les rides profondes qui sillonnaient son front lui donnaient un air de colère perpétuelle.

Je l'ai aidé à charrier son matériel à l'étage, deux valises en aluminium doublées d'une mousse en polyuréthane, et une espèce de caméra sur pied qui semblait échappée des années quatre-vingt.

Gabe nous a regardés entrer d'un œil ébahi.

— Excuse-nous, mais on a besoin d'emprunter ta chambre un moment.

— Pour quoi faire ?

— Ta mère va tout t'expliquer.

J'ai observé Merlin qui déplaçait sur le mur un appareil assez semblable à un détecteur de métaux, ou à un petit détecteur de mines, relié aux écouteurs noirs qu'il avait sur la tête.

— Tu n'as rien trouvé pour l'instant ?

— Non. Tu es sûr qu'il y a quelque chose ?

— Certain.

— Ça, c'est notre analyseur spectral haut de gamme. Il a coûté une fortune. Il renvoie les ondes radio en temps réel et détecte des trucs normalement indécelables.

— Et pourtant il ne trouve rien.

— Exact.

— Ce qui signifie qu'il n'y a pas d'émetteurs sans fil.

— Non, rien du tout. Ou du moins il n'y a pas d'émission actuellement. (Il m'a désigné l'appareil posé sur le trépied.) Tu vois cette caméra à imagerie thermique ? C'est du matériel de laboratoire, ça. Cette machine peut te détecter une onde de chaleur dans les murs à un dix-huit millième de degré près.

— Il n'y a rien là non plus ?

— Non.

— Si tu finis par découvrir quelque chose, tu ne crois pas que ce sera un espion GPS ?

— Si, à condition que le responsable soit vraiment Paladin. Ils ont le même matos que le gouvernement.

Dans le temps, les gens qui contrôlaient un dispositif de surveillance étaient obligés de s'installer à l'arrière d'une camionnette, dans une rue suffisamment proche pour que la transmission leur parvienne. Aujourd'hui tout a changé. Les puces les plus évoluées utilisent la même technologie que les téléphones cellulaires. Plus précisément, ce sont elles qu'on trouve à l'intérieur des portables, auxquels on ajoute simplement un clavier et des accessoires attractifs. On peut y accéder de n'importe où dans le monde, elles se mettent en marche discrètement et activent leur micro pour que l'on puisse écouter à distance. Plus petites qu'un paquet de cigarettes, elles se révèlent inusables si on les recharge à une prise électrique.

Ces puces émettent les mêmes signaux que les mobiles, mais uniquement quand elles sont allumées. Merlin se servait de la caméra thermique pour repérer une éventuelle circuiterie électronique grâce aux infimes quantités de chaleur générées par le passage du courant dans les diodes.

— Aucun succès de ce côté-là ?

— Cet appareil détecte les jonctions non linéaires. Il émet des impulsions à haute fréquence, puis il analyse les harmoniques qui sont renvoyées vers lui. Il signale les dispositifs électroniques même s'ils sont éteints.

— Et alors ?

— Il y en a plein, en fait. Horloges, téléphones, lecteur de DVD, mais pas d'émetteur espion. J'ai le droit de fumer ici ?

— Non.

— Dans les prisons, ils ont recours à cette machine infernale pour repérer les téléphones clandestins cachés dans les murs ou les sols.

— C'est vrai ?

— Oui, mais je t'assure qu'il n'y a rien dans cette pièce, Heller.

J'ai tenté de l'aider en employant les vieilles méthodes : inspection visuelle, recherche de traces minuscules sur les murs et le plafond. J'ai dévissé les cadres des interrupteurs et les caches des prises, ainsi que le plafonnier. De nos jours, il est assez facile de dissimuler une caméra dans un filtre d'aération, une horloge murale ou une lampe de chevet. Il y a une infinité de cachettes possibles.

Merlin et moi n'avons pas perdu de temps, mais au bout d'une demi-heure il a eu l'air découragé.

— Rien, a-t-il déclaré.

— Tu nous fais un drôle de Merlin, là.

— On a fini pour cette pièce ?

— Non. Pas avant que tu aies mis la main dessus.

57

En entrant dans la cuisine, j'ai entendu le rire enroué de Dorothy Duval. Lauren était en train de faire du café, et Dorothy avait proposé son aide, peut-être pour le plaisir d'avoir une compagnie féminine. Je savais cependant que ma collègue avait une idée en tête : mettre Lauren à l'aise, l'entourer de gentillesse pour apaiser son angoisse.

— Et dire que tu ne m'avais jamais présenté cette fille, a plaisanté Dorothy en sirotant son café.

— J'évite de mélanger boulot et plaisir.

Elle est partie d'un grand rire éraillé.

— Bon. Je ne savais pas qu'elle venait de Charlottesville. Dans le temps, j'y passais toutes mes vacances d'été, ma grand-mère habitait là-bas.

Lauren a rempli mon mug de café.

— Délicieux, l'ai-je complimentée. Je me demande pourquoi je ne le réussis pas aussi bien.

— Parce que tu n'as pas la bonne machine.

J'ai jeté un coup d'œil à la vieille cafetière électrique Hamilton Beach posée sur le comptoir.

— Celle-là, tu me l'avais cachée. Au moins, je saurais m'en servir.

— Roger n'aimait pas qu'on la laisse en vue. Elle ne lui plaisait pas.

Elle a rempli un autre mug en grès.

— Et ton copain là-haut, comment il le prend, son café ?

— Aucune idée. Dans le temps, on faisait bouillir un instantané merdique sur un réchaud portatif, et parfois, si on était pressés, on mâchait carrément les granules de notre ration. Mais depuis l'Afghanistan, il a pu acquérir des goûts plus raffinés. Où est passé Gabe ?

— Dans le salon, il est en train de lire.

— Tu lui as dit la vérité ?

Lauren a fait oui de la tête.

— Et comment il a réagi ?

— Il prétend que ce n'est pas une surprise.

— Nick, est intervenue Dorothy, tu peux venir une minute ?

— Tu as découvert quelque chose ?

— Oui.

— Tu peux parler, je veux que Lauren entende aussi.

Son regard s'est promené entre nous deux.

— Bien. Comme mes détecteurs de logiciels malveillants n'avaient rien trouvé, j'ai fini par installer un module d'analyse du réseau. Au bout du compte, j'ai capté un trafic crypté.

— Crypté ?

— Je n'arrive pas à déchiffrer.

— Vous parlez d'un maliciel ? a demandé Lauren.

— C'est ça, a confirmé Dorothy. Le codage est extrêmement sophistiqué, pas le genre de produit qu'on se procure facilement dans le commerce. Il est du niveau de ceux qu'utilise le gouvernement.

— Vous voulez dire que c'est le gouvernement qui a fait ça ? a dit Lauren.

— Ou alors un partenaire du gouvernement qui a accès à ses codes.

— En d'autres termes, chaque fois qu'on envoie ou qu'on reçoit un mail, ou qu'on se connecte à un site…

— Toutes les frappes sont enregistrées, a achevé Dorothy.

— Tous mes noms d'utilisateur, mes mots de passe de messagerie ?

— Absolument.

— Paladin a bien des contrats avec le gouvernement ? m'a demandé Lauren.

— Le gouvernement américain est son principal client.

— Mais comment se sont-ils débrouillés pour le poser ? Ça signifie qu'ils sont entrés dans la maison ?

— Ce n'est pas sûr, a répondu Dorothy. Ils ont pu installer le logiciel à distance. Mais vous savez, la vidéo qu'ils vous ont envoyée prouve qu'ils se sont introduits ici. Il a bien fallu qu'ils placent une caméra à l'intérieur.

Lauren s'est mordu la lèvre et a tendu un doigt vers le plafond.

— Et votre copain, il a trouvé la caméra ?

— Pas encore, mais ça ne va pas tarder.

— C'est un mystère que la vidéo de Gabe ait pu disparaître comme ça, a fait remarquer Lauren. Je ne vois pas comment ils ont pu l'escamoter de cette façon.

— Je crois que j'ai compris, a dit Dorothy. Ça s'appelle VaporLock, une espèce de système de messagerie privé qui passe par le Web. Il sert à transmettre des messages électroniques sans laisser de trace. Une fois qu'on ouvre le mail, le nom de l'expéditeur s'efface, et ensuite c'est le contenu qui disparaît.

— D'accord, mais quelle est vraiment la finalité de ce logiciel espion ? Ils pensent que Roger risque de me contacter, et ils cherchent à lire les mails qu'il pourrait m'envoyer ?

— Peut-être.

— Ça donne à penser qu'ils le croient vivant, non ?

J'ai gardé le silence une bonne dizaine de secondes.

— Ce n'est pas impossible.

— Ça peut aussi nous indiquer qu'ils ne le retiennent pas prisonnier, qu'ils ne savent même pas où il est.

— Sans doute, ai-je admis, mais je vois une explication plus vraisemblable.

— Laquelle ?

— Ils pensent que tu possèdes quelque chose, et ils le veulent.

— Je t'ai répété cent fois que je n'avais pas la moindre idée là-dessus.

— De l'argent, peut-être. Une somme importante.

— C'est de la folie.

— Ou des informations, des fichiers.

— Je n'ai rien de tout ça, il faut que tu me croies. Ils s'imaginent peut-être le contraire, mais c'est faux.

— D'accord.

En réalité, je ne savais que penser.

— Encore une question, a fait Lauren. Q
parents posent des logiciels espions sur l'o
de leur enfant, ils reçoivent parfois des rapports pa
mail, au bureau par exemple. Je me trompe ? Dans ce cas, est-ce que tu ne pourrais pas savoir où ce programme fait parvenir les siens ? En vérifiant l'adresse IP, tu ne peux pas arriver jusqu'au responsable ?

Un sourire a étiré les lèvres de Dorothy, et nous avons échangé un regard. Elle avait les dents écartées, ce que j'avais toujours trouvé charmant.

— Cette femme est d'une intelligence remarquable, a-t-elle commenté. Je constate que la nullité en informatique n'est pas un trait de famille.

— On n'est parents que par alliance.

— En effet. Les données aboutissent sur un réseau zombie en Ukraine.

— Je crois avoir compris, ai-je coupé. Les données qui sortent d'ici n'atterrissent pas vraiment sur un réseau illégal ukrainien.

— Tu as raison. C'est juste un moyen de camoufler leur destination finale. Je suggère donc qu'on ne touche ni au programme espion ni aux puces, et que je surveille le trafic jusqu'à ce que je découvre où vont réellement les données. Si c'est possible.

— Ça me paraît bien. Fais le nécessaire, moi je vais faire un tour là-haut. (J'ai emporté le mug posé sur le comptoir.) Merlin prendra son café noir, que ça lui plaise ou pas.

Merlin n'avait toujours rien trouvé.

— Il y avait peut-être quelque chose ici, mais plus maintenant. Qu'est-ce qui te dit que la vidéo ne date pas d'une semaine, voire d'un mois ?

— C'est exact, je n'en sais rien.

Pendant qu'il poursuivait ses recherches, je me suis assis devant le bureau de Gabe pour lire son roman graphique. J'ai été sidéré par la qualité des dessins. Je n'ai jamais eu la passion des comics, mais à une époque, Roger et moi nous échangions des vieux *Batman* et *Superman*, ou même des *Green Lantern* et *Captain America*. Le travail de Gabe n'avait rien à leur envier. Il utilisait un feutre à pointe ultra-fine et faisait des hachures pour marquer les ombres. Même les caractères avaient l'air quasiment professionnels.

Mais c'est surtout l'intrigue qui m'a soufflé.

Le roman s'intitulait *Le Roi de l'évasion* et racontait les aventures d'un super-héros à la mâchoire carrée surnommé The Cowl à cause de sa cagoule à la Batman. Il combattait les malfaiteurs qui sévissaient dans la capitale du pays, une version décadente de Washington. The Cowl était mon parfait sosie – il avait même mes cheveux bruns –, à l'exception de la mèche d'un noir brillant qui s'enroulait sur son front, inspirée de Superman. Il avait aussi un passé obscur, qui impliquait apparemment une épouse disparue, et un caractère sombre et mélancolique. Sa Forteresse de solitude présentait plus d'un point commun avec mon propre loft à Adams Morgan. Le héros était capable de s'évader de n'importe quelle prison et de briser ses liens comme Houdini, et il cassait la gueule aux méchants, essentiellement des adolescents gigantesques et maléfiques qui s'habillaient comme les élèves de Saint Gregory, en pantalon et blazer. Ils rappelaient également les personnages de *Sa Majesté des Mouches*.

Sa mère, en revanche, n'apparaissait pas une seule fois. Le super-méchant, Dr Cash, présentait une ressemblance troublante avec Roger, ou plutôt un double monstrueux de Roger, difforme et affublé d'une peau bleue, résultat d'une absorption d'argent colloïdal. Il dirigeait une société malfaisante qui avait réussi à s'emparer du pouvoir lors d'un coup d'État post-apocalyptique, et il tyrannisait désormais le pays depuis son bunker souterrain, situé sous les ruines de la Maison Blanche. On voyait souvent à son bras une blonde à la poitrine opulente, une créature vénéneuse nommée Candi Dupont.

Candi Dupont.

Ce n'était pas un nom qui s'oubliait comme ça.

C'était celui de la maîtresse de Roger, la femme dont il avait payé l'avortement. Un nom d'emprunt, à n'en pas douter. Dorothy n'avait trouvé sa trace dans aucune base de données. Mais quelle qu'ait été sa véritable identité, Gabe connaissait son existence.

Dorothy a fait son entrée, interrompant ma lecture.

— Dites-moi, vous n'auriez pas rallumé l'ordi du gamin, par hasard ?

— Non, a répondu Merlin, tandis que je fermais le cahier.

— J'étais persuadée d'avoir éteint les deux ordinateurs, et pourtant je détecte actuellement un trafic sortant. Il y a encore une transmission par Internet.

— Merci, a lancé Merlin, caustique. Ça nous aide énormément.

— Ça nous apprend qu'un émetteur fonctionne dans la maison, ai-je expliqué.

— On continue de chercher, alors, a conclu Merlin en haussant les épaules.

— Bon Dieu, mais il est verni, ce môme ! s'est exclamée Dorothy en lorgnant le matériel de Gabe. Visez-moi cet équipement ! IPod, enceintes, jeux vidéo, Nintendo, Game Boy, PlayStation 3 et Xbox 360. Et moi qui croyais que mon neveu était gâté. Vous avez vérifié toute l'électronique ?

— Oui, a répondu Merlin, et j'ai trouvé un certain nombre de semi-conducteurs.

— OK, merci bien, a répliqué Dorothy. Je sens comme un sarcasme. Mais quand même, c'est bien là qu'on a intérêt à chercher, non ?

— C'est ça, a ironisé Merlin, voilà tout à fait l'endroit où je planquerais une caméra. Dans une Game Boy qu'on balade sans arrêt dans la maison.

— De toute façon, je ne vois pas pourquoi vous prenez la peine de fouiller ici, ça ne correspond pas du tout à l'angle de prise de vue. Lauren m'a décrit le film, et il faut que la caméra soit placée juste au-dessus du niveau de l'œil.

Du tranchant de la main, Dorothy a fait un mouvement pour tracer une ligne horizontale. Je suis alors revenu vers le bureau de Gabe, afin d'examiner son énorme lecteur de CD avec haut-parleurs intégrés. Celui auquel il branchait son iPod pour qu'il le réveille le matin. Le dessus était recouvert d'une mince couche de poussière. Cependant, j'ai observé qu'il n'y en avait pas sur une partie de la console. Et cette surface entourait un voyant à LED qui semblait étranger à l'appareil. Attrapant la minuscule ampoule, j'ai tiré dessus, arrachant en même temps le long fil noir entortillé qui y était attaché.

— Putain, a lâché Merlin en voyant ça.

Il n'a eu besoin que de quelques minutes pour démonter soigneusement le lecteur de CD, dont il a posé les composants sur une pile de bouquins.

— Bon Dieu, c'est trop cool, ça, a fait Merlin, tout excité. J'avais jamais vu une de ces miniatures. C'est Misumi qui fabrique ça, une société taiwanaise. Elle est reliée à un encodeur IP vidéo qui capte les signaux analogiques et les renvoie sur Internet.

— Comment ça se fait qu'elle vous ait échappé, à vous ? s'est enquis Dorothy.

— À cause du revêtement en néoprène qui camoufle les ondes de chaleur. Très fort. Par contre, je me demande comment ils ont su où la poser. Ils ont forcément exploré la maison au préalable.

— Ça, c'est certain, ai-je opiné en repensant au détecteur désactivé dans le bureau de Roger. (J'ai consulté l'heure à ma montre.) Merci infiniment, tous les deux. Vous m'avez rendu un immense service.

— J'espère que tu nous revaudras ça, a lancé Dorothy.

— Tu peux compter sur moi.

— Vivement l'encaissement, alors.

— Attention, l'ai-je prévenue en partant, il y a des pénalités en cas de retrait anticipé. Bon, je vous recontacte très bientôt.

— Tu as un rendez-vous galant ou quoi ?

— Non, je dois juste prendre un verre avec un vieux copain.

58

L'Anchor Tavern était un rade assez minable situé à quelques blocs de Capitol Hill. Les murs étaient ornés de têtes d'animaux empaillés. Le mercredi soir, ils faisaient la bière à un dollar, leurs hamburgers étaient les meilleurs de la ville, et ils ne servaient pas d'appletinis.

J'ai patienté une dizaine de minutes sur ma banquette en skaï rouge, qui dégageait des relents acides de bière renversée. Celui que j'attendais était le dénommé Neil Burris, agent de sécurité chez Paladin Worldwide.

Je pensais bien qu'après mon coup de fil de l'aéroport d'Albany, passé sous le nom de Marty Masur, il avait pris quelques renseignements de son côté, consistant probablement à vérifier quel genre de salaire Stoddard pouvait verser. Il devait saliver depuis qu'il connaissait la réponse.

Je m'apprêtais à ressortir lorsqu'un type râblé et musculeux, aux épaules ridiculement larges et au bouc mal taillé, s'est avancé vers ma banquette. Il ressemblait à un dur qui se serait acheté une conduite. Son T-shirt de sport en nylon ultra-moulant mettait en valeur ses biceps et ses pectoraux saillants, mais il avait le fâcheux inconvénient de dénuder le bourrelet de son ventre.

— *Hola*, a-t-il fait sans essayer de mettre l'accent. (Allongeant le bras par-dessus la table, il m'a serré la main en me broyant les os.) Neil Burris.

— Marty Masur, enchanté de vous rencontrer.

— Désolé d'être en retard. J'ai eu du mal à me garer.

— C'est pas facile dans le quartier.

Il s'est installé en face de moi, sur l'autre banquette, et m'a dévisagé un bon moment.

— C'est drôle, vous ressemblez pas à votre photo.

— J'ai fait pas mal de muscu.

Il m'a observé encore un peu, puis un sourire a étiré ses lèvres, révélant de petites dents pointues et tachées. Il devait chiquer du tabac.

— Écoutez, tout ça, ça reste entre nous, OK ? Je veux pas que…

— Vous voulez surtout pas que les gens de Paladin sachent que vous causez avec moi. Ça marche. Nous non plus, ça nous arrange pas.

— Bon.

J'ai fait signe à la serveuse de venir.

— D'après ce que j'ai entendu, Koblenz a bien envie de vous garder.

Burris s'est mis à bredouiller, un sourire gêné sur la figure.

— C'est bien Koblenz qui est aux commandes, non ? ai-je repris.

— Granger, je l'ai jamais rencontré, si vous voulez savoir. Il vit tout seul là-bas, en Georgie. Comme un ermite, presque. Personne le voit jamais.

— Et vous savez pourquoi ?

Il a jeté un regard furtif autour de lui et s'est penché vers moi.

— J'ai entendu dire qu'y avait des gens qui cherchaient à le tuer.

— Bizarre. Il dirige la plus grosse armée privée de la planète. Il doit quand même pas manquer de gardes du corps, si ?

— Vous êtes pas plus avancé, si celui qui veut vous buter bosse sous vos ordres.

— C'est-à-dire ?

— Je rigole pas, là. Y a deux ans de ça, quand c'était le bordel à Bagdad, une dizaine de basanés se sont fait dégommer, vous voyez ? Des civils. Et là, ça a chauffé pour deux mecs de chez Paladin.

Je gardais un vague souvenir de cet épisode. Des agents de Paladin avaient ouvert le feu sur des civils irakiens et les avaient tués.

— Les familles des victimes ont porté l'affaire devant les tribunaux américains, il me semble.

— Ouais, ça craignait à mort. Le Pentagone nous a menacés de ne pas renouveler notre contrat, et du coup Granger a lâché les deux gars.

— Comment ça ?

— Il aurait pu se battre s'il avait voulu, mais il a préféré passer un accord avec le gouvernement. Du genre, ces deux mecs étaient juste les pommes pourries du panier, faites-en ce que vous voulez et on vous jure que ça se reproduira pas. Chez Paladin, y a pas mal de mecs qu'ont pété les plombs. On s'était figuré qu'en cas de pépin, ils seraient toujours là pour nous couvrir. Comme d'habitude. À ce qu'on m'a raconté, des copains des types en question ont essayé de se débarrasser de Granger.

— De l'éliminer, vous voulez dire ?

— J'en sais rien, moi. Je vous répète ce que j'ai entendu. C'est dingue, hein ?

La serveuse, une jolie blonde aux cheveux hérissés et bardée de piercings, s'est approchée pour prendre notre commande. Burris s'est présenté en essayant de la draguer, mais sans succès. Ça venait peut-être de son prénom, après tout. C'est pas mal, Neil, mais ça ne va pas du tout aux « durs ». Il rêvait sans doute de s'appeler Bruno, Butch, ou au moins Jack.

— Voici ma proposition, ai-je annoncé à Burris. Stoddard a le projet de se développer, d'imposer son nom sur le marché. Il s'intéresse aux activités de Paladin, et il a besoin d'un éclaireur, si vous voulez.

— Un éclaireur, a répété Burris.

— Quelqu'un qui nous prépare le terrain, qui connaisse bien le secteur.

Burris semblait nerveux, maintenant. J'avais l'impression de voir une bulle avec ses pensées au-dessus de sa tête, comme dans une bande dessinée. *Vous vous trompez de cible. Je suis qu'un paquet de muscles, moi, pour le reste je suis pas au courant.*

Pourtant, il n'avait pas envie de laisser filer une occasion pareille. Il n'était peut-être pas qualifié, mais le client n'avait qu'à prendre ses précautions.

— Dans cette branche, ai-je continué, vous traitez surtout avec le gouvernement américain ?

— Ouais.

— Vous devez savoir qui sont les acteurs, et quelle est la meilleure façon de les approcher. Vous voyez ce que je veux dire ?

— Tout à fait.

— Vous savez sûrement qui il faut arroser. Les bons vieux bakchichs, ai-je insisté en mimant le geste de palper des billets.

— Puisqu'on en parle, Paladin me paie en liquide.

— En liquide ? Sérieux ? Et c'est vrai pour tous les gars ?

— À mon avis, ils veulent pas laisser de traces. Le cash, c'est ce qu'il y a de plus discret. Mais ils en filent pas à tout le monde. Je sais pas trop, ça doit tenir au fait qu'on est des contractuels indépendants, pas des salariés. J'ai toujours pensé que c'était une arnaque, un moyen pour eux de feinter les impôts, mais je pose pas trop de questions, moi. Et puis le cash, ça me plaît bien.

— On peut pas vous le reprocher.

— Ça vous pose un problème ?

— Je suis certain qu'on peut s'arranger.

Deux minutes plus tard, la serveuse nous a apporté deux pressions. Des Budweiser légères et aqueuses, insipides comme je les aime.

On a trinqué, et j'en ai profité pour glisser sur le ton de la confidence :

— Je devrais pas vous dire ça, je suppose, mais Stoddard est obsédé par cette affaire, il veut faire une percée dès que possible. Si vous pouvez nous fournir un échantillon de la marchandise, je peux sans doute lui faire casquer beaucoup plus que ce que je vous ai dit au téléphone. Bon, je garantis pas qu'on vous donnera du liquide, mais je vous propose 350 000 pour commencer. Plus des stock-options.

Burris s'est étranglé avec sa bière et s'est mis à tousser, la figure écarlate. Il a levé la main pour me signaler que tout allait bien, ou peut-être pour me demander d'attendre un instant. Il a déclaré quand la toux s'est calmée :

— Je suis à votre service… Marty.

59

— C'est quel genre d'« échantillons » que vous cherchez ? a demandé Burris.

— Des noms, essentiellement. Quelque chose que je pourrais rapporter à Stoddard pour le mettre en confiance, lui prouver que vous connaissez bien les joueurs qui comptent. Vous savez, ai-je précisé en souriant, je n'ai pas besoin d'un rapport complet, quelques noms suffiront.

— Je peux sans doute vous dégoter ça.

— Vous ne les avez pas ?

— C'est pas vraiment mon rayon, s'est-il empressé d'alléguer, mais je peux poser des questions ici et là.

— J'ai comme l'impression que vous n'êtes pas dans les hautes sphères.

— C'est pas ça, non, disons plutôt que mon boulot est ailleurs.

Burris était en train de bluffer, et il ne s'y prenait pas de la manière la plus convaincante. En fait, il ne savait rien.

Je me suis levé en posant sur la table un billet de vingt dollars.

— C'est moi qui offre les bières, Neil, désolé de vous avoir fait perdre votre temps.

— Attendez un peu, a-t-il protesté en m'attrapant par le coude. Je peux vous trouver tout ce que vous voudrez. (Il m'a fait signe de m'approcher.) Des trucs pas nets, il y en a tant qu'on en veut.

— Ha, ha !

— Vrai, je peux me rencarder.

— Ça, tout le monde peut le faire.

Burris a secoué énergiquement la tête.

— Pas pour les bons trucs, non. Les infos sérieuses, confidentielles, celles-là elles sont bien protégées.

— Protégées, ai-je répété d'un ton goguenard.

— Ouais, pour de bon, je vous dis. (Il a encore baissé la voix.) Koblenz, il a une carte à puce qu'il garde dans le coffre de son bureau. Il s'en sert pour accéder à la partie sécurisée du réseau, pour les règlements et les transferts d'argent, par exemple.

Tout ça m'intriguait pas mal, malgré mon air blasé et dubitatif.

— Il y a ça dans toutes les grandes entreprises – une espèce de porte-clés électronique qui génère des codes d'accès aléatoires, à usage unique. Et après ?

— Non, non, on parle pas de la même chose. Ce que je veux dire, moi, c'est une carte avec une puce cryptographique intégrée. Le top du high-tech, développé par la NASA. Personne d'autre s'en sert dans le privé.

— Dans ce cas, Neil, est-ce que vous pourriez nous fournir cette carte ? À titre d'échantillon.

— Je crois, oui. C'est possible que j'y arrive. Sa secrétaire a la combinaison du coffre, je pense savoir où elle la range.

J'ai détourné les yeux, simulant une suprême indifférence.

— Je parie que je peux le faire, a insisté Burris en me rendant mon billet de vingt. C'est moi qui paie, j'y tiens.

Et il a abattu sur la table un billet de cent tout neuf, dont le papier crissait encore.

Je n'ai pas pu m'empêcher de vérifier discrètement le numéro de série. Il débutait par les lettres DB, comme ceux des colis que j'avais récupérés près de Los Angeles.

Burris s'imaginait certainement que je serais épaté de le voir balancer des grosses coupures.

— Je vous l'ai dit, on me paie en cash.

Il a jeté un coup d'œil à son portable qui sonnait.

— Faut que je réponde, c'est le chef. Oui, Carl ?

Je me suis levé en le saluant rapidement de la main, puis je lui ai fait signe qu'on se reparlerait par téléphone.

Il a levé le pouce pour me dire que ça marchait.

Je me suis péniblement frayé un chemin vers la sortie, coudoyant des clients en tous genres : des habitués du quartier, employés dans des sociétés de climatisation avec un badge à leur nom sur leur uniforme, des gratte-papier de Capitol Hill dans leurs complets gris bas de gamme, qui venaient décompresser après une journée de photocopies et de cirage de pompes dans les bureaux d'un élu de seconde zone.

Alors que je quittais le bar pour l'air frais du dehors, j'ai perçu de l'agitation derrière moi. C'était Neil Burris qui s'ouvrait un passage parmi les clients, bousculant tout le monde avec la force d'un bulldozer.

— Hé ! m'a-t-il apostrophé en me rejoignant dans la rue. Vous n'êtes pas Marty Masur.

— Ah bon ?

Deux motos sont passées près de nous en vrombissant.

Burris s'est avancé si près de moi que j'ai senti son haleine fétide.

— Vous êtes le frère de ce mec. Nick Heller.

60

Des voitures circulaient sur la chaussée. Un peu plus loin, un chien s'est mis à aboyer. Deux filles vêtues de brassières étaient sorties fumer une cigarette. Une bande d'étudiants attardés chahutait pendant que l'un d'eux urinait dans l'allée voisine. Les toilettes du bar étaient si nauséabondes que les gens renonçaient vite à les utiliser.

Carl Koblenz s'était débrouillé pour découvrir que j'avais rendez-vous avec Burris. Et même si je ne voyais pas du tout comment, il ne fallait pas vraiment s'en étonner.

— Moi qui croyais qu'on ne se ressemblait pas…

— Espèce de salopard !

— Où est-il, Neil ?

Je portais un coup au hasard, rien ne m'assurait qu'il était au courant. Pour toute réponse, il m'a crié des obscénités avant de se ruer sur moi. J'ai capté le mouvement une seconde trop tard. Il m'a plaqué contre un mur d'immeuble et m'a cogné violemment la tête contre la brique. De sa main droite, il m'a serré à la gorge juste au-dessous de la pomme d'Adam. Il avait beaucoup de force, plus, même, que ce que j'escomptais, et tout son corps surdéveloppé participait à l'effort. En même temps, il a bloqué mon bras gauche avec son épaule droite tout en immobilisant ma main droite au-dessus du poignet, tandis que son genou droit s'enfonçait dans ma jambe.

À présent, j'avais la certitude qu'il s'agissait d'un ancien Marine. Il appliquait les consignes à la lettre. Ce qui m'arrangeait bien, dans le fond.

Sa figure était si proche de moi que je sentais les poils de sa barbe.

— Ton frère, a-t-il fait, le souffle court, il était pas si malin qu'il pensait.

Il était hors d'haleine, le visage congestionné par la lutte.

— Il croyait qu'il pouvait nous arnaquer et s'en tirer à bon compte, mais ça va pas se passer comme ça.

Des postillons arrivaient jusque dans mes yeux. Histoire de lui compliquer les choses, j'ai détendu mes épaules et contracté les muscles de mon cou, plantant mon regard dans ses yeux où la montée d'adrénaline mettait une lueur de démence. J'ai cligné doucement des paupières, en silence.

Burris s'attendait à une riposte de ma part, et c'est justement pour ça que je n'ai rien fait. Aucune réaction. Du moins dans un premier temps.

— Ton frère, il a fâché des gens très puissants. Il a vu trop grand, il a pas su s'arrêter. Que ce soit bien clair entre nous, Heller. Si ton frère a laissé des trucs derrière lui, des dossiers, des documents ou n'importe quoi d'autre, t'as intérêt à nous en faire profiter. Amuse-toi à refuser, et tu peux t'attendre à des dommages collatéraux. Des membres de la famille, tu vois. À toi de décider si ça vaut le coup. Crois-moi, t'as rien à gagner à devenir notre ennemi.

Il affichait l'expression triomphante de celui qui pense avoir écrasé l'adversaire. Son assurance lui montait à la tête.

D'un coup rapide de la main gauche, je l'ai atteint à l'épaule droite, l'obligeant à relâcher sa pression sur ma gorge. En même temps, j'ai saisi sa main droite pour tordre son poignet vers l'extérieur. Il a trépigné en rugissant de douleur, essayant de trouver une prise, mais j'ai fait levier avec son bras pour l'envoyer rouler dans les graviers.

Sa main droite prisonnière des miennes, je tirais ses doigts en arrière si fort que son poignet risquait de se casser au premier mouvement brusque. Il était réduit à l'impuissance et il le savait. Pourtant, il était trop bête et trop pugnace pour s'arrêter là. Il a voulu faire pivoter ses jambes, et je lui ai expédié un direct dans le nez – plus brutalement que prévu. Il s'est mis à brailler, j'ai entendu quelque chose craquer, et j'ai compris que je lui avais fracturé le nez. Et peut-être même une arcade. Le sang ruisselait sur son visage.

— C'était une menace ? lui ai-je demandé. Parce que les menaces, j'ai horreur de ça.

Il s'est mis à vociférer, et j'ai recommencé à lui tordre le poignet, pour lui rappeler le prix à payer en cas de résistance. Il a capitulé avec une bordée d'injures, mais j'ai eu l'impression que le cœur n'y était pas. Il ne lui restait plus beaucoup d'énergie.

Respirant avec peine par sa bouche ensanglantée, il a évoqué ce qu'il comptait faire à Lauren.

— Ça m'étonnerait, lui ai-je répondu, pas avec une seule main.

Là-dessus, j'ai attrapé les doigts de sa main droite et je les ai retournés. Le poignet a fait un léger *crac* lorsque l'os s'est brisé, plus discret que je ne l'attendais, lui arrachant un hurlement de souffrance. Sa main droite – sûrement celle qui tenait son arme – pendait devant lui, aussi inutile qu'une marionnette sans fils.

Rassemblant ses dernières forces, il a tenté de se redresser, mais je lui ai balancé mon genou dans les côtes, occasionnant quelques fractures supplémentaires. Par réflexe, il a renversé la tête en arrière, et a cogné contre le trottoir.

Il suffoquait, le regard hébété. J'en ai profité pour me relever, brosser mon pantalon sale et prendre la mesure des dégâts.

Les yeux de Burris papillotaient, il était sur le point de perdre connaissance. Son crâne avait heurté violemment le bitume.

— Hé, Neil !

Son regard s'est légèrement déplacé dans ma direction. Il ne me voyait pas forcément très bien, mais j'étais sûr qu'il entendait ma voix.

Il n'a pas répondu.

Penché sur lui, j'ai enfoncé mon genou dans son plexus solaire, puis j'ai demandé à mi-voix :

— Qu'est-ce que tu sais sur mon frère ?

Il a battu des paupières avec un gémissement à peine audible, pour me signaler qu'il m'entendait, même s'il ne pouvait pas articuler de mots. Une petite bulle de sang s'est formée à la commissure de ses lèvres.

Quoi qu'il sache, je savais qu'il ne me dirait rien.

Je ne fais pas partie de ces gens qui tirent un plaisir malsain à mettre des raclées aux autres, je peux même ressentir une certaine culpabilité. Cependant, je dois admettre que faire mal à Neil Burris n'était pas une expérience purement déplaisante.

Ma satisfaction s'est estompée quelques minutes plus tard, quand j'ai trouvé sur ma Defender une profonde rayure blanche qui allait de la portière du conducteur à l'aile arrière. On aurait dit que quelqu'un l'avait raclée de la pointe d'un tournevis. Peut-être un étudiant éméché.

C'était fâcheux, mais j'avais quand même des soucis plus graves. J'ai pris mon portable pour composer le numéro que m'avait donné Woody à Los Angeles. Le numéro de Carl Koblenz. Une voix enregistrée m'a répété le numéro que je venais de faire, et j'ai laissé un message après le signal sonore. Un autre appel m'est parvenu à ce moment-là, d'un numéro privé, mais j'ai quand même pris la communication.

Frank Montello, mon courtier en informations.

— Ce numéro que votre père a appelé depuis la prison…

— Oui ?

— Il correspond à un téléphone jetable prépayé. En liquide, je suppose.

Très fort, Roger. Je n'en attendais pas moins.

— Est-ce que le fournisseur a gardé une trace du paiement ?

— À quoi ça servirait, puisque c'est un service prépayé ? Dix, vingt ou cinquante dollars, peu importe. Ils n'ont pas besoin de suivre le détail des appels.

— Ça arrive, quelquefois. Tout ce que je veux savoir, c'est où Roger se trouvait quand mon père l'a contacté en PCV.

— Pas moyen. En général, ces appareils bon marché n'ont pas de puce GPS. Celui-là n'en avait pas, en tout cas.

— Et l'emplacement du relais le plus proche au moment de la communication ?

— Avec ces jetables, personne n'enregistre ce genre d'information. J'ai la nette impression que votre frère se donne un mal fou pour qu'on ne puisse pas le localiser.

— En effet. Et que diriez-vous d'une nouvelle mission ?

61

Quand je suis arrivé chez eux, Lauren et Gabe dormaient déjà. Après avoir désinfecté mon visage et mon cou striés de plaies et d'écorchures, je me suis assuré que l'alarme était correctement branchée et la maison bien protégée. Ensuite, j'ai dormi quelques heures. Une confrontation importante m'attendait.

Le siège de Paladin Worldwide se trouvait dans le sud de la Georgie, sur un terrain boisé de 10 000 arpents qui servait aussi de base d'entraînement. C'était apparemment là qu'Allen Granger, le président de Paladin, passait presque tout son temps.

Toutefois, on ne peut pas traiter avec le gouvernement américain sans conserver une adresse près de Washington. Et Paladin disposait effectivement d'un petit bureau en Virginie, à Falls Church, au septième niveau du Centre d'affaires de Skyview, où s'effectuaient la plupart des transactions avec le gouvernement et les opérations de lobbying.

Cette fois, je me suis garé au troisième sous-sol du parking souterrain. Au lieu de prendre directement l'ascenseur jusqu'au septième, je suis monté au niveau de la rue et j'ai contourné tranquillement le bâtiment en étudiant la configuration des lieux et l'aménagement des espaces verts. Perché sur le promontoire le plus élevé que j'avais pu trouver, j'ai sorti une lunette de poche que j'ai braquée sur la série de fenêtres appartenant aux bureaux de A.G. Holdings. Quel que soit son lien exact avec Paladin, c'était bien là que travaillait Carl Koblenz, et c'était là qu'il m'avait donné rendez-vous. Pendant une vingtaine de minutes, j'ai surveillé les allées et venues que je pouvais observer. Ce n'était pas du cinémascope, et je ne voyais pas grand-chose. J'aurais juré pourtant avoir reconnu Koblenz, dont je connaissais la photo par le site de la société, assis à un bureau, en train de discuter avec son assistante et deux individus baraqués. J'en avais quand même assez vu pour me faire une idée du rythme des déplacements à l'intérieur des locaux.

Une fois dans le hall, je me suis approché du plan du bâtiment. Le nom de Paladin ne figurait nulle part. Le septième étage n'était occupé que par une firme japonaise spécialisée dans la propriété intellectuelle et la fameuse A.G. Holdings, qui pouvait être un autre nom de Paladin ou une holding placée sous son contrôle. C'était logique, après tout. Ils n'avaient peut-être pas envie de divulguer au public l'emplacement des bureaux de Paladin, de peur que des manifestants ou des intrus givrés tentent de passer en force.

— Hé, le marchand de cookies !

J'ai adressé un signe amical à mon vieux copain le gardien, qui m'a lancé en retour :

— Pas d'échantillon pour moi, aujourd'hui ?

— La prochaine fois, c'est promis. Là, j'ai rendez-vous chez Paladin. Avec Carl Koblenz.

— Ah, je vois. Parfait. Y a des sacrées pointures qui bossent là-haut. Je parie qu'ils vont adorer les cookies de votre femme.

Je ne m'étais pas trompé, finalement : A.G. Holdings et Paladin ne formaient qu'une seule et même compagnie.

Je lui ai donné mon nom, et il m'a imprimé un passe visiteur que j'ai dû fixer à ma chemise.

J'avais mis un jean et une chemisette un peu douteuse, dans le but de signifier à Koblenz que je n'étais pas un envoyé officiel de Stoddard Associates. Par la même occasion, je lui rappelais que je n'appliquais pas les règles en vigueur dans le monde des complets-cravates. Et pour tout dire, cette tenue était bien plus confortable qu'un costume.

Un ascenseur rapide m'a mené sans heurts jusqu'au septième étage. Il m'a arrêté sur un petit palier délimité par deux portes en bois foncé, munies chacune d'une plaque en cuivre. L'une d'elles indiquait NAKAMURA & Associés – un cabinet juridique –, tandis que l'autre portait le nom de A.G. Holdings.

Une petite caméra dôme de couleur noire, quasiment indétectable, était accrochée en hauteur sur le mur du côté de Paladin, alors qu'il n'y en avait pas devant chez son voisin. J'en ai déduit que Paladin disposait de son propre système de sécurité, en plus de celui que la copropriété devait lui offrir. Ce n'était pas vraiment une surprise. Un lecteur de badges magnétiques était fixé au montant de la porte, devant lequel les employées devaient agiter leur passe.

J'ai poussé la porte pour entrer dans le hall de réception. Derrière le long comptoir de granit noir se tenait une jolie réceptionniste blonde, maquillée avec soin et coiffée à la dernière mode.

— Mr Heller ?

— C'est bien moi.

— Veuillez vous installer, Mr Koblenz va bientôt vous recevoir.

L'avant du comptoir était frappé du logo de Paladin, un globe bleu sombre avec des continents blancs et des fils croisés en surimpression. Comme pour dire : *Le monde est dans notre ligne de mire*. Ou peut-être : *Nous abusons de l'argent des gouvernements et nous tuons des civils innocents depuis 1994.*

Ce globe m'a rappelé celui qui ornait le hall de Gifford Industries. Est-ce que toutes les multinationales rapaces de la planète étaient tenues d'inclure un globe dans leur logo ? La table basse en marbre noir avait la forme d'un cercueil et n'offrait pas grand-chose à lire : le *Washington Post*, le *Wall Street Journal*, et deux ou trois revues spécialisées dans la sécurité. J'ai jeté un coup d'œil à la une du *Journal*, mais la porte s'est ouverte avant que j'aie pu parcourir une ligne. Trois costauds ont fait leur entrée.

L'un d'eux avait une attelle à la main droite.

62

— Salut, Neil. Aïe, qu'est-ce qui est arrivé à votre main ?

Neil Burris s'est borné à me foudroyer du regard. Il était vêtu d'un complet bas de gamme, dont la coupe ne semblait pas incluse dans le prix. Trop serré aux épaules et les manches trop courtes, il lui donnait l'allure d'un gorille de foire.

Ses deux compagnons portaient le même genre de costume, qui était visiblement l'uniforme du service de sécurité de Paladin. L'un des deux avait de longs cheveux filasse striés de gris et une moustache tombante. Sa silhouette mince et musclée était typique des vétérans des Navy SEALS. Le second ressemblait à un ancien catcheur ukrainien, l'air mauvais et les cheveux coupés comme un Marine, une touffe sur le dessus et les tempes rasées. Il devait bien peser cent cinquante kilos. Celui-là aussi m'était familier.

C'était lui qui m'avait arraché la copie de la vidéo à Georgetown, et qui m'avait en même temps écrasé la figure contre la vitre de ma Defender. Le bonhomme aux cheveux longs, un peu plus âgé et manifestement responsable de l'équipe, m'a signalé :

— Il va falloir que vous déposiez votre mobile et votre Blackberry.

— Les déposer ?

Koblenz était malin, assurément. Les deux appareils pouvaient être utilisés comme dispositifs d'espionnage. Cela m'indiquait qu'il comptait parler librement, ce qui était encourageant, et qu'il ne voulait pas que ses propos soient enregistrés et transmis à une tierce personne.

Les deux autres lascars m'ont regardé fixement, s'efforçant de me faire détourner les yeux. La charmante réceptionniste étudiait un numéro de *People* avec l'attention qu'un rabbin réserve au Talmud.

— Mr Koblenz ne vous recevra pas si vous avez un quelconque équipement radio.

— Je ne dépose jamais les armes, ai-je répondu en haussant les épaules.

L'homme m'a tendu un étui isolant. J'en avais utilisé de semblables dans des bâtiments sécurisés, mais jamais en dehors du milieu de l'armée et du renseignement. J'ai glissé le mobile et le Blackberry dans la pochette, et j'ai fixé l'attache Velcro avant de la glisser dans mon porte-documents en cuir.

— Merci, monsieur, a fait le type aux cheveux longs. (On aurait dit qu'il était le seul du trio à maîtriser la parole.) Par ici, s'il vous plaît.

— Formidable, ai-je commenté. J'ai même une escorte personnelle.

Il a agité son passe devant le lecteur de la porte intérieure. Un bourdonnement s'est fait entendre, l'homme a poussé la porte et Burris est entré à mon côté tandis que le colosse me suivait de près. Je me demande s'ils voulaient m'intimider ou s'ils avaient peur que je fauche quelque chose.

Nous avons emprunté un couloir anonyme, qui aurait pu se trouver dans n'importe quel hôtel deux étoiles.

— Neil, ai-je marmonné à l'intention de Burris, j'attends toujours vos références.

Il a regardé droit devant lui, la main et le bras enfermés dans un plâtre en résine et mousse attaché par des bandes Velcro.

— Bonjour, Mr Heller.

Carl Koblenz approchait de la cinquantaine mais, en dépit de ses valises sous les yeux, il conservait une apparence juvénile. Son visage était rose et rasé de près, ses yeux d'un vert clair et ses cheveux blond foncé, coupés très court. Il portait un élégant blazer bleu sur une chemise rayée et une cravate d'uniforme. Celui d'Eton, peut-être, où Koblenz avait fait ses études, ou alors celui de Sandhurst, où il avait reçu sa formation d'officier. Je ne suis pas expert en uniformes britanniques.

— Carl.

Nous avons échangé une solide poignée de main. Koblenz m'a pris aux phalanges, pour que je ne puisse pas bouger. Une stratégie de domination. Il devait en connaître des centaines.

— Je vous remercie d'être venu jusqu'à Falls Church.

Il parlait tellement bas que j'avais du mal à le comprendre.

— Merci à vous de me consacrer un moment.

Lorsqu'il m'avait recontacté suite à mon message, j'avais insisté pour que nous nous rencontrions à Washington, ce qu'il s'était empressé de refuser. Bien sûr. Il était beaucoup trop important pour quitter son bureau, le siège de son pouvoir. Il avait prétexté, avec cet accent traînant qui devait lui rester d'Eton : « Je suis navré, Mr Heller, mais mon agenda ne me permet pas de m'absenter du bureau, c'est impossible. »

Ainsi que je le prévoyais, ma tactique, efficace en principe sur les enfants de trois ans, a fait merveille avec lui. J'ai accepté bon gré mal gré de me rendre aux bureaux de Paladin à Falls Church.

— Je crois que vous connaissez déjà Neil ?

— On est de vieux amis, lui et moi.

J'ai fait mine de serrer la main amochée de Burris, mais il ne me l'a pas tendue. Koblenz m'a présenté les deux autres.

— Don Taylor et Anatoly Bondarchuk. J'espère que ça ne vous ennuie pas qu'ils se joignent à nous.

Bondarchuk était probablement le géant. Le poste de la secrétaire, à l'entrée du bureau de Koblenz, était occupé par une petite femme quelconque aux cheveux courts, d'un châtain terne. Une plaque en faux bois posée devant elle indiquait ELEANOR APPLEBY.

— Si, ça me gêne, ai-je objecté. J'aurais aimé que nous discutions en toute franchise.

— Je préfère qu'ils restent à proximité.

— Carl, je ne compte pas vous brutaliser, sincèrement.

Il s'est immobilisé brusquement, une lueur amusée dans le regard.

— Me brutaliser, dites-vous ? J'ai l'impression que vous me connaissez fort mal.

Pourtant, j'en avais sûrement appris plus à son sujet qu'il ne l'aurait souhaité. Je savais qu'après Eton et

Sandhurst, il était entré dans les Scots Guards, et qu'il avait été ensuite recruté par les SAS, l'équivalent anglais des Forces spéciales. Ils avaient la réputation d'être encore plus coriaces que nous, mais j'avais peine à le croire. Koblenz était devenu une légende pendant l'opération Tempête du Désert. Avec le commando qui avait tenté de s'introduire dans un centre de communications irakien, ils s'étaient trouvés face à trois cents soldats ennemis, ce qui ne les avait pas empêchés de poser leurs explosifs avant de s'enfuir sous les balles. Tous les SAS étaient sortis indemnes. Après ça, les milliardaires arabes de Kensington avaient proposé de l'engager pour assurer leur sécurité personnelle, mais il avait préféré travailler pour une compagnie militaire privée. Il avait vendu des armes au gouvernement de Sierra Leone, en violation de l'embargo des Nations unies. Il avait aussi trempé dans un coup d'État visant à renverser le président de Guinée équatoriale, et purgé une peine de six mois dans la prison de Black Beach à Malobo, qui ferait passer le centre d'Altamont pour un village de vacances.

— J'en sais assez pour ne pas avoir envie de vous chercher, ai-je répondu avec un sourire affable.

Il m'a souri à son tour et a posé la main sur mon épaule pour me guider vers son bureau, aussi banal que le reste des locaux. Il y flottait une odeur de cigare refroidi.

Comme les trois vigiles nous emboîtaient le pas à la file indienne, j'ai fait volte-face sans prévenir.

— Merci les gars, vous avez fait du bon travail. Maintenant, on doit parler seul à seul, votre patron et moi.

— C'est bon, a fait Koblenz en soupirant. Vous voulez bien attendre dehors ?

Il s'est assis à son bureau, tandis que je prenais un siège en face de lui.

— Bien, vous avez un sacré parcours, il me semble ?

— Des mensonges, tout ça, ai-je répondu avec modestie.

J'ai noté l'emplacement du coffre-fort, où, à en croire Burris, il rangeait la carte à puce cryptographique qui donnait accès aux parties les plus secrètes du réseau de Paladin. Le coffre à fermeture électronique était noir et presque aussi haut que le bureau, et il avait la forme d'une commode à tiroirs. Carrément impressionnant.

Malgré toutes les scènes qu'on a pu voir dans les films de gangsters, il est très difficile de nos jours de forcer un coffre d'une telle qualité. Au cours de la dernière décennie, la technologie a énormément évolué. Pourtant, je ne m'avouais pas vaincu : il suffisait d'employer la méthode adéquate.

— Vous avez poursuivi les criminels de guerre en Bosnie, hein ? Vous étiez dans l'ISA, la branche ultrasecrète de l'armée ?

— Pas si secrète que ça, puisque vous êtes au courant.

Il avait fait des recherches. L'ISA, ou Intelligence Support Activity, était une unité de renseignement classée secrète qui sillonnait la Bosnie à la recherche des criminels de guerre. Des frappes express sur des « cibles de haute valeur ». Je n'avais jamais révélé à personne le rôle que j'avais joué en Bosnie et en Irak pendant la première guerre du Golfe, et Paladin disposait manifestement d'excellentes sources au sein du Pentagone.

— Ce que vous avez fait à ce Serbe… Draskovic, a-t-il précisé avec un accent irréprochable. Superbe.

Il a ponctué sa remarque d'un petit rire entendu et admiratif.

Sans un mot, j'ai tendu vers lui un dossier qui contenait des photographies. Il y avait notamment un gros plan sur la plaque minéralogique du van Econoline qui avait servi à l'enlèvement de Roger, et un autre sur la figure du sbire de Paladin qui s'en était chargé. Sur un troisième cliché, en plan moyen, on voyait Roger et son ravisseur à côté du véhicule.

— Votre employé a bien pris soin de ne pas exposer sa plaque à la caméra de la banque, mais il n'a pas compté avec celle de la station-service.

— Je sais, j'ai déjà vu la vidéo.

C'est au moins un début, me suis-je dit.

— Je suis censé comprendre de quoi il retourne ?

— Un enlèvement, c'est quinze ans de prison. Pour votre patron et pour vous-même. Sans parler des milliards que vous perdrez en cessant vos affaires avec le gouvernement. Et si jamais vous l'avez fait assassiner, je crois que la peine monte à quarante ans, si ce n'est la perpétuité.

— Je vous conseille d'être un peu plus prudent avec vos menaces judiciaires.

— Je me moque de l'aspect légal, ai-je rétorqué, bras croisés, un sourire de tueur sur les lèvres. Tout ce que je veux, c'est récupérer mon frère.

63

Koblenz a gardé le silence quelques secondes, l'air de réfléchir à mes paroles, puis il a expiré par ses lèvres pincées.

— Par où dois-je commencer, Heller ?

— Je suggère le conteneur d'argent liquide à Los Angeles. C'est un bon début, à mon avis. Je parie qu'Allen Granger serait ravi d'en entendre parler.

— Vaste sujet.

— Je me doute. Sinon, nous pourrions aborder les tentatives d'extorsion de fonds menées par mon frère. Je suis certain qu'il était bien plus simple de le supprimer que d'être exposé à des révélations sur les pots-de-vin offerts au Pentagone.

Il a secoué la tête avec une expression vaguement amusée.

— Bon, voyons ça.

Il a levé la photo un instant, puis l'a laissée tomber. Elle a glissé sur le bureau avant d'atterrir au sol.

— Premièrement, j'ignore qui est cet individu. Quant à l'autre, il s'agit bien évidemment de votre frère.

— Nous faisons des recherches actuellement, ai-je bluffé. Avec le PATRIOT Act, c'est devenu beaucoup plus facile. Et puis, nous avons des logiciels de reconnaissance faciale.

— Vous me tiendrez au courant, alors. Et si vous mettez la main sur ce type, demandez-lui pourquoi il a volé la plaque d'un de nos véhicules.

— Vous pouvez faire encore mieux que ça, Carl.

— Heller, nous ne possédons même pas un seul van Econoline.

— Qui donc ? Paladin, ou vos douze filiales ?

— Il y en a plus de douze, mais la réponse est non. Je vous assure, Heller, que nous n'avons rien à voir avec l'enlèvement de votre frère. Même si j'avoue que nous aurions dû y songer.

— J'espère que vous ne niez pas que cette plaque est bien de chez vous ?

— Je ne suis en mesure ni de le nier ni de le confirmer, a répondu Koblenz avec un sourire sarcastique. J'ai déjà du mal à mémoriser les numéros de mes propres voitures. Toutefois, les lettres du début laissent penser que c'est bien un de nos véhicules, je ne prétendrai pas le contraire. Mais si vous vérifiez, vous verrez que la plaque correspond à un Hummer ou à un Escalade. Pour ce qui est du responsable de la substitution, je n'ai pas la moindre idée.

— La police de Washington se moque bien de savoir à quel véhicule appartient la plaque.

— J'en doute. Et en ce qui concerne l'argent liquide, je peux simplement vous exprimer tous mes remerciements. Vous êtes vraiment à la hauteur de la réputation que vous fait Jay Stoddard.

— Un milliard en cash, ça devrait alimenter vos caisses noires pendant un mois ou deux.

— Je plaide coupable. Mais vous ne pensez quand même pas que nous étions la seule compagnie de sécurité à Bagdad qui devait soudoyer les officiels irakiens pour pouvoir avancer. On se serait cru au Nigeria.

Il a fait glisser une boîte de cigares à travers le large bureau.

— Vous ne vous rappelez pas comment ça fonctionne, Heller ? C'est une économie fondée sur le cash, et le plus gros pourvoyeur de bakchichs en espèces était le gouvernement américain. Ils auraient belle mine de nous poursuivre en justice. Un cubain, ça vous dit ?

— Non, merci.

— Vraiment ? Des Double Coronas de Hoyo de Monterrey. Fabriqués à la main à Cuba par les seules *torcedoras* dignes de ce nom.

— Je vous remercie, ça ira.

— Les favoris de votre père. Cela dit, il ne doit plus avoir beaucoup d'occasions d'en fumer, ces temps-ci.

Il en a choisi un dans la boîte, s'est muni d'un coupe-cigare, et l'a décapité d'un geste résolu.

J'ai souri en silence, envisageant au moins trois reparties possibles. J'ai fini par attraper un cigare, que j'ai examiné quelques secondes avant de le remettre à sa place.

— Mon père avait beaucoup de défauts, mais il ne fumait pas des cigares de contrefaçon.

— De contrefaçon ? Je crois que vous vous trompez, Heller.

D'un geste vif, il a allumé un briquet à essence qu'il a tenu près du cigare, le tournant et le retournant avant de le mettre dans sa bouche. Il a tiré quelques bouffées avec la satisfaction d'un bambin suçant sa tétine, alors que je lui désignais le timbre vert et blanc apposé sur un côté de la boîte.

— Placez-le sous une lumière noire et vous vèrrez bien. Vous ne trouverez pas l'inscription microscopique REPÚBLICA DE CUBA. Ce n'est pas l'estampille officielle du gouvernement cubain.

Auréolé de volutes de fumée, Koblenz a étudié le coffret d'un œil suspicieux.

— Vous plaisantez, je suppose.

J'ai noté que le ton manquait de conviction.

— Désolé, j'aurais mieux fait de me taire. Je ne voulais pas vous gâcher votre plaisir. Vous n'auriez jamais fait la différence.

Il m'a dévisagé, les yeux plissés et étincelants.

— Il m'a fallu un moment, ai-je repris, pour comprendre pourquoi vous aviez payé le responsable de la sécurité d'Argon Express Cargo afin qu'il vole votre propre envoi de cash. Jusqu'à ce que je me rende compte que vous ne teniez pas à ce que les douanes découvrent cet argent au cours d'une éventuelle inspection. Du coup, vous avez mis en scène un simulacre de vol, pour vous assurer que Paladin ne serait pas accusé de transfert illégal d'argent liquide par un quelconque fonctionnaire.

— Votre théorie ne manque pas d'intérêt.

— Merci.

— La seule faille là-dedans, a-t-il répliqué en souriant, c'est que c'est le gouvernement américain qui nous a chargés de rapatrier ces fonds depuis Bagdad. Tout était clair, du moins autant que ça peut l'être avec eux.

— Désolé. Vous avez commis l'erreur de donner votre numéro de portable à Elwood Sawyer, en cas d'urgence.

— Et c'est sur une base aussi précaire que vous montez une accusation ? Parce que ce type avait mon numéro sur lui ? Tout bien réfléchi, je me demande si Jay Stoddard n'a pas trop une haute opinion de vous.

— Bien sûr que si, voyons.

— Quant à votre frère, il s'en est pris aux mauvaises personnes.

— En effet, il aurait mieux fait de s'attaquer à Mère Theresa.

— La vieille chouette de Calcutta est décédée, hélas, a fait Koblenz avec un sourire mi-figue, mi-raisin. J'ai toujours rêvé de me fabriquer une nappe avec son sari. Vous me demandez si nous offrons des pots-de-vin à certains responsables influents du Pentagone ? Oui, naturellement.

— Donc, vous reconnaissez la vérité.

— Pas de manière officielle, bien entendu. Je ne suis pas stupide à ce point.

— Combien d'argent a-t-il réclamé en échange de son silence ?

— Pas un dollar, à ma connaissance.

— Dans ce cas, pour quelle raison mon frère représentait-il une telle menace à vos yeux ?

— Qui a prétendu qu'il en était une ?

— J'ai un caillou dans ma chaussure, Mr Corleone, ai-je répondu, citant le troisième épisode du *Parrain*, un des films favoris de Stoddard que j'aimais beaucoup moi aussi.

Koblenz a saisi la référence.

— Je vous le répète, nous ne sommes pas impliqués dans la disparition de votre frère. Quelles que soient les personnes filmées par la caméra de surveillance, elles n'ont aucun rapport avec nous. Renseignez-vous un peu, et vous verrez. (Il a conclu avec un sourire :) Et nous n'avons pas non plus donné de cannoli empoisonnés à votre frère. Pourquoi aurions-nous fait une chose pareille ?

— Pour la même raison, peut-être, qui pousse vos gorilles à menacer d'enlever le fils de Roger. Ou à envoyer des vidéos à son épouse. Et le logiciel espion et la caméra placés à leur domicile ? Les données ont transité par un réseau zombie ukrainien avant de revenir tout droit vers Paladin. Je reconnais qu'on a dû chercher un moment, mais nous avons des traces de chaque étape du transfert.

Ce n'était pas tout à fait la vérité, mais je préférais laisser croire à Koblenz que nous possédions un avantage. En fait, Dorothy n'avait pas encore réussi à définir où s'achevait le trafic après le passage par le réseau ukrainien.

— Tout cela ne me dit absolument rien. Un dispositif de surveillance, un réseau en Europe de l'Est… Mais allons jusqu'au bout du raisonnement, et admettons que mes employés aient exercé des pressions sur l'épouse de votre frère, pourquoi agiraient-ils ainsi si nous retenions Roger prisonnier ? À quoi ça rime ?

— Parce qu'il a laissé quelque chose derrière lui, quelque chose que vous voulez récupérer.

— Enfin un peu de logique dans vos propos. Vous avez en partie raison.

— Vraiment ?

— Tout à fait. Nous voulons quelque chose qu'il détient, c'est exact. En revanche, je doute qu'il l'ait laissé derrière lui. Ça ne cadrerait pas avec l'idée que j'ai de sa personnalité. Enfin, je suis peut-être un brin présomptueux, vous le connaissez bien mieux que moi. Ai-je tort de penser qu'il est le digne héritier de votre père ?

— Où voulez-vous en venir ?

Koblenz a fait pivoter son fauteuil vers le meuble placé dans son dos, près de deux plantes d'intérieur, et a pris une chemise marron dans un range-documents métallique. Il en a retiré un feuillet qu'il a examiné une minute avant de me le remettre.

C'était un fax envoyé par une banque des îles Caïmans, la Transatlantic Bank & Trust (Cayman) Limited, domiciliée à GeorgeTown, Mary Street, sur Grand Cayman. Une photocopie de photocopie constellée de traînées noires, qui reproduisait un courrier de Roger sur un papier à en-tête de Gifford Industries. Il donnait des instructions au directeur de l'établissement, afin qu'il vire sur un compte à son nom 250 millions de dollars issus du compte d'une filiale de Paladin, dont le nom m'était familier.

— Qu'est-ce que vous en concluez ? m'a demandé Koblenz.

— Il s'agit d'un faux.

Il a haussé les épaules avec un petit rire de mépris.

— C'est cela, Heller, a-t-il ironisé. Nous disposons d'une équipe de faussaires dont la seule fonction est de contrefaire des documents à votre intention. Vous commencez à comprendre ? Vous identifiez le mode opératoire de votre frère ? On vole un gros paquet d'argent, et quand on comprend qu'on s'est fait des ennemis gênants, on s'enfuit comme un lâche. Je me demande qui lui a appris ça.

— Allez vous faire foutre.

Je ne culpabilisais plus du tout de lui avoir servi un bobard au sujet des cigares.

— C'est la pure vérité, je vous le garantis. Pour le fils de Victor Heller, ce n'est peut-être que de la petite monnaie qu'on repêche entre les coussins du canapé, mais pas pour moi. Ni pour Allen Granger, assurément.

— Roger travaillait pour Gifford Industries, pas pour Paladin. Légalement, il n'était pas habilité à effectuer ce transfert.

— Détrompez-vous.

— Les choses ne marchent pas comme ça.

— Votre frère disposait de la procuration de Leland.

— Quel rapport entre Gifford et Paladin ?

Koblenz a incliné la tête de côté.

— Je suis déçu que vous ne soyez pas au courant. Gifford Industries est notre société mère. Elle est propriétaire de Paladin depuis cinq mois.

Je l'ai dévisagé sans un mot, bien en peine de trouver une réplique pertinente.

— Évidemment, l'information n'a pas été rendue publique. En tant que société non cotée en Bourse,

Gifford n'est pas dans l'obligation de faire part du rachat au public. Cela faisait des années qu'Allen cherchait à vendre. Cet argent, ce n'est pas seulement moi ou Allen Granger qui cherchons à le reprendre. Leland Gifford a la même intention. Ainsi que les messieurs qui sont dehors. Ils ont tous un intérêt substantiel à récupérer votre frère et, plus important, la somme détournée. Ce sont des chasseurs de primes, si vous voulez. L'argent est toujours une motivation efficace.

— Allez vous faire foutre, ai-je répété, mon lexique devenant brusquement plus que réduit.

— L'épouse de Roger aura peut-être besoin d'un autre genre de motivation pour collaborer.

— Vos méthodes ont fait long feu.

— Heller, nous avons de multiples moyens de l'inciter à coopérer.

— Je vous déconseille de les essayer.

— Ce ne sera pas de gaieté de cœur, mais je ne reculerai devant rien.

J'ai agité devant lui le papier qu'il m'avait remis.

— Si c'est là votre unique preuve…

— Je me dispenserai de preuves, a coupé Koblenz avec calme. Tout comme vous, l'aspect légal m'indiffère. Tout ce que nous voulons, c'est retrouver notre argent. À n'importe quel prix. Et tant pis pour les dommages collatéraux.

— Ça m'a tout l'air d'une nouvelle menace.

— Prenez-le comme vous voudrez.

Je me suis levé en reposant le papier sur le bureau, et je l'ai tapoté du bout du doigt.

— C'est un faux de bonne qualité, mais il m'aurait convaincu davantage si le code SWIFT avait été correct.

Ce code est une série de chiffres et de lettres que les banques utilisent pour s'identifier dans le cadre des transferts de fonds électroniques.

— Je vois. Vous avez mémorisé tous les codes SWIFT qui existent, ça tombe sous le sens.

— Pas du tout. Mais ça ne m'empêche pas de savoir que tous les codes des banques des Caïmans comportent les lettres KY. Vous devez le savoir. Or ces deux lettres ne figurent pas dans celui-ci. Pas mal essayé, mais ça ne va pas suffire.

Koblenz, dont les facultés de repartie semblaient pourtant bien rodées, est resté un moment sans rien dire, clignant des yeux en ouvrant la bouche comme un poisson.

— Vous m'avez apporté une aide précieuse, Carl. Vous m'avez révélé précisément ce que je cherchais à savoir.

Koblenz s'est ressaisi, m'adressant un sourire acide et sceptique.

— Vous voyez, ai-je conclu, moi je sais très bien où est mon frère. Je me demandais simplement si vous le saviez aussi. À présent, je suis sûr que non. Merci beaucoup de votre concours.

Et je suis sorti tranquillement du bureau.

64

Naturellement, ce n'était rien d'autre qu'un monumental coup de bluff, que je n'ai pas tardé à regretter.

Le sens des paroles de Koblenz ne s'est pas vraiment imprimé en moi avant que je reprenne l'ascenseur pour le parking souterrain. Bien entendu, je devais partir du principe que tout ce qu'il avait dit sans exception relevait du pur mensonge. De toute manière, je m'étais fondé sur ce présupposé quasiment tout du long : Washington est la capitale du mensonge comme Hershey est celle du chocolat.

Paladin Worldwide était-elle bel et bien la propriété de Gifford Industries ? Pourquoi pas ? Cela n'avait rien d'aberrant en ces temps de fusions où les grosses sociétés passaient leur temps à racheter les plus petites. Cette logique est un peu l'équivalent commercial de la chaîne alimentaire dans la nature. Concernant les projets de revente d'Allen Granger, j'avais déjà entendu des rumeurs. Il s'était peut-être rendu compte que les choses changeaient à Washington et que la nouvelle administration serait moins portée à traiter avec lui.

Par exemple, Paladin avait pour filiale une compagnie d'aviation chargée de missions secrètes, des vols de « redditions extraordinaires ». En gros, des individus soupçonnés de terrorisme étaient saisis par des hommes cagoulés dans une quelconque rue d'Europe, drogués, bâillonnés et enlevés, puis emmenés à bord d'un Gulfstream ou d'un Boeing 737 appartenant à Paladin. Ils se retrouvaient bientôt enfermés et torturés dans une prison secrète de la CIA, située en Macédoine, au Maroc ou en Lybie, ou dans tout autre pays plus laxiste que les États-Unis en matière de droits de l'homme.

À présent qu'un nouveau président était entré en fonctions et que le programme secret de redditions était annulé, la branche perdait une bonne part de sa rentabilité. Allen Granger avait la réputation d'être un homme d'affaires roué. Pourquoi n'aurait-il pas souhaité se retirer au sommet du succès ? C'était cohérent, après tout.

Et si Gifford Industries possédait bel et bien Paladin Worldwide, cela expliquait que Roger ait eu accès à ses comptes off-shore. Tout se tenait à peu près. Ça m'éclairait également sur ses entretiens avec notre père, au téléphone ou en personne. L'escroc émérite avait prodigué ses leçons à Roger. *Je l'avais prévenu que c'était de la folie*, avait dit Victor.

Finalement, Roger avait trouvé une solution pour obtenir l'argent qu'il estimait lui revenir de droit. Quitte à abandonner sa femme et son fils. L'épouse qu'il avait trompée, et l'enfant dont il n'était pas le vrai père. Cependant, il n'avait pas volé Paladin. Il avait tenté de faire du chantage, ce qui ne revenait pas au même. Selon ma théorie, il avait mis au jour des pots-de-vin que Paladin offrait au Pentagone pour se garantir l'exclusivité, et les avait menacés de tout dévoiler, de dénoncer les malversations à une entité gouvernementale, éventuellement. À moins qu'ils n'acceptent de payer le prix.

Roger en avait assez d'être pauvre.

Mon frère n'était pas un voleur, mais un maître chanteur. Il avait voulu leur extorquer des fonds. Ce n'était pas une excuse pour autant, et pour moi ça ne faisait pas de différence, mais j'étais persuadé que Koblenz m'avait montré ce faux document pour éviter que quiconque apprenne que Roger avait exercé un chantage sur eux. En effet, reconnaître les faits équivalait à admettre les irrégularités que Roger menaçait de divulguer. Et ce n'était pas du tout dans l'intérêt de Koblenz.

J'ai retrouvé ma Defender où je l'avais garée, près de la rampe de sortie du troisième sous-sol. J'ai marqué une hésitation au moment d'introduire ma clé dans la serrure. Paranoïa ou instinct, comme on voudra. J'avais tout de même noté que quelqu'un avait dérangé à son insu le motif que j'avais tracé avec des gravillons, trois minuscules pyramides sur trois côtés du véhicule. Je n'étais pas idiot à ce point. Je stationnais dans le parking de l'immeuble où Paladin louait des bureaux, et je n'avais pas la naïveté de les croire inoffensifs.

À genoux devant la voiture, j'ai promené une main sous le châssis, cherchant un objet intrus posé là pendant mon entrevue avec Koblenz. Une bombe, pour être clair. J'ai inspecté minutieusement le dessous de la Defender, sans rien découvrir de suspect.

Paranoïa, me suis-je dit.

Mais le fait d'être paranoïaque n'exclut pas le danger lui-même. J'ai ouvert la portière, puis, histoire de ne pas faire les choses à moitié, j'ai examiné le pare-chocs. Il était là, aimanté à la plaque d'immatriculation : un traceur GPS pour véhicules que j'ai retiré aussitôt. Le boîtier minuscule renfermait un récepteur et un modem cellulaire. Ce petit gadget était capable de transmettre la localisation d'une voiture par le réseau de téléphonie mobile. En d'autres termes, mes copains de chez Paladin pouvaient suivre tous mes déplacements sur leurs PC de bureau, leurs PDA ou leurs iPhones. La technique avait fait un pas de géant depuis l'époque où on fixait une radio sur la voiture d'une femme infidèle, afin de la débusquer dans le motel où elle rencontrait un livreur d'UPS.

Un raclement m'a fait lever la tête.

On avait posé trois balises orange pour bloquer l'allée.

Et j'ai vu s'avancer vers moi, d'un pas lent mais régulier, les trois amis que j'avais déjà vus là-haut.

65

Trois contre un. Le combat est loin d'être équitable.

De toute façon, ils n'attendaient pas beaucoup de résistance, je l'ai tout de suite deviné.

— Qu'est-ce qui se passe, les gars ?

Le type aux cheveux gris, un dénommé Taylor, me semblait-il, m'a hélé d'une voix râpeuse :

— Vous avez une minute pour qu'on parle ?

C'était le seul des trois à avoir conservé son costume, même s'il avait enlevé la cravate. Les deux autres portaient maintenant des jeans. Taylor ressemblait à un chanteur de country sur le retour invité dans un talk-show de fin de soirée. Sauf qu'il tenait une arme. Un Ruger .45 en aluminium, probablement un P90. Après deux ans de terrain, j'étais devenu très fort pour identifier les armes, c'était une question de survie.

Mais ces types n'avaient pas l'intention de me tuer. J'ai pris Taylor au mot : ils étaient là pour discuter, me poser des questions.

Le catcheur raté gavé de stéroïdes, Bondarchuk, s'était muni de menottes jetables en nylon qui pendaient dans sa main. Je ne voyais pas trop ce qui justifiait la présence de Burris, sinon le plaisir qu'il aurait de me voir immobilisé et éventuellement malmené. Avec son poignet cassé, il ne risquait pas de se rendre utile.

Ils se sont approchés lentement, tout en se plaçant en position d'attaque. Burris frimait en balançant ses épaules extralarges, mais j'ai bien remarqué qu'il maintenait entre nous une prudente distance. Ils s'étaient montrés prévoyants en bloquant la voie avec les balises : aucun véhicule ne viendrait les gêner.

— Je crois que ce n'est pas un groupe de prière, ai-je lancé, immobile contre l'arrière de la Defender.

— Allez, c'est pas la peine de traîner, a répondu Taylor.

— C'est toujours une joie de bavarder, ai-je fait en tendant les mains, même si je pensais que Carl et moi n'avions plus rien à ajouter.

Taylor s'est arrêté à trois mètres de moi et a levé son revolver, assurant bien sa prise, puis il l'a armé pendant que Bondarchuk me rejoignait par l'autre côté avec les menottes. Entre ses pattes gigantesques, les bandes de nylon jaunes ressemblaient à des fils tirés.

Un couple a dépassé les balises et nous a jeté un regard stupéfait avant de filer vers son véhicule.

Un sourire narquois s'affichait sur la figure ronde de Burris, soulignée par sa vilaine barbiche aussi disgracieuse que son bourrelet au ventre. J'ai constaté que sa main valide serrait une espèce de pistolet noir strié de jaune, dont le canon était trop large pour un revolver. C'était un Taser, un de ces pistolets à impulsion électrique dont se servent les forces de l'ordre. Burris restait à sept bons mètres de moi.

Dans le manuel d'utilisation du Taser professionnel, il est spécifié que son efficacité est garantie jusqu'à sept mètres maximum. En théorie, la cartouche sous pression au nitrogène propulse ses deux dards en aluminium empenné reliés par un fil métallique au pistolet, pourvu que la distance n'excède pas les sept mètres. Les minuscules harpons électrifiés transpercent les vêtements avant de balancer une décharge paralysante de 50 000 volts. Je dis bien en théorie. Mais Burris avait été un peu rapide en lisant les instructions. Quand on se place vraiment à sept mètres, les dards s'écartent trop. Il faut absolument que les deux électrodes touchent la cible pour que se crée un circuit électrique, et la bonne distance pour tirer est de deux ou trois mètres.

Burris n'osait pas venir si près de moi.

— Les mains en l'air, et retournez-vous, a ordonné Taylor.

J'ai compris très vite que je n'avais pas le choix. Un Ruger et un Taser. Trois contre un.

Ils voulaient seulement parler.

Mais il ne fallait pas oublier que les interrogatoires les plus violents d'Abou Ghraib et de Guantánamo avaient été menés par des contractuels de Paladin. Tout dépendait du sens qu'on donnait au mot « parler ».

J'ai levé les mains en me plaçant dos à Taylor.

À ma gauche, Bondarchuk s'est déplacé pour se mettre à angle droit, juste assez loin pour rester hors d'atteinte.

— Les mains derrière le dos, je vous prie, a commandé Taylor.

Burris s'était décalé pour me faire face, mais il ne franchissait pas la frontière des sept mètres, le Taser braqué vers moi, un œil fermé comme pour viser. Pure comédie de sa part. Un pistolet électrique ne demande pas une telle précision dans le tir, et en plus il aurait raté son coup. Je ne pensais même pas que Burris avait l'intention de s'en servir.

Quand j'ai eu baissé les bras le long du corps, Bondarchuk a enroulé les menottes en nylon autour de mes poignets. J'avais affaire à des pros, et il était exclu que je les laisse prendre un avantage tactique. Sinon, mon compte était bon.

La main de Taylor s'est abattue sur mon épaule.

— Mains derrière le dos, a-t-il braillé en enfonçant le Ruger dans ma colonne vertébrale. Dépêchez-vous !

J'ai fait mine alors de perdre l'équilibre, mais sans basculer vers l'avant.

Au contraire, je me suis renversé en arrière et j'ai bousculé Taylor, le prenant au dépourvu. Sous la force du choc, la main qui tenait l'arme a avancé légèrement, se glissant entre mon torse et mon bras droit.

Je n'ai pas eu le temps de réfléchir. À la vitesse de l'éclair, j'ai saisi son poignet à deux mains et je l'ai tordu vers la droite, son coude coincé contre mon corps, puis j'ai forcé d'un coup sec sur son bras raidi.

Le coude est une articulation complexe, la rencontre de trois os attachés par une flopée de ligaments et de tendons. Chez la plupart des gens, il se plie à un angle maximal qui approche des 110 degrés. Passé cette limite, les choses se gâtent très vite. Les os peuvent se séparer, se fracturer, ou tout simplement craquer.

Et c'est bien un craquement que j'ai entendu.

Taylor a poussé un cri presque inhumain, qui s'est répercuté entre les murs en béton du parking. Il s'est plié en deux avant de s'écrouler au sol, laissant échapper son Ruger.

Comme je ne pouvais pas prendre le risque de me baisser pour le ramasser, je l'ai écarté d'un coup de pied, l'envoyant valdinguer sous ma voiture.

Là-dessus, deux choses se sont produites simultanément.

Bondarchuk a bondi sur moi en essayant de me frapper à la tête, son énorme poing secondé par toute la puissance de son corps de colosse. Levant le bras pour dévier l'impact, j'ai réussi à le déséquilibrer, et il s'est penché juste assez pour que je lui balance un crochet au menton. Il a chancelé en glapissant, puis, se redressant, il s'est débrouillé pour me porter un coup à l'épaule.

La douleur était intense, mais très négligeable en comparaison de ce qu'endurait Taylor, qui se roulait par terre en beuglant comme un animal à l'agonie, serrant son bras bizarrement désarticulé.

C'est à ce moment-là que Neil Burris, qui se dirigeait rapidement vers moi, a levé son Taser pour tirer.

66

Il faut savoir une chose sur le combat rapproché : dans la vraie vie, tout se déroule en quelques secondes à peine. Pas comme dans les films, où le héros a le loisir de manœuvrer, de lutter et de peser sa stratégie pendant plusieurs minutes.

Heureusement, le cerveau met les bouchées doubles quand la survie est en jeu. Au plus profond de ses replis, la petite glande nommée amygdale envoie des signaux à l'organisme pour qu'il sécrète de la dopamine, de l'adrénaline et du cortisol. L'écoulement du temps semble se ralentir, la concentration s'accroît, et l'on se met à percevoir beaucoup plus de stimuli que d'habitude. Les neurologues appellent cet état la *tachypsychie*. En termes plus simples, c'est « résiste ou prends la fuite ». Les hommes des cavernes qui n'avaient pas ce réflexe finissaient dévorés par un tigre à dents de sabre.

J'ai pris ma décision en une fraction de seconde. Je risquais soit de me faire neutraliser par le Taser, soit de tomber entre les poings de Bondarchuk.

Pas d'autre solution.

J'ai choisi de me ruer sur le géant en lui enfonçant mon genou dans l'estomac. Il s'est affalé par terre, et je me suis jeté sur lui.

J'ai entendu une détonation et un cliquetis de métal lorsque les dards du Taser ont touché la portière arrière de ma Defender. À une seconde près, c'était moi que Burris atteignait. La décharge électrique a produit un crépitement de bombe insecticide.

Burris a lâché un juron. Il ne pouvait pas se resservir du Taser avant d'avoir remplacé la cartouche, ce qui n'était guère pratique avec une seule main.

À cet instant, Bondarchuk s'est redressé en m'emportant avec lui comme une grue. Je ne voulais surtout pas qu'il ait l'occasion de prendre de l'élan pour me frapper. Je l'ai donc repoussé d'un grand coup de genou dans le menton, qui l'a projeté au sol sans connaissance.

— Le Taser ! a crié Taylor. Vite !

Il s'efforçait de se remettre debout, agenouillé à terre, pendant que Burris tâtonnait de ses doigts blessés sur le holster accroché à sa ceinture. Il n'avait pas d'autre arme sur lui, il cherchait seulement une nouvelle cartouche pour le Taser. Les deux hommes étaient peut-être grièvement blessés, ils ne renonçaient pas pour autant.

L'argent est toujours une motivation efficace.

Ce qui me motivait, moi, c'était un sentiment de pure colère. Le souffle court, des douleurs dans tout le corps, je me suis cramponné au rétroviseur de la Toyota garée près de ma voiture pour me relever. Dans un grincement métallique, ce fichu machin a fini par céder, et j'ai failli basculer en arrière. Je me suis tout de même redressé et, d'un coup de pied derrière la tête, j'ai expédié Taylor au sol.

Burris a fini par enfoncer une cartouche neuve dans le Taser.

M'agrippant au rétroviseur cassé de la Toyota, j'ai achevé de le tordre pour l'arracher complètement, puis j'ai visé Burris. Le lourd projectile en chrome l'a heurté au front avec un bruit sourd. Il a vacillé sur ses jambes tandis que le Taser lui échappait des mains, et il s'est effondré lentement, comme un arbre abattu.

Appuyé contre la portière passager de la Toyota, j'ai repris ma respiration. Les menottes jetables gisaient à terre aux pieds de Bondarchuk. Quatre entraves en nylon pour me lier les mains et les chevilles. Il avait prévu large.

Je me suis empressé de les attacher tous les trois. Ils risquaient de reprendre conscience d'ici quelques minutes, et j'avais intérêt à les immobiliser pour plus longtemps que ça.

Manque de chance, Burris est revenu à lui alors que je lui ligotais les poignets. Il a bougé la tête, ouvrant des yeux vitreux et injectés de sang.

— Grossière erreur, a-t-il articulé.

— Salut, Neil. Comme on se retrouve !

— Tu crois que c'est terminé ? a-t-il fait d'une voix pâteuse.

— Oui, je crois bien.

Il n'a pas insisté.

Le Taser semblait me faire signe, posé entre ses pieds. Il était prêt à servir. Suivant la direction de mon regard, Burris a crié :

— T'amuse pas à...

— Dis à Koblenz que s'il souhaite m'interroger, il n'a qu'à demander un rendez-vous à ma secrétaire.

— Tu te doutes pas de ce que Granger va te faire. Tu le supplieras de te tuer.

— Ça fait des années que je n'ai pas touché à un de ces trucs.

— Vas-y, a ricané Burris. Tu sais que le gamin s'est pissé dessus quand mes copains l'ont ramené de l'école ? C'est ce que j'ai entendu dire. Il a pas osé t'en parler, hein ?

Brusquement, le Taser me paraissait beaucoup trop impersonnel. J'ai soigneusement dirigé mon poing vers une zone située derrière son oreille, à la base du crâne, sur une petite excroissance osseuse qu'on appelle l'apophyse mastoïde. Ce n'était pas très prudent de ma part, je risquais de me briser la main.

J'ai bien pris garde à donner un coup violent et bref, et ma main n'a pas trop souffert. Burris a tourné de l'œil dans la seconde.

Sa carte-clé était fixée à sa ceinture. Sa photo était imprimée dessus, avec son nom, son numéro d'employé et le sceau de Paladin. Les autres aussi devaient avoir la leur. C'étaient peut-être des mercenaires et des anciens des Navy SEALS, mais ils faisaient partie d'une entreprise et ne se déplaçaient jamais sans leur passe, comme le salarié lambda.

J'ai relevé leur identité, leur date de naissance et leur numéro, puis j'ai fouillé dans leur portefeuille, notant les renseignements qui figuraient sur leur permis de conduire. Chacun était équipé d'un téléphone Nextel rudimentaire. Pas de clés de voiture, et rien d'autre qui puisse m'être utile.

Puisque Taylor était le chef de l'équipe, c'est son téléphone à lui que j'ai pris, pensant qu'il contenait les numéros de gens haut placés. J'ai aussi récupéré le revolver qui avait glissé sous ma voiture. Ça pouvait toujours servir.

Cependant, c'étaient surtout les cartes qui m'intéressaient. Grâce à elles, je pourrais m'introduire dans le bâtiment, et peut-être même dans les locaux de Paladin. Cela dit, il n'était pas question que j'en embarque une des trois. Dès qu'il s'apercevrait de sa disparition, Koblenz la ferait désactiver. D'autre part, je n'étais pas décidé à l'utiliser tout de suite. J'avais besoin de me préparer.

En examinant le passe de Taylor, j'ai constaté qu'il s'agissait du même modèle que le mien chez Stoddard, une carte d'accès en plastique. Commode, mais pas très surprenant. La majorité des compagnies de la planète fabriquent ce type de cartes.

Celle-ci avait le format d'une carte de crédit, et elle était imprimée sur le dessus. Pour être plus précis, c'était une espèce de sandwich : une couche de PVC, une autre contenant une antenne à spires et un circuit intégré, une deuxième couche de plastique, et un revêtement adhésif compatible avec les imprimantes de l'entreprise.

La plupart des sociétés ont l'habitude de recycler leurs cartes : il suffit de les reprogrammer et de remplacer l'étiquette. Insérant un ongle sous l'adhésif, je n'ai pas eu de mal à l'arracher, et il ne m'a fallu que quelques minutes pour substituer ma photo à celle de Taylor et procéder à l'échange. De cette façon, personne ne s'apercevrait que j'avais dérobé un des passes. Celui de Taylor ne fonctionnerait plus, mais on n'irait pas chercher plus loin. Il avait très bien pu être endommagé pendant la bagarre.

Quoi qu'il en soit, Taylor et ses collègues avaient des soucis bien plus urgents qu'une carte défectueuse.

Je suis monté en voiture, et tout en sortant du parking, j'ai passé un coup de téléphone.

67

Leland Gifford, qui se dépatouillait à grand-peine d'un PC, était devenu un adepte du Blackberry et ne se séparait jamais du sien.

Pas tout à fait, en réalité. S'il l'emportait systématiquement en quittant le bâtiment, il le laissait dans son bureau quand il circulait dans les locaux.

Actuellement, il participait à une réunion budgétaire avec le directeur financier et les vice-présidents, dans la salle de conférences de l'étage directorial. Le Blackberry était resté dans son bureau, à l'endroit habituel.

Normalement, Lauren n'y entrait que pour déposer des notes ou des dossiers, et il ne tenait pas à ce qu'elle y vienne trop souvent. De manière tout à fait légitime, il cherchait à préserver son intimité.

Lauren jeta un bref regard vers Noreen, qui pianotait sur son clavier, puis elle se leva et se hâta de pénétrer dans le bureau de Leland.

Son cœur battait la chamade.

Elle avait conscience qu'elle s'apprêtait à trahir un homme auquel elle vouait une affection profonde, mais elle savait aussi qu'elle y était contrainte. Si elle voulait sauver sa famille, protéger Gabe et préserver Roger, elle n'avait pas le choix.

Dans la vie, on se trouve parfois confronté à de cruels dilemmes, et Lauren avait fini par arrêter sa décision. Sa véritable famille l'emportait sur ses attaches professionnelles.

Quiconque l'aurait observée n'aurait rien remarqué de dissimulé dans son attitude. Elle entrait simplement dans le bureau de son patron, et pourtant elle ne pouvait combattre sa nervosité.

Le Blackberry ne se trouvait pas à l'endroit prévu, sur le côté gauche du bureau.

— Je vous rapporte un sandwich ?

Noreen se tenait sur le seuil, les mains nouées sur son ample poitrine.

— Oui, volontiers.

C'est ça, vas-y, et laisse-moi seule.

— Le même que d'habitude ? Dinde, moutarde et laitue, sans fromage ni mayonnaise ?

— Parfait, je vous remercie.

Avec un sourire, Lauren commença à examiner le bureau de Leland, l'air affairé et préoccupé. Elle mit de l'ordre dans une pile de dossiers et, quand elle leva les yeux, Noreen n'avait pas bougé. Elle souriait aussi, comme si elle allait lui dire quelque chose, puis elle se ravisa et tourna les talons.

Lauren attendit que les portes vitrées de la suite directoriale se soient refermées. Leland avait posé son attaché-case par terre à côté du bureau, une antique serviette en cuir de Cordoue que son père lui avait léguée. Soulevant le rabat, elle trouva le Blackberry dans un des compartiments de devant.

Elle le retira en se persuadant qu'elle *devait juste vérifier quelque chose.*

Elle avait la gorge sèche.

À présent, Noreen avait dû arriver en bas, à la cafétéria, et elle était sûrement en train de faire la queue pour commander des sandwiches. Lauren consulta sa montre. La réunion ne se terminerait pas avant vingt minutes au minimum.

Elle alluma le Blackberry. L'écran T-mobile apparut, affichant le message : ORDINATEUR VERROUILLÉ.

Depuis quand Leland protégeait-il son appareil par un mot de passe ?

Elle cliqua sur DÉVERROUILLER.

ENTRER LE MOT DE PASSE

Elle hésita, puis tapa celui qu'il utilisait pour son compte e-mail habituel. C'était justement elle qui lui avait suggéré une solution facile à mémoriser : Don17, une référence au célèbre quarterback Don Meredith, son joueur favori des Cowboys de Dallas, et au numéro de son maillot.

MOT DE PASSE INCORRECT

Elle entra alors plusieurs variantes à partir de « Don Meredith », mais sans succès. À la cinquième tentative, un message lui indiqua qu'elle devait saisir « blackberry » pour pouvoir continuer. Elle tenta sa chance avec le prénom de la fille de Leland et celui de sa femme, puis avec sa date de naissance et avec l'année seule.

Un avertissement s'afficha au dixième mot de passe erroné : encore une erreur, et le disque dur serait effacé.

— Il n'y avait pas la queue, aujourd'hui.

C'était Noreen, de retour avec un sandwich emballé dans du papier recyclé marron.

— C'est le Blackberry de Leland, non ?

L'estomac de Lauren se tordit, et elle leva les yeux avec une expression ennuyée.

— Oui, répondit-elle en poussant un soupir excédé. C'est bien la dernière fois que je lui fais sa remise à jour de logiciel… Ah, merci pour le sandwich.

68

La poussière s'accumulait dans mon appartement et il y flottait une odeur de renfermé. Entre mes déplacements et mon séjour chez Lauren, cela faisait plusieurs semaines que j'y mettais à peine les pieds. Mais c'était un centre d'opérations très pratique. Merlin avait pu prendre sans problème sa demi-journée de congé, et cette fois j'avais insisté pour le rémunérer. Après avoir mis un plan au point, nous avons rédigé une liste de courses, puis nous sommes partis chacun de son côté. Tout ça ressemblait un peu à une chasse au trésor. Un pointeur laser dans un magasin de fournitures de bureau. Deux ampoules électriques, deux sacs de plâtre de Paris et du fil de sonnerie au rayon bricolage. Dans un magasin de pièces auto, de la poudre d'aluminium qui sert habituellement à colmater les fuites des radiateurs. Au supermarché, deux sacs de sucre en poudre de deux kilos et de l'huile végétale. Trois masques de ski chez un marchand d'articles de sport. Un pistolet à eau dans une boutique de jouets.

Le reste du matériel, Merlin l'avait chez lui dans son garage. Il n'a eu aucun mal à se procurer des grenades fumigènes chez un armurier. Par contre, le chlorate de potassium a été l'élément le plus difficile à trouver. Cela fait partie des produits chimiques que le gouvernement s'efforce de contrôler, surtout depuis le 11 septembre. Cependant, Merlin s'est arrangé pour en dénicher deux sachets poussiéreux dans une jardinerie, où il était vendu comme herbicide.

Il était minuit et quart quand je suis arrivé à Falls Church, devant l'immeuble de bureaux de Leesburg Pike.

Le bâtiment de dix étages était plongé dans l'obscurité, à l'exception de quelques fenêtres ici et là. Aucune n'était éclairée au septième étage. Les bureaux de Paladin étaient ouverts entre neuf heures et dix-sept heures.

Je me suis posté à l'arrière de l'aile ouest, là même où je m'étais tenu plus tôt dans la journée. À cet endroit, les arbres régulièrement espacés qui donnaient une illusion de campagne aux occupants de l'immeuble empêcheraient quiconque de me repérer depuis une fenêtre. De toute manière, les gens devaient se faire rares à cette heure de la soirée.

À la clarté de la lune, le revêtement en verre bleu de l'édifice semblait d'un noir opaque. L'éclairage de la rue, un peu plus loin, projetait une faible lumière. Le vent hurlait en fouettant les gouttes de pluie. Au-dessus de ma tête, le ciel ténébreux paraissait chargé de menaces. On aurait vraiment cru qu'il allait s'effondrer d'une minute à l'autre.

Les alentours étaient nettement plus calmes que pendant la journée, avec le rugissement continu de la circulation sur l'autoroute. À cette heure-ci, on n'entendait que le vrombissement occasionnel d'une moto ou le grondement bruyant d'un camion.

J'ai consulté l'heure avant d'ouvrir mon sac de sport, dont j'ai tiré une petite sphère de couleur noire, d'une consistance souple et molle. Une balle antistress à peu près de la taille d'une balle de base-ball, composée d'une enveloppe en Lycra sur un gel semi-solide. Apparemment, les employés de bureaux évacuaient le stress de la journée en la pétrissant dans leur main.

J'ai visé une des fenêtres du deuxième étage. La balle était assez compacte pour produire un bruit sourd en heurtant la vitre, mais pas assez dure pour la fracasser.

J'en ai lancé une autre, et puis une troisième et une quatrième, toujours sur la même fenêtre.

Au bout de quelques secondes, une sirène d'alarme s'est mise à mugir, résonnant à l'intérieur et à l'extérieur du bâtiment. Les ouvertures étaient reliées à un détecteur de bris de verre capable d'identifier la fréquence des chocs caractéristique d'un verre cassé, ou simplement la vibration induite par un impact violent.

J'ai regardé l'heure de nouveau, puis j'ai regagné lentement ma Defender, que j'avais garée dans une rue latérale d'où l'on voyait bien l'entrée principale de l'immeuble. Je suis monté dans la voiture et j'ai attendu.

Il s'est passé neuf minutes avant que le vigile fasse son apparition.

Il est descendu de son véhicule de fonction, une Sonata Hyundai qui portait sur le flanc le logo de l'entreprise. Un type entre deux âges, couperosé et dégarni, vêtu d'un uniforme bleu. Il n'était muni que d'un talkie-walkie. À le voir, il avait tout du flic à la retraite qui applique le règlement à la lettre.

Je ne me trompais pas. Allumant une lampe de poche, il a commencé par faire le tour de l'édifice, le faisceau braqué vers les fenêtres pour voir si l'une d'elles avait été forcée. Dans la plupart des immeubles, on n'installe des détecteurs de bris de verre que jusqu'au troisième étage, en partant du principe que personne n'essaiera de s'introduire par une ouverture plus élevée.

Il n'avait donc à examiner que les deux premiers niveaux, ce qui ne devait pas prendre très longtemps. Quand il aurait constaté qu'il n'y avait pas eu de casse, il serait plus détendu, pensant qu'il s'agissait d'un incident technique et non d'un cambriolage ou d'un sinistre. Il en déduirait que l'alarme s'était déclenchée à cause d'un courant d'air ou d'un cadre de fenêtre mal ajusté. Peut-être irait-il se rendre compte à l'intérieur, mais sans beaucoup de motivation.

Il lui a fallu six minutes pour terminer son inspection de routine, plus de temps, en fait, que je ne l'avais prévu. Il se montrait plus consciencieux que nécessaire. Un ancien flic, je n'en doutais plus. Les vigiles qui n'ont pas été dans la police ont tendance à bâcler le boulot, alors que celui-ci ne laissait rien au hasard. Ça me plaisait, ça, et ça me rendait bien service. En effet, si ses vérifications s'étaient résumées à un tour rapide du bâtiment, j'étais fichu. Au lieu de cela, il est revenu sur l'avant, projetant devant lui un cône lumineux, et a détaché une des clés du trousseau pendu à sa ceinture. Il a ouvert une porte à gauche des portes tournantes et a disparu à l'intérieur. Il allait sûrement prendre l'escalier ou l'ascenseur pour poursuivre ses investigations au deuxième étage, mais je devinais à son attitude qu'il ne croyait pas à la présence d'un malfaiteur.

Il n'a pas refermé à clé derrière lui.

Ça ne m'a pas étonné – la plupart des gens n'y pensent pas, même les vigiles. S'il l'avait fait malgré tout, j'aurais dû me rabattre sur mon plan B, qui consistait à attendre qu'il ressorte pour regagner son poste de contrôle, et à lancer de nouvelles balles dans les fenêtres. Il serait revenu, agacé d'être dérangé dans sa lecture ou son émission de télé, et cette fois il n'aurait fait qu'une inspection de pure forme, persuadé que le système avait cafouillé. À la fin, après deux ou trois coups de fil, il aurait laissé la porte ouverte. Ça se passe toujours comme ça.

Il venait de me faire gagner plus d'une demi-heure.

Ayant déplacé ma voiture vers l'arrière du bâtiment, j'ai traversé l'étroite bande de pelouse qui, selon moi, était à l'abri des caméras de surveillance. En cherchant bien, on trouve forcément des angles morts.

Parvenu à l'angle sud-ouest, j'ai pris le risque d'une brève apparition sur un écran de contrôle – c'était la seule solution – en me rapprochant par le côté de la porte non verrouillée.

Si j'étais venu en plein jour, bien entendu, la carte subtilisée à Don Taylor m'aurait donné accès à l'immeuble et aux locaux de Paladin, mais, pour mettre mon projet à exécution, j'avais besoin que les bureaux soient vides. C'est pourquoi j'avais échafaudé un autre plan, qui requérait la collaboration de mes amis, une liste de courses et une réalisation savamment orchestrée.

Tout ça, plus la seule chose qu'on ne peut ni acheter, ni prévoir, ni forcer. La chose sur laquelle on ne peut jamais tabler à coup sûr.

La chance.

69

Heureusement, je n'ai eu à patienter qu'un quart d'heure dans le placard à balais de l'entrée. C'était un espace confiné, qui empestait la serpillière humide et les produits d'entretien. J'ai entendu s'ouvrir les portes de l'ascenseur, puis le talkie-walkie du vigile a produit un son aigu. Les talons de ses chaussures ont claqué sur le dallage en marbre du hall : il se dirigeait vers la sortie.

J'ai préféré attendre dix minutes de plus. J'étais trop loin pour l'entendre démarrer, mais quand je suis enfin sorti, son véhicule avait disparu.

Il repartait bredouille, et accuserait les aléas de la technologie, véritable fléau de nos existences. Il avait rempli son rôle tout en favorisant mon plan, et on ne le reverrait plus.

J'ai sélectionné sur mon portable un numéro préprogrammé. Trois minutes plus tard, je déverrouillais la porte latérale pour laisser entrer Dorothy et Merlin.

— On est l'Agence Tous Risques, ai-je plaisanté.

— Et moi je suis Mr T, je suppose, a répliqué Dorothy.

— Tu n'es pas un peu jeune pour avoir suivi cette série ?

— Allons, mon cœur, j'ai regardé les rediffs !

— Moi je connais pas, a déclaré Merlin d'un ton irascible.

Il transportait deux sacs de supermarché en toile recyclable verte, qui contenaient l'équipement de fortune que nous avions bidouillé. J'en ai posé un des deux au bout du couloir des toilettes pour hommes, où il ne serait pas visible par les portes d'entrée vitrées. Ensuite, j'ai conduit mes amis vers les escaliers de secours situés sur l'arrière. La porte n'était pas verrouillée.

Par mesure de sécurité, tous les étages étaient accessibles par l'escalier, ce qui m'a permis de faire une halte au second pour y placer un autre dispositif. De retour sur le palier, j'ai remarqué que Merlin semblait plus maussade que jamais. J'ai décidé de lui parler franchement :

— Tu commences à regretter.

Il a hoché la tête.

— C'est trop tard.

Nous avons échangé un regard glacial, puis j'ai esquissé un sourire.

— Écoute, Merlin. On n'a aucune garantie. Tout ce qu'on a, c'est un plan solide et une solution de repli, mais passé un certain point, on est obligé de compter sur la chance.

— J'y ai jamais cru, à la chance.

Ses mots ont rendu un écho dans la cage d'escalier sombre et vide.

— Je pense que la chance est un facteur essentiel, même si on ne peut jamais s'y fier à cent pour cent, je te l'accorde. Quoi qu'il en soit, on n'a pas le choix. Tu peux te retirer si tu veux, je le comprendrai.

Nous sommes restés là une bonne minute, en silence. Dorothy nous observait tous les deux.

— Je veux juste qu'une chose soit claire, a dit enfin Merlin. Je fais ça ni pour toi, ni pour ton frère, ni pour un règlement de comptes que tu as pu imaginer. Si je suis là, c'est parce que je déteste tout ce que représente Paladin.

— Ça marche.

— Que ce soit bien clair.

Et il a commencé à monter, Dorothy et moi sur les talons. Elle m'a adressé un discret sourire.

— Quel étage ?

— Le septième.

— Bon sang, pourquoi on n'a pas pris l'ascenseur ? Dorothy rouspétait pour le plaisir, elle savait bien que les escaliers étaient à l'opposé de la caméra de Paladin, braquée sur les ascenseurs. Merlin et moi n'avons pas échangé une parole.

— Je me dispenserai de la salle de gym pendant une bonne semaine, a marmonné Dorothy, le souffle court.

Merlin est intervenu à ce moment-là :

— Le problème, c'est que tu te fondes sur les observations que tu as pu faire au cours d'une brève visite. Tu n'as pas eu l'occasion de pousser plus loin tes recherches. Finalement, on ne sait pas du tout comment fonctionne globalement leur système de sécurité.

Merlin avait raison. On ne savait rien de plus que ce que j'avais vu. L'entrée des bureaux de Paladin n'était pas équipée d'un digicode, afin que l'équipe de nettoyage puisse y accéder facilement en soirée. J'espérais bien que la carte de Taylor nous permettrait de passer sans encombre. À supposer, naturellement, que Koblenz n'ait pas déclaré l'état d'urgence après avoir constaté que trois de ses recrues s'étaient fait rétamer par un individu dont les compétences pratiques devaient selon lui sacrément dater. J'osais espérer qu'après mûre réflexion, il avait interprété ma riposte comme un pur réflexe de survie : je n'avais pas voulu me laisser alpaguer et interroger par trois mastards. C'était bien normal, non ?

Koblenz n'aurait pas l'idée de vérifier si l'on avait trafiqué les passes de ses gars. J'étais prêt à parier qu'il ne les désactiverait pas. Jamais il ne penserait que je pouvais revenir sur les lieux en pleine nuit. C'était tout au moins mon opinion, et de toute manière, j'allais bientôt la mettre à l'épreuve des faits.

Devant la porte principale des bureaux de Paladin, il n'y avait qu'une seule caméra, et elle ne prenait pas de vue panoramique. Il y en avait une autre à l'intérieur, à l'accueil, et c'était tout, apparemment. Il existait peut-être des écrans de contrôle, mais ça me semblait une précaution démesurée pour un service à vocation administrative. J'avais fait des missions dans des entreprises qui faisaient tourner deux cents caméras et trois écrans. Une télésurveillance de nuit pour un petit bureau comme ça, c'était peu crédible.

Au septième étage, j'ai appuyé sur la barre de la porte pour l'entrebâiller.

— Je ne vais pas prétendre le contraire, ai-je dit. Ce qu'on fait est casse-gueule, et il va falloir que vous vous en remettiez à moi.

Merlin a poussé un long et bruyant soupir, tandis que Dorothy rétorquait d'un air sarcastique :

— Dans ce cas, autant dire qu'on est cuits.

70

Merlin est passé le premier, camouflé derrière un masque de ski qui lui donnait l'air d'un braqueur de seconde zone. Il a trouvé rapidement la caméra fixée au mur, devant l'entrée des bureaux, et a visé la lentille avec le pointeur laser. Le minuscule faisceau a ébloui le capteur et l'a momentanément neutralisé : pour l'instant, il n'enregistrait plus qu'un brouillard blanc.

Le pointeur braqué sur la lentille, il s'est dirigé à pas lents vers les portes en acajou de la société Paladin. Je l'ai suivi avec Dorothy, tirant de mon sac un pistolet à eau dont j'ai enfoncé le piston une vingtaine de fois pour augmenter la pression. Face à la caméra, j'ai expédié un jet de fluide vers l'objectif : un mélange d'eau et d'huile végétale qui allait l'enduire d'une pellicule de graisse, brouillant provisoirement l'image. Dans le cas peu probable où elle serait reliée à un centre de télésurveillance, on attribuerait le problème à une panne de la caméra. Merlin a baissé le pointeur, poursuivant son chemin.

J'ai passé la carte-clé sur le lecteur, et un déclic s'est fait entendre. La porte était déverrouillée. Le pointeur laser prêt à l'usage, Merlin a allumé sa lampe de poche pendant que je me chargeais d'entrouvrir la porte.

— Mais où donc… ? a fait Merlin.

— À dix heures.

— Quelle hauteur ?

— Deux mètres cinquante environ, ai-je répondu en fermant les yeux, tâchant de rassembler mes souvenirs.

— C'est pas assez précis.

— Tu portes un masque, de toute façon.

Il a pénétré dans le bureau obscur et s'est arrêté un instant pour promener sa lampe dans le hall de l'accueil. Il a levé le pointeur laser et a attendu quelques secondes.

— C'est bon.

Nous sommes entrés à notre tour, et j'ai aspergé l'objectif avec le contenu de mon pistolet.

Balayant les murs de sa torche, Merlin a exploré la pièce du regard.

— Des détecteurs de mouvement ?

— Non.

— Tu es sûr ?

— Non.

— Super, a fait Dorothy.

— Peu probable, ai-je dit. Le personnel d'entretien vient sans doute dans la soirée.

— *Peu probable*, *sans doute*, a singé Merlin en abaissant le faisceau de la lampe vers le sol.

— La vie est une prise de risques, ai-je répondu.

— Surtout quand on te fréquente, a souligné Dorothy. On est tranquilles, là ? Je vais me mettre au boulot.

J'ai confirmé d'un signe de tête en lui remettant une lampe, tandis que je dirigeais la mienne vers la pièce suivante, au ras du sol, dessinant un chemin lumineux jusqu'aux fenêtres. Dans le noir, les locaux de Paladin paraissaient beaucoup plus exigus. J'ai tiré les stores en commençant par la fenêtre à l'extrême gauche, puis j'ai conduit Dorothy au bureau qu'occupait Eleanor Appleby, la secrétaire de Koblenz.

Pendant ce temps, Merlin s'affairait avec son équipement, à l'affût des caméras cachées et des micro-ondes qui auraient pu révéler la présence d'un détecteur de mouvement.

— Tout va bien ? ai-je demandé.

— Jusque-là, oui.

Dorothy m'a fait signe d'approcher, et je l'ai rejointe avec ma lampe allumée. Assise à la place d'Eleanor Appleby, elle fixait l'ordinateur d'un œil mécontent.

— Ils prennent des précautions, ici. La session est fermée.

— Vous avez vérifié les cachettes classiques ? s'est enquis Merlin.

— Vous parlez du Post-it dans le tiroir du milieu ? Oui, j'ai regardé, mais il n'y a rien. C'est quoi, le problème de ces gens-là ?

— Tu ne peux pas trouver le mot de passe ?

— Si j'ai le droit de rester jusqu'à demain matin, je risque d'y arriver. Dans ce cas, il me faudra du café.

— C'est pas forcément un bon plan.

— Du coup, je ne peux pas installer de logiciel espion. De toute manière, ça ne servirait à rien. Dans un endroit pareil, ils doivent avoir des antivirus qui le détecteraient tout de suite.

— Alors ?

— Je suis coincée.

C'était une vraie déception. Si on espérait se procurer les mots de passe d'Eleanor Appleby, il fallait bien installer un dispositif de surveillance sur son ordinateur.

— Et les enregistreurs de frappe ? a proposé Merlin.

Il en avait apporté de deux sortes – deux bouts de plastique assez semblables à des connecteurs à cylindre, qui avec un peu de chance pouvaient passer inaperçus au milieu du fouillis de câbles qui part d'un ordinateur.

Dorothy a pointé son doigt derrière l'ordi de la secrétaire.

— Venez voir, ils font tout pour nous compliquer la vie.

À la clarté de ma lampe, je ne distinguais qu'une surface de bois lisse.

— Qu'est-ce que je suis censé voir ?

— Les fils sont encastrés dans le bois du bureau, comme ça personne ne peut y toucher.

— Ce qui exclut donc l'enregistreur de frappe, ai-je conclu.

— Non, a objecté Merlin. Il nous reste une solution : le module clavier.

L'objet en question se plaçait à l'intérieur du clavier, et il était encore plus difficile à détecter, mais l'installation prenait un bon moment. Merlin a déposé sa sacoche sur le bureau d'Eleanor Appleby.

— Dorothy, tu sais le poser ?

— Je crois, oui, mais Walter le fera sûrement plus vite.

— Plus vite et beaucoup mieux, a ajouté Merlin, mais je suis occupé ailleurs.

Dorothy a sorti du sac une pince à dénuder, un tournevis et un tube de colle forte, puis elle a retourné le clavier et entrepris de desserrer les vis minuscules.

— Tu te rends bien compte, m'a prévenu Merlin, que tu seras obligé de revenir dans un jour ou deux pour récupérer ce bidule ?

— *Nous* reviendrons, ai-je rectifié.

— Dans ce cas, prie pour que rien ne tourne mal aujourd'hui, a-t-il maugréé.

— Comptons sur notre chance.

Je me suis approché du bureau de Koblenz, et j'ai tourné doucement le bouton de la porte. Merlin m'a emboîté le pas avec une autre sacoche garnie de matériel.

— Tu n'as pas découvert de détecteurs de mouvement ?

— Pas à micro-ondes, en tout cas. Pour ce qui est des infrarouges passifs, je n'ai pas les moyens de les repérer.

— Tu penses qu'il y en a ?

D'un geste rapide, Merlin a déplacé sa lampe autour du bureau et a décrété en voyant le bureau impeccable et les piles de dossiers bien rangés sur les étagères :

— À mon avis, non, il est beaucoup trop ordonné.

À moins que les agents d'entretien n'aient reçu la consigne de ne pas nettoyer son bureau, Koblenz n'avait pas pu faire installer de détecteur de mouvement dans la pièce. J'étais d'accord avec Merlin : un maniaque de l'ordre comme lui tenait forcément à ce qu'on passe l'aspirateur chaque soir et à ce qu'on vide les corbeilles. Et ce n'était sûrement pas la secrétaire qui se chargeait de ces corvées.

— C'est un TL-30X6, a soupiré Merlin en regardant le coffre.

— Je pensais que c'était un Diebold.

— Je te parle du grade de sécurité. C'est le niveau de résistance le plus élevé. Et en plus, il a une fermeture électronique.

— Je t'avais prévenu.

— Ouais.

— Et alors ?

— Tu as juste mentionné la serrure électronique, tu n'as pas précisé que c'était un TL-30X6.

— Je n'aime pas trop le ton de ta voix, Merlin. Tu m'as l'air bien pessimiste, voire carrément défaitiste.

— Écoute-moi bien, Heller. J'ai apporté ma perceuse à foret diamanté, d'accord ? Mais pour percer ce truc-là, il faudrait au moins cinq heures, tu vois ? Tu as là quatre centimètres d'acier, plus un plaquage en carbone de cobalt.

— Puisque tu le dis.

— L'intérieur est renforcé par des plaques de verre trempé qui se brisent quand la perceuse les touche. Ce qui déclenche un mécanisme de reverrouillage qui ne se désactive même pas si on entre la bonne combinaison.

— Je vois, Merlin. Et je crois qu'on va finir par te surnommer Bourriquet. Et si on essayait la serrure ? Je préfère éviter la force.

J'ai compris à son regard qu'il avait eu la même idée.

Le coffre était équipé d'un clavier électronique à neuf chiffres, dont les touches noires étaient intégrées à un cadran circulaire surmonté d'un voyant rouge. Au lieu de faire tourner le cadran, il fallait taper la combinaison sur les touches.

À genoux devant le coffre, une brosse et un bocal à la main, Merlin a répandu sur le clavier de la poudre à empreintes blanche. À la lumière de sa torche, j'ai distingué des marques bien nettes sur les chiffres 3, 5 et 9, ainsi que sur ENTER.

— C'est un début, ai-je dit. Ça nous limite à trois chiffres.

— C'est une combinaison à six chiffres comprenant des 3, des 5 et des 9. Tu as une petite idée de la totalité des permutations possibles ? On doit arriver à un million.

— Pas autant, Bourriquet.

— J'exagère à peine. De toute façon, on n'a droit qu'à trois essais avant d'avoir une pénalité.

— Et ensuite ?

— On ne peut recommencer qu'après un délai de cinq minutes.

— Bon, il ne nous reste qu'à deviner juste.

Cela dit, je n'avais aucune idée d'un nombre à six chiffres ayant un sens particulier pour Koblenz. Son adresse personnelle n'en avait que trois, l'immeuble de Falls Church quatre, et ses bureaux à peine trois.

— Bien, on y va, a déclaré Merlin en expirant bruyamment.

Il a tapé une première combinaison. Sans résultat.

— Recommence.

Merlin a obtempéré, mais sans plus de succès. La troisième tentative n'a rien donné non plus. Il a persévéré en grinçant des dents.

Quelque chose s'est produit alors, bien loin de ce que nous espérions. Le voyant rouge s'est mis à clignoter, s'allumant toutes les dix secondes.

— Merde, a lâché Merlin. On est obligés de patienter cinq minutes.

— Pas question. Tu vas envoyer du jus dans la bobine.

Merlin m'a gratifié d'un regard courroucé avant de retirer le clavier de la porte. Il était étudié pour se démonter facilement, afin qu'on puisse remplacer les piles. Il a pressé deux clips pour enlever un revêtement en plastique, puis il a ôté une pellicule de caoutchouc noir, faisant apparaître une plaque de circuit et une rangée de huit minuscules bornes métalliques.

Tirant de sa sacoche une batterie neuf volts, Merlin a fixé un fil de raccordement dont il a posé une extrémité sur la borne placée à gauche. Quand l'autre bout est entré en contact avec la borne la plus éloignée, du côté droit, un crépitement s'est fait entendre, accompagné d'une odeur de brûlé.

Rien de plus, cependant. La serrure ne s'est pas débloquée.

— Bon, on est foutus, là, a dit Merlin.

— Essaie avec la perceuse.

— Je croyais que tu voulais éviter la violence.

— Je veux surtout la carte, et je la veux par n'importe quel moyen.

— Si tu m'avais prévenu plus tôt, j'aurais apporté une lance thermique.

— Et tu l'aurais trouvée où ? Sur le plateau d'*Ocean Eleven* ?

— Sérieux, elle arrive à traverser le béton et l'acier renforcé. Mais c'est très encombrant, et en plus on a besoin d'un réservoir à oxygène.

Je m'apprêtais à lui redemander d'essayer la perceuse, si faibles que soient nos chances, quand une petite lueur rouge a brillé dans l'obscurité du repaire de Koblenz, presque à la hauteur du plafond.

— Tu vois cette lumière qui clignote ?

— Ouais, s'est impatienté Merlin. Je t'ai dit qu'il y avait un délai de pénalité. On doit attendre cinq minutes.

— Pas celle-là, regarde là-haut.

Merlin a suivi la direction de mon doigt.

— Putain, Heller !

— Qu'est-ce qu'il y a ?

— Infrarouges passifs.

Un détecteur de mouvement.

— Il faut filer d'ici ! s'est écrié Merlin.

— Qu'est-ce qui se passe ? a demandé Dorothy depuis le bureau voisin.

— On vient de déclencher une alerte.

71

— Les gars doivent déjà être en route, a fait remarquer Merlin.

— Bon Dieu, a dit Dorothy.

— Allez, on dégage en vitesse, nous a pressés Merlin. Ils vont rappliquer d'ici dix minutes. Putain de merde !

— Non, ai-je protesté. Pas question de partir les mains vides. Dorothy, il te faut combien de temps ?

— J'en sais rien, trois ou quatre minutes, mais je peux pas me dépêcher davantage.

— Prends ton temps. Installe ce truc et efface bien les traces de notre passage.

Balayant de ma torche le bureau de Koblenz, j'ai repéré sous les fenêtres le système de ventilation intégré. Je me suis précipité pour tirer le volet du panneau de commande.

— Mais qu'est-ce que tu fiches, nom de Dieu ? s'est énervé Merlin, le front baigné de sueur. Il faut foutre le camp d'ici !

— Du calme, n'oublie pas qu'on a un plan de sauvetage.

Par mesure d'économie, on avait éteint la ventilation pour la nuit, mais je l'ai rallumée en la poussant à fond. Ensuite, j'ai orienté les aérateurs à lame de manière à ce que le souffle d'air dérange les papiers empilés sur les étagères et les classeurs. Derrière le bureau de Koblenz, un gros ficus était posé sur le meuble de rangement, près d'un arbre de Jade plus petit. J'ai fait basculer celui-ci. Le pot en plastique s'est renversé d'un côté, tandis que la plante et sa motte de terre s'écrasaient de l'autre. M'emparant pour finir d'un tas de paperasses, je les ai éparpillées au sol.

— Mais qu'est-ce que tu fous ? a demandé Merlin.

— Je fabrique une explication plausible.

En réalité, le courant d'air n'était sûrement pas assez puissant pour faire tomber la plante en pot, mais Koblenz se satisferait sans doute de cette solution, d'autant plus qu'il n'y aurait aucune trace de vol à constater. Il se concentrerait sur la véritable anomalie, qui avait permis à son système de climatisation de se mettre en marche en pleine nuit. Au bout du compte, il n'y verrait qu'un banal dysfonctionnement de l'installation et mettrait ça sur le dos de la technologie.

J'ai sorti alors mes quatre téléphones jetables, repérant celui qui portait au marqueur le chiffre 1.

— C'est bon, on y va, ai-je annoncé en sélectionnant un numéro préprogrammé.

Je n'ai pas pu constater le résultat dans la seconde, mais ce n'était pas nécessaire. Les dispositifs incendiaires que nous avions improvisés étaient certes rudimentaires, mais l'effet n'en serait pas moins spectaculaire. Cela dit, nous n'avions pas l'intention de faire brûler l'immeuble : seulement d'en donner l'impression.

Les deux sacs de supermarché que nous avions déposés en arrivant renfermaient chacun un mécanisme assez sommaire : un téléphone cellulaire branché à un relais, une batterie neuf volts, un filament d'ampoule électrique. La sonnerie du portable échauffait le filament, qui faisait exploser le mélange de sucre et de chlorate de potassium contenu dans une grenade fumigène. Celle-ci provoquait à son tour l'explosion du plâtre de Paris mélangé à la poudre d'aluminium, que nous avions versé dans un pot de fleurs pour les laisser durcir. Cette mixture peut atteindre une température hallucinante. Je crois bien qu'elle brûlerait même sous l'eau.

Rien de bien sorcier, en somme, juste le B-A BA de la fabrication d'explosifs. Mais d'ici trente secondes, le hall serait envahi par une épaisse fumée s'échappant d'un foyer aussi virulent que circonscrit, et franchement impressionnant à voir. La fumée serait visible de l'extérieur.

Avant même que j'arrive à la fenêtre pour regarder les nuages de fumée d'un blanc grisâtre, l'alarme anti-incendie avait commencé à sonner.

— J'ai fini, m'a signalé Dorothy en reposant le clavier d'Eleanor Appleby à l'endroit précis où elle l'avait trouvé.

— Les pompiers devraient arriver dans cinq minutes. Espérons que nos amis de Paladin ne débarqueront pas avant.

— Je croyais qu'il leur fallait dix minutes pour venir.

— C'était une estimation.

— Tu veux dire que tu t'es contenté de *suppositions* ?

— Une approximation réfléchie, disons.

— Heller, pourquoi tu m'as caché ça ?

Je n'ai pas répondu, mais l'explication était très simple : il s'agissait de la seule faille dans mon plan, et j'avais manœuvré pour la dissimuler, m'en remettant à la chance. Si je leur avais avoué la vérité, ils m'auraient laissé en carafe. Pour la première fois, j'ai ressenti de l'inquiétude.

Notre stratégie de fuite reposait entièrement sur l'idée que les pompiers devanceraient probablement les vigiles de Paladin. Une fois sur place, ils sécuriseraient les lieux et empêcheraient tout le monde de passer. Mais si les autres arrivaient les premiers, ils risquaient de foncer vers les étages en dépit de la fumée. Et il y avait fort à craindre qu'ils établissent un lien entre les deux incidents – l'alarme du détecteur de mouvement dans le bureau de Koblenz et l'incendie du hall – et qu'ils en concluent que les locaux avaient été la cible de vandales. Ils n'en seraient que plus motivés pour se précipiter là-haut.

Le hurlement des sirènes se rapprochait peu à peu. Avec un soupir de soulagement, j'ai entendu des éclats de voix, le grincement des freins des camions et le bruit des pompiers qui débarquaient leur matériel.

— Les voilà, a fait Dorothy.

J'ai lancé alors le deuxième numéro préprogrammé, qui déclenchait le dispositif incendiaire placé sur le palier du deuxième étage.

— Je suis pas sourd, ai-je répliqué.

Des pneus ont grincé sur l'asphalte.

— Non, Heller, a corrigé Dorothy. Je parlais de Paladin. Deux Humvee noirs. C'est Paladin.

— Je me tire, a lancé Merlin.

— Walter, a dit Dorothy, ne vous dégonflez pas maintenant.

Après avoir quitté les bureaux et dégringolé les escaliers, la dernière scène que j'ai vue a été un concours de hurlements opposant un groupe d'employés patibulaires de chez Paladin, deux policiers de Falls Church et une équipe de pompiers. Le service de sécurité de Paladin n'était pas près d'emporter la partie. Ni la police ni les pompiers n'étaient décidés à laisser quelqu'un pénétrer dans un immeuble qui semblait être la proie des flammes.

Nous nous sommes enfuis par les portes de l'aire de chargement, au rez-de-chaussée. Il n'y avait personne devant cette issue. Vu que nous avions placé les dispositifs incendiaires sur l'avant du bâtiment, tout le monde s'était rassemblé là-bas.

— Merci beaucoup, Merlin, ai-je dit au moment de nous séparer, tandis que Dorothy courait vers la Defender.

Il s'est tourné vers moi sans un mot, le regard noir.

72

Pendant un bon moment, Dorothy et moi avons gardé le silence. Ça venait peut-être du reflux d'adrénaline, ce mélange d'angoisse sourde et de légère déprime qui s'installe après une période de stress intense. C'est un phénomène très courant après les batailles. C'est elle qui a fini par prendre la parole :

— Et maintenant ?

— On trouve toujours une solution.

— Personnellement, je ne vois pas.

— Moi si.

Et je lui ai exposé mon idée.

— Je ne savais dire si c'est incroyablement audacieux ou infiniment stupide, a commenté Dorothy.

— J'aime rester optimiste.

— Tu sais, si Koblenz détient pour de bon une de ces RaptorCard, c'est vraiment extraordinaire.

— C'est le nom que portent ces cartes ?

— J'ai seulement entendu des rumeurs. Il y a deux ou trois ans, on s'est aperçu que le gouvernement américain espionnait le SWIFT, tu te souviens ? Ils voulaient surveiller les mouvements de fonds suspects.

— Pour prévenir le terrorisme, je suppose.

— Bien sûr. Mais il s'est avéré qu'ils étaient en mesure de suivre tous les transferts de capitaux, toutes les transactions financières possibles. Le secret bancaire n'existait plus. Big Brother ouvrait l'œil, tu comprends ?

Je préférais ne pas la contredire, mais je pensais depuis longtemps que les gens se berçaient d'illusions sur le secret bancaire. Quand les riches planquent leur fric dans des banques off-shore, ils se figurent que leur secret restera bien enfoui. Cependant, les banquiers sont humains, même dans les paradis fiscaux. Il suffit de savoir qui soudoyer, ou de choisir judicieusement ses amis, pour découvrir une foule de choses. Ce qui est plutôt commode pour les gens qui travaillent dans ma branche, cela va sans dire.

Récemment, un rapport a filtré sur Internet, expliquant comment Cisco Systems ajoutait secrètement à ses routeurs une porte dérobée, qui permettait au gouvernement d'espionner l'ensemble du trafic, y compris les mails et les appels téléphoniques.

— Une RaptorCard sert donc à transférer des fonds à l'insu du gouvernement, ai-je résumé.

— Tout à fait. En intégrant un cryptogramme personnel à un appareil qui se présente comme une carte de paiement. C'est le procédé de cryptage le plus costaud que l'on connaisse, assez proche du générateur de code aléatoire. L'authentification est incluse dans la carte, et on peut l'utiliser n'importe où.

— Les numéros de compte sont terriblement obsolètes, non ?

— Parfaitement. Ce que je veux savoir, Nick, c'est ce que tu envisages de faire.

Je me suis accordé un moment de réflexion. La réponse était complexe, et pour dire la vérité, ma décision n'était pas complètement arrêtée. Mon mobile a sonné sur ces entrefaites. Frank Montello.

— J'ai quelque chose d'intéressant pour vous. Vous savez, ce numéro de portable que vous m'avez demandé d'identifier ?

Il m'a fallu une seconde pour me rappeler de quoi il parlait.

— Oui ?

— Elle a appelé le même numéro de téléphone jetable que votre père.

— Le cellulaire de Roger, ai-je dit, le ventre noué. Vous plaisantez ?

— Non. Il y a une heure à peine, Lauren Heller a contacté son mari.

73

Marjorie Ogonowski écarta les rideaux du salon pour regarder par la fenêtre.

Un break Buick bleu foncé se rangeait contre le trottoir. Elle nota la plaque minéralogique blanche, sur laquelle se détachait en bleu sombre U.S. GOVERNMENT. Le numéro d'immatriculation commençait par un J, ce qui signifiait que c'était un véhicule du département de la Justice. Marjorie, dont la cousine avait épousé un membre du FBI, était très bien renseignée sur cet organisme.

Après avoir reçu un appel d'un agent du FBI sollicitant une entrevue à propos d'une affaire en cours, Marjorie avait été fortement tentée de contacter sa cousine pour prendre des renseignements. Son interlocuteur l'avait cependant priée de rester discrète. Depuis ce coup de téléphone, l'inquiétude la taraudait, elle se demandait si ce rendez-vous avait un rapport avec son chef, Roger Heller. Elle était convaincue que oui, surtout après la visite du dénommé John Murray, envoyé par Security Compliance pour la questionner sur la disparition de son supérieur.

Au moins, l'agent du FBI se montrait ponctuel. Dix-neuf heures pile, comme prévu. Tant mieux. Marjorie était très attachée à l'ordre et à la précision. D'ailleurs, elle était intimement persuadée que ce souci constant du détail faisait d'elle une juriste hors pair. Cela, plus son intelligence et la façon qu'elle avait de ne jamais se plaindre, quel que soit le temps passé au bureau. Sitôt obtenu son diplôme de droit, elle s'était fait embaucher au service juridique du secteur développement de Gifford Industries, où elle travaillait sur les fusions-acquisitions, et elle comptait grimper rapidement dans la hiérarchie.

Pour le moment, elle ne touchait qu'un salaire médiocre, mais c'était provisoire. En attendant, elle avait pu s'offrir une toute petite maison de style rustique, à Linthicum dans le Maryland. L'agent immobilier l'avait présentée comme un « investissement idéal », une manière de lui dire qu'il y aurait beaucoup de travaux. Marjorie s'était chargée elle-même d'une bonne partie de la réfection, elle avait repeint et retapissé, profitant même d'un week-end férié pour poser un parquet flottant. L'avantage d'une vie sociale inexistante, c'est qu'on pouvait abattre beaucoup de travail.

Lorsque l'agent du FBI sonna à la porte, Marjorie se retint de se précipiter pour ouvrir. Elle n'avait pas envie de trahir sa nervosité, ni de lui laisser voir que sa venue était le gros événement de son week-end. Dans la pièce voisine, Caesar, la perruche, sifflait à gorge déployée.

Marjorie tira la porte grillagée et serra la main de son visiteur. D'une certaine manière, son physique ingrat lui inspira confiance.

— Mes indications vous ont été utiles ? lui demanda-t-elle.

— Tout à fait. La circulation était fluide, je n'ai mis que trente-sept minutes.

Tant de précision n'était pas pour lui déplaire. Elle le fit entrer et lui proposa un thé ou une boisson fraîche, mais il déclina son offre. Il lui présenta aussitôt son insigne et son accréditation, qu'elle inspecta consciencieusement, même si elle n'en avait vu qu'à la télévision. Le badge doré frappé d'un aigle et de lettres en relief, dans un étui de cuir noir. La carte plastifiée portant sa photo et sa signature était fixée à la poche de sa chemise bon marché. L'homme lui remit sa carte professionnelle.

Ils s'installèrent face à face dans les deux fauteuils qu'elle avait recouverts elle-même avec du tissu en solde. Marjorie jeta un bref coup d'œil à son ordinateur portable, un MacBook posé sur le bureau étroit. De l'endroit où elle se trouvait, elle voyait l'écran, et elle se demanda si son visiteur le voyait aussi.

Sa carte indiquait « Agent spécial Corelli », et il souffrait d'un léger bégaiement qui lui donnait quelque chose d'enfantin. Elle se réjouissait de ne pas trouver chez lui l'arrogance et l'habileté qu'elle associait aux agents du FBI.

Il tira un calepin de son porte-documents noir.

— Mrs Ogonowski, à quel point connaissiez-vous Roger Heller ?

Ainsi, l'entretien concernait bien Roger.

— Appelez-moi Marjorie, je vous en prie.

— Marjorie, alors, fit-il avec un sourire timide.

— Il lui est arrivé quelque chose ?

— Je regrette, mais je ne peux rien révéler sur une enquête en cours.

Une enquête !

— Eh bien, Mr Heller est mon chef – c'est comme ça que je l'ai connu.

Elle retourna la carte de l'agent Corelli entre ses doigts, évitant de croiser son regard.

— Je vois.

— Il est mon supérieur direct, et ces derniers temps il était surmené…

— Il s'est absenté fréquemment, non ? Pour des déplacements.

— En effet, il voyage beaucoup pour son travail.

— Et pour d'autres raisons.

Marjorie hésitait, tambourinant du bout des doigts sur la table basse placée près de son fauteuil. Puis, obéissant à un réflexe compulsif, elle entreprit d'aligner les objets qui étaient posés dessus. La minuscule télécommande de son Apple et celles du câble et du lecteur de DVD furent placées bien parallèles, selon un espacement régulier.

— Pardonnez-moi, quelle était votre question ?

— Récemment, vous avez tenté de le joindre pendant son absence. Qui n'avait rien à voir avec un déplacement professionnel.

Comment donc pouvait-il être au courant ? Elle avait juré de n'en parler à personne. Était-ce le consultant de Security Compliance qui l'avait découvert et en avait informé le FBI ?

— Je ne m'en souviens plus.

— Je pense que si, insista doucement l'agent du FBI.

Quelque chose avait brusquement changé en lui. Il avait cessé d'être l'agent fédéral honnête et fiable qu'elle avait vu en lui. La froideur qui venait d'apparaître l'effrayait beaucoup plus que la question elle-même.

La perruche se remit à siffler.

— Désolée pour l'oiseau. Je n'ai pas encore changé sa litière, et il commence à s'énerver.

— Ce n'est pas grave.

De nouveau, Marjorie allongea la main vers la table, déplaçant les télécommandes avant de les remettre en ordre.

— Ça vous ennuie si j'appelle le Bureau ? demanda-t-elle à brûle-pourpoint. Si ce n'est pas gênant… je voudrais juste…

Il leva le menton en souriant, paumes ouvertes.

— Allez-y, vérifiez, c'est tout à fait dans nos principes. Le numéro est inscrit sur la carte.

Marjorie se leva et se dirigea vers le téléphone de l'entrée, restant dans le champ de vision du policier.

— Le mari de ma cousine travaille pour le FBI, expliqua-t-elle. Si vous n'y voyez pas d'inconvénient, je vais l'appeler tout de suite.

— Pas de problème. Si ça peut vous tranquilliser.

Une longue liste de numéros était scotchée au mur, parmi lesquels ceux de Beverly et Stuart, ses cousins. Elle composa le numéro professionnel de Stuart.

Celui qui figurait sur la carte de Corelli avait un indicatif différent, mais cela n'avait peut-être pas d'importance. Le bureau central du FBI et les autres services n'avaient pas forcément le même code. Un nouvel élément attira son attention, et elle examina la carte de plus près.

— Est-ce que vos cartes viennent d'être modifiées ? Sur celle de mon cousin, le sceau…

Une main jaillit brusquement et coupa la communication téléphonique. Elle ne l'avait même pas entendu approcher. Elle aurait voulu crier, mais la main s'était plaquée sur sa bouche.

— Il faut que vous me racontiez tout, murmura l'homme d'une voix si basse que les sifflements aigus de l'oiseau suffisaient presque à la couvrir.

74

J'ai attendu sur place que Lauren rentre chez elle.

J'en ai profité pour monter dans la chambre de Gabe et bavarder un moment. Quand je lui ai rendu son roman graphique, il a voulu savoir ce que j'en pensais. Je lui ai dit que je le trouvais époustouflant et que je me sentais à la fois honoré et intimidé d'avoir servi de modèle à The Cowl.

— Qu'est-ce que tu veux dire ?

— Ton héros, The Cowl. Et la Forteresse de solitude à Adams Morgan.

— Mais non, ce n'est pas toi.

— Ah, il me semblait pourtant que nous avions des choses en commun.

— Hein ? N'importe quoi !

Je l'ai observé à la dérobée. Il paraissait gêné, sur la défensive. Extrêmement mal à l'aise. Je venais de formuler à haute voix une vérité qu'il refusait d'admettre ouvertement.

— Tu as raison, ai-je concédé. Disons que j'aurais bien aimé que ce soit moi.

— Te surestime pas trop, va !

— Gabe, qui est Candi Dupont ?

Il était trop jeune, ou trop honnête, pour avoir

appris la duplicité. Un éclair de frayeur a traversé son regard.

— Juste un nom comme ça.

— Candi Dupont est la petite amie du Dr Cash.

— Arrête, c'est seulement de la fiction. Tu comprends pas comment ça marche ou quoi ? Tu prends des petits bouts de ta vraie vie, et avec ça tu composes un…

— Gabe, tu as lu les mails de ton père, je me trompe ?

— Va te faire foutre ! a-t-il hurlé, la voix rauque, et il s'est détourné en me repoussant.

— Gabe. (J'ai posé les mains sur ses épaules en le faisant pivoter vers moi.) Ton père utilisait le même mot de passe pour tous ses comptes, je crois. Et tu es entré dans sa messagerie.

Il s'était mis à pleurer, le visage écarlate, ses boutons d'acné pareils à des gouttes de sang sur ses joues.

— C'est comme ça que tu as découvert l'existence de Candi Dupont et que tu as compris que ton père… voyait quelqu'un d'autre.

— Il trompait maman ! a soufflé Gabe.

— C'est bon, je n'ai pas l'intention de t'engueuler. Ça m'est bien égal, que tu aies fait ça. Tout ce que je demande, c'est le mot de passe. Peut-être qu'on peut encore sauver ton père.

— Pourquoi ?

— Parce que ce que tu dis est vrai. Candi Dupont est juste un nom. Ton père appelait sa maîtresse comme ça, c'était une espèce de pseudonyme. Ce n'est en aucun cas son véritable nom, ce qui explique qu'on n'ait pas réussi à la localiser. Mais si nous découvrons son identité, il se peut qu'elle nous mène jusqu'à ton père. Elle sait peut-être des choses. Gabe, je comprends que c'est horrible pour toi…

— Mais je le connais pas, son vrai nom ! Comment veux-tu que je le sache ? Tout ce que je peux te dire, c'est qu'il envoyait des messages sexuels franchement crades à une dénommée Candi Dupont et qu'elle lui répondait des trucs encore plus sexe. Il mentait constamment à maman, et ça me donnait envie de gerber.

— Bien sûr, c'est normal, lui ai-je dit gentiment. Mais si tu me donnes ce mot de passe, ça nous apprendra l'adresse e-mail de cette femme. Ce qui suffira peut-être pour remonter jusqu'à elle.

Il a gardé la tête baissée, le coude plié sur ses yeux pour fuir mon regard. Des larmes coulaient sur son T-shirt.

— Gabe, s'il te plaît.

Dès que Lauren est arrivée, je lui ai demandé de m'accompagner dans la bibliothèque de Roger pour pouvoir discuter tranquillement. Assis dans les fauteuils clubs anciens, nous étions placés de telle sorte qu'il était malcommode de nous regarder en face.

— Alors, comment va Roger ?

Je l'ai vue accuser le coup, mais il ne lui a fallu qu'une fraction de seconde pour se ressaisir.

— C'est à moi que tu poses la question ? Comment veux-tu que je le sache ?

— Lauren, tu l'as joint il y a quelques heures. Sur le téléphone jetable qu'avait déjà appelé mon père.

Elle a cligné rapidement des paupières.

— Nick…

— Tu me racontes des craques depuis le début de cette comédie. Tu as toujours su où il était.

— Non, a-t-elle murmuré. Ce n'est pas vrai.

— Je regrette de ne pas pouvoir te croire, mais tu as perdu toute crédibilité. Si tant est que tu en aies eu un jour. Vous êtes complices pour monter une arnaque, lui et toi ?

— Nick, tu veux bien écouter ce que j'ai à te dire ?

— Oui. Je serais tout à fait ravi d'entendre tes explications. Et tant que tu y es, tu vas me dire ce qui justifie d'avoir imposé un tel calvaire à Gabe.

— Nick, avant ce matin, j'ignorais ce qui était arrivé à Roger. Je n'en savais pas plus long que toi. D'accord, j'ai occulté quelques détails, mais j'aimerais que tu m'écoutes…

— Ce matin ? C'était la première fois qu'il te donnait de ses nouvelles ?

— Tu n'as qu'à vérifier sur mon relevé téléphonique.

— Il t'a téléphoné ? Envoyé un mail ?

— J'ai reçu un texto avec un numéro à appeler. (Elle a ramassé son sac à main et s'est mise à fouiller dedans.) Regarde, tu peux consulter ma messagerie si tu ne me crois pas.

— Où est-ce qu'il est, alors ?

— Il dit qu'on le retient quelque part en Georgie.

En Georgie. C'était là que se trouvaient le siège de Paladin et leur base d'entraînement.

— Et malgré tout, il a réussi à te téléphoner ?

— Oui.

— Et il s'est débrouillé pour prendre un appel de notre père ? Drôle de captivité.

— Il n'a rien évoqué de tel. Il n'a même pas dit qu'on le gardait en otage.

— Il a employé le mot « retenu », c'est ça ?

— Il a répété plusieurs fois qu'il devait faire vite, qu'il n'avait qu'une minute. J'ai cru comprendre que personne ne savait qu'il possédait un téléphone. Écoute, le principal, c'est qu'ils doivent le relâcher bientôt, d'après lui.

— Le relâcher ?

— Oui, ils sont sur le point de le libérer. Ils s'apprêtent à conclure un marché avec lui.

— Qui ça, « ils » ?

— Il n'a pas précisé. Je n'ai pas posé de questions, tu comprends, il était trop pressé, et je ne savais pas s'il pouvait parler librement.

— Quel genre de marché ?

— Mais je n'en sais rien, Nick ! Il m'a seulement demandé de rester prudente, de ne rien faire qui risque de tout gâcher, de ne mettre personne au courant – et alors ils lui rendraient sa liberté. Tu sais, notre conversation n'a pas duré plus d'une minute.

— Tu as dû être soulagée de l'entendre.

— Bien sûr que oui. J'ai traversé un véritable cauchemar.

— Tu vas récupérer ton mari.

Elle est restée silencieuse un bon moment.

— Pour être honnête, notre mariage a sombré depuis bien longtemps.

J'ai eu l'impression qu'une main de glace me tordait les entrailles.

— Je comprends.

Ce n'était pas une grande surprise pour moi. Ce qui m'étonnait davantage, c'était d'entendre ça de la bouche de Lauren.

— À partir du moment où j'ai découvert sa liaison… je n'ai jamais réussi à lui pardonner. Nos sentiments se sont émoussés. Il continue d'être un père formidable pour Gabe, mais…

J'ai coupé en me levant :

— Tu sais quoi, Lauren ? Tout ça ne m'intéresse plus.

75

Le Chirurgien ouvrit sa trousse à instruments en toile noire et en retira son scalpel favori, un Miltex MeisterHand = 3. Il inséra soigneusement une lame très fine en acier-carbone.

Les pleurs de Marjorie Ogonowski étaient étouffés par l'adhésif en toile qu'il avait collé sur sa bouche. Il en avait également utilisé pour entraver ses chevilles et ses poignets et l'attacher aux montants du lit.

Il lui avait laissé ses lunettes, afin qu'elle le voie clairement.

Depuis quelques minutes, elle avait renoncé à se débattre, mais quand elle le vit enfiler ses gants en latex, elle recommença à lutter frénétiquement, prise de panique. La vue du scalpel avait considérablement accru sa terreur, mais il s'agissait d'une réaction prévisible. L'une des règles de base de ce qu'on appelle pudiquement les « techniques d'interrogatoire poussé », c'est que la peur de la souffrance s'avère toujours plus efficace que la douleur elle-même.

Bien entendu, il n'avait de chirurgien que le nom – on l'avait exclu de la faculté de médecine suite à une indélicatesse qu'il préférait oublier – et c'était à Bagram, en Afghanistan, qu'il avait reçu ce sobriquet.

La CIA avait eu besoin d'engager des contractuels externes pour mener des interrogatoires dans ses prisons secrètes, afin de protéger politiquement l'Agence. Ses employeurs avaient été si impressionnés qu'ils l'avaient envoyé plus tard à Abou Ghraib. Mais quand le scandale avait éclaté, il s'était retrouvé sur la touche. Ses talents n'étaient pas très exploitables dans le secteur privé, et il avait eu la chance d'être embauché par un des rares recruteurs sur le marché, Paladin Worldwide.

L'art de la torture – pour appeler les choses par leur nom – souffrait d'une profonde incompréhension. Ces dernières années, après le retour de bâton de la guerre en Irak, il était devenu politiquement correct d'affirmer que la torture ne servait à rien. Mais dans ce cas, pourquoi l'humanité s'obstinait-elle à en faire usage depuis des millénaires ? Pourquoi tous ces membres de la Résistance française avaient-ils trahi les noms de leurs camarades, ou même de parents, sous la torture des nazis ? Seule une torture mal exécutée était inefficace. Tout résidait dans l'inventivité des techniques. Il fallait maîtriser certaines compétences, savoir lire dans l'esprit des gens et asseoir son autorité.

Comme d'habitude, il s'exprimait avec calme et douceur. Élever la voix dénotait un manque de contrôle de soi.

— Bien, on va réessayer. Mr Heller était en voyage, et vous avez eu besoin de le joindre en urgence, c'est bien ça ? Il me semble que vous prépariez une acquisition importante. Un producteur d'énergie de São Paulo. Oui ? Hochez la tête si ce que je dis est exact.

Marjorie écarquillait les yeux, et les larmes ruisselaient sur ses joues. Elle fit un signe énergique de la tête, à plusieurs reprises.

— Un problème est survenu brusquement, et vous deviez lui parler immédiatement. Mais il avait posé sa journée. C'est ça ?

Elle hocha la tête.

— Une réunion de la commission sur les fusions-acquisitions était prévue le lendemain matin, le diaporama était déjà prêt, mais vous avez découvert dans l'audit préalable un élément susceptible de compromettre la transaction. D'après vous, ça risquait de gâcher la fête. Je me trompe ?

Lentement, elle hocha à nouveau la tête. Il devinait qu'elle ne comprenait pas comment il pouvait en savoir autant, et qu'elle ignorait totalement qui il était. Rien n'est plus redoutable que l'inconnu, et le Chirurgien n'avait pas l'intention de l'éclairer.

— Pourtant, vous n'aviez aucun moyen de le contacter. Il vous fallait le joindre sans délai, mais il n'avait pas son portable sur lui. Et comme il n'avait pas pris non plus son Blackberry, vous ne pouviez pas lui envoyer un mail. C'est ça ?

Elle n'hésita que quelques secondes avant d'acquiescer.

— Bizarre, non ? Un bourreau de travail comme Mr Heller qui n'emporte ni son mobile ni son Blackberry quand il s'absente, dans une période d'effervescence où il devrait être joignable à toute heure.

Elle regarda de côté. Chez elle, la dissimulation était aussi voyante qu'une enseigne au néon.

— Malgré tout, vous vous êtes arrangée pour lui parler. Par quel moyen ?

Elle détourna les yeux.

— Je vais retirer l'adhésif de votre bouche. Mais d'abord, je veux que vous voyiez ce scalpel de près, que vous éprouviez son tranchant.

Les yeux de Marjorie s'agrandirent, noyés de larmes. Elle fit mine de secouer la tête, comme pour le supplier de ne pas faire ça, puis elle se ravisa, de peur qu'il ne prenne son geste pour un refus de coopérer.

L'homme s'approcha, le scalpel dans la main droite, et il l'amena tout près de l'œil droit de Marjorie.

Elle ferma les yeux en secouant vigoureusement la tête.

— Pas de mouvements brusques, je vous prie. Vous vous feriez une vilaine blessure.

Elle serrait violemment les paupières.

— Ouvrez les yeux, s'il vous plaît, ou ce sera bien pire pour vous.

Il patienta quelques secondes. Elle souleva les paupières, plissa les yeux et cligna plusieurs fois.

— La peau de la paupière fait moins d'un millimètre d'épaisseur. Ce scalpel peut la trancher très facilement, ainsi que la sclère qui se trouve en dessous. Le fluide aqueux s'écoulera, et votre œil subira des dégâts irréparables.

Marjorie battit plus rapidement des paupières. Une plainte lui échappa.

— L'énucléation est l'ablation chirurgicale du globe oculaire. On ne la pratique généralement que dans des conditions extrêmes, en cas de traumatisme ou de tumeur maligne.

Il vit le mouvement de son menton, il l'entendit tenter de crier les mots « s'il vous plaît », encore et encore.

— Naturellement, ajouta-t-il, vous pourrez continuer votre métier de juriste sans vos yeux. Aujourd'hui, on trouve des logiciels de reconnaissance vocale. Par contre, vous pourrez faire une croix sur les notes écrites à la main, et malheureusement, très peu de sites Internet sont accessibles aux non-voyants. Les aménagements seront onéreux.

Il posa la main gauche sur son front, juste au-dessus de ses lunettes. Un geste intime, presque une caresse.

— Maintenant, je vais vous ôter votre bâillon, mais si jamais vous criez, si vous appelez au secours, j'exécuterai un acte chirurgical précipité. C'est bien clair ?

Elle fit signe que oui, les yeux fermés.

— Dès que j'aurai retiré l'adhésif, vous me direz comment vous avez joint Mr Heller. Compris ?

Le scalpel à un centimètre de son œil, il arracha le bandeau. Marjorie, haletante, aspira l'air bruyamment.

Les mots jaillirent précipitamment, la voix était aiguë et plaintive :

— Il m'a laissé un message sur ma boîte vocale. Il m'a dit d'aller dans son bureau, de prendre un téléphone dans son tiroir, un appareil prépayé, il a expliqué qu'il était déjà activé et que je devais sortir dans la rue pour l'appeler.

— L'appeler où ?

— Il m'a dicté un numéro.

— Quel est ce numéro ?

— Je ne sais pas, comment voulez-vous que je m'en souvienne ? Je ne l'ai pas mémorisé sur le moment, j'appelais de mon lieu de travail et je n'ai pas gardé de traces. Il m'avait commandé de ne pas le faire.

— Je me doute bien que vous ne connaissez pas ce numéro par cœur. Mais il doit être resté en mémoire dans le téléphone utilisé.

Elle marqua une brève hésitation, assez longue cependant pour qu'il devine qu'elle inventait une explication.

— J'ai remis l'appareil dans le tiroir du bureau de Roger.

— Non, je ne vous crois pas. Je pense que vous l'avez emporté chez vous, parce qu'il vous l'avait demandé.

Marjorie fit non de la tête. Elle était secouée de tremblements.

— Vous êtes une collègue des plus loyales. (Il avait cessé de l'appeler par son nom. Il évitait toujours de prononcer leurs prénoms.) Vous protégez Mr Heller. Voilà qui est louable. Mais il n'est plus là, désormais, et vous n'avez plus besoin de le couvrir. Soit vous me remettez ce téléphone, soit vous subissez une opération très douloureuse sans anesthésie.

— Non, je vous en prie.

— Où est ce téléphone ?

Il se dirigea vers la commode dès qu'elle lui eut donné la réponse. Le mobile jetable se trouvait dans le tiroir du haut, comme elle le lui avait annoncé. Il se tourna de nouveau vers elle et, par mesure de sécurité, il alluma l'appareil et fit défiler la liste des appels sortants.

Il n'avait servi qu'une seule fois.

— Très bien.

— S'il vous plaît, murmura Marjorie, vous voulez bien partir maintenant ? Vous avez obtenu ce que vous cherchiez, non ? Je ne sais ni ce que vous voulez, ni qui vous êtes, et ça m'est bien égal. Je veux seulement que vous vous en alliez. Je vous en prie. Je promets de ne rien dire à personne. Vous avez ma parole, je ne raconterai rien à la police, ni à qui que ce soit.

— Ça, c'est certain, fit le Chirurgien en arrachant une nouvelle longueur d'adhésif au rouleau argenté pour la coller sur sa bouche. Je n'en doute pas un instant.

76

Même après tout ce temps, j'avais acquis très peu de certitudes sur ce qui était arrivé à Roger.

Tout ce que je savais faire, c'était ressasser indéfiniment différentes hypothèses, les analyser sous tous les angles et tâcher d'établir laquelle était la plus plausible. J'ai fini par m'arrêter sur celle-ci : mon frère, incorrigible mégalomane, infatigable intrigant et éternel insatisfait, avait enfin trouvé une solution pour s'évader du purgatoire de la classe moyenne. Après le rachat secret de Paladin Worldwide par sa société, Gifford Industries, il avait épluché les comptes et découvert les preuves d'une affaire de corruption à très grande échelle. Là, il avait eu le tort d'être assez téméraire pour réclamer des millions en échange de son silence. Mais au lieu de se soumettre au chantage, Carl Koblenz avait riposté sans tarder. Menaces, harcèlement, et pour finir cet enlèvement à Georgetown.

Passé cette étape, mon scénario devenait de plus en plus bancal. Roger s'était-il débrouillé pour fausser compagnie à ses ravisseurs ? Ça me paraissait totalement invraisemblable : Roger n'avait rien d'un super-héros. Était-il détenu en Georgie, sur la base d'entraînement de Paladin, dans des conditions assez laxistes pour qu'il puisse communiquer avec l'extérieur par portable ? Ce cas de figure n'était pas beaucoup plus crédible.

À moins qu'il n'ait été manipulé par ses ravisseurs. Ils l'avaient peut-être obligé à contacter Lauren et Victor, à leur demander de collaborer avec Paladin et de leur fournir ce qu'ils réclamaient afin d'assurer sa libération.

Mais ce n'étaient là que des peut-être.

Le rôle de mon père dans cette histoire m'échappait complètement. Que pouvait-il posséder qui intéresse Paladin ?

Il se pouvait aussi que la vérité soit très, très loin de tout ce que j'imaginais, si loin que je n'avais même pas commencé à l'effleurer.

À ce stade, je m'attendais vraiment à tout.

Un peu plus tard, j'ai appelé Dorothy Duval. J'ai d'abord essayé son bureau, sachant qu'elle travaillait tard, mais je suis tombé sur sa messagerie. Par contre, elle m'a répondu tout de suite sur son mobile. Une télévision braillait en arrière-fond.

— J'espère que je ne te dérange pas.

— Non, non, je ne fais rien de spécial, a-t-elle dit en baissant le son.

— Tout va bien ?

— Oui, oui. Tu comptes retourner là-bas aujourd'hui ?

— Le problème, c'est qu'il faut intervenir en pleine journée. Je suis bien conscient que ça ne t'arrange pas.

— Mais non, voyons, c'est pas grave.

Le ton était boudeur, mais la voix restait musicale.

— Tu veux bien me dire ce qui se passe ?

— Heller, j'ai tout mon temps, désormais. Stoddard vient juste de me virer.

— Quoi ? Mais pour quelle raison ?

— Pour usage illégal des ressources de l'entreprise.

— En d'autres termes, parce que tu m'as rendu service.

— Il ne m'a pas jugée digne d'une explication. L'ennui, c'est que je ne vais plus pouvoir t'aider. Maintenant, je n'ai plus accès aux bases de données de Stoddard.

— Ce n'est pas normal, ce qui t'arrive.

— Peut-être, mais c'est comme ça.

— Non, c'est purement inadmissible.

— Je ne te le fais pas dire. En plus, il prétend qu'il va me faire une réputation, m'empêcher de retrouver un poste dans cette ville.

— Je vais lui parler.

— Non, te fatigue pas. Je ne veux pas retourner là-bas. Pas après m'être fait jeter.

— Si, je vais aller discuter avec lui. Dans l'intervalle, fais quelque chose pour moi. J'ai besoin que tu entres dans l'ordinateur de mon frère.

— Il n'y a pas grand-chose là-dedans, tu sais.

— Il a un compte Hotmail. Tu peux trouver le nom d'utilisateur, je suppose ?

— S'il y est, oui, pas de souci. Mais pour le mot de passe…

— Ça, c'est facile. Victor10506.

— Comment tu sais ça ?

— C'est une longue histoire. Le 10506 est le code postal de la ville de Bedford, dans l'État de New York. On habitait là-bas quand on était gamins.

— Tu veux que je me connecte à la messagerie de ton frère ? Ça marche. Mais qu'est-ce que je dois chercher ?

— Tu repères tous les mails reçus ou envoyés à l'adresse CatLvr74@yahoo.com. Un des messages contient un numéro de portable.

— Et je fais quoi une fois que je l'ai trouvé ?

— Eh bien, j'ai un plan intéressant.

77

Le lendemain matin, j'ai trouvé Jay Stoddard attablé dans la salle à manger du Sénat, en compagnie d'un sénateur de Virginie qui présidait la commission des forces armées. La course à la réélection se révélait extrêmement ardue.

Je me suis engouffré dans l'élégante salle – murs jaunes, moquette rouge à impressions, nappes blanches, l'atmosphère feutrée du pouvoir – en jean, T-shirt et chaussures de randonnée. Stoddard, en revanche, exhibait un de ses plus beaux costumes sur mesure, un gris tourterelle à veste croisée, avec une impeccable chemise bleu ciel et une cravate rouge. Un bol de céréales et un café étaient posés devant lui. Sa seconde collation de la matinée, probablement. Il m'avait bien recommandé de ne jamais me rendre à un petit déjeuner d'affaires sans m'être restauré au préalable.

Le maître d'hôtel m'a escorté en protestant :

— Monsieur, je suis désolé, mais le port du jean n'est pas autorisé, et vous n'avez pas non plus de cravate !

Cette petite scène a attiré l'attention sur moi. Stoddard a jeté un coup d'œil, et son expression a changé.

— Heller ? Mais bon Dieu…

— Nous avons une affaire qui n'est pas tout à fait réglée.

Il a échangé un regard avec le sénateur – *Veuillez m'excuser un instant* – avant de répliquer :

— Je pense que ça peut attendre jusqu'à mon retour au bureau.

— Vous n'imaginiez quand même pas vous débarrasser aussi facilement de Dorothy Duval ?

Bras croisés, je me suis campé devant lui. Stoddard s'est levé.

— Toutes mes excuses, John, une affaire personnelle.

Il a contourné la table pour venir tout près de moi, et il m'a lancé, les dents serrées :

— Heller, fichez le camp d'ici ! Vous êtes en train de faire un esclandre. Si vous tenez à parler de ça, prenez un rendez-vous, merde !

— Tout de suite me conviendra très bien.

— Allez vous faire foutre, Heller, a-t-il lâché avant de sortir de la salle.

Je l'ai suivi dans le couloir. Stoddard s'est arrêté à quelques pas de moi et m'a frappé la poitrine du bout de l'index.

— Ne vous amusez jamais à refaire une chose pareille, a-t-il dit d'une voix sourde et basse chargée de menaces.

— Vous voulez bien m'expliquer pourquoi j'ai été affecté sur cette histoire de cargaison volée, à Los Angeles ?

— Je vous ai choisi en pensant que vous seriez à la hauteur.

— Ah oui, j'étais la seule personne compétente dans toute l'entreprise, c'est ça ? C'est aussi pour cette raison que vous m'avez empêché de me renseigner plus avant sur Traverse Development ? De peur que je m'aperçoive qu'il s'agissait d'une holding de Paladin, et que notre véritable client était Leland Gifford ?

— Je ne comprends pas ce que vous racontez, Heller.

— Leland Gifford se figurait peut-être que je possédais des informations secrètes grâce à mon frère.

— Quel rapport avec votre frère ? Vous tenez des propos incohérents.

— À moins que vous n'ayez pensé pouvoir me maîtriser si je découvrais la nature du chargement.

J'admets que j'avançais là les conjectures les plus folles. Tout ce que je savais, c'est que je n'avais pas hérité par hasard de cette mission.

— Vous *maîtriser* ? Comme si j'en avais été capable un jour ! Une caméra vous a filmés en train de pénétrer dans les locaux de Paladin, Dorothy, vous et un autre type.

— Et Dorothy a droit à un traitement spécial ?

— Je n'avais pas encore eu l'occasion de vous parler.

— Alors, vous avez prévu de me virer aussi ?

— Je ne peux pas tolérer que vous vous comportiez ainsi.

J'ai tiré un petit objet métallique de la poche de mon jean, et je le lui ai montré. Une clé USB contenant trois gigas de fichiers et de courriers.

— En effet, ai-je renchéri, ça ne se fait pas. Pas plus que les écoutes que vous nous avez demandées dans l'affaire Ogilvie.

— Oh, je vous en prie ! Ne me dites pas que votre conscience s'est réveillée du jour au lendemain.

— Votre convive aura peut-être envie d'apprendre ce que vous avez fait pour son collègue, le sénateur McBride.

Il savait pertinemment à quoi je faisais référence : l'élu en question avait chargé Stoddard de faire annuler l'accusation de violences conjugales portée contre lui avant qu'elle ne soit divulguée au public. Deux ou trois ans plus tard, un opposant à ce même sénateur avait lui aussi engagé Stoddard pour des recherches sur McBride. Et d'après vous, que s'était-il empressé de déterrer ? Il avait eu beaucoup de chance que McBride n'exige pas un dédommagement.

— Qu'est-ce que vous croyez tenir là ? Une assurance pour conserver votre poste ?

— Ne vous tracassez pas pour moi, ai-je répondu en secouant lentement la tête.

— Vous démissionnez, c'est ça ?

— Oui, avant que vous me fichiez dehors.

— Vous imaginez que quelqu'un d'autre va vous embaucher dans cette ville ?

— Certainement pas.

— Vous avez une cagnotte cachée quelque part, Heller ? Un pactole que papa a enterré pour vous sous un rocher des Alpes ?

Je me suis borné à le regarder. Il resterait sur sa faim.

— Vous mesurez ce que ça représente vraiment, Jay ? ai-je demandé en agitant la clé USB. Vos indemnités de retraite anticipée. Il y a là-dedans de quoi vous mettre définitivement au placard.

— Qu'est-ce que vous voulez ?

— Dorothy n'a plus envie de travailler pour vous. Cependant, vous allez tout mettre en œuvre pour lui trouver un poste encore plus intéressant. Vous allez lui fournir des références élogieuses, décrocher votre téléphone, déployer votre charme légendaire et user de votre influence pour lui assurer un boulot en or. Et si jamais vous…

J'ai de nouveau brandi la clé, dont le boîtier métallique étincelait sous le lustre. Stoddard m'a dévisagé bouche bée. Purement abasourdi.

— Ne me décevez pas, Jay.

J'ai fait mine de partir.

— Heller ! Je ne sais pas ce que vous gardez en réserve, mais je vous déconseille de trop vous démener. Pour citer Sun Tzu : « Une bataille est gagnée ou perdue avant même d'être livrée. »

— Sun Tzu n'a jamais rien dit de tel. C'est une réplique du film *Wall Street*.

— Ça n'en demeure pas moins vrai.

— Bien, l'avenir nous le dira.

78

Mon mobile n'avait pas cessé de sonner pendant mon altercation avec Jay Stoddard. Quand j'ai enfin pu consulter ma boîte vocale, j'ai trouvé sept messages. Deux provenaient de Dorothy, qui me confirmait qu'elle s'était procuré le matériel et les uniformes dont j'avais besoin. Il y en avait aussi un de Lauren, et un d'un vieux copain du nom de Pat Keegan, responsable d'une formation sur les explosifs sur la base d'essais d'Aberdeen. Il semblait ravi d'avoir eu de mes nouvelles. Un client en colère de Stoddard Associates m'avait également contacté, ignorant que j'avais pris un congé. Il allait être encore plus fâché en apprenant que je ne reviendrais pas.

Enfin, le lieutenant Garvin m'informait que la police d'Anne Arundel County venait de lui signaler un probable homicide, susceptible d'avoir un lien avec une des affaires de son service. Il me demandait de le rejoindre à Linthicum dans le Maryland, sur les lieux du crime. À cette heure de la matinée, il me faudrait une bonne heure pour me rendre là-bas. Occupé comme je l'étais, je ne pouvais pas me permettre d'y aller.

J'ai rappelé Garvin pour lui présenter mes excuses,

et c'est là que j'ai appris que la victime travaillait pour Gifford Industries. Une minute plus tard, je sautais dans ma voiture.

La police avait isolé le pâté de maisons. Un officier en uniforme d'Anne Arundel County arrêtait la circulation, son véhicule garé en travers de la voie, gyrophare allumé.

Garvin s'est avancé à ma rencontre pour me faire passer le barrage, et nous avons parcouru une trentaine de mètres. Le quartier me rappelait celui où vivait ma grand-mère : de modestes habitations serrées les unes contre les autres, de grosses voitures, des pelouses tondues avec soin. La maison de la victime était la plus petite du voisinage. Des voitures de police encombraient les deux côtés de la rue, et l'allée grouillait de policiers et de techniciens. À l'entrée de la maisonnette, un agent était chargé de tenir le registre, notant l'identité des personnes présentes sur la scène de crime. Les radios grésillaient, les voisins s'étaient regroupés à une prudente distance. C'était peut-être la première fois qu'ils s'adressaient la parole.

— Voilà ce que je vous propose, a commencé Garvin. Je ne connais pas bien le responsable de cette affaire, mais c'est un vieux routier comme moi, et il a accepté que vous veniez sur la scène de crime à condition que vous ne touchiez à rien. Malheureusement, on est en pleine journée et tout le monde rapplique ici – il y a une douzaine de gars de la brigade des homicides. Le chef d'unité, le policier de service, le médecin légiste et j'en passe. J'ai dit à l'inspecteur qu'on était copains et que vous étiez fiable.

— C'est très aimable à vous.

— Et j'ai précisé que vous connaissiez la victime.

— À peine, à vrai dire.

— J'ai fait valoir que vous pourriez nous aider à établir la chronologie des faits. Ce type est pas idiot, il va pas refuser le concours de qui que ce soit. Tenez-vous à carreau, et tout se passera bien.

J'ai dû revêtir une combinaison et des protège-chaussures, et mettre un filet sur mes cheveux. Avant d'entrer dans la maison, j'ai enfilé deux paires de gants en latex.

Le petit salon qui donnait sur la rue contenait deux fauteuils et un bureau avec un MacBook. Un portable blanc, de petit format, sur lequel un technicien répandait de la poudre à empreintes. Un autre prenait des clichés, tandis qu'un troisième traçait un graphique.

Le responsable de l'enquête était un certain Lenehan, un grand costaud qui devait approcher de la retraite. Sans prendre la peine de se présenter, il m'a servi une litanie de commandements, spécifiant tout ce que je n'avais pas le droit de toucher, de déplacer et d'observer. Il a achevé tout en nous guidant à travers le salon :

— Il paraît que vous avez rencontré la victime une trentaine d'heures avant sa mort.

— Il y a deux jours, oui.

— A-t-elle formulé des inquiétudes, l'impression d'être suivie, par exemple, ou de possibles ennemis ?

— Non, rien de tout ça.

— Un voisin raconte avoir vu un véhicule officiel garé devant sa porte hier soir. A-t-elle mentionné une entrevue avec le FBI, éventuellement liée à sa profession ?

— Absolument pas.

— Je préfère vous avertir, le spectacle est pénible.

— J'ai déjà été sur des scènes de crime.

— Bon, a fait le flic sans insister.

— Lésions défensives sur les paumes des mains, a signalé Garvin.

Il était clair que Marjorie Ogonowski n'avait pas succombé sans lutter. Ses mains ressemblaient à des serres raidies. Une bande de toile adhésive recouvrait sa bouche. Ses lunettes cassées gisaient au sol, à côté d'un stylo.

Quand j'ai vu ce qu'on avait infligé à ses yeux, une vague de fureur a balayé la première réaction de nausée.

— Le bandeau sur sa bouche, ai-je fait remarquer, il a visiblement été arraché et recollé ensuite.

Garvin s'est penché, les lunettes relevées sur le front, et il a approuvé d'un signe de tête.

— Celui qui a fait ça a retiré le bandeau pour qu'elle puisse lui parler, et il l'a remis en place après avoir obtenu satisfaction.

— Ou pas, a souligné Garvin.

— Qui a découvert le corps ?

— Elle ne s'est pas présentée à son travail, et apparemment elle n'aurait jamais manqué sans prévenir. Comme sa secrétaire n'arrivait pas à la joindre, elle a contacté un voisin pour qu'il aille vérifier sur place.

— La secrétaire connaissait ses voisins ?

— Non, elle a cherché les numéros par adresse sur Internet.

— Et ce voisin avait une clé ?

— Non, pas celui que la secrétaire a prévenu. Il habite juste en face, et c'est lui qui a remarqué la voiture devant chez elle. Il est allé voir la voisine d'à côté, qui avait une clé. Elle est entrée et elle l'a trouvée. Ça n'a pas pris bien longtemps, une petite maison comme ça…

— Ça vous ennuie si je jette encore un coup d'œil au salon ?

79

Au milieu des allées et venues, je me suis planté sur le seuil de la porte principale pour observer le petit bureau et son ordinateur, et les deux fauteuils du salon.

— Il y avait une chaise de bureau ? ai-je demandé.

— Rien n'a été déplacé, m'a assuré Lenehan.

— Elle ne travaillait pas à cette table, ai-je conclu. Il n'y a pas de siège. Elle mettait son portable sur le bureau de la chambre.

— Et alors ? s'est enquis Lenehan.

M'approchant des fauteuils, j'ai remarqué une table basse sur laquelle plusieurs télécommandes étaient soigneusement alignées.

— Aucune trace d'effraction, il me semble ?

— Non, a répondu Lenehan, elle l'a fait entrer de son plein gré.

— Alors, elle s'attendait à sa visite. Voici la télécommande du MacBook, ai-je dit en désignant un minuscule boîtier blanc, bien plus petit que ceux du câble et de la télévision.

— Elle s'en servait peut-être pour regarder des films ou des émissions, a suggéré Garvin.

— Non, il est trop loin, ai-je objecté. C'est un écran

12 pouces. En plus, je doute qu'elle ait été du genre à aimer la télé ou le cinéma. Elle consacrait tout son temps au travail. L'ordi est allumé, non ?

— Il n'en a pas l'air, a dit Lenehan.

— En fait, il est seulement en veille. Vous m'autorisez à toucher le pad ?

— Pour quoi faire ?

— Pour sortir du mode veille. On verra ce qui apparaît sur l'écran.

— Ça m'étonnerait que l'équipe des techniciens soit d'accord. Question d'empreintes et d'ADN, vous comprenez. Attendez une minute.

Il a arrêté quelqu'un au passage, et ils ont eu une brève discussion.

— C'est bon, m'a-t-il dit. Vous pouvez y aller. De toute manière, ils doivent relever les empreintes sur le boîtier.

J'ai posé le bout de mon doigt ganté sur le pavé tactile, et un économiseur d'écran s'est affiché. Une photographie de la planète Mars. Un clic, et l'image s'est effacée pour laisser la place à un grand rectangle. Qui contenait mon portrait.

Il bougeait en même temps que moi, à mesure que je me rapprochais de la lentille fixée au rabat du boîtier. Elle enregistrait mon image en temps réel. Si l'on appuyait sur une touche, elle s'immobilisait sur l'écran.

Une série de photos plus petites s'alignaient sous le rectangle. Des vues de la pièce où nous nous trouvions. Sur chacune d'elles figuraient un homme et une femme assis dans les fauteuils.

Marjorie Ogonowski et un homme en costume-cravate aux épaules tombantes et au visage charnu tout grêlé de cicatrices.

Garvin et Lenehan se sont avancés.

— Qu'est-ce que c'est que ça ? a demandé le second.

— Photo Booth, ai-je expliqué. Une application Macintosh.

J'ai agrandi la photo, puis j'ai zoomé sur les personnages.

— Elle a pris ces images pendant qu'ils discutaient.

J'enregistre tout, avait dit Marjorie lors de notre entrevue.

— Comment ça ? s'est étonné Garvin.

— Elle a utilisé la télécommande de l'ordinateur. Sur la table à côté de son fauteuil.

— C'est notre bonhomme, a fait Lenehan sur le ton de l'interrogation.

— Oui, c'est bien lui.

— Et il s'est laissé filmer ?

— Il ne s'en est pas aperçu. Le son était coupé, du coup il n'a pas entendu le logiciel se mettre en route.

— Elle l'a enregistré à son insu, alors ?

— Parfaitement. Ce qui nous apprend qu'il ne lui inspirait pas confiance. Elle se demandait s'il n'avait pas menti sur son identité.

— Il n'a laissé aucune empreinte, a observé Lenehan. Il devait porter des gants. C'est normal qu'il ait éveillé des soupçons.

— Ça m'étonnerait qu'il soit arrivé ganté. Je pense qu'il a fait attention à ce qu'il touchait, et qu'il a effacé les traces après. On a affaire à un pro. Si ça ne vous ennuie pas, je vais envoyer sa photo sur ma messagerie.

— Dans quel but ? a voulu savoir Lenehan.

— Sur mon lieu de travail, on a un poste qui dispose de FaceExaminer.

Le nom n'a pas fait écho chez ce flic du Maryland, mais je m'y attendais un peu : ce genre de technologie n'était sûrement pas dans leurs moyens.

— Il s'agit d'un programme de reconnaissance faciale. On entre le portrait de notre suspect, qui est alors confronté à une base d'images répertoriées. Les casinos de Las Vegas s'en servent aussi, pour repérer les tricheurs.

— Comment ça, des « images répertoriées » ? Quelle est l'origine de cette base de données ?

— Il nous faudra solliciter la coopération du gouvernement. Pour pouvoir accéder à la base de photographies des individus fichés. Défense, Sécurité nationale, renseignement… On gagnera beaucoup de temps si vous leur passez un coup de fil, ai-je glissé à Garvin.

— À qui, au juste ?

— J'ai une théorie. Selon moi, notre homme est un ancien fonctionnaire.

80

Dorothy m'a lancé sans préambule :

— Heller, si tu n'arrêtes pas de me téléphoner, je vais finir par être en retard.

— Il faudrait que tu retournes au bureau, il y a quelque chose à faire.

— Il me semblait pourtant t'avoir dit que j'étais virée.

— Mais tu es bien obligée d'aller récupérer tes affaires, non ?

— Tu comprends rien ou quoi ? Stoddard m'a fait raccompagner jusqu'à la sortie. J'ai dû vider mon box séance tenante, et je ne suis pas censée remettre les pieds là-bas.

— En fait, j'ai eu une conversation avec Stoddard.

— Il t'a flanqué dehors, toi aussi ?

— J'ai donné ma démission avant. Mais c'était toi le sujet de notre discussion.

— Il t'a posé des questions ?

— Non, l'initiative est venue de moi. Je lui ai demandé de te procurer un nouveau boulot.

— Et là, il t'a ri au nez, je suppose.

— Il a essayé, évidemment, mais il va obtempérer.

— J'y compte bien. Il va me trouver un job au ramassage des ordures, je parie.

— Moi, je parie plutôt qu'il va se mettre en quatre pour te faire plaisir.

Long silence à l'autre bout de la ligne. J'ai même cru un instant qu'on avait été coupés.

— Nick, qu'est-ce que tu as encore fabriqué ?

— T'occupe.

Encore un blanc. Et puis j'ai entendu un mot que Dorothy ne prononçait presque jamais, chuchoté tout bas :

— Merci.

— C'est normal. Mais quand même, tu veux bien retourner au bureau pour entrer une photo sur FaceExaminer ?

Je lui ai rapidement exposé la situation : le meurtre de Marjorie Ogonowski, l'assassin filmé par son ordinateur.

— Je refuse d'y aller, s'est entêtée Dorothy, mais j'ai une autre solution.

— Tu peux m'expliquer, s'il te plaît ?

— Je connais une porte dérobée pour accéder à toutes les bases de données de Stoddard. Je m'en sers rarement, mais je peux le faire si ça t'intéresse.

— C'est possible tout de suite ?

— Pas ce matin. J'ai rendez-vous à Ryder pour récupérer le camion.

— Changement de programme. C'est moi qui vais chercher le camion, et je t'envoie la photo sur ton téléphone pour que tu fasses les recherches. Je passerai te prendre pour qu'on aille chez Paladin.

— Tu crois qu'on a assez de temps ?

— Il faudra bien.

Deux heures plus tard environ, je garais le camion de location contre un trottoir de K Street, où Dorothy attendait mon arrivée.

— Tu avais raison, a-t-elle annoncé en s'installant. J'ai eu une touche avec la photo. Ce type bosse pour Paladin Worldwide.

— Je m'en doutais.

— Écoute un peu ça, sais-tu qu'il a mené des interrogatoires à la fois à Guantánamo et à Abou Ghraib ?

— Un homme complet, on dirait bien. Tu veux bien appeler Arthur Garvin avec mon portable ? Son numéro est dans le répertoire.

— C'est l'enquêteur de la police de Washington ?

— Oui. Je pense qu'il va vouloir interroger Carl Koblenz. Comme ça, il pourra aider ses collègues d'Anne Arundel County à résoudre leur affaire. Demande-lui quand même d'attendre qu'on ait terminé.

81

Leland avait une réunion financière au sixième étage, et il n'aurait pas fini avant une bonne heure, voire deux. Quant à Noreen, elle avait allongé sa pause déjeuner à cause d'un rendez-vous médical.

Lauren s'introduisit dans le bureau de Leland et referma derrière elle. Elle inspira bien fort.

Le Blackberry était rangé dans une des poches avant de l'antique serviette de Leland. Elle le sortit de l'étui en cuir qu'elle avait commandé pour lui et l'alluma aussitôt. Elle s'étonnait toujours que le bouton ON soit rouge et non pas vert. Dès que l'écran se fut allumé, elle sélectionna le compte e-mail personnel de Leland et se connecta. Elle fit défiler les messages jusqu'à ce qu'elle tombe sur celui des îles Caïmans. La ligne « objet » contenait seulement le mot « personnel ».

Elle l'ouvrit et cliqua ensuite sur « Répondre ».

Elle rédigea le texte et l'envoya. Quand elle eut terminé, elle resta une minute sans bouger, reprenant son souffle, essayant de se rappeler si le Blackberry était éteint lorsqu'elle l'avait pris. Si jamais elle se trompait, Leland remarquerait qu'il y avait quelque chose d'anormal.

Elle leva les yeux en entendant quelqu'un se racler la gorge. Noreen se tenait derrière elle, les bras croisés sur la poitrine.

— Qu'est-ce que vous faites ?

— Mon travail, tout simplement, répondit Lauren, le cœur battant à tout rompre. En quoi cela vous concerne-t-il ?

Noreen s'avança de quelques pas dans le bureau.

— Vous vous servez de son Blackberry, constata-t-elle calmement. Il est au courant ?

Lauren s'aperçut alors qu'elle levait bien haut l'ordinateur de Leland, tel un procureur présentant une pièce à conviction dans une salle d'audience.

Elle le reposa sur le bureau et rétorqua :

— Je suis son assistante, au cas où vous l'auriez oublié. Je sais que vous rêvez de prendre ma place, mais pour le moment c'est comme ça. Vous n'avez rien de plus utile à faire ?

Noreen ne bronchait pas.

— Je crois que vous lisez son courrier, déclara-t-elle.

Lauren écarquilla exagérément les yeux.

— Vous me prenez la main dans le sac. C'est vrai, j'ai lu son courrier, j'avoue la vérité. (Et elle haussa le ton pour ajouter hargneusement :) Noreen, je lis *tous* ses mails. Et je me charge aussi d'y répondre. C'est précisément mon métier. Et vous, vous devriez être en train de faire le vôtre.

Noreen secoua la tête d'un air suffisant.

— Je voulais parler de ses mails personnels. Vous n'avez pas accès à ses comptes privés, sauf si vous utilisez son Blackberry.

— Vous avez terminé ?

— Pas encore. Il y a deux ou trois jours, Leland m'a demandé si j'avais déplacé son Blackberry. Il se rappelait l'avoir rangé dans la poche gauche de sa serviette, et il l'a retrouvé dans la droite. D'après lui, quelqu'un l'avait touché. J'ai fait remarquer que c'était peut-être vous, et savez-vous ce qu'il m'a répondu ?

Noreen ménagea une pause, et Lauren ne dit pas un mot. Son cœur cognait si fort qu'elle se demandait si sa collègue l'entendait aussi.

— Il m'a répondu : « Lauren ne se sert jamais de mon Blackberry, il est protégé par un mot de passe. Je suis le seul à l'utiliser. »

— Je vous conseille de sortir d'ici et de regagner votre poste, répliqua Lauren, la gorge sèche.

— Vous voyez, il ignore ce que vous êtes en train de faire. Je suis curieuse de savoir comment il va réagir quand je le lui raconterai.

Lauren contourna le bureau pour aller se camper face à Noreen, si près qu'elle voyait les lignes sur sa bouche et les craquelures du rouge à lèvres.

— Noreen, êtes-vous satisfaite de la formation que vous avez reçue à la Katharine Gibbs School ?

Noreen recula d'un pas, sa bouche s'ouvrit un bref instant, puis se referma.

— Qu'est-ce que ça veut dire, au juste ?

— Quand on vous a engagée ici, il y a fort longtemps, vous avez menti dans votre dossier de candidature, et vous avez récidivé lors de l'entretien d'embauche. Vous avez prétendu être diplômée de

Katharine Gibbs, alors que vous n'y avez jamais mis les pieds. Vous n'avez même pas fini le lycée.

— Où voulez-vous en venir ?

Lauren remarqua que son parfum avait des relents de bombe insecticide.

— Et quand votre chef a découvert la vérité et s'est adressé aux Ressources humaines, vous l'avez supplié de ne pas vous renvoyer et il a eu pitié de vous. Il a accepté de fermer les yeux sur votre mensonge pour vous remercier de vos bons et loyaux services, c'est bien ça ? Il a bien voulu garder le secret. Tout ce qu'il a fait, c'est glisser une note dans votre dossier administratif pour signaler que la question était réglée. Personne n'en saurait jamais rien.

— Et vous… comment… ?

Lauren n'avait jamais vu Noreen aussi désemparée, et elle devait reconnaître que ça lui plaisait bien.

— Tout passe entre mes mains, vous savez, des tas de dossiers. Mettons les choses au point, vous et moi. Si l'envie vous reprend de me faire des menaces, demandez-vous d'abord si vous ne préférez pas conserver votre place.

Noreen tourna les talons et s'empressa de déguerpir.

82

Derrière les portes en acajou poli des bureaux de Paladin, la réceptionniste nous a accueillis avec une expression perplexe. L'espace d'une seconde, j'ai craint qu'elle ne me reconnaisse comme le visiteur de la veille, mais en fait j'étais à peine visible, camouflé derrière un porte-palettes sur lequel trônait un énorme carton.

Dorothy est passée la première et s'est présentée à l'employée, un clipboard à la main. Elle était vêtue d'un pantalon en toile grise et d'une chemisette bleu ciel, avec un badge sur la poitrine qui indiquait RESTON CLIMATISATION. J'avais enfilé un uniforme identique, complété par une casquette qui portait également le nom de l'entreprise. Ils nous avaient été prêtés, en même temps que le chariot et l'emballage vide, par un cousin éloigné de Dorothy, propriétaire d'une société de chauffage et climatisation.

— Je peux vous aider ? a demandé la charmante blonde de l'accueil.

— Un ventilo-convecteur est en panne dans un de vos bureaux, a expliqué Dorothy. Le syndic veut qu'on le remplace illico.

— Un ventilo-convecteur…

— Vous permettez qu'on passe avec l'appareil, on voudrait commencer tout de suite. Il me faut la signature d'un responsable.

Dorothy a tendu son clipboard en désignant une case, tandis que je manœuvrais le chariot entre les doubles portes.

— Où est-ce que vous êtes censés aller ?

— Le bureau de votre patron. Koblenz, c'est ça ? Le syndic veut qu'on s'en occupe maintenant, tant qu'il est absent, pour pas lui causer trop de dérangement.

— Je ne suis pas au courant, a objecté la réceptionniste. Qui vous a donné l'autorisation d'intervenir ?

— Écoutez, demoiselle, on va pas y passer la journée. Le ventilateur du convecteur est défectueux, et si on le remplace pas immédiatement, vous courez un risque d'incendie, on est d'accord ? À ce que je sais, il y a déjà eu un départ de feu la nuit dernière, alors si vous comptez nous empêcher de réparer ça…

— Non, non, allez-y.

La tête baissée derrière mon carton, j'espérais que personne ne m'identifierait. Je savais qu'à cette heure-ci, Koblenz était en route pour Great Falls, en Virginie, où Leland Gifford l'attendait à son domicile pour une entrevue en urgence. Cependant, l'épouse de Gifford allait être très surprise quand il sonnerait à leur porte, pour la bonne raison que Leland était à ce moment-là en réunion avec les dirigeants, au siège de la société.

Empruntant l'identité de Noreen Purvis, Dorothy avait fixé ce rendez-vous de dernière minute à

Koblenz par l'intermédiaire d'Eleanor Appleby, sa secrétaire, qui accompagnait son chef comme à l'accoutumée.

Dorothy m'a guidé jusqu'au bureau de Koblenz.

Sitôt arrivé, j'ai commencé à cogner sur le refroidisseur d'air à coups de marteau, produisant un tel vacarme que Dorothy a eu la délicatesse de fermer la porte. Je suis sûr que le personnel de Paladin lui en a été reconnaissant. Personne ne viendrait rôder dans les parages.

Je n'ai pas perdu de temps. Déchargeant le carton vide, j'ai fait descendre le plateau du chariot pour le glisser sous le coffre-fort. Pendant que je le remontais, Dorothy a proprement ouvert le dessus du carton pour en couvrir le coffre. Il était beaucoup trop grand, mais personne n'y prêterait attention.

Nous avons réussi à faire sortir notre chariot des locaux de Paladin et à regagner le rez-de-chaussée par le monte-charge avant que quiconque remarque ce qui avait disparu du bureau de Koblenz.

Un peu moins de deux heures plus tard, le camion pénétrait dans le Centre de formation au maniement des armes d'Aberdeen, dans le Maryland, la plus ancienne base d'essais de l'armée. Deux énergiques soldats, stagiaires du centre, ont bondi à l'arrière du véhicule pour nous aider à décharger le coffre. Ils attendaient avec impatience qu'on leur apprenne à faire sauter un coffre à haute résistance sans endommager son contenu. Une véritable aubaine pédagogique.

Un professionnel du perçage de coffres aurait certainement refusé la mission. En tout cas, il m'aurait obligé à remplir tout un tas de formulaires, et qui sait s'il n'aurait pas prié la police d'assister à l'opération. Les circonstances – un coffre-fort haute sécurité transporté à l'arrière d'un camion de location – auraient inévitablement éveillé ses soupçons. En revanche, mon ami le sergent-chef Patrick Keegan, l'un des instructeurs, était ravi que je fasse don de mon vieux coffre pour une séance de travaux pratiques.

Tout le monde s'est écarté d'une centaine de mètres pendant que Keegan finissait de raccorder l'amorce à une petite charge d'explosif C4 fixée dans un angle du panneau arrière du coffre. Dès qu'il nous a eu rejoints, il a appuyé sur le détonateur, déclenchant une explosion dont le bruit sec rappelait la déflagration d'un fusil. Le fond du coffre-fort, projeté en l'air, a atterri à sept ou huit mètres de nous.

Mais la RaptorCard qu'il contenait n'avait pas souffert.

— J'aurais bien voulu choper ce clavier, m'a dit Dorothy alors que nous roulions à bord du camion.

Une heure et demie s'était écoulée depuis l'ouverture du coffre.

— Sur le bureau d'Eleanor Appleby ? Celui qui contient l'enregistreur ?

— Oui. Ça va nous obliger à retourner là-bas.

— De toute façon, c'était une mauvaise idée. Ils auraient trouvé ça louche, que deux techniciens fauchent un clavier d'ordi.

— C'est vrai. J'ai quand même quelque chose à te demander : comment tu as eu l'idée de voler carrément ce putain de coffre ?

— Je sais pas. Peut-être cette histoire d'avions-cargos à Los Angeles.

Mon portable m'a signalé un texto par une série de bips. Je me suis rabattu vers la gauche pour consulter le message.

De : Anon@AnonTxt.com
Vous avez quelque chose à nous. Nous avons quelque chose à vous. Procédons à un échange.

83

Mon cœur s'est emballé.

Paladin, évidemment. Ils étaient passés par un anonymiseur.

J'ai galéré pour taper une réponse. Et dire que les gamines de onze ans sont des virtuoses du texto. J'ai fini par réussir à entrer : « Qu'est-ce que vous avez ? »

— Il y a un problème, Heller ? m'a demandé Dorothy.

J'ai patienté une minute, et l'alerte texto s'est de nouveau fait entendre. Une photo s'est affichée sur l'écran.

Mon frère.

Un cliché sous-exposé, pris sous un angle bizarre. L'air hébété, Roger semblait avoir vieilli de cinq ans.

Cette photo, elle pouvait dater de n'importe quand. Ça ne me garantissait pas qu'il était toujours en vie.

J'ai donc tapé : « Une preuve ? »

La réponse est arrivée dans la minute : « Pas le temps. »

Pas terrible. Ça m'avait tout l'air d'un guet-apens. Après un moment de réflexion, j'ai posé la question : « Comment R. me surnomme-t-il ? »

Si, comme je le subodorais, Koblenz essayait de me piéger, je lui opposais un obstacle de taille. Lui, ou quiconque détenait mon frère, serait bien forcé de l'interroger. Et si Roger n'était pas d'accord pour coopérer, il refuserait de parler ou donnerait une réponse fausse.

Le texto suivant n'a même pas mis une minute à me parvenir :

PEAU-ROUGE

— Merde, c'est bien lui !

— Comment tu en es sûr, Heller ? Explique-moi.

— Sois gentille, conduis à ma place.

Dorothy m'a remplacé au volant pendant que je réfléchissais, le regard rivé à mon portable. Se pouvait-il que Roger ait utilisé ce surnom dans un de ses mails, des années auparavant ? Je n'aurais pas pu me prononcer, et de toute façon il ne m'avait pas accablé de messages ces dernières années. Mais si jamais c'était bien le cas, et s'ils avaient intercepté et analysé son courrier…, ils avaient très bien pu découvrir mon surnom par ce biais. Du coup, la preuve me semblait insuffisante. Si tant est qu'il en existe une de valable.

J'ai donc envoyé une autre question : « Qu'y a-t-il au dos du cadeau que son père a offert à R. ? »

Ça, ils ne risquaient pas de le deviner sans consulter Roger. Il ne l'aurait jamais mentionné dans ses mails. Nous n'abordions jamais le sujet de la montre Patek Philippe, que papa avait reçue de maman avant de la confier à Roger le jour de son incarcération.

Cette fois, la réponse s'est fait attendre nettement plus longtemps. J'imaginais Roger en train de dicter la citation à ses ravisseurs, leur épelant plusieurs fois les mots. Son agacement devant l'inculture de ceux qui le retenaient prisonnier, et qui n'étaient même pas fichus de comprendre le latin.

À supposer que ces gens détiennent réellement mon frère.

Un signal de texto, enfin. Et les mots :

AUDNTES FORTUNA JUVT

Pas mal, à part quelques fautes de frappe. Ils avaient fait vite, et quelques lettres avaient sauté, comme sur le fronton d'un monument antique. *La fortune sourit aux audacieux.*

J'ai tapé : « Où ? », et la réponse n'a pas tardé :

Center Café à Union Station 18 h. Seul

Ma montre indiquait seize heures trente, ce qui me laissait tout juste le temps de rentrer à Washington et de régler les préparatifs que j'avais prévus. J'ai tout de même tapé « OK ».

84

En temps ordinaire, je trouve que Union Station est un des plus beaux endroits de Washington, et qu'elle compte parmi les gares les plus impressionnantes au monde. Son architecture est un hommage à l'arche de Constantin à Rome. Dans la salle d'attente principale, le plafond voûté et doré à la feuille d'or s'élève à près de trente mètres. Il y a environ vingt-cinq ans, la structure a été fermée. Les moisissures ont envahi les plafonds, des champignons ont poussé dans les toilettes. À présent, elle a retrouvé sa splendeur passée et brille de tous ses ors.

Ce jour-là, cependant, je n'y ai vu qu'un lieu chaotique et surpeuplé. Dangereux. Les gens de Paladin m'avaient délibérément fixé rendez-vous à l'heure de pointe, quand des hordes de banlieusards déferlent dans le hall et investissent boutiques et escaliers roulants, émergeant en masse du métro et se pressant vers les quais.

Ce qu'ils voulaient, c'était pouvoir me guetter sans que je les repère, même si j'avais très peu de chances d'identifier l'un d'eux. Ceux qui m'avaient déjà attaqué devaient être en congé maladie et fréquenter assidûment les cabinets d'ostéopathes.

J'avais réussi à me garer dans le parking attenant au bâtiment. Selon ma nouvelle habitude, je m'étais rapidement assuré qu'on n'avait pas placé de traceur GPS sous le châssis de ma voiture.

Je suis descendu par l'escalator et j'ai franchi les portes coulissantes qui s'ouvraient au niveau mezzanine. Appuyé à la rambarde, j'ai observé le hall principal. Impossible de détecter un éventuel suiveur. Trop de mouvements de foule désordonnés, trop de gens debout un peu partout. J'ai pris l'escalier en spirale pour me rendre dans le hall ouest. En passant devant un magasin de souvenirs sportifs, j'ai remarqué à la limite de mon champ de vision un homme dans la soixantaine, lunettes à monture noire et vieille casquette des Orioles de Baltimore enfoncée sur la tête. Le lieutenant Arthur Garvin était plongé dans la contemplation d'un mug à l'effigie des Redskins de Washington.

Il m'a lancé un vague regard, sans aucun signe de reconnaissance, tandis que je poursuivais mon chemin.

Alors que je regagnais le bâtiment principal pour approcher le Center Café, mon téléphone a vibré. J'ai vérifié le numéro, et j'ai décroché.

— Rien à signaler ? a demandé Garvin.

— Ça va. Il reste vingt-deux minutes. Il y a deux ou trois boutiques d'où on a une vue directe sur le Center Café.

À mon avis, Koblenz espérait que mon impatience de revoir mon frère me ferait commettre une négligence. Ça m'ennuyait énormément de le décevoir, mais toute cette histoire sentait de plus en plus l'entourloupe. Désormais, j'avais la conviction qu'ils tenaient Roger pour de bon. Entre la photo envoyée sur mon mobile et les deux preuves que j'avais réclamées, dont une connue uniquement de Roger, mes réserves s'étaient largement dissipées. Toutefois, rien ne m'assurait qu'ils avaient réellement l'intention de le libérer. Si résolu que soit Koblenz à récupérer la RaptorCard, il n'allait pas me céder un avantage pareil. Pas si facilement, en tout cas. J'avais dans l'idée qu'ils allaient plutôt tenter de m'enlever, moi aussi. Il avait dû embaucher des types que je ne connaissais pas, et qui m'embarqueraient quelque part pour me planter une aiguille dans le bras, éliminant le dernier risque de dénonciation.

C'était du moins le plan que je leur prêtais.

Mais les plans sont faits pour dérailler.

Garvin avait pris son revolver de service, un Glock, et je m'étais muni du Ruger .45 dont j'avais délesté Taylor, l'employé de Paladin. Il me convenait parfaitement, et si je venais à avoir des ennuis avec la justice, je préférais que l'arme utilisée incrimine Paladin plutôt que moi. J'avais glissé le Ruger dans un holster attaché à ma cheville, sous un jean lâche.

Malgré tout, nous n'étions que deux, et Garvin n'était pas précisément un athlète. Il n'appellerait pas non plus des collègues en renfort, si tant est qu'il ait encore des amis. Dans l'hypothèse peu crédible où Koblenz procéderait honnêtement à l'échange, nous ne voulions pas qu'une présence policière suspecte à Union Station fasse décamper ses sbires.

À six heures moins cinq, je me suis posté devant le kiosque d'information près du Center Café, en faisant mine d'étudier le panneau des départs et arrivées. La marée des voyageurs ne m'aidait vraiment pas à distinguer parmi la foule les gens qui correspondaient au profil Paladin. Anciens des SEALS ou des Forces spéciales, munis de portables, d'écouteurs Bluetooth ou d'une de ces oreillettes bien reconnaissables, avec leur conduit audio qui s'entortille sur la nuque.

J'ai repéré tout un paquet de types baraqués en train de parler dans leur mobile. N'importe lequel était susceptible de travailler pour Paladin, mais il pouvait tout aussi bien s'agir de courtiers. Apparemment, aucun d'eux ne me surveillait, ou alors ils se montraient discrets.

Installé à l'extrémité d'un comptoir, Garvin semblait pris dans une algarade avec un autre consommateur.

À six heures tapantes, j'ai reçu un signal de texto.

Seul ?

J'ai tapé « Oui », puis j'ai patienté sous le regard solennel d'une rangée de statues grises. Des légionnaires romains.

Un nouveau message.

Entrez code au dos de la carte

J'ai compris immédiatement. Ils voulaient vérifier que j'avais bien la carte sur moi, que je n'essayais pas de les doubler. J'ai donc noté les huit chiffres du code d'authentification inscrit sur l'envers de la carte, puis je les ai saisis sur mon clavier.

Un moment d'attente, et puis :

OK. Achetez billet pour Camden Line, arrêt Laurel

Pour le réseau des trains de banlieue, les billets s'achetaient devant une des entrées du hall principal. J'ai franchi plusieurs portes coulissantes pour me joindre à la queue qui serpentait entre le guide-file jusqu'à un guichet. Là, fini les marbres grandioses. On se serait cru dans une gare de bus Greyhound.

Au bout d'une minute, mon mobile a sonné de nouveau.

Pas le temps. Utilisez une machine

J'étais donc surveillé.

Mais où se cachaient-ils ?

Promenant un regard alentour, je n'ai vu qu'une foule grouillante, des gens qui faisaient la queue et attendaient leur train. Aucun visage familier, rien qui corresponde de manière évidente au type Paladin. Garvin était toujours à proximité, en train de plaisanter avec un cireur de chaussures. Sous ses airs nonchalants, je savais qu'il restait aux aguets.

Je l'avais peut-être sous-estimé, tout bien réfléchi.

Des rangées de distributeurs étaient placées de part et d'autre du guichet. Là, il y avait beaucoup moins d'attente. Seulement une personne avant moi à la machine que j'ai choisie, sur la droite. Quelques secondes plus tard, j'introduisais ma carte de paiement pour sélectionner Laurel, Maryland, parmi les destinations. Direction nord, train MARC.

J'ai de nouveau regardé autour de moi, espérant surprendre quelqu'un qui détournait les yeux. Une personne en train de taper sur les touches d'un portable pour écrire un texto.

Je n'ai rien vu de tel.

J'ai brièvement envisagé de prévenir Garvin de ce que j'allais faire, mais le risque était trop grand. Les autres me tenaient à l'œil, et ils risquaient d'entendre sonner son appareil si je composais un numéro. Je refusais de lui faire courir un tel danger. Tant pis, il n'aurait qu'à deviner tout seul.

J'avais proposé à Garvin d'utiliser une micro-oreillette Bluetooth issue du stock de Merlin, un modèle introuvable dans le commerce, réservé normalement aux services secrets. On la glisse dans le conduit auditif, et elle est pratiquement invisible. Mais Garvin, qui était de la vieille école, n'osait pas insérer dans son oreille un machin aussi minuscule. Il avait trop peur qu'il y reste coincé. À ce moment-là, j'ai regretté qu'il ait décliné mon offre.

J'ai saisi le billet qui venait de s'imprimer et je suis allé consulter le numéro de voie sur le tableau des départs. À la porte A, j'ai franchi les portes automatiques qui donnent sur le quai. L'air frais et piquant avait une odeur âcre de fumée et de combustible. Le train de la Camden Line était déjà là, bondé de voyageurs. Certains avaient posé leur serviette sur le fauteuil voisin du leur. J'ai trouvé une place sur une banquette double, à côté d'une dame d'un certain âge. Le compartiment était quasiment plein, si bien que les passagers ont dû déplacer leurs sacs pour libérer des sièges.

Garvin, qui me suivait à bonne distance, est passé devant ma voiture pour monter dans la suivante. Une décision avisée, qui lui évitait d'attirer l'attention.

Les haut-parleurs ont annoncé la fermeture des portes et le départ imminent du train.

Encore le bip de mon téléphone. Cette fois, le message disait :

Descendez du train. Ne prenez pas celui-ci

J'ai poussé un soupir agacé. J'ai horreur qu'on se moque de moi. J'ai quand même sauté sur le quai, juste avant que les portes se referment en chuintant. Depuis son wagon, Garvin m'a vu faire et a essayé de sortir à son tour, mais le train prenait déjà de la vitesse, l'emportant avec lui.

Un nouveau texto m'a précisé :

Prendre Penn Line

Sur le quai d'en face.

Quel arrêt ?

Je commençais à bien maîtriser le texto. Les ados n'avaient qu'à bien se tenir.

Montez, c'est tout

85

Le train était sur le point de partir, une ou deux minutes après celui de la Camden Line. J'ai rejoint le quai en courant, et mon téléphone a vibré à l'instant où je m'installais à bord. Un appel, pas un texto.

— Putain, ça veut dire quoi tout ça ? s'est énervé Garvin.

— Sûrement leur façon de s'assurer que je serai seul, ai-je répondu aussi discrètement que possible.

— Où est-ce qu'ils vous envoient, finalement ?

— J'en sais rien. C'est la direction de Baltimore, et le terminus est Perryville.

— Rappelez-moi dès qu'ils vous auront dit à quel arrêt descendre. Je vais me débrouiller pour prendre un taxi.

— Je vous recontacte quand je sors du train. J'ai comme l'impression que la partie n'est pas terminée.

Le contrôleur s'est présenté avec sa machine et m'a réclamé mon titre de transport. Comme je ne savais pas jusqu'où j'allais, j'ai acheté un billet pour le terminus.

Mon mobile est resté muet pendant un long moment. Plus de texto, plus de nouvelles de Garvin.

Je me trouvais dans un vieux wagon déglingué aux sièges défraîchis et maculés de taches. Mon voisin immédiat déchirait des articles dans un numéro du *Washington Post*. Sénilité ? Très peu de voyageurs se servaient de leur téléphone. La voiture était calme, baignant dans ce silence des gens épuisés par leur journée de travail. Quelques personnes s'étaient même assoupies.

Au-delà de la zone de Seabrook, avec ses marchands de voitures d'occasion, le paysage a pris un aspect plus rural. Au bout de vingt-deux minutes, nous avons atteint l'université de Bowie State, et cinq minutes plus tard, nous arrivions à Odenton.

Toujours pas de nouvelles instructions, cependant. Je me demandais si tout cela n'était qu'un jeu qui ne menait nulle part. À l'arrêt de l'aéroport Marshall, la plupart des passagers sont descendus, sûrement pour prendre une navette.

Cinq minutes de plus, et le train est entré en gare de Halethorpe, à la périphérie de Baltimore. Une banlieue résidentielle, un ensemble de lotissements. Un cimetière du côté ouest. Ils comptaient peut-être qu'on se rencontre à Baltimore. Il ne restait que dix-sept minutes de trajet avant Penn Station, mais je n'avais toujours pas de consignes. Pourtant, je ne me décidais pas à rappeler Garvin. Pas avant d'être fixé sur ma destination.

Plus que trois passagers dans mon compartiment, parmi lesquels le vieux bonhomme qui déchiquetait compulsivement les pages de son quotidien. Je le voyais bien vivre dans un studio envahi de monceaux de journaux jaunis, qui finiraient un jour par s'écrouler sur lui. Il y avait aussi un jeune homme, un gringalet à l'air intello qui n'était sûrement pas de chez Paladin, et une Noire entre deux âges, probablement une fonctionnaire.

J'ai dû encore patienter cinq minutes avant que mon mobile me signale un texto.

Sortez ici. West Baltimore

Les haut-parleurs ont diffusé une annonce : « Prochain arrêt, West Baltimore. Ouverture des portes dans la dernière voiture. »

J'ai dû traverser deux wagons pour gagner la sortie, et j'en ai profité pour avertir Garvin.

— Bon Dieu, a-t-il rouspété. Moi je suis à Annapolis Junction. J'essaie d'attraper un taxi.

Le convoi s'est immobilisé, et je suis descendu en même temps que mes deux voisins, la femme et le jeune homme brun en sweat à capuche, qui portait un sac sur le dos.

Le décor était franchement lugubre. Sur la gauche, en contrebas, se dressait une usine désaffectée aux briques noires de suie, aux vitres brisées. Le long de la rue en pente raide s'alignaient d'étroites maisonnettes, dont la plupart étaient condamnées. Le quai était surélevé, et les voitures circulaient en dessous. Le type au sac à dos a dégringolé les escaliers devant moi, alors qu'un texto m'indiquait :

W Mulberry St vers Wheeler Ave

Ils avaient l'intention de me guider d'un bloc à un autre.

Le jour déclinait, et les rues étaient peu fréquentées. Je surveillais de près tous les passants que je croisais, gardant à l'esprit la possibilité d'une embuscade.

Il s'était écoulé quinze ou vingt minutes quand mon portable a bipé de nouveau.

Angle de Winchester St et Bentalou St

J'avais déjà parcouru plus d'un kilomètre à travers des rues de plus en plus désertes, de plus en plus désolées. On se serait cru dans un paysage urbain dévasté et post-apocalyptique digne de *Blade Runner*. « Traversez », me commandait le dernier message.

De l'autre côté de la rue s'élevait un vieil édifice en brique qui occupait tout un pâté de maisons, vestige croulant du lointain passé industriel de Baltimore. Sur sa façade, les lettres à demi effacées m'ont appris qu'il abritait dans le temps une usine de traitement des viandes. Une clôture métallique rouillée, tordue et enfoncée de toute part, entourait la bâtisse. Un texto m'a indiqué à ce moment-là :

Rendez-vous devant le bâtiment situé le plus à l'est, près de l'aire de chargement

J'ai réalisé alors que l'ancienne usine se composait d'un ensemble de bâtiments parallèles, espacés d'une trentaine de mètres le long de la voie ferrée. Chacun comprenait quatre niveaux. Les fenêtres aux carreaux cassés avaient été obturées par des planches. Ici et là, des cheminées crasseuses hérissaient les toits. Dans un quartier plus cossu de la ville, l'endroit aurait été converti en lofts pour yuppies depuis une bonne dizaine d'années et baptisé la MEAT FACTORY.

J'ai enjambé sans difficulté une partie de grillage déjà affaissée.

Derrière s'étendait un no man's land jonché d'ordures, de pneus usés et de tessons de bouteilles. Des sacs en plastique volaient au vent comme des amarantes. Les murs couverts de graffiti étaient tapissés d'affiches qui disaient DÉFENSE D'ENTRER et BÂTIMENT CONDAMNÉ. Il m'a fallu cinq bonnes minutes pour rejoindre l'extrémité de la première structure. Au niveau de la troisième, j'ai trouvé l'aire de chargement en question, condamnée comme les autres ouvertures. Chaque bâtiment mesurait environ trois cents mètres de long, beaucoup plus que la longueur d'un bloc de ville moyenne.

Je me suis arrêté là et j'ai attendu.

Dans la nuit tombante, j'ai parcouru du regard ces lieux sinistres, où le hululement du vent se mêlait au lointain vacarme des klaxons de voitures.

Je comprenais pourquoi ils avaient choisi ce genre d'endroit. Ou du moins j'avais ma petite idée : quelqu'un pouvait se poster ici avec des jumelles et vérifier de loin que je me présentais bien seul. J'arrivais à pied et sans escorte – ils avaient tout fait pour ça – et le site était suffisamment isolé pour qu'ils puissent aller et venir avec l'assurance de ne pas être suivis.

J'ai mesuré du même coup combien j'étais vulnérable. Seul, avec une arme fixée à la cheville, et sans personne pour me couvrir. Les gars de Paladin étaient peut-être embusqués à l'intérieur, le fusil pointé entre les interstices des planches.

Je faisais une cible facile. Mais, tout bien pesé, ils avaient déjà eu mille occasions de me liquider. M'assassiner ne leur apporterait pas grand-chose. S'ils ne l'avaient pas fait, c'est qu'ils espéraient sans doute me soutirer des informations. Ce qui les obligeait à me prendre vivant.

Comme Roger. À moins qu'ils n'aient prévu pour moi le même traitement que pour Marjorie Ogonowski.

À quoi pouvais-je leur servir, cependant, puisqu'ils tenaient déjà Roger ?

Ils n'avaient peut-être pas menti, en définitive, quand ils avaient dit vouloir récupérer la RaptorCard. Entre mes mains, elle représentait une menace bien réelle. Grâce à elle, je pouvais entrer dans leurs fichiers informatiques. Il n'était donc pas impossible qu'ils souhaitent vraiment respecter le marché. Après tout, l'Est et l'Ouest échangeaient bien leurs espions prisonniers sur le pont Glienicke à Berlin.

J'avais quand même un doute.

À ce stade, ma marge de manœuvre était plus que limitée si je comptais revoir mon frère.

J'ai attendu encore un moment. Je me suis penché pour tirer le Ruger de son étui, et mon téléphone a sonné pendant que je l'armais. Un appel de Garvin.

— Où est-ce que vous êtes ?

— J'ai pas trouvé un seul taxi. Il a fallu que j'en appelle un, je suis en train de l'attendre. Et vous, vous êtes à quel endroit ?

Je lui ai donné quelques explications.

— Foutez le camp de là. Ne tentez rien avant mon arrivée.

— Non, ce n'est pas moi qui contrôle le timing.

— C'est à vous de le décider. Dégagez tout de suite.

— Non. Rejoignez-moi aussi vite que possible.

— Heller, vous êtes un imbécile.

— Dépêchez-vous de venir, ai-je répété avant de raccrocher.

Un crissement de pneus, et deux véhicules ont surgi avec une synchronisation impeccable, un à chaque angle du bâtiment. Deux Humvee noirs me fonçaient dessus.

Je n'ai pas bougé. Juste un regard d'un côté et de l'autre.

Les deux Humvee ont pilé dans un hurlement de freins et se sont immobilisés face à face, leurs pare-chocs près de se toucher. Je ne voyais rien à travers les vitres teintées, et les plaques minéralogiques étaient maculées de boue.

J'ai attendu, le Ruger dans ma main droite, contre mon flanc. La portière du véhicule à ma droite s'est ouverte, livrant passage à un type au crâne rasé et à l'air abruti. Sa tête avait une drôle de forme, elle lui donnait l'allure d'un pénis de taille humaine. Il ne tenait pas une arme, mais un petit objet rectangulaire qui m'a vaguement rappelé quelque chose.

— Pas un geste, a ordonné le type.

— Je ne bouge pas, comme vous le voyez.

Il a levé le boîtier qu'il avait à la main, et là j'ai reconnu une télécommande de garage. Je comprenais très bien ce qu'il comptait en faire.

— Lâchez votre arme.

— Donnez-moi une bonne raison.

— Ce que j'ai là, c'est un détonateur. Un mouvement brusque, et votre frère est mort.

— Carrément ?

— Lâchez votre arme, je vous dis !

— Pas question, je risque de la rayer.

— Lâchez-la tout de suite.

— Pourquoi ?

— Vous tenez vraiment à le savoir ?

Je n'en avais pas la moindre envie. J'ai baissé mon Ruger toujours armé, et je l'ai déposé délicatement sur la terre battue. L'homme a fait un signe de sa main libre, et la portière de l'autre véhicule s'est ouverte, côté passager. Je ne voyais pas ce qui se passait, j'entendais seulement des ordres formulés à mi-voix. Une silhouette a contourné la voiture pour s'engager entre les deux Humvee et s'est arrêtée à une douzaine de mètres de moi. Le type à la télécommande s'est placé à ses côtés.

La personne portait des vêtements amples et informes.

Roger.

TROISIÈME PARTIE

Nous ne sommes jamais trompés que par nous-mêmes.

GOETHE

86

Il semblait drogué. Vieilli, l'air encore plus hagard que sur la photo, il transpirait abondamment.

— Nick, a-t-il fait d'une voix fêlée.

— N'avancez pas ! a vociféré l'autre.

— Salut, Peau-Rouge ! ai-je dit doucement.

— Montrez la carte maintenant, levez-la lentement !

Je me suis exécuté.

— Vous avez bien saisi notre marché ?

J'ai confirmé d'un signe de tête. Roger portait une espèce de veste de pêche à laquelle on avait fixé des bâtons d'explosif C4 enveloppés de ruban de Mylar. Du matériel fabriqué pour l'armée. Je les aurais identifiés à un kilomètre. Des fils sortaient de chacune des charges, et le tout avait été attaché à Roger avec du tissu adhésif. Un peu bâclé, mais quand même un boulot de professionnel.

Roger avait été transformé en bombe humaine.

Un autre individu est sorti de la même voiture que Roger, une télécommande dans une main, un pistolet dans l'autre. Un physique très typé, à la Neil Burris. Bouc et muscles saillants. Des gars sur ce modèle, j'en avais croisé des centaines dans l'armée.

Les moteurs des deux Humvee continuaient de

tourner, et les portières étaient restées entrouvertes du côté conducteur. Ils avaient prévu d'expédier l'affaire en vitesse et de filer aussitôt.

— Je vous explique comment ça va se passer, a repris le premier. Votre frère va prendre la carte que vous lui donnerez et me la remettre. Si c'est bien la bonne, je lui enlève sa veste.

— On dirait que vous préférez rester loin de moi.

— À la première imprudence, l'un de nous deux appuie sur le dénotateur, c'est bien clair ?

— Compris.

— Si vous avez dans l'idée d'empoigner votre flingue et de nous buter, laissez tomber tout de suite. Y a un système de sécurité sur ces détonateurs. Si un de nous se fait descendre, la bombe part automatiquement. Sur la veste aussi il y a un interrupteur, et vous saurez pas le trouver. Essayez un peu de lui enlever, et tout va péter. Vous serez déchiquetés tous les deux. On est bien d'accord ?

— Ça m'a l'air bien compliqué.

— C'est tout simple, au contraire. Vous jouez pas au plus malin, et on vous rend votre frère. Voilà.

J'ai jeté un regard à Roger. Il gardait les paupières baissées, et j'ai eu l'impression qu'il tremblait.

— Non, ai-je répondu.

— Pardon ? a fait le premier type.

— Non, je ne marche pas. Si je vous restitue la RaptorCard, qu'est-ce qui vous empêchera d'appuyer sur le détonateur et de nous tuer tous les deux ? Votre sens de l'honneur ?

— Ça suffit, a répondu le second. On se dépêche.

— Moi je vais vous dire comment on va faire, ai-je insisté. Je vais bien donner la carte à mon frère, mais l'un de vous se placera près de lui. Et il vous la remettra quand vous lui aurez retiré sa veste. Après ça, on part chacun de notre côté.

Un temps de flottement. Le type à la barbiche a consulté le chauve du regard. Ils tenaient vraiment à rester loin de moi. J'aurais dû sans doute me sentir flatté.

— Allez-y, a dit le crâne rasé à mon frère.

Roger s'est avancé vers moi à pas lents, chancelant sur ses jambes. Ses yeux écarquillés étaient remplis d'effroi, son teint livide. Les deux gars de chez Paladin le suivaient du regard, le détonateur serré dans leur main, le pouce prêt à appuyer sur le bouton.

Roger semblait vouloir exprimer quelque chose. J'ai observé son visage tandis qu'il approchait. Il a secoué imperceptiblement la tête.

Non, me disait-il. Je l'ai interrogé du regard, essayant de comprendre.

Ses lèvres ont formé en silence le mot *non*.

Il n'était plus qu'à quelques mètres de moi. Tout doucement, il a tendu la main gauche. Il portait au poignet la Patek Philippe de papa.

Je lui ai présenté la RaptorCard.

— Ils vont nous tuer tous les deux, a-t-il murmuré alors.

J'ai nié d'un signe de tête, et il a ajouté un ton plus haut, les pupilles agrandies :

— Je ne les laisserai pas te faire ça, Nick. Sauve-toi.

— Non.

— Hé, grouillez-vous ! a crié le chauve.

— Sauve-toi, a répété mon frère à voix basse.

— Non.

Sans prévenir, Roger a fait un écart sur sa droite et s'est retourné pour foncer vers le Humvee stationné du côté gauche. Il a heurté le type à la barbiche et l'a renversé au sol.

Le détonateur est tombé à terre.

Et là, il ne s'est rien passé. Le système de sécurité n'existait pas, ils avaient tout simplement bluffé. Sur quoi d'autre m'avaient-ils grugé ?

Roger a poussé brutalement la portière du véhicule, qui a frappé de plein fouet son adversaire à l'instant où il se relevait.

— Roger, non ! Arrête !

— Hé ! a hurlé le chauve.

Je me suis rué sur lui, alors que Roger sautait à bord du Humvee. L'homme s'est effondré, envoyant valser son détonateur. Tout en le plaquant au sol, j'ai attendu la terrible explosion.

Rien.

Le Humvee a démarré et a foncé jusqu'à l'extrémité du bâtiment. Se dégageant de ma prise, le crâne rasé s'est précipité vers le second véhicule, suivi de son comparse, pour se lancer aux trousses de Roger.

Une des deux télécommandes gisait à terre, abandonnée par le type chauve. J'ai ramassé mon Ruger avant de les poursuivre, mais les deux Humvee étaient déjà loin. J'ai entendu les pneus crisser dans le tournant, et puis les freins qui hurlaient.

Des éclats de voix.

J'ai continué de courir. Ils avaient dû le rattraper et l'immobiliser.

Je courais toujours.

L'explosion a retenti cinq secondes plus tard, assourdissante, aussi forte que celles que j'entendais en temps de guerre, répercutée par les murs des bâtiments. J'ai compris ce qui était arrivé. Ils avaient fait partir le C4.

Pourtant, je n'ai pas ralenti l'allure.

J'ai tourné à l'angle de l'édifice, mais il n'y avait rien.

Bientôt, j'ai ressenti un point de côté si violent que j'ai failli renoncer, mais j'ai réussi à surmonter la douleur.

À un bout du bâtiment suivant, un brasier jaune orangé illuminait le ciel.

Et tout en courant de toutes mes forces, je me suis mis à prier pour la première fois de ma vie.

Parvenu à la hauteur du bâtiment, j'ai pu voir la conflagration. Les flammes s'élevaient jusqu'à sept mètres. Au milieu, la carcasse d'un Humvee, à peine visible à travers le rideau de feu.

Non !

Il n'y avait qu'une voiture, la deuxième avait disparu.

Je me suis avancé à six ou sept mètres du foyer, arrêté par un mur de chaleur brûlante. J'ai tenté de m'approcher davantage. Les vitres du Humvee avaient volé en éclats, éparpillant leurs fragments sur plusieurs mètres.

J'ai poussé un cri en me rapprochant légèrement, et là j'ai distingué la silhouette à l'intérieur.

Une main agrippait le montant qui séparait les vitres avant et arrière. Une main humaine carbonisée, dont il ne restait quasiment que les os.

L'un des doigts portait l'alliance de Roger.

Et la Patek Philippe de mon père entourait encore le poignet noirci.

87

J'ai erré un long moment dans les rues de Baltimore. J'avais perdu la notion du temps. Mon téléphone a vibré plusieurs fois, mais je l'ai ignoré.

Quand j'ai fini par répondre, je suis tombé sur Garvin.

Il m'a rejoint dans un taxi du Maryland et m'a raccompagné au parking de Union Station. Un trajet long et silencieux, qui a coûté très cher. Mon jean et mon sweat-shirt, sales et déchirés, étaient imprégnés d'une odeur de fumée, et la voiture n'a pas tardé à empester.

J'ai retrouvé ma Defender et j'ai pris le chemin de chez Lauren. Arrivé là-bas, je suis entré discrètement dans la maison.

Dans le temps, en Bosnie et en Irak, j'avais dû me mesurer à toutes sortes de dangers. Et malgré ça, je ne pouvais pas me résoudre à annoncer la nouvelle à Lauren. Je ne supportais pas de leur avouer, à Gabe et à elle, que j'avais finalement échoué à les aider.

J'avais fait une promesse à Gabe, et je n'avais pas été capable de la tenir.

Si accablante qu'ait été la mort de mon frère, la perspective de l'apprendre à Lauren et à Gabe se révélait encore plus éprouvante.

J'avais besoin de régler certaines choses avant de les affronter. Sans faire de bruit, je me suis dépêché de rassembler mes affaires dans la chambre d'amis, dans l'idée de m'esquiver pendant leur sommeil et de rentrer chez moi.

Mais quand je suis sorti, Gabe était dans le couloir.

— Tu ne dors pas ? ai-je chuchoté.

— Tu sens la fumée.

— Je sais. Il est tard, tu devrais aller te coucher.

Je voulais m'éloigner de lui au plus vite, par peur de tout lui raconter. Je refusais d'être celui qui lui annoncerait la mort de son père. C'était à sa mère de s'en charger.

— Il y a un problème ? m'a demandé Gabe.

Je l'ai attiré vers moi et je l'ai serré un moment dans mes bras, bien fort.

— Qu'est-ce que ça veut dire ? a-t-il fait en s'écartant.

— Il faut que je parte. Je voulais juste te dire au revoir, et que tu saches que je t'aime. Tu pourras toujours compter sur moi, quoi qu'il arrive. D'accord ? Tu ne te débarrasseras pas de moi aussi facilement.

Ces mots n'ont fait qu'ajouter à sa confusion.

— Il s'est passé quelque chose ?

Je n'ai pas relevé la question.

— Tu m'as réclamé plusieurs fois de t'apprendre à utiliser une arme à feu.

— Tu es sérieux ? a dit Gabe, tout excité.

— Sans aller jusque-là, je t'ai laissé quelque chose de pas mal. Un Taser. Il est dans la salle de télévision.

— Génial.

— C'est pas un jouet, tu sais.

— Ouais, évidemment.

— Ça ne sert qu'en cas d'urgence.

— Bien sûr. Cool.

— Tu te débrouilleras avec, tu n'as pas besoin de moi.

— Ça marche, oncle Nick.

— Mais n'oublie pas de lire le manuel, hein ?

— D'accord. Où est-ce que tu vas, oncle Nick ?

— J'ai encore un truc à faire.

88

De retour à mon appartement, je me suis écroulé sur le canapé sans même retirer mes vêtements saccagés. La sonnerie de mon portable m'a réveillé vers huit heures. J'avais un mal de tête carabiné, mes habits puaient comme un vieux cendrier, et l'espace d'une seconde ma mémoire m'a fait faux bond.

Et puis tout m'est revenu.

C'était Dorothy Duval qui m'appelait.

— Nick, tu dormais ?

— C'est pas grave. Je me suis levé pour répondre, de toute façon.

— Désolée, mais tu m'as laissé un message hier soir.

— Oui, c'est vrai.

— Tout va bien ? Tu as l'air mal en point.

Je lui ai raconté alors que l'échange avait mal tourné, et on a discuté un moment. Je ne l'avais jamais connue aussi douce.

— Tu sais, j'ai réussi à entrer dans la messagerie de ton frère, à force. Et j'ai trouvé le numéro de mobile de la femme.

— Laquelle ?

— Celle qui se fait appeler Candi Dupont. Son vrai

nom est Margaret Desmond. Mais c'est un peu trop tard, malheureusement. Je regrette, Nick.

J'ai longuement examiné ma Defender, afin de m'assurer qu'on n'y avait pas placé de traceur GPS. J'avais préféré laisser mon portable et mon Blackberry à la maison, de peur que leurs puces de géolocalisation ne me trahissent, et j'avais donné à Dorothy et à Garvin le numéro du téléphone jetable que je m'étais procuré.

Je m'apprêtais à faire un long trajet, et je ne voulais surtout pas que Paladin puisse identifier ma destination.

Pas avant que je sois arrivé, en tout cas.

Il m'a fallu conduire une douzaine d'heures, mais ça m'était égal. Ma Defender n'était pas un endroit désagréable, dans le fond. Seul avec mes pensées et ma musique, je brûlais des litres et des litres d'essence. Mon frère, plus que tout, occupait mes réflexions. Je me posais encore beaucoup de questions sur lui, sur ce qui lui était arrivé. Avait-il vraiment été pris en otage, ou avait-il savamment mis en scène sa propre disparition, en abandonnant son épouse et son fils ? Je m'interrogeais aussi sur l'agression de Lauren, sur le rôle qu'elle avait pu jouer dans le plan de son mari.

Les questions se multipliaient, et je ne voyais qu'une personne susceptible de me donner les réponses. À supposer que mon analyse des données soit correcte.

Tout ce que je savais, c'est qu'il ne me renseignerait pas de bonne grâce.

J'ai fait une bonne partie du trajet sur la 95, traversant la Virginie et les Caroline avant d'atteindre la Georgie. La Defender est un véhicule formidable, mais il est bien mieux adapté aux manœuvres en plein désert qu'aux autoroutes américaines. Elle peine à dépasser les 110 kilomètres-heure.

Sur la route, j'ai passé pas mal de CD de Johnny Cash. Après tout, je descendais dans le Sud. J'ai écouté en boucle *All I Do Is Drive*, et quand mon humeur a viré au noir, j'ai choisi sa reprise du morceau des Nine Inch Nails, *Hurt*. Cette chanson a le don de m'arracher le cœur. Elle dit que les gens qu'on connaît finissent toujours par disparaître, par nous laisser tomber et nous faire souffrir.

Aux abords de Savannah, j'ai fait une halte dans un magasin de bricolage et chez un marchand d'articles de chasse. J'ai repris la 95, et je suis sorti à Waycross. Les méandres de la Route 187 partaient vers le sud puis vers l'est avant de couper la 129. Là, j'ai piqué plein sud, sur une voie tellement rectiligne qu'elle semblait tracée à la règle.

Je me trouvais dans Echols County au sud de la Georgie, près de la frontière avec la Floride, le comté le moins peuplé de l'État : à peine plus de 4 000 habitants. La majorité du territoire est propriété privée. Une poignée de bourgades, de grandes étendues de forêt de pins.

Douze ans auparavant, la famille qui possédait la plus grande partie du comté avait cédé dix mille arpents à Allen Granger. Le terrain avait été mis en vente comme « réserve de chasse idéale », mais il était devenu le quartier général et la base d'entraînement de Paladin.

Une route sans nom s'embranchait sur la 129 et traversait l'épaisse forêt de pins. Toute neuve et goudronnée de frais. D'après le GPS que j'avais acheté à Savannah, elle menait directement au complexe de Paladin Worldwide.

Au bout de huit cents mètres, la forêt s'est brusquement interrompue, laissant la place à une zone dégagée qui s'étendait à perte de vue. La route s'achevait par une large allée bitumée de forme circulaire. Je me suis trouvé devant une guérite de gardien et une herse à pics avec barrière levante. Un grand panneau indiquait PALADIN WORLDWIDE CENTRE D'ENTRAÎNEMENT, souligné du globe stylisé dont la société avait fait son logo.

De chaque côté de la barrière, une clôture métallique surmontée de concertinas à lames s'enfonçait dans les bois. Je connaissais son existence par divers articles et sites Internet concernant Paladin, mais j'ignorais jusqu'où elle allait. Une grille enfermant dix mille arpents ? Ça me paraissait excessif, et terriblement onéreux.

En fait, je possédais une somme d'informations phénoménales sur la base de Paladin Worldwide, toutes de source publique. Internet m'avait appris une foule de choses, notamment Google Earth, qui fournissait des photos satellite des lieux, ainsi que des coordonnées géographiques précises.

Cela dit, rien ne remplace une observation personnelle. « Reconnaissance d'itinéraire », comme on dit dans les Forces spéciales.

J'ai donc fait demi-tour sur la route goudronnée jusqu'à ce que je trouve une brèche entre les arbres, une sente naturelle que j'ai suivie aussi loin que possible. Le terrain est devenu très accidenté, et la Defender a montré tous ses talents. J'ai planqué ma voiture dans un fourré assez éloigné de la route pour qu'elle ne soit pas repérée par un véhicule de passage et, pour plus de sûreté, j'ai rassemblé des branches mortes afin de la camoufler convenablement.

J'ai fait une pause pour allumer mon portable. Arthur Garvin m'avait laissé quatre messages. Je l'ai contacté aussitôt.

— Nick, je me suis adressé à la brigade des homicides de Baltimore. Au sujet de la dépouille de votre frère.

— Vous voulez savoir ? ai-je répondu sans brusquerie. Ça ne m'intéresse pas tellement. Ne le prenez pas contre vous…

— Écoutez-moi. Est-ce que votre frère avait une prothèse à la hanche ?

— Quoi ?

— Le service de médecine légale du Maryland a fait une découverte importante dans l'épave de la voiture. Un alliage inoxydable et très résistant, qu'on apelle Orthinox. On l'utilise pour les prothèses de la hanche.

— Non, mon frère n'a jamais subi ce genre d'opération.

— Je m'en doutais. En même temps, le centre hospitalier de Washington a signalé la disparition d'un corps à la morgue. Un Blanc âgé de soixante-neuf ans.

Je suis resté silencieux un long moment.

— Nick, vous êtes toujours là ?

— Oui, je suis là.

— Encore une chose. Vous savez, le meurtre de Marjorie Ogonowski. Eh bien, on va faire arrêter le type. Bon boulot, votre identification faciale.

— C'est une amie qui a tout fait. Comme je vous le disais, on a des bases de données exceptionnelles dans ma société de luxe.

— Quand même, je vous félicite.

— Vous voulez bien me rendre un service ? Gardez un œil sur Lauren Heller et son fils.

J'ai coupé la communication et j'ai entrepris ma mission de reconnaissance à travers bois.

89

Lauren décrocha le téléphone dans la cuisine.

— Pourrais-je parler à Mrs Heller ? (Une voix grave et agréable, mais un débit haché.) Je suis Lloyd Kozak, le conseiller financier de Leland.

Elle se rappela tout à coup qui il était. Ce bonhomme assez moche qui était passé réclamer des disques à Noreen.

— Oui, c'est moi. Que puis-je faire pour vous ?

— Comme vous êtes l'assistante de Leland, je suppose… que vous le connaissez mieux que personne. Mais j'espère que je ne me mêle pas de ce qui ne me regarde pas.

— Je ne vois pas trop en quoi je peux vous être utile.

— Il y a un problème avec Leland. J'aimerais qu'on en discute si vous avez un moment.

— De quoi s'agit-il ?

— Je me trouve à Chevy Chase, actuellement. Si vous êtes libre, je peux passer chez vous tout à l'heure. Je crois qu'un entretien est nécessaire.

— À quel sujet ?

— Leland. J'ai vraiment l'impression… que quelque chose ne tourne pas rond.

La sonnette rententit une demi-heure plus tard.

Par le judas de la porte d'entrée, Lauren vit une figure grêlée et d'immenses lunettes à monture d'écaille. Elle ouvrit à son visiteur.

Lloyd Kozak se tenait derrière la porte grillagée, affublé d'un complet miteux. La Buick garée dans l'allée devait avoir au moins dix ans.

— Merci beaucoup de me recevoir, lui dit-il quand elle le fit entrer.

Le hall était sombre et glacial. La climatisation marchait trop fort. Lauren l'introduisit dans la cuisine, sa pièce de réception par défaut.

— Leland m'a énormément parlé de vous. Il a une grande admiration pour vous, et il vous fait entièrement confiance. J'ai pensé que vous étiez la personne la mieux placée pour me parler de lui.

— Vous me faites peur. Quel est le problème ?

— Vous.

En une seconde, l'homme fut près d'elle, et il plaqua une main sur sa bouche.

90

Bien entendu, ma réaction spontanée a été la colère, une violente flambée de rage envers cet individu abject. Mais à mesure que je progressais dans les bois, elle s'est suffisamment apaisée pour me laisser comprendre que mon frère avait été à bonne école, finalement. Aucun de ses actes n'aurait dû me surprendre.

À l'instar de l'illusionniste de génie, Roger avait toujours une longueur d'avance sur ses spectateurs. Il savait bien que le secret de la magie consistait à fourvoyer l'assistance. À l'éblouir soudainement avec une boule de feu pour qu'on ne le voie pas escamoter la reine de cœur.

Un prestidigitateur professionnel m'a révélé un jour que les numéros les plus formidables ne se composaient jamais d'un unique tour de magie. Il s'agit plutôt d'un enchaînement de tours, et tout l'art réside dans leur présentation. Les spectateurs arrivent méfiants, persuadés qu'on cherche à les rouler, et ils regardent la scène de tous leurs yeux, en croyant deviner comment le magicien va s'y prendre. Ce qu'ils ignorent, c'est que c'est justement leur suspicion qui rend possible la mystification. L'illusionniste détourne leur attention de ses manœuvres en la dirigeant vers une explication fallacieuse. Les gens s'attendent à tel ou tel tour, et c'est autre chose qui se produit. Et à l'instant même où ils s'imaginent avoir percé le magicien à jour, la prestation s'achève et le public s'est laissé embobiner.

J'ai pensé à Victor, à sa manière si habile de me mener en bateau. C'était peut-être pour cela que Roger et mon père avaient discuté si souvent. Mon frère tenait à s'assurer que Victor m'aiguillerait vers Paladin tout en me donnant l'illusion d'avoir trouvé la solution par moi-même. Roger voulait absolument que j'enquête sur Paladin. Pour qu'ils aient l'impression que la menace se rapprochait.

Restait à comprendre pourquoi.

Au bout du compte, j'ai puisé de la force dans ma colère.

Quoi qu'il en soit, il ne faut jamais laisser l'émotion et l'impatience compromettre une opération. C'est toujours dans les moments où on brûle de foncer bille en tête que l'on doit garder son calme, prendre la mesure de la situation et réfléchir à la meilleure méthode.

Voilà pourquoi j'ai décidé de passer une nuit dans les bois.

J'ai fait le tour du site de Paladin. Dix mille arpents, ça équivaut à vingt-cinq kilomètres de périmètre, et je ne pouvais pas raisonnablement les parcourir à pied. J'ai donc tiré ma Defender de sa cachette et j'ai zigzagué tant bien que mal à travers bois, en me rapprochant de temps en temps de l'enceinte.

Chose incroyable, elle protégeait l'ensemble de la propriété. Cet excès de précautions confirmait bien les propos de Neil Burris, comme quoi Allen Granger se tenait sur ses gardes. Sinon, pourquoi aurait-il dépensé des sommes fabuleuses pour faire poser une grille sur vingt-cinq kilomètres ? J'avais déjà visité des sites top-secret du gouvernement situés dans des zones beaucoup moins retirées, et aucune ne bénéficiait d'une telle protection.

Allen Granger, dont la dernière apparition publique remontait à un an, avait la réputation de vivre en reclus et de défendre farouchement sa vie privée. Je pensais maintenant qu'il souffrait de paranoïa aiguë.

Apparemment, il n'y avait pas de capteurs à fibre optique enfouis dans le sol au pied de la clôture. Leur installation aurait coûté une fortune, en plus d'être parfaitement superflue. En revanche, la grille en acier galvanisé à haute résistance, quasiment impossible à découper, s'élevait à quatre mètres de hauteur et elle était couronnée de barbelés à lames de rasoir.

Et comme si ça ne suffisait pas, il y avait aussi des vigiles. L'un d'eux restait posté dans la guérite de l'entrée principale, relevé toutes les six heures. Les autres patrouillaient dans l'enceinte. Les équipes se relayaient également à intervalles de six heures, et elles faisaient un rapport par radio toutes les demi-heures à un central de commandement.

Je l'avais appris en écoutant ma petite radio Bearcat. Avec une bonne paire de jumelles, c'était tout ce dont j'avais besoin pour reconnaître les lieux. J'ai repéré une bande d'atterrissage et plusieurs plates-formes réservées aux hélicoptères, ainsi qu'un circuit de conduite rapide et une piste de course à pied. Des murs d'escalade et une zone de largage. Ils gardaient dans un enclos des chiens renifleurs dressés à la détection des bombes. J'ai entendu leurs aboiements jusque tard dans la nuit.

J'ai vu les baraquements où logeaient les recrues, un mess, des locaux administratifs et un club où les stagiaires pouvaient aller boire un verre. Il fermait à deux heures du matin. Les pelouses luxuriantes et bien arrosées étaient tondues de frais comme un parcours de golf. Quelques étangs artificiels avaient été aménagés ici et là. En fait, on aurait pu facilement se croire dans un country-club, si l'on faisait abstraction des stands de tir et des hangars à munitions. Si l'on oubliait, aussi, le village reconstitué qui servait pour les exercices d'assaut, la ville factice avec un panneau indiquant LITTLE BAGHDAD, même si les combats actuels avaient lieu ailleurs. Et les Humvee noirs qui faisaient des allées et venues régulières.

Tout près de l'entrée se dressait un impressionnant chalet de deux étages, assez semblable à ces constructions de style rustique que l'on rencontre à Aspen.

Le domicile de Granger.

J'ai étudié la maison avec une attention particulière : l'emplacement des lumières, l'heure à laquelle elles s'allumaient et s'éteignaient. Le nombre de vigiles – un dehors et l'autre à l'intérieur – et le moment où ils étaient relevés. Allen Granger était surveillé en permanence, à l'intérieur d'un complexe solidement défendu. Il m'a rappelé le vieux roi Hérode, un autre paranoïaque, retranché dans une forteresse de la ville fortifiée de Jérusalem, protégé par des douves et un pont-levis de ce qu'il redoutait le plus au monde : ses propres sujets.

Je n'ai pas aperçu Granger une seule fois, mais j'étais convaincu qu'il vivait seul ici. Je savais à quoi il ressemblait par des photographies : un physique avantageux, la quarantaine bien conservée. Des cheveux blond foncé qu'il portait courts, mais pas la coupe militaire.

La radio m'a permis de savoir que le boss était chez lui. La cuisinière, une minuscule Hispanique, s'est présentée quelques heures avant le dîner et a pénétré dans la maison par l'entrée des cuisines.

Des réunions se sont succédé tout au long de la journée. Des véhicules se rangeaient devant le chalet – Humvee noirs pour les officiels de chez Paladin, quelques Lincoln également noires transportant des politiciens, dont certains que j'ai reconnus. Tous étaient accueillis par le garde en faction à l'extérieur.

Je me suis accordé quelques heures de sommeil dans les bois. Je m'étais muni d'une canadienne, d'un sac de couchage et d'une réserve d'eau et de nourriture. Quand j'ai découvert où dormait Allen Granger et à quelle heure il se couchait, j'ai rangé mes jumelles Leitz et ma radio, et je me suis préparé à passer à l'action.

91

— Vous allez me dire comment contacter votre mari, a murmuré Lloyd Kozak d'une voix douce.

Même si elle l'avait voulu, Lauren n'aurait pas pu répondre, à cause de l'adhésif collé sur sa bouche. Tout ce qu'elle pouvait faire, c'était secouer la tête et le fusiller du regard. Ses bras et ses jambes étaient immobilisés.

Elle avait été surprise qu'il ait autant de force, qu'il arrive si facilement à la maîtriser.

Il l'avait attachée à une chaise de la salle à manger, les bras plaqués contre le corps, et avait enroulé de l'adhésif en toile argenté autour de son buste. Elle avait beau se contorsionner, il lui était impossible de bouger ou de déplacer son siège. Et il continuait à lui parler doucement tout en déballant des instruments qui tintaient dans leur enveloppe de tissu.

Lauren poussa un grognement de colère et de défi.

Un bruit de clé dans la serrure de la porte d'entrée. *Oh non, pourvu que ce ne soit pas Gabe ! Pas avec ce psychopathe dans notre maison.*

Kozak, si toutefois il s'appelait bien ainsi, se retourna en disant :

— Gabriel saura peut-être comment joindre son père.

Elle essaya de crier pour prévenir son fils, mais aucun son ne franchit ses lèvres.

L'homme tenait un objet à la main, quelque chose de brillant qui captait la lumière du plafonnier. Une lame. Un rasoir ? Ou bien un… scalpel.

La peur se tordait en elle comme un organisme vivant, un serpent écailleux et glacé.

Elle sentit le tranchant et le froid du scalpel lorsqu'il l'appliqua juste sous son œil gauche, appuyant sur la peau délicate. Elle baissa les paupières et tenta de nouveau de hurler.

Mais elle ne pouvait ni crier ni faire un mouvement. Aucun moyen d'avertir Gabe.

Où était-il passé ? Monté dans sa chambre, peut-être ?

Pourtant, il avait forcément remarqué la voiture étrangère dans l'allée, et la lumière allumée dans la cuisine, qui montrait qu'il y avait quelqu'un à la maison. Il avait dû noter aussi que l'alarme n'avait pas sonné, ce qui signifiait qu'on l'avait déjà désactivée. Pourquoi ne s'en était-il pas étonné ?

Elle perçut les sons aigus d'un appareil électronique, faibles mais distincts.

Gabe était sûrement en train d'entrer le code du système de sécurité. Toujours aussi distrait, il n'avait pas réalisé qu'il était déjà déconnecté.

Ce qui signifiait qu'il n'avait rien relevé d'anormal. Il n'avait pas prêté attention au véhicule inconnu, il ne s'était pas posé de questions.

Je t'en prie, ne viens pas ici. Gabe ne pèserait pas bien lourd face à ce cinglé.

À moins…

À moins qu'ayant vu sa mère ligotée sur une chaise en compagnie d'un étranger, il ne se soit enfui pour aller chercher du secours. Ça, il en était capable.

Elle n'aurait même pas su dire ce qu'elle voulait qu'il fasse.

De toute manière, ça n'avait aucune importance. Les actes de son fils échappaient à son contrôle. Elle n'avait plus le pouvoir de le protéger et de l'envelopper, bien serré, dans sa couverture de bébé.

Elle l'entendit monter l'escalier et gagner sa chambre.

C'était peut-être la meilleure solution.

— Lauren, susurra l'homme.

La lame coupante contre sa paupière, à la fois glacée et brûlante. Et ensuite une sensation extrêmement douloureuse, quelque chose de tiède et de liquide.

— Si je dois vous retirer vos yeux, je n'hésiterai pas.

L'espace d'un instant, elle douta d'avoir saisi correctement ses paroles.

Elle ferma les yeux très fort, mais la douleur ne diminua pas, car il enfonça la lame plus profondément et pratiqua une entaille. Elle voulut hurler, mais seule une petite plainte apeurée sortit de ses lèvres.

— Vous ne reverrez jamais plus le visage de votre fils.

— Poussez-vous !

Quelqu'un avait parlé, mais il lui fallut une seconde pour identifier Gabe. Sa voix avait changé, plus grave qu'auparavant.

Une voix d'homme.

Mais c'était quand même lui, elle en était certaine.

Quand elle rouvrit les yeux, le scalpel avait disparu, et Lloyd Kozak s'était retourné pour regarder la même chose qu'elle.

Gabe, sur le pas de la porte, visait Kozak avec son Taser.

L'arme oscillait dans sa main.

92

À ce stade, tout dépendait du timing.

J'avais besoin d'un créneau de quinze minutes minimum pour m'introduire sur le site. Lorsque les communications radio m'ont indiqué que les vigiles en patrouille se trouvaient du côté opposé, et que mes jumelles m'ont confirmé qu'ils n'étaient pas en vue, j'ai dressé mon échelle pliable, en aluminium léger, contre une section de l'enceinte proche du stand de tir. La clôture montait au moins à quatre mètres, ce qui me faisait une couverture commode. Après avoir posé un grand carré de moquette sur les barbelés, j'ai gravi les échelons pour me placer à cheval sur la clôture, puis j'ai fait passer l'échelle par-dessus. Je l'ai installée de l'autre côté, et je suis descendu.

Facile.

J'avais déjà fixé mon itinéraire en sélectionnant les zones les moins fréquentées du complexe pendant la nuit. Rien ne m'assurait que je ne croiserais personne, un promeneur tardif ou un fumeur solitaire, mais ce parcours-là réduisait les risques de me faire repérer. Il y aurait toujours une part d'incertitude, mais la vie est ainsi faite.

Chargé de mon échelle et de mon sac de sport, j'ai

fait le tour du circuit de conduite désert. Je suis passé devant la piste d'aviation, puis j'ai longé l'aire des hélicoptères, signalée par un H peint à même le béton et par des projecteurs d'atterrissage. Pour le moment, ils étaient éteints. On n'attendait pas d'hélico cette nuit.

Un sentier ornemental serpentait aux abords du mess plongé dans le noir et jouxtait ensuite un bâtiment plus petit, où venaient dîner les VIP et les cadres de chez Paladin. Pas de lumière là non plus. C'était un peu l'équivalent du club des officiers sur une véritable base de l'armée.

On tombait alors sur un embranchement : le chemin de gauche conduisait aux baraquements des recrues, où quelques lampes brillaient encore. Il y avait des couche-tard parmi eux, et je ne pouvais pas courir le risque de me faire surprendre. J'ai donc emprunté le sentier de droite, qui sinuait aux abords d'un étang aux berges fleuries. Plus country-club que camp militaire.

La silhouette imposante du chalet de Granger se découpait un peu plus loin. Je me suis arrêté à un tournant du chemin, à l'abri derrière un bouquet d'arbres. Les haies touffues qui entouraient la demeure ne m'arrivaient qu'à la taille. Trop basses pour protéger des regards, elles matérialisaient sûrement une espèce de frontière, une douve symbolique que personne ne s'avisait de franchir. Au-delà des haies, une aire de stationnement gravillonnée s'étendait devant l'entrée, occupée pour l'instant par un seul Humvee. Les petits cailloux blancs crissaient bruyamment sous les pieds.

Je me suis rapproché pour observer la maison quelques minutes, tapi derrière le véhicule. L'unique lumière allumée se trouvait dans une pièce en façade, où le vigile en faction devait se tenir pendant les heures de repos de Granger. J'ai branché un écouteur à ma radio pour surveiller les transmissions. Silence complet.

En revanche, un des gardes effectuait lentement sa ronde autour de la résidence. Il tirait sur sa cigarette d'un air las, la mitraillette en bandoulière. C'était vraiment un boulot ingrat, d'assurer la protection nocturne d'un reclus paranoïaque. Impossible de lire ou d'écouter de la musique, et personne avec qui partager son ennui. D'un autre côté, il n'était pas si mal loti par rapport aux collègues qui combattaient à l'étranger. L'ennui est tout de même moins grave que la mort ou la mutilation. Mais il peut contribuer à émousser la vigilance. On a tendance à décrocher, à laisser son esprit vagabonder. On dépense toute son énergie à lutter contre le sommeil et à tenir bon jusqu'à la fin de la garde.

J'espérais que c'était le cas pour celui-ci. D'une manière ou d'une autre, je devais m'arranger pour approcher la maison incognito. Pour cela, il me fallait au moins trois minutes, et même plutôt cinq. Peu de chances de profiter d'une telle opportunité, avec ce vigile qui faisait son circuit en continu.

J'ai allumé le portable que je gardais dans ma poche et je l'ai glissé sous une roue arrière du Humvee. Dès que le garde a atteint l'angle sud-est du chalet, je me suis élancé à longues foulées silencieuses, plongeant derrière une haie quand je craignais d'avoir effleuré son champ de vision. Lorsqu'il a disparu sur l'arrière du chalet, au-delà de l'angle nord-est, j'ai enjambé la haie en emportant mon échelle et mon sac, et je me suis rué vers la porte des cuisines.

J'ai consulté ma montre. Plus que soixante secondes avant la réapparition du vigile. Peut-être un peu moins. J'ai pris un deuxième téléphone mobile pour composer le numéro du premier. La sonnerie a retenti au bout de quelques secondes. Même à cette distance, le son aigu a transpercé le silence.

Avant de poser mon échelle, j'ai remis mon écouteur pour espionner le trafic radio.

— Alpha trois à Alpha deux.

— Ici Alpha deux.

— T'as entendu ? On dirait un téléphone.

— Non, j'entends rien du tout.

— Ça vient de devant la maison. Je vais jeter un coup d'œil.

Cette petite perturbation l'attirait irrésistiblement, comme je l'avais espéré.

J'ai coupé après cinq sonneries.

Le corps de bâtiment principal était flanqué de porches en appentis, dont les toits étaient moins élevés. Ce qui me permettait d'escalader sans peine jusqu'au deuxième étage. Mon échelle en appui contre les rondins bruts de la façade, je commençais à grimper lorsque j'ai entendu dans mon écouteur :

— Alpha deux à Alpha trois.

— Ici Alpha trois.

— Tu as trouvé quelque chose ?

— Non, que dalle.

— Tu crois que quelqu'un a perdu son mobile ?

— J'en sais rien. Allez, j'y retourne.

Il s'apprêtait sûrement à reprendre son circuit, ce qui ne me laissait plus que quarante-cinq secondes de battement.

Tout en me hissant sur le toit du porche, j'ai renouvelé l'appel. La sonnerie m'est parvenue, affaiblie, depuis l'autre côté du bâtiment.

— Merde, ça recommence, a fait le vigile.

— Ouais, j'ai entendu. Tu as vérifié le porche ?

— Non, ça vient de plus loin.

J'ai choisi le point d'accès qui me paraissait le plus sûr : une fenêtre du deuxième étage qui ne s'était pas allumée de la nuit.

— Alpha trois, je l'entends toujours.

— Moi aussi, je continue à chercher.

Ça me donnait une minute pour manœuvrer, voire un peu plus.

J'ai raccroché, interrompant la sonnerie pour ne pas les guider jusqu'à l'appareil. De mon sac de sport, j'ai sorti un coupe-verre et une ventouse, que j'ai déposés sur la partie plane de la toiture, près de la fenêtre.

Cependant, je n'ai aperçu aucun système d'alarme, et la fenêtre a coulissé sans problème. L'écran grillagé n'était pas verrouillé non plus, j'ai réussi à l'ouvrir facilement.

Tirant l'échelle après moi, je l'ai repliée avant de la coucher au sol, dans la pièce obscure.

Et j'ai pénétré dans la maison pour me mettre en quête d'Allen Granger.

93

— Gabriel, a insinué Kozak d'un ton doucereux, tu ne veux pas que ta mère se fasse mutiler par ta faute ? Pose donc ce gadget.

— Putain de…, a aboyé Gabe.

Un pop sonore, et Kozak, anticipant l'impact, s'est esquivé de côté, tandis que les harpons métalliques frappaient le granit de l'îlot central de la cuisine, traînant dans leur sillage un filament argenté.

Kozak a bondi en avant, vif comme un serpent à sonnette, pour s'emparer de Gabe. Lauren poussait toujours des cris étouffés, aigus et désespérés, la vue brouillée par les larmes, persuadée que tout était fini. Le cauchemar s'achevait et ce sadique allait…

— Police ! a braillé une autre voix.

Ils étaient tout un groupe à débarquer l'arme au poing dans la cuisine, vêtus de leur uniforme bleu. Celui qui jeta Kozak à terre et lui enfonça son genou dans la gorge était plus âgé que les autres, et il portait d'épaisses lunettes. Lauren le connaissait, c'était lui qui était venu l'interroger à l'hôpital. Tout ça ne remontait qu'à une semaine, même si ça lui semblait une éternité.

— Qui a donné l'alerte ? demanda Garvin.

— C'est moi, répondit Gabe.

— Tu as bien fait. Tu viens de sauver la vie de ta mère.

Gabe hocha simplement la tête.

— Il faut qu'on conduise ta maman aux urgences. Un docteur va examiner sa coupure à l'œil, il lui fera sans doute quelques points.

Les auxiliaires médicaux venus avec l'ambulance avaient déjà posé un pansement sous l'œil de Lauren, arrêtant les saignements. La douleur s'était dissipée, et finalement sa bouche la faisait souffrir davantage, là où on avait arraché le ruban adhésif.

— Kozak était déjà là quand vous êtes arrivée chez vous ? s'enquit Garvin.

— Non, il m'a d'abord téléphoné pour demander à me rencontrer. Qui est cet homme ?

— Il travaille pour Paladin.

Paladin. Ce n'était qu'une question de temps, elle l'avait deviné.

— Vous saviez qu'il allait passer chez moi ?

— Non, mais j'ai un mandat d'arrêt contre cet individu, et on a passé le plus gros de la journée à lui courir après.

— Mais qu'est-ce qui vous a incité à venir ici ?

— Vous voulez la vérité ? Nick m'a demandé de veiller sur vous, de m'assurer que vous alliez bien tous les deux.

94

À en juger par son odeur, la pièce fraîche et sombre était bien entretenue mais rarement utilisée. On avait nettoyé le sol avec du détergent parfumé au pin et ciré les meubles à l'huile de citron, mais cela ne masquait pas entièrement les relents de renfermé propres aux pièces confinées. La clarté venue du dehors m'a appris qu'il s'agissait d'une chambre d'amis : lits jumeaux et tables de chevet, une télévision et un petit bureau, une salle de bains privée. Très sobre.

J'ai installé mon échelle et mon sac près de la fenêtre, bien cachés mais faciles à atteindre. Dans le sac, j'ai récupéré la pièce manquante de mon équipement : le Ruger.

Le parquet geignait sous mes pas.

J'ai marché tout doucement pour amortir les craquements, l'oreille aux aguets. J'arrivais plus ou moins à m'orienter dans la maison. Je savais que la chambre de Granger, la pièce la plus spacieuse du deuxième étage, se situait sur l'avant du chalet, à l'angle sud-est.

J'avais aussi noté qu'aucune autre lumière n'était restée allumée au second, pas même dans les couloirs. Ce qui excluait la présence de vigiles devant la chambre, à moins qu'ils ne veillent dans le noir. Peu probable, à mon avis, mais je ne devais écarter aucune éventualité.

La porte était solide et épaisse, bien accrochée sur ses gonds. J'ai entrebâillé le battant avec précaution, sans le faire grincer, et j'ai scruté le corridor. Personne en vue.

J'ai poussé la porte un peu plus, et j'ai attendu une minute.

Cette partie du couloir était moins éclairée que la chambre, car la fenêtre était assez éloignée. Dès que mes yeux ont accommodé, j'ai constaté qu'il n'y avait pas de vigile armé. Le couloir ne contenait qu'une console avec un bouquet de fleurs au centre. En revanche, la vue était bouchée sur ma gauche, puisque la porte s'ouvrait vers la droite. Je suis donc sorti prudemment, sans me hâter, l'arme bien serrée dans ma main.

Le corridor était vide. J'ai refermé la porte presque complètement, et j'ai jeté un regard de chaque côté. Toujours personne.

Sur ma droite, j'ai vu des doubles portes. Celles qui menaient à la chambre d'Allen Granger.

Était-il vraiment à l'intérieur ? Depuis mon arrivée, je ne l'avais pas vu une seule fois entrer dans le chalet ou en sortir. Pourtant, les communications radio avaient fait plusieurs allusions à lui, le « patron », le « boss », ou « Mr Granger ». De plus, les mesures de sécurité n'auraient pas été aussi strictes s'il avait été absent.

Il était forcément là.

Lentement, à pas feutrés, j'ai marché le long du couloir jusqu'aux doubles portes. Je me suis arrêté devant, l'oreille tendue.

Le ronflement discret d'une personne assoupie. Granger était là, et il dormait.

Le Ruger dans la main, j'ai fait tourner tout doucement le bouton de la porte, espérant qu'elle n'était pas verrouillée.

Non, elle s'ouvrait. J'ai poussé le battant avec des précautions infinies, et là, dans l'obscurité, j'ai distingué un grand lit. Une forme endormie sous les couvertures. Un ronflement léger.

Il faisait encore plus sombre que dans le couloir. Les stores opaques étaient baissés, créant le noir presque complet. Une vague clarté filtrait depuis le corridor.

Laissant la porte entrouverte, je me suis introduit dans la chambre. L'épaisse moquette qui couvrait le sol étouffait le bruit de mes pas. Je suis allé me placer à la droite du lit, tout près de Granger enveloppé dans ses couvertures.

Je parie que mon père aurait pu citer une formule d'un de ses stratèges chinois favoris sur les avantages d'une attaque-surprise. Mais je n'avais pas besoin des leçons d'un Chinois pour évaluer la situation.

Mon cœur s'était emballé, mais c'était l'impatience qui le faisait battre, pas la peur. L'impatience d'en découdre avec ce type. La colère. La montée d'adrénaline.

Comme je me rapprochais du lit, une sonnerie s'est déclenchée. Aussi forte que le carillon d'une porte d'entrée. J'ai compris trop tard que je venais de déclencher le détecteur à pression dissimulé sous la moquette.

Je suis resté cloué sur place.

La personne endormie s'est redressée brusquement en repoussant ses couvertures, et un homme en pyjama s'est mis sur son séant, saisissant d'un mouvement fluide l'arme glissée sous son oreiller.

Il l'a braquée à un mètre de moi, sur la gauche.

— Pas un geste, a-t-il ordonné.

À présent que mes yeux s'étaient à habitués à l'obscurité, je reconnaissais Allen Granger. Les cheveux courts et bien coupés, les traits harmonieux et encore jeunes que j'avais vus sur des centaines de photos. Mais rien ne m'avait préparé aux terribles cicatrices qui déparaient le haut de son visage. Des zébrures de chair sillonnaient l'endroit où auraient dû se trouver ses yeux.

Allen Granger était aveugle.

95

— Ne bougez pas, a-t-il répété.

Son Glock était toujours pointé à un mètre de moi. Je n'ai pas dit un mot, retenant mon souffle pour l'empêcher de me situer.

Il a déplacé son arme sur la droite, mais n'a réussi qu'à s'écarter de moi davantage. Il visait au jugé.

Dans le couloir, un piétinement s'est fait entendre. Quelqu'un s'approchait en courant.

J'ai tendu le bras vivement, déviant le canon du Glock vers le haut, puis je le lui ai arraché des mains. Granger a lutté avec un grognement hargneux, mais il semblait dépourvu de vigueur. La force lui manquait pour la simple raison qu'il n'avait plus l'usage d'une partie de son corps. En plus d'être aveugle, Granger était à demi infirme.

— Vous ne sortirez pas d'ici vivant, a-t-il déclaré.

— Vous ne voulez même pas savoir qui je suis ?

— Je sais très bien ce qui vous amène ici, et vous n'allez pas vous en tirer comme ça.

Sur ce, la porte s'est ouverte à la volée, livrant passage à un vigile armé. Une mitraillette Heckler & Koch MP5.

— Débarrassez-moi de lui, a commandé Granger.

L'arme au point, j'ai fait volte-face. Le garde me rappelait quelqu'un. Grand, baraqué, à peu près mon âge.

Un pistolet contre une mitraillette. Autant affronter une lance à incendie avec un pistolet à eau. Mais dans le fond, peu importait le débit si le gars à la mitraillette était raide mort. Une balle reste toujours une balle, après tout.

J'ai remarqué le tatouage sur son biceps droit. DE OPPRESSO LIBRE. La devise des Forces spéciales. Il y avait des fautes, mais les tatoueurs ne sont pas connus pour leurs compétences en orthographe.

— Lâchez votre arme.

Nous avons échangé un long regard, et j'ai fini par abaisser mon Ruger.

— Lâchez-la, j'ai dit.

Le pistolet a atterri sans bruit sur la moquette.

J'ai porté mon regard vers sa mitraillette, un sourire aux lèvres, puis je l'ai de nouveau regardé bien en face.

— Je me demande combien de salves vous comptez envoyer sans avoir enlevé la sûreté.

Ç'a été plus fort que lui : il a baissé les yeux vers son arme.

Et moi j'en ai profité pour bondir.

Agrippant le canon, je l'ai tourné vers le haut tout en plantant un genou dans l'estomac du vigile. Renversé au sol, il a repris péniblement sa respiration.

— Tu sais, ai-je lancé, ton tatoueur a fait des fautes d'orthographe.

La devise exacte était « De Oppresso Liber », ce qui signifie « Libérer les opprimés ».

— Mais vous êtes qui, vous ?

— Heller. Je suis ici à cause de mon frère. Et je suis bien décidé à ne pas repartir sans lui.

Granger est intervenu :

— Il a bien dit Heller ? Roger Heller ?

— Non, Nick Heller. Son frère.

— Mon Dieu, je crois qu'on devrait avoir une discussion.

96

— Je peux vous offrir un verre ?

— Je pensais que vous ne buviez pas.

Nous étions descendus dans une vaste pièce où un feu était allumé dans la grande cheminée de pierre. Des poutres rustiques soutenaient le plafond.

Bien coiffé et vêtu d'un pantalon en laine grise, d'une chemise bleue et d'un cardigan blanc, Allen Granger était assis dans un fauteuil roulant. Il ne restait plus rien de son beau visage. Je comprenais maintenant pourquoi il fuyait la presse et préférait vivre cloîtré. L'accident avait dû se produire au cours de l'année passée.

— En effet, je ne bois pas d'alcool, a-t-il confirmé en riant. Dieu merci. (Et il a précisé avec un coup d'œil complice :) Je prends de l'authentique Dr Pepper, celui de Dublin.

— Pardon ?

— Dublin au Texas. La plus ancienne usine de mise en bouteilles de Dr Pepper au monde. Ils utilisent du véritable sucre de cane, pas cet horrible sirop de glucose. Et les bouteilles font six onces et demie. Très difficile à trouver, de nos jours. Si vous n'y avez pas encore goûté, ça va changer votre vie. C'est ma petite faiblesse. Voilà, vous savez tout.

— Non, merci.

— Veuillez accepter mes excuses, mais j'ai eu des ennuis avec quelques-uns de mes employés.

— C'est ce qui vous est arrivé ? Un employé vous a agressé ?

— Une grenade à fragmentation, si vous voulez savoir.

— Mais vous êtes un civil.

— En théorie, oui. Mais en général, les civils restent loin des grenades.

J'avais rangé le Ruger dans le holster fixé à ma cheville et je lui avais restitué son Glock.

— Vous l'avez trouvé ? m'a demandé doucement Granger.

— Non. Il y a quelques heures, je pensais encore qu'il était mort.

— Je ne faisais pas allusion à votre frère, mais au Seigneur. Vous L'avez trouvé ?

— Non, j'étais très occupé ces temps-ci, ai-je répliqué, un peu décontenancé.

— Jésus n'est jamais trop occupé pour s'intéresser à nous. Alors, nous aussi, nous devons être disponibles.

— Je m'en souviendrai.

Granger m'a désigné son visage, puis ses genoux.

— Il m'a détruit.

— Mais pourquoi ?

Un bref silence.

— Vous me demandez pourquoi on m'a agressé ?

— Oui.

— À une époque pas si lointaine, les soldats sous contrat étaient en dehors des lois, vous êtes au courant.

— Disons plutôt au-dessus des lois.

— Non, en dehors, vraiment. Ils n'étaient encadrés ni par le code militaire ni par la législation civile.

— Une faille bien commode. Du coup, vos gars en ont profité pour jouer aux cow-boys. On tire d'abord et on pose les questions après. On dégomme qui on veut.

— Certains ont agi ainsi, effectivement. Mais seulement une poignée.

— Mais vous, vous avez compris que pour continuer à traiter avec le gouvernement, il fallait éjecter les indésirables.

— C'est la pénible vérité, Nick.

— Le prix à payer pour que les affaires roulent.

— Je ne prétendrai pas le contraire. Et les hommes m'accusent de les avoir sacrifiés.

— À qui d'autre pourraient-ils s'en prendre ?

— Ce n'est plus moi qui décide. Je ne fais plus que de la figuration, et encore.

— Parce que vous avez été absorbé par une société plus importante ? Gifford Industries ?

Il n'a pas répondu.

— Qui est le responsable, dans ce cas ? Leland Gifford ?

Ses prunelles floues d'aveugle se sont tournées vers moi.

— Vous ne savez donc pas ?

— Qu'est-ce que je devrais savoir ?

— Ce qu'a fait votre frère.

— Si, bien sûr, me suis-je impatienté. Roger a tenté de vous extorquer de fortes sommes d'argent. Il a menacé de révéler que vous aviez corrompu des gens du Pentagone.

— Cette histoire n'est qu'une couverture.

— Et votre couverture à vous, qu'est-ce que c'est ? Que mon frère a détourné des fonds appartenant à la société ?

— Non, a corrigé Granger. Votre frère n'a pas volé quoi que ce soit à la compagnie. Vous n'y êtes pas du tout. C'est la compagnie tout entière qu'il a volée.

97

Allen Granger a mis à ma disposition son Gulfstream 100 et l'un de ses meilleurs pilotes.

J'ai pris l'avion jusqu'à New York.

Et là, tandis que je traversais Lexington Avenue, je me demandais bien ce qui m'attendait.

La façade surchargée du Graystone Building n'avait pas du tout changé depuis mon enfance. Elle ressemblait toujours autant à un temple babylonien. Le splendide hall, en revanche, s'était beaucoup détérioré. La fresque de Prométhée volant le feu s'était écaillée et décolorée, mais deux peintres avaient déjà entrepris une minutieuse restauration, perchés sur des échelles. D'autres artisans étaient en train de retoucher les plafonds Art déco, et l'un des ascenseurs était en réparation.

Les portes des ascenseurs, par contre, brillaient du même éclat cuivré qu'autrefois, et il flottait dans la cabine l'odeur du vieux cuir et du métal de la machinerie. Elle s'élevait toujours lentement et sans heurts, dans un concert de cliquetis rassurants.

Aussi incroyable que ça puisse paraître, le dernier étage conservait le parfum du tabac à pipe de mon père.

Les ouvriers étaient encore plus nombreux là-haut,

occupés à frotter le sol en granit, à remplacer les dalles fendues et à rafraîchir les peintures. Un jour, j'étais tombé sur un article du *New York Times* qui décrivait le déclin du Graystone Building : le taux d'occupation était tombé au-dessous des quarante pour cent, et les propriétaires cherchaient à vendre depuis des années.

Apparemment, ils venaient de trouver un acquéreur.

Deux charpentiers, chargés de la réfection des lambris en acajou autour des ascenseurs, m'ont jeté un coup d'œil indifférent. Je me suis approché tout doucement du grand bureau d'angle.

Justement, une femme en sortait. Une grande blonde séduisante. Pas mal du tout. Beaucoup plus jolie que sur les photos envoyées par Dorothy sur mon téléphone portable. Je l'ai saluée de la tête, mais elle m'a ignoré.

Sans ses meubles et ses tapis, son parquet en chêne recouvert d'une bâche, le bureau semblait encore plus immense que dans mon souvenir.

Un flot de lumière entrait par les baies vitrées et il contemplait Manhattan, debout face à la fenêtre. Les bras écartés, il appuyait les paumes de ses mains contre le vitrage. Se rappelait-il que papa prenait parfois cette posture, dans le temps ?

Il avait dû m'entendre venir, car il a tourné lentement la tête. Un sursaut quasiment imperceptible, que seul un frère pouvait remarquer.

— Salut, Peau-Rouge, a dit Roger.

98

Je me suis dispensé de répondre.

Je me suis avancé vers lui, bras ouverts, et quand il a voulu me donner l'accolade, je lui ai balancé mon poing dans l'estomac.

Roger s'est plié en deux, et ses lunettes ont volé. Il est resté penché une minute, hoquetant et pressant une main sur son ventre, puis il a réussi à se redresser, chancelant et congestionné.

— Ce n'est pas digne d'un frère, Nick.

— Ah bon ?

Il a fait quelques pas mal assurés pour aller ramasser ses lunettes.

— La vue est magnifique, ai-je commenté. J'avais oublié à quel point.

— J'ai toujours pensé que c'était le meilleur point de vue de la ville.

— Tu as un bail pour tout l'étage, comme papa ?

— En fait, Nick, c'est moi le propriétaire de tout l'immeuble. (Le ton était posé, mais plein de fierté.) Un prix intéressant, le vendeur était très motivé.

— Super.

— C'est Lauren qui t'a indiqué où me trouver ?

— Ne t'inquiète pas, Lauren a veillé à protéger tes

manœuvres avec bien plus de soin que tu ne le mérites. C'est par Candi que je me suis procuré ton adresse. Candi Dupont. Ou Margaret, si tu préfères.

Tout d'abord, il n'a pas su comment réagir, la tête inclinée de côté, dans l'attitude de scepticisme que je lui connaissais si bien.

— Oh, elle ne me l'a pas donnée elle-même. Je l'aie eue par son téléphone portable. Dont j'ai trouvé le numéro sur ta messagerie très spéciale.

— Quoi ?

— Les adresses secrètes grâce auxquelles vous vous donniez rendez-vous.

— Je croyais avoir effacé tout ça.

— Quelquefois, c'est bien agréable d'être sous-estimé.

— Tu es fort, est-il convenu avec un rire bref. Et après ? Une fois que tu as trouvé son numéro, tu as utilisé un de tes trucs de détective pour localiser ses appels ? Notamment cet immeuble ?

— Un truc, en effet. Un tour de magie.

La puce GPS contenue dans le mobile de Candi Dupont, alias Margaret Desmond, nous avait indiqué à cinquante mètres près le lieu de ses appels téléphoniques. Ce qui m'avait rapidement fourni l'adresse du Graystone.

— En réalité, j'ai hésité sur le premier endroit où me rendre : notre ancienne maison de Bedford, ou ici même. Elle avait téléphoné depuis les deux endroits. J'ai été surpris que la résidence de Bedford soit déjà en vente. Il me semblait qu'un trader l'avait achetée il y a deux ou trois ans.

— Les traders n'ont plus la cote, actuellement. Et puis, tout le monde a un prix.

J'ai hoché la tête en souriant. *Tu es bien placé pour en parler, grand frère.*

— Et c'est parfois la famille qui paie.

— Gabe et Lauren ne seront pas à plaindre, fais-moi confiance. Ils ne vont pas vraiment tomber dans l'indigence.

— C'est son dédommagement, alors ? Le règlement du divorce ? Tu la remercies pour son aide ?

— Non, ce n'est pas ça. Je l'aime encore.

— Trop touchant. Tu as l'art de savoir exprimer tes sentiments. Papa, au moins, n'a pas fait tabasser maman avant de ficher le camp.

— Arrête un peu, Nick. Tu n'imagines quand même pas que j'aurais embauché quelqu'un pour lui fracasser le crâne ? Pour qui tu me prends ?

— Je pense que ma réponse ne te ferait pas plaisir.

— Le type était censé la mettre KO, rien de plus.

— Elle a failli mourir, tu sais. Et ensuite, grâce à toi, Koblenz lui a envoyé un de ses sbires. Pour qu'il la tue. Et il a bien failli réussir.

Roger a baissé la tête, en proie à une honte soudaine.

— Dieu merci, tout s'est bien terminé pour elle.

— Peut-être, mais pas pour Gabe. Toutes les épreuves que tu lui as fait subir, ces deux semaines, ça laissera forcément des traces. Même si tu t'en fiches éperdument.

— Bien sûr que non. J'aime toujours le petit. Et j'aime Lauren.

— Quel homme !

— J'ai agi comme il le fallait. Pour les protéger.

— Non. Tout ce que tu voulais, c'était mener à bien la plus grosse arnaque de tous les temps. Quitte à causer quelques dommages collatéraux. Marjorie Ogonowski, par exemple, qui semblait pourtant être ta seule amie chez Gifford Industries. Tu es au courant, je suppose ?

J'ai deviné à son expression qu'il avait été informé du meurtre. *Moi aussi j'ai bien failli devenir un dommage collatéral.* C'est ce que j'ai pensé, mais jamais je ne lui aurais donné la satisfaction de me l'entendre dire à haute voix.

— Bien. Je présume qu'on ne peut pas faire d'omelette sans casser d'œufs. Je n'avais pas d'autre solution.

— Et par conséquent, tu as mis en scène la plus formidable disparition de l'histoire. Avec le concours de quelques types recrutés chez Paladin, à l'époque où tu finalisais le rachat. Bien joué.

— Je dois avouer, Nick, que tu m'as beaucoup déçu. J'étais convaincu que tu identifierais mon « ravisseur » comme un employé de Paladin.

— Il nous a juste manqué un peu de temps. Mais le numéro d'immatriculation nous a suffi pour aboutir à Paladin. C'était bien le but recherché, non ?

Évidemment, ils avaient substitué à la plaque celle d'un véhicule de Paladin Worldwide. Et ils comptaient bien que moi ou un autre repère la caméra de la station-service et fasse le rapprochement.

— Je suis quand même étonné que tu te sois fié à ces gens de chez Paladin.

— Ils sont tous à vendre. Tu vois bien pour qui ils travaillent. Celui qui signe les chèques a droit à leur loyauté.

— Et pour ton numéro final, tu as fait voler un corps à la morgue. Sans te soucier du traumatisme que tu provoquerais chez ton fils.

Une expression de chagrin a crispé son visage.

— C'était fâcheux, mais néanmoins indispensable.

— Tout ça pour convaincre Gifford et Paladin que tu étais mort ? Pour être tranquille pendant que tu organisais le hold-up de la compagnie ?

— Pas seulement. Je cherchais aussi à protéger Gabe et Lauren.

— Que tu avais commencé par mettre en danger.

Roger a ignoré ma remarque.

— Quand Paladin a fait pression sur Lauren, je n'ai plus eu le choix. Elle a paniqué, elle était sur le point d'abandonner. J'ai cru qu'elle allait me laisser tomber. Tu sais, c'est une mère avant tout.

— Tu ne vas pas le lui reprocher ? ai-je répliqué sèchement.

— Nick, tu connais certainement l'histoire de cette famille qui se cache des nazis ? Ils se sont réfugiés au sous-sol, ou sous un plancher, je ne sais plus. Les parents, deux enfants et un bébé. Les soldats nazis sont en train de fouiller la maison…

— Oui, ai-je coupé. Le bébé se met à pleurer, et la mère plaque une main sur sa bouche pour le faire taire. Elle étouffe son propre enfant. Il devient tout flasque dans ses bras.

— C'est ça. Elle tue son propre bébé pour sauver le reste de la famille. C'est dur, et ça a dû la poursuivre toute sa vie. Mais avait-elle vraiment le choix ? La vie d'un minuscule bébé valait-elle plus que celle d'une famille entière ?

— Qu'est-ce que tu cherches à démontrer ?

— Quoi que Lauren et Gabe aient eu à endurer, c'était pour leur propre sécurité.

— Leur sécurité ? Pas du tout. Leur rôle était de semer des petits cailloux.

— Pardon ?

— Ou des miettes de pain, comme tu voudras. Ils devaient me mettre sur une fausse piste.

— Pas toi, en fait. Plutôt les flics et le FBI. J'étais loin de souhaiter que Lauren sollicite ton aide. C'est Gabe qui a pris l'initiative.

— Désolé d'avoir fait foirer tes plans.

— Mais non, tu te trompes. Si ce n'avait pas été toi, quelqu'un d'autre s'en serait chargé. Tu vois, créer une diversion est l'élément crucial d'un tour de magie. Tu ne l'as pas encore compris ?

J'ai repensé à l'histoire qu'avaient racontée Victor et Lauren, comme quoi Roger tentait de faire chanter Paladin – ce qui était sûrement un mensonge. Il ne comptait pas se satisfaire de dix petits millions de dollars. Et tout ça était juste assez bien caché pour m'obliger à fouiller. L'affaire paraissait cohérente. J'ai pensé aussi à ces milliards en cash volatilisés que Stoddard m'avait demandé de rechercher, ce qui m'avait conduit à Carl Koblenz. Encore une invention de Roger, à n'en pas douter, dont la finalité était de brouiller les pistes et de me mener vers Paladin. Mais pour quelle raison ? Pour les neutraliser ? Pour leur mettre la pression ? C'était une question que je n'avais toujours pas élucidée.

— C'est donc toi qui as soudoyé le type de la compagnie de transport. Pour qu'il vole le conteneur. Tu savais que Paladin l'avait acheminé par avion.

Il a penché la tête d'un air modeste.

— Et tu lui as donné le numéro de Koblenz, à n'utiliser qu'en cas d'urgence.

Roger s'est mis à rire.

— Je me demande quelle tête aurait fait Koblenz si ce bonhomme l'avait contacté.

— Et si Stoddard avait affecté quelqu'un d'autre que moi sur cette mission ?

— Il n'avait aucune raison de le faire. Leland Gifford t'avait nommément réclamé. (Roger m'a adressé un clin d'œil, et j'ai compris que c'était Lauren elle-même qui avait présenté la requête, au nom de son chef.) Je savais que mon petit frère ne manquerait pas de me protéger. Comme d'habitude. C'est ça, la famille. Même devenu adulte, on continue de jouer le même rôle.

— Et le tien a toujours été celui du mini-moi de papa. Est-ce qu'il a tiré les ficelles depuis sa cellule ? La plus belle escroquerie de toute sa carrière ? Il voulait récupérer son empire, c'est ça ? C'est lui qui a monté cette combine ?

— Nick, tu as une bien mauvaise opinion de moi.

— Non. Tu as toujours vu papa tel qu'il était.

— On ne peut pas être désenchanté quand on n'a jamais eu d'illusions.

— Quand même, tu n'aurais jamais réussi sans son aide.

— Sûrement que non, a admis Roger. Je suis bien renseigné sur la finance off-shore, mais lui maîtrise en profondeur tous les rouages. Sa propre firme était structurée exactement comme Gifford Industries, tu comprends. Des entreprises familiales, contrôlées dans les deux cas par des entités off-shore. Pour des questions d'impôts et de responsabilité, essentiellement.

— Je vois. Tu as donc persuadé Leland Gifford de restructurer sa société suite à l'acquisition de Paladin.

— Tu as suivi des cours du soir, Nick ? Ce que tu dis est juste. J'ai expliqué à Gifford qu'il avait intérêt à créer un écran supplémentaire pour se mettre à l'abri des problèmes de responsabilité. Il était au courant pour les pots-de-vin que Paladin distribuait au Pentagone. Il a eu l'intelligence de comprendre que le vent tournait, et qu'avec un nouveau président à la Maison Blanche, il risquait de porter le chapeau. S'il ne prenait pas ses précautions, il s'exposait à devoir comparaître devant le Congrès, voire à écoper d'une peine de prison. Il a donc suivi mes conseils. Et il a transféré momentanément la propriété réelle.

— Tu veux dire le titre de propriété de l'ensemble de Gifford Industries. Y compris sa nouvelle filiale, Paladin, puisque Gifford est une société non cotée. Je me trompe ?

— Et moi qui croyais que tu ne t'intéressais pas à la finance.

— Oh, le strict minimum, tu sais. Juste assez pour coincer les cons.

— Suffisamment pour devenir dangereux, hein ?

— Je pense que oui, Roger. Tu as été forcé de disparaître en attendant que ce transfert devienne définitif. Que la période d'attente obligatoire soit écoulée.

— Et dire qu'on m'a toujours pris pour le plus malin des deux !

Pour un peu, j'aurais lu de l'admiration dans son sourire.

— Mais pour mettre tout ça en place, tu avais besoin de la RaptorCard. Il ne suffisait pas d'avoir ton nom sur les papiers. Il te fallait en plus transférer les fonds de la société sur tes comptes personnels, je suppose. C'est pour ça que tu tenais à ce que je cambriole les locaux de Paladin.

— Pas tout à fait. Tu as été à deux doigts de tout faire rater.

— Toutes mes excuses. Qu'est-ce que j'ai donc fait ?

— J'ai donné un gros paquet de fric à la secrétaire de Koblenz pour qu'elle vole la carte dans son coffre-fort. Tu as tout compliqué en la fauchant toi-même. Ça m'a obligé à improviser la suite.

— Félicitations.

Cette fois j'étais sincère. J'ai continué à guider ses confessions :

— Il reste une chose que je n'ai pas résolue. Ce simulacre d'échange – toi contre la RaptorCard –, qu'est-ce qui te garantissait que j'avais réellement la carte ?

Roger n'a hésité qu'un court instant.

— Koblenz.

— Je vois.

Le mensonge était transparent, mais je ne me suis pas obstiné. Je connaissais la vérité.

— Alors, tu as eu ta revanche, au bout du compte ?

— Qu'est-ce que tu veux dire ?

— Leland Gifford ne t'a jamais montré un grand respect. Tu n'as pas obtenu de promotion. Je présume que tu t'es hissé au poste que tu mérites ? Et Gifford, qu'est-ce qu'il va devenir, dans tout ça ? Tu as prévu de le mettre au rancart dans une maison de retraite ? ou de lui verser une pension mensuelle ?

— Ne te tracasse pas pour Leland Gifford. Il a reçu des indemnités confortables. Il va se retirer avec une jolie fortune. Mais je le garde quand même en réserve. Pour les choses pratiques, il est meilleur que moi.

— Il se gardera bien de parler, n'est-ce pas ? Il n'a rien à y gagner.

— Tu as tout compris. Si on dévoile cette affaire de pots-de-vin avec le Pentagone, autant dire que c'est la fin d'une collaboration juteuse. Le Pentagone se verra forcé d'annuler tous les contrats, et Paladin ne vaudra plus rien. Gifford ne veut pas qu'un investissement de plusieurs milliards se transforme en gouffre financier. Il préfère gagner un peu que tout perdre. Tout le monde y trouve son compte.

— Tu me parais bien serein, ai-je observé. Détendu et sûr de ton coup. Tu te crois sincèrement en sécurité ?

— Qui va me poursuivre, dis-moi ? Gifford ? Granger ? Koblenz ? Désormais, ils sont tous sous mes ordres.

— Va raconter ça à Allen Granger. Il vit dans la terreur de ses propres employés.

— C'est pour cette raison que je le garde. J'aime mieux qu'ils le prennent pour leur chef. Il y a de vrais dingos parmi ces anciens militaires.

— J'en suis un, moi aussi. Ne l'oublie pas.

— Mais toi tu n'es pas cinglé.

— Certains ne partageraient pas ton opinion. En tout cas, souviens-toi que la colère peut nuire à la rationalité. Et tu t'es fait un tas d'ennemis.

— Quelque chose me dit que tu en fais partie.

J'ai haussé les épaules sans répondre.

— Qu'est-ce que tu as l'intention de faire ? Supprimer ton propre frère ?

J'ai attendu juste assez pour le rendre nerveux.

— Non, je ne ferais jamais une chose pareille. Mais la justice risque de te considérer comme un voleur. Ou même comme un criminel. Ça a l'air délirant, mais c'est la vérité.

— Je ne vois pas qui pourrait m'accuser. Leland Gifford ? Il n'a pas la moindre envie de finir en prison. C'est lui qui aurait à répondre devant la loi de tous les bakchichs versés par Paladin. Grâce à mon audit préalable, il ne pouvait pas les ignorer. J'ai bien pris soin de l'en informer.

J'ai touché discrètement le mobile rangé dans ma poche, puis j'ai levé les yeux vers Roger.

— Et malgré tes vérifications préalables, tu as confié l'ensemble de ton empire financier à une banque off-shore miteuse ? Franchement, Roger, c'était on ne peut plus casse-gueule. Tu n'imagines pas à quel point ces paradis fiscaux sont fragiles face aux pressions du gouvernement américain. Pense un peu à Nauru.

Roger n'avait jamais supporté que je lui en remontre sur un sujet ou un autre.

— Vraiment ? Tu tiens la Barclay et la BVI pour des banques minables ? Allons, petit frère, tu sais bien que je ne choisis que le meilleur.

— La Barclay des îles Vierges britanniques ? À Tortola, non ? D'accord, je t'avais sous-estimé.

— Tu sais, Nick, a-t-il déclaré en souriant, un philosophe de l'antiquité chinoise a dit un jour qu'une bataille était déjà gagnée ou perdue avant d'être livrée.

— J'ai déjà entendu ça, en effet. Dis-moi, Roger, tu en sais long sur la guerre ?

— Seulement en théorie. Et juste assez pour être dangereux. Tu as terminé, petit frère ? Parce que je croule sous le travail, tu vois. J'ai une téléconférence au programme, et les téléphones ne sont pas encore branchés.

— Presque. Attends une seconde.

J'ai sorti mon Blackberry et j'ai demandé :

— Tu peux répéter ?

— Répéter quoi ? a-t-il fait, dérouté.

— Désolé, je parlais dans mon téléphone.

Le mobile caché dans ma poche transmettait depuis le début notre conversation à Dorothy. Il ne lui a fallu que quelques secondes pour trouver le code SWIFT de la Barclay des îles Vierges britanniques. Elle me l'a dicté lentement et je l'ai entré sur la messagerie de mon Blackberry.

J'ai toujours détesté les oreillettes Bluetooth qui vous donnent l'allure d'un figurant de *Star Trek*, mais celle que je portais ce jour-là n'était pas standard.

Merlin m'avait remis un modèle miniature, et Roger ne l'avait pas remarquée.

Je me suis de nouveau adressé à Roger, soulevant mon Blackberry en souriant.

— L'avantage d'une RaptorCard, c'est qu'on peut très facilement créer une porte dérobée, quand on a quelques notions. J'ai reçu une copie de toutes les transactions que tu as effectuées. Ici.

Roger ne savait pas quel parti prendre, tiraillé entre le scepticisme et l'inquiétude.

— C'est ça, a-t-il rétorqué. Comme si tu connaissais la procédure !

— Moi non, effectivement. Je parlais d'une de mes collègues. Ça peut servir, les amis. Maintenant, regarde bien. Je n'ai rien dans ma manche.

— Qu'est-ce qui te prend ? (Une note d'affolement perçait dans sa voix. Lentement, il a contourné le bureau pour me rejoindre.) Où est le problème ? Ça te gêne, que j'aie fait ce que tu n'as pas eu le cran de faire ?

— Chut ! On n'interrompt jamais un magicien pendant son numéro.

— Tu as bien compris que j'étais décidé à tout partager avec toi, n'est-ce pas ?

— Regarde-moi : je clique sur cette banale touche d'un Blackberry ordinaire, et par la magie d'Internet, toutes tes opérations informatiques sont transmises au FinCen. L'organe du Trésor chargé de lutter contre les délits financiers.

Roger s'est jeté sur moi en vociférant :

— Tu es un Heller ! C'est le genre de vie qui nous était destiné !

J'ai esquivé l'attaque.

— Abracadabra !

Et, avec un grand geste théâtral tout à fait superflu, j'ai appuyé sur ENVOI.

Sans daigner lui accorder un dernier regard, je me suis empressé de quitter le bureau. Je lui ai quand même lancé une ultime boutade :

— Si on te laisse le choix, demande Altamont. Papa sera content d'avoir de la compagnie. Vous pourrez peut-être travailler ensemble à la blanchisserie.

Sur ces mots, je suis allé ouvrir la porte aux agents du FBI.

99

Quelques jours plus tard, je suis passé chercher le reste de mes affaires chez Lauren, à une heure où je croyais trouver la maison vide. J'avais pensé que ce serait mieux pour tout le monde si on ne se croisait pas et s'ils constataient simplement que j'avais débarrassé ma chambre. Pas de scène, pas d'embrouille.

J'avais oublié un détail : le fonctionnement des écoles privées. Plus les frais sont élevés, plus l'année scolaire est courte, si bien que Gabe était déjà en vacances. Il écoutait de la musique dans sa chambre, pendant que Lauren tapait sur son ordinateur. Elle non plus, je ne m'attendais pas à ce qu'elle soit à la maison.

Tant pis. En définitive nous avions un tas de choses à aborder ensemble. Elle m'a raconté qu'elle avait demandé un congé de longue durée. Celui qu'elle aurait dû prendre après l'agression. Elle a fait remarquer d'un air pensif :

— Pour la première fois depuis une éternité, je suis obligée de travailler pour gagner ma vie.

Je me suis dit alors que j'aurais peut-être dû ficher la paix à Roger, ce qui aurait permis à Gabe et à Lauren de toucher leur part du butin. C'était du moins ce qu'il prétendait. Mais d'un autre côté, ils n'auraient jamais été tranquilles – on ne se tire pas indemne d'une situation comme celle-là.

De toute façon, je suis contre ce genre de pratiques. Question de karma, peut-être. Je sais trop ce que c'est de profiter d'un argent sale. Et pour finir, je dois avouer que je me sentais assez satisfait d'avoir agi comme il fallait.

— Tu as commencé à chercher un nouvel emploi ?

Lauren m'a lancé un regard surpris.

— Je ne compte pas me séparer de Leland ! Pourquoi est-ce que je ferais ça ?

— Il acceptera que tu reviennes ?

— Quelle drôle de question !

J'ai ressenti un pincement de tristesse. Lauren était toujours dans la dissimulation.

— Lauren…

— Lee ne fait pas rejaillir sur moi les torts de Roger. Ce ne serait pas juste.

— Tu veux dire qu'il n'est toujours pas au courant. Enfin une chose à mettre au crédit de mon frère. Il s'est servi de toi, mais il t'a bien protégée.

— Comment ça, protégée ?

— Il aurait pu te dénoncer après son arrestation, mais il n'en a rien fait. Je doute qu'il le fasse un jour, d'ailleurs.

— Je ne vois pas ce qu'il y a à dénoncer.

— Eh bien, le rôle que tu as joué dans cette histoire. Allons, Lauren, je t'en prie !

— Mais de quoi tu parles ?

J'avais surévalué mes aptitudes à déchiffrer autrui. Apprendre à lire en elle m'avait pris beaucoup trop de temps. L'amour que je leur portais, à elle et à son fils, avait peut-être émoussé mon acuité.

— Pour commencer, Roger n'aurait jamais pu s'emparer des biens de Gifford Industries sans la RaptorCard. Et une seule personne a pu lui révéler que je l'avais en ma possession : toi.

Son regard demeurait opaque, indéchiffrable.

— Je t'ai raconté qu'il m'avait appelée. Il m'a laissé un message, avec un numéro secret à contacter. Il voulait s'assurer que l'opération se déroulerait sans anicroches. Alors je lui ai dit la vérité, en effet.

— Bon. Mais je n'ai pas terminé.

— De quoi est-ce que tu m'accuses ? a-t-elle répliqué, piquée au vif.

— Je ne vais pas te balancer, rassure-toi. Quel intérêt ? Mais j'en veux à mon frère de t'avoir entraînée là-dedans.

— Il ne m'a pas « entraînée »…

— Ne te fatigue pas, Lauren. Leland ne faisait pas confiance à Roger, il ne l'appréciait pas. Il n'aurait jamais accepté l'idée de monter une holding et de désigner Roger comme l'unique propriétaire temporaire, si tu ne l'y avais pas poussé.

Elle a nié d'un signe de tête, mais j'ai bien vu qu'elle tiquait. Je n'ai pas abandonné pour autant :

— Je sais que tu as demandé à Dorothy comment accéder à un Blackberry protégé par un mot de passe. Sous prétexte que tu cherchais à m'aider en entrant dans sa messagerie. Naturellement, tu t'es bien gardée de m'en parler.

— Je ne te l'ai pas dit ? a-t-elle fait sans conviction.

— Non, bien sûr que non. Puisque c'était un mensonge. Tu n'essayais pas de retrouver Roger, tu expédiais des mails au nom de Leland Gifford. Tu as écrit à une banque des îles Caïmans pour autoriser un transfert de fonds, et tu as aussi envoyé les informations qu'elle réclamait. Je suppose que tu t'es arrangée pour effacer toutes les traces de cette correspondance, de manière à ce que Gifford ne remarque rien.

— Nick…

— Roger avait besoin d'un complice dans le bureau du PDG, c'était la condition du succès.

Lauren a détourné le regard.

— Ah, et tu t'es également débrouillée pour que Stoddard m'attribue cette affaire de cargaison disparue. Le milliard en liquide. C'est Roger lui-même qui a organisé le vol. Encore un petit caillou pour m'amener vers Paladin.

L'expression de son visage m'a conforté dans mon opinion. Lauren avait envoyé un mail à Stoddard sous le nom de Leland Gifford, pour être bien certaine qu'il me confierait la mission.

— Je n'aime pas beaucoup tes insinuations. Tu ne penses quand même pas que je mettrais la vie de Gabe en danger pour une histoire d'argent ?

— Non, je ne le pense pas. Je suis bien convaincue que l'idée n'est pas venue de toi.

— Bien sûr que non ! Tout ce que tu peux me reprocher, c'est ma naïveté ! J'avais confiance en lui. Quand il m'a annoncé qu'il devait disparaître pour garantir notre sécurité, je l'ai cru. Et à partir de là les choses ont dérapé, Paladin s'est mis à nous menacer…

— Je sais. À ce moment-là, Roger a pris le risque de te contacter. Afin de vérifier que tu ne t'écartais pas du programme.

Une unique larme a glissé le long de sa joue gauche, traçant une parfaite ligne droite.

— Il m'a dit qu'ils le tueraient si je n'obéissais pas, que c'était le seul moyen de le sauver et de protéger Gabe. Il s'est servi de moi, il m'a manipulée.

— Je comprends, il est très doué pour ça.

— Sa relation avec Gabe est terminée. Il a tout gâché.

— Il ne mérite pas Gabe, de toute façon.

— Tu as raison.

— Ça m'étonnerait qu'il lui rende visite en prison. Tu vois à quelle fréquence je vais voir mon père.

Elle a acquiescé tristement.

— Et toi, Nick, qu'est-ce que tu vas faire ?

— Je vais y réfléchir.

— Tu envisages de déménager ?

— Possible, je vais voir. Comme tu le sais, je n'ai jamais aimé Washington.

— J'espère que tu ne vas pas partir. Gabe en souffrirait beaucoup.

— Et moi aussi.

— Alors, ne t'en va pas. Ne quitte pas la ville.

— Je trouverai une solution, je ne me fais pas de souci.

— Tu ne t'inquiètes jamais, c'est ça ?

— Bien sûr que si. En permanence. Mais j'ai horreur de le montrer.

Avant de partir, j'ai emmené Gabe faire le tour du pâté de maisons. Le chemin était ombragé par les chênes centenaires, dont les feuilles tachetées de lumière s'agitaient doucement sous le vent. Gabe portait un short noir, ses Converse Chuck Taylor et un T-shirt rouge Full Bleed marqué d'une empreinte digitale blanche.

— Putain, tu te rends comptes ? Papa a demandé à maman si j'irais le voir en prison.

— Tu n'en as pas envie ?

— Tu rigoles, ou quoi ? Je lui ai dit que je ne voulais plus jamais le revoir.

— Il t'aime, ne l'oublie pas. Il a peut-être de gros défauts, mais il t'aime.

— Et alors ? Je m'en contrefous ! Il trompe maman, il nous raconte des bobards et ensuite il manque de nous faire tuer ! En plus, maman n'aura plus les moyens de m'inscrire à Saint Gregory.

— Je pensais que tu détestais cette école.

— J'ai jamais dit ça.

J'ai préféré laisser tomber. Une dispute ne me disait rien du tout.

— Et on ne touche même pas un sou sur tout ce qu'il a volé. Si tu ne l'avais pas fait arrêter, on serait riches.

— C'est exact, je te comprends. Parfois, la justice craint vraiment.

Il m'a jeté un regard assassin.

— C'est comme dans Batman, tu vois.

— Quoi ?

— Réfléchis une minute. Le Batman actuel est un justicier rongé par l'angoisse, d'accord ? Sombre, mélancolique, tourmenté. Habité par ses démons intérieurs.

Il m'a regardé d'un air surpris.

— Tu as lu *The Dark Knight Returns* ?

— Non, j'ai juste vu les films. Quand j'étais petit, par contre, Batman était le plus cool des super-héros. Le Chevalier à la cape. C'était Bruce Wayne le milliardaire, avec sa Batcave et sa Batmobile, et il arrivait toujours à sauver Gotham City du Joker ou du Riddler. Il gagnait à chaque fois, tu comprends. Les sales types finissaient à tous les coups derrière les barreaux.

— C'est seulement vrai pour la série télé, ce que tu dis là.

— Ce que je cherche à démontrer, c'est que dans la vraie vie, la justice est un peu plus complexe que ça. Plus proche du côté sombre de Batman, si tu veux.

— Complètement faux. Batman a été dès l'origine un personnage tragique. Les parents de Bruce Wayne ont été tués pendant un braquage, et il a juré solennellement sur leur tombe de débarrasser la ville de la criminalité.

— Bon, d'accord. (Ce n'était pas très prudent de discuter comics avec Gabe.) Ce que j'essaie de t'expliquer, c'est que la voie la plus juste n'est pas toujours la plus facile.

— Tu en as d'autres, des sermons comme celui-là ?

— Un peu de respect envers les adultes, s'il te plaît ! ai-je répliqué d'un air sévère.

— OK, ça marche.

Nous avons échangé un sourire.

Tout ça commençait à me dépasser, et j'ai préféré orienter la conversation sur les projets de Gabe. Il n'avait rien prévu pour l'été, sinon achever son roman graphique. De retour dans l'allée de la maison, nous nous sommes arrêtés devant ma Defender.

J'avais payé un des employés de Granger pour qu'il aille la récupérer dans les bois, là-bas en Georgie, et qu'il me la ramène à Washington. Il l'avait fait laver et astiquer avant de me la rendre, et la carrosserie vert militaire étincelait. Ce qui ne faisait que rendre plus voyante la rayure blanche du côté conducteur.

— C'est quoi, ça ? a demandé Gabe en passant le doigt sur la marque.

— Un connard a dû la racler avec sa clé.

— C'est emmerdant.

— Dans l'immédiat, ce n'est pas mon principal souci.

L'espace d'une minute, Gabe a eu l'air gêné, comme s'il avait une question à aborder.

— Qu'est-ce qui se passe ?

— Comment ça se fait que tu partes ?

— J'ai un appartement à moi, tu sais.

— Que tu quittes Washington, je veux dire. Je t'ai entendu en parler à maman.

— Je ne suis pas encore décidé. Il se peut que je retourne à Boston.

— Alors comme ça, tu déménages, et on se reverra plus ?

— Au contraire, tu vas m'avoir sur le dos beaucoup plus souvent.

Gabe m'a souri à nouveau. Quand il voulait bien le montrer, il avait un sourire magnifique, complètement irrésistible. Le même que sa mère.

— Tu peux toujours courir mais tu n'arriveras pas à te cacher, oncle Nick.

— Ne t'en fais pas. Tu ne vas pas te débarrasser de moi comme ça.

REMERCIEMENTS

Je voudrais exprimer toute ma reconnaissance envers les gens qui ont généreusement offert leur temps pour me faire paraître plus futé que je ne le suis. Mentions spéciales pour le lieutenant Robert « Buzz » Glover de la division des opérations spéciales de la police de Washingon, D.C., qui m'a apporté une aide inestimable en me renseignant sur le fonctionnement des services de police de la région ; et pour deux enquêteurs privés d'une grande sagacité, qui m'ont permis de construire le personnage de Nick Heller : mon vieil ami Harry « Skip » Brandon et Terry Lenzner.

Une fois de plus, Dick Rogers – une légende du FBI qui dirigeait l'équipe de récupération des otages – a apporté une contribution formidable en chorégraphiant avec moi les scènes d'action les plus compliquées et en s'assurant de leur cohérence. Merci également au moniteur d'arts martiaux de Nick, Jack Hoban.

Kevin Murray, consultant en contre-espionnage électronique, m'a informé de ce qui se faisait de mieux en matière de technologies de surveillance. Bill Spellings m'a fait un cours sur les techniques de contre-espionnage électronique, tandis que Mark Spencer et Simson Garfinkel m'initiaient avec beaucoup de clarté à la technologie complexe de l'analyse informatique et de la récupération de données.

Merci à mes experts en sécurité, parmi lesquels Jeff Dingle et Roland Cloutier, qui m'a suggéré certaines astuces innovantes sur téléphone portable. Dave Wade m'a éclairé sur la localisation des mobiles, Jerry Richards sur les arcanes de la surveillance vidéo et les possibilités de manipulation. Jack McGeorge, mon spécialiste habituel des explosifs, a été cette fois encore présent à l'appel. J'ai aussi profité des conseils de Christopher Morgan-Jones, ancien de Kroll, et de Gene Smith, de chez Smith Brandon.

J'ai une dette particulière envers mes amis d'ASTAR Air Cargo, que j'ai sollicités pour la scène de l'aéroport avec Nick. Merci à Travis Hall, Martin Godley, Rob Miller, Ron Long, Tom Halpin, Dominick Deleto, Jason Stupp et le directeur financier Steven Rossum.

Pam Buote, assistante du PDG d'EMC Corporation, m'a expliqué la nature de ses fonctions, que j'ai adaptées aux besoins de mon intrigue. Chez EMC, je remercie également le vice-président Bill Teuber, le directeur du service juridique Paul Dacier qui m'a guidé dans les labyrinthes de la loi, ainsi que Jay Shapiro et Eric Klein. Ken Vault m'a donné des tuyaux sur l'ouverture des coffres-forts.

Pour les sociétés écrans et les banques off-shore, j'ai bénéficié des conseils de Dennis Lormel de Corporate Risk International, Philip R. West de chez Steptoe et Johnson, Don Meiers de chez Miles et Stockbridge, et de Jack Blum de chez Baker Hoestetler, dont les connaissances sont encyclopédiques. Steve Aftergood, de la Federation of American Scientists, et Steve Kosiak, du Center for Strategic and Budgetary Assessments, m'ont aidé à comprendre le système des caisses noires du Pentagone. Michael Wilson de chez Integrity Partners m'a renseigné sur les questions de comptabilité, et Edward Hasbrouck m'a fait des suggestions judicieuses sur les faux documents.

Pour les sujets médicaux, je me suis adressé au Dr David Adelson et à mon frère Jonathan Finder. Pendant un voyage en avion, le hasard m'a placé près d'un pilote qui m'a donné des idées fantastiques pour mon intrigue.

Je vis à Boston, mais ce livre a pour cadre la ville de Washington. J'ai donc passé du temps à arpenter ses rues en prenant des notes. Pour plus de précision, j'ai embauché Amy Peterson et Will Dickinson, qui ont minutieusement reconstitué les déplacements de Nick, pris une foule de photos et déniché des anecdotes peu connues.

Pour créer le personnage de Gabe, j'ai interrogé John Thomsen, Austin Lang, Ben Moss et Emma Finder, même si aucun d'eux n'est un « emo » perturbé et inadapté.

Will Dennis de DC Comics et Brian Azzarello m'ont prodigué leurs conseils sur l'univers des romans graphiques.

Comme toujours, Giles McNamee de chez McNamee Lawrence a fait appel à son sens de l'intrigue pour orchestrer avec moi les coups tordus du milieu des affaires. Plus important encore, il m'a prêté sa Defender assez longtemps pour que je décide d'en faire la voiture de Nick.

Chez mon éditeur américain, St Martin's Press, je remercie John Sargent, Sally Richardson, Matthew Shear, George Witte, Matthew Baldacci, Lisa Senz, Nancy Trypuc, John Murphy, Ann Day, Ami Greko, Jeff Capshew, Brian Heller, Tom Siino, Martin Quinn, Ken Holland, Jerry Todd, et Kathleen Conn. Chez Audio Renaissance, Mary Beth Roche, Laura Wilson, Jeann-Marie Hudson, et Kristin Lang.

Chez mon éditeur anglais Headline, je remercie la formidable Vicki Mellor, Alice Shepherd, Siobhan Hooper, et tout le service Ventes Marketing. Merci également à mon redoutable agent britannique, Clare Alexander, et au responsable des droits pour l'étranger, Danny Baror.

J'ai la chance d'avoir le meilleur agent littéraire des États-Unis, Molly Friedrich, conseillère fiable et lectrice avisée. À l'agence Friedrich, Lucy Carson et Paul Cirone ont assuré la lecture des premières versions du roman. Clair Lamb a fait un gros travail sur le manuscrit et a contribué grandement à la qualité de mon site Internet, avec l'aide de Karen Louie-Jones. Claire Baldwin, mon assistante, est une collaboratrice inestimable.

Merci à mon frère Henry Finder pour nos discussions et ses corrections du manuscrit, et à Keith Kahla de St Martin's Press, qui m'a encouragé à modifier le texte jusqu'à ce qu'il soit vraiment au point.

Et pour finir, tout mon amour et toute ma gratitude à mon épouse Michele Sousa et à ma fille Emma, que je remercie pour leur affection et leur soutien. Et surtout pour leur remarquable sens de l'humour, qui me permet de garder les pieds sur terre. En général.

Découvrez le nouveau livre de Joseph Finder

Secrets enfouis

(à paraître aux éditions Albin Michel en mai 2012)

Le retour du privé Nick Heller dans un thriller bourré d'adrénaline qui vous entraîne six pieds sous terre !

Pour faire pression sur son père, un magnat de la finance, on a enlevé la jeune Alexa et on l'a enterrée vivante. Elle n'a que quelques jours à vivre. Nick Heller aura-t-il le temps de la sauver ?

1

Si ça ressemble à ça, une prison, je veux bien prendre la perpétuité.

C'est ce que pensait Alexa Marcus tout en faisant la queue avec Taylor Armstrong, sa meilleure amie, à l'entrée du bar le plus branché de Boston. Le Slammer avait pris ses quartiers dans un hôtel de luxe qui occupait les locaux d'un ancien centre de détention. Histoire de préserver l'ambiance carcérale, ils avaient gardé les barreaux aux fenêtres et la rotonde centrale bordée de coursives.

[...]

— J'adore ton smoky eye, observa Taylor en détaillant le maquillage d'Alexa. Ça te va superbien.

— Ça m'a pris une bonne heure, tu sais.

Avec ses faux cils, son eyeliner noir et son fard à paupières anthracite, elle avait tout l'air d'une tapineuse tabassée par son mac.

— Ah oui ? Moi, je fais ça en trente secondes. Mais bon,

t'es trop sexy comme ça, tu fais plus du tout BCBG de banlieue.

— N'exagère pas, quand même, papa habite à Manchester.

Elle avait failli dire « J'habite à Manchester », mais elle ne se sentait plus chez elle dans la grande maison de son enfance, pas depuis que cette intrigante de Belinda – une ancienne hôtesse de l'air – avait mis le grappin sur son père. Cela faisait quatre ans qu'Alexa était partie, depuis qu'elle avait entamé sa scolarité à Exeter.

— D'accord, j'ai rien dit, s'excusa Taylor.

[...]

— Oh, non... murmura Alexa tandis que la file se rapprochait du physionomiste.

— Ne stresse pas comme ça, Lucia.

— Lucia ?

Ah, oui. C'était le prénom qui figurait sur sa fausse carte d'identité. Alexa n'avait que dix-sept ans et Taylor dix-huit, et vu qu'une loi stupide interdisait l'alcool aux moins de vingt et un ans, Taylor lui avait acheté la carte d'une fille plus âgée.

— Regarde le physio bien en face et détends-toi. Tu es parfaite.

Taylor avait raison, évidemment. Le physio ne demanda même pas à vérifier leurs papiers. Alexa la suivit vers l'ascenseur, une de ces cabines à l'ancienne avec un cadran et une flèche pour indiquer l'étage. Les portes s'ouvrirent, et une grille en accordéon coulissa. Taylor monta avec un groupe de gens, mais Alexa marqua une hésitation : elle avait horreur des ascenseurs. Juste avant que la grille se referme, elle recula en bredouillant :

— Je préfère prendre l'escalier.

Les deux filles se retrouvèrent au quatrième et réussirent à s'emparer de deux grands fauteuils rembourrés. Une serveuse s'approcha, si peu habillée qu'on voyait la fleur tatouée sous son bras. Elles commandèrent deux vodkas Ketel One.

— Regarde les nanas au bar ! s'écria Taylor.

Des modèles vêtus de cuir noir, veste et minishort, paradaient près du bar comme si elles défilaient sur un podium. Un des jeunes du MIT fit une tentative de drague, mais Taylor l'envoya promener.

— Je te sonnerai si j'ai besoin d'un cours d'algèbre !

Alexa sentit que son amie l'observait.

— Quelque chose ne va pas ? Tu m'as l'air plutôt déprimée depuis qu'on est arrivées. Tu as besoin d'un nouveau traitement, c'est ça ?

— Non, c'est à cause de papa... Il est tellement bizarre.

— Ça, c'est pas une nouveauté.

— Peut-être, mais il est devenu complètement parano, tout d'un coup. Il a fait placer des caméras tout autour de la maison.

— Écoute, ton père est quand même le mec le plus riche de Boston, non ? Un des plus riches, en tout cas.

— Ça va, je sais, coupa Alexa. (Toute sa vie, elle avait dû jongler avec son statut de gamine friquée et minimiser sa fortune pour éviter de rendre les copains jaloux.) C'est vrai que mon père est un obsédé du contrôle, mais cette fois, c'est différent. On dirait qu'il redoute quelque chose.

— Qu'est-ce que je devrais dire, moi, avec un père sénateur ?

Taylor avait l'air mal à l'aise. Agacée, elle se tourna vers le bar pris d'assaut par la foule.

— Il me faut un autre verre. (Elle commanda à la serveuse un dirty Martini.) Et toi, tu veux quoi ?

— Rien, ça ira.

En réalité, Alexa détestait les alcools forts comme la vodka, et tout spécialement le gin. Qui pouvait avoir envie d'avaler une boisson qui avait un goût de térébenthine ?

[...]

— Je peux me joindre à vous ?

Une voix d'homme. Alexa leva les yeux. Cette fois ce n'était pas un étudiant, aucun doute là-dessus. Un brun aux yeux noirs avec une barbe de trois jours, absolument canon. Chemise noire à fines rayures, taille mince, larges épaules.

Alexa ne put s'empêcher de piquer un fard. Elle sourit et consulta Taylor du regard.

— On se connaît ? fit celle-ci.

— Pas encore, répondit l'inconnu avec un sourire éblouissant. (Difficile de deviner son âge. Vingt-huit, trente ans, peut-être ?) Mes amis m'ont laissé tomber. Ils sont partis à une fête dans le South End, mais ça ne me disait rien.

Il parlait avec un soupçon d'accent espagnol.

— On n'a que deux sièges, fit remarquer Taylor.

Il alla chercher un fauteuil inoccupé à une table voisine et serra la main de Taylor, puis d'Alexa.

— Je m'appelle Lorenzo.

2

[...]

Cette fois, elle était soûle pour de bon. L'impression de flotter au-dessus des nuages, un sourire béat sur la figure, et Lorenzo qui lui parlait pendant qu'elle chantait avec Rihanna. La salle vacillait autour d'elle, et dans cette cacophonie de conversations absurdes et décousues, elle avait du mal à capter la voix de Lorenzo. La gorge sèche, elle tendit la main vers sa San Pellegrino et renversa le verre. Elle se contenta de contempler les dégâts d'un air penaud, sidérée que le verre soit toujours intact, et Lorenzo répondit à son sourire idiot par un magnifique sourire, un éclat chaleureux et sexy dans ses yeux bruns. Il épongea le liquide avec sa serviette.

— Je ferais bien de rentrer, dit Alexa.

— Je te raccompagne, dans ce cas.

Il jeta sur la table quelques coupures de vingt dollars et lui prit la main pour qu'elle se lève, mais ses jambes refusaient de suivre. Il la soutint par la taille pour l'aider à se mettre debout.

— Mais j'ai ma voiture…

— Tu ne vas pas prendre le volant maintenant, je vais te reconduire. Tu récupéreras ta voiture demain.

— Mais…

— Ça ne me dérange pas. Viens, Lucia.

Il la guida fermement à travers la foule. Les gens la lorgnaient au passage, agressifs, les rires résonnaient dans sa tête et les lampes brillaient comme des arcs-en-ciel. Comme si elle avait plongé la tête sous l'eau et regardait le ciel. Tout lui semblait loin, très loin.

La fraîcheur de la nuit caressait agréablement son visage. Le grondement de la circulation, les klaxons des voitures…

Elle était allongée sur la banquette arrière d'un véhicule inconnu, appuyée contre le cuir dur et fendillé, froid contre sa joue. Il y flottait des relents de tabac et de bière. Quelques bouteilles vides jonchaient le plancher. Il s'agissait d'une Porsche, elle en était presque sûre, mais c'était un vieux modèle déglingué à l'intérieur crasseux. Vraiment pas le genre de voiture qu'elle imaginait pour Lorenzo. Elle voulut demander s'il avait besoin d'indications, mais elle n'arrivait pas à articuler. Prise de nausées, elle espéra qu'elle n'allait pas vomir dans la Porsche. Il n'aurait plus manqué que ça. Mais comment se faisait-il qu'il connaisse déjà le chemin ?

Elle entendit la portière s'ouvrir et claquer. Le moteur était coupé. Pourquoi s'arrêtait-il si vite ?

Quand elle ouvrit les yeux, il faisait sombre. Pas de réverbères, pas de circulation non plus. Son cerveau engourdi enregistra un lointain signal d'alarme. Qu'est-ce qu'il fabriquait ? Il comptait l'abandonner là, ou quoi ?

Quelqu'un se dirigeait vers la Porsche, mais on ne distinguait pas son visage dans l'obscurité. Une silhouette mince et musclée, elle n'en voyait pas davantage.

Dès que la portière s'ouvrit, la lumière du plafonnier éclaira les traits de l'individu. Le crâne rasé, des yeux bleus au regard perçant, une mâchoire anguleuse et une ombre de barbe. Séduisant, jusqu'à ce qu'un sourire découvre des dents brunies de rongeur.

— Viens avec moi, s'il te plaît, lui dit l'inconnu.

Elle se réveilla à l'arrière d'un SUV neuf, un Escalade ou un Navigator.

Il faisait chaud là-dedans, presque trop, et ça empestait le désodorisant de mauvaise qualité.

Elle regarda la nuque du conducteur. Ses cheveux bruns étaient rasés. Sur son cou, un drôle de tatouage dépassait de sous le pull. Des yeux pleins de colère, pensa-t-elle spontanément. Un oiseau, peut-être ?

— Où est passé Lorenzo ? demanda-t-elle, sans être bien sûre de se faire entendre.

— Allonge-toi et fais un somme, Alexa, répondit l'homme.

Lui aussi avait un accent étranger, mais plus dur, plus guttural.

L'idée ne lui déplaisait pas. Elle sentit le sommeil la gagner, mais son cœur s'emballa brusquement, comme si son corps avait devancé son esprit : l'homme connaissait son vrai prénom.

Du même auteur
aux Éditions Albin Michel :

PARANOÏA, 2004.

COMPANY MAN, 2005.

L'INSTINCT DU TUEUR, 2007.

POWER PLAY, 2008.

Composition réalisée par NORD COMPO

Achevé d'imprimer en janvier 2012 en France par
CPI BRODARD ET TAUPIN
La Flèche (Sarthe)
N° d'impression : 67345
Dépôt légal 1re publication : février 2012
LIBRAIRIE GÉNÉRALE FRANÇAISE
31, rue de Fleurus – 75278 Paris Cedex 06

31/6263/3